Haltewunschtaste

Nele Heyse

Halte-wunschtaste

Roman

mitteldeutscher verlag

… für meinen Mann und meinen Sohn …

AUF DER KIPPE

Die Tage gleiten ins Dunkel. Der Rasierspiegel hat Spritzer, und Philipp wird sie nicht entfernen. Warum auch, wenn morgen Olga kommt, seine ukrainische Putzfrau. Der Gedanke, dass er sich für sie extra aus seinem Loft entfernen werden würde, zwingt ihn augenblicklich ins Erwachen. Eben noch war er wie ein vergessener Greis in sein Badezimmer geschlurft. Er hatte sich an den Waschbecken entlanggetastet, den Regentropfen entgegengegähnt, die in Schlieren die Fensterscheiben hinunterlaufen, und sich die drei Meter weiter zur Badewanne geschleppt. Dort war er auf deren unteren Rand zum Sitzen gekommen. Er hatte die Beine übereinandergeschlagen, und während er seinen Oberkörper einzuwiegen begann, musste er immer wieder gegen die Schwere seiner Lider ankämpfen. Es gelang ihm, in die gegenüberliegende Ecke zu blinzeln. Sein Liegesessel prangte ihm von dort entgegen wie ein Museumsstück, das einen unantastbaren Bereich für sich beansprucht. Daneben der in einen Tontopf gezwungene Apfelsinenbaum.

„War wohl nichts, Alter", hatte er gehaucht, und das konnte vieles heißen. Das Konzept dieses Badezimmers, welches er als immerhin einer der gefragtesten Architekten der jüngeren Generation zu verantworten hat und das ihm seit geraumer Zeit missfällt, gehört ebenso dazu wie die Trauer um die Restschatten seiner frühen Inspirationen, die sich mit seinem späten Aufstehen verflüchtigt haben. Wieder einer jener Tage, an dem es ihm nur schwer möglich sein würde, ein Bad zu nehmen. Die Verlorenheit, die ihn in der frei im Raum stehenden Wanne überkommen kann, kennt er nur zu genau. So hatte er lieber dem Regen zugehört, während er seinen Bart zu zwirbeln begann. Dennoch fühlte Philipp sich, wie er da in seinem Badezimmer saß, von Leere beschenkt. Einer Leere, die ihm erlaubt, einfach nur Zeit vergehen zu lassen. Ein Luxus, den er sich seit Tagen gönnt. Nur nachts schleicht er sich heraus, um zwei stille Ecken in seinem Kiez, für ein paar

Schachteln Zigaretten und zum Entleeren des Briefkastens im Entrée seines Hauses. Danach allerdings nimmt er dann immer jede zweite der hundertvier Treppenstufen im Laufschritt wieder nach oben. Auf dass sein Herz das Pochen nicht verlernt, sagt er sich dabei, und ihn überkommt jedes Mal eine Lebendigkeit, die er so nachts bisher nur während der Liebe erleben konnte.

Jetzt aber, an diesem späten Vormittag, erhob er sich mühselig, streckte die Glieder von sich, als hätte er ihnen schon lange nichts mehr abverlangt. Er war zu seinem Rasierspiegel gewankt, gewankt, wie es einem Mann in der ersten Lebenshälfte nur nach durchzechter Nacht passiert.

Die kleinen weißen Sprenkel, mit denen der Spiegel übersät ist, erinnern Philipp nun daran, dass er morgen diese Auszeit in seinem Loft zu beenden hat. Ein wenig könnte er seinen Bart stutzen, denkt er. Die rotbraunen Stoppeln, die sich dann über das weiße Waschbecken verbreiten, wären ein weiterer Gruß an Olga. Seine Hand greift auch schon nach dem Schubfach mit den Utensilien für die Prozedur, da lässt er sie schlaff an sich herunterfallen. Der Tag scheint nicht gemacht für Tätigkeiten, die aus dem Rahmen fallen. Er hat auch heute nicht vor, dies Gesicht mit mehr als seinem Spiegelbild zu konfrontieren. So versinken seine Hände in den ausgebeulten Taschen seiner Cargo-Hose, dieser breitgerippten, etwas zu weiten Hose mit den am Boden schleifenden Beinen. In den Zeiten seines Sich-Verkriechens ist sie ihm ein unentbehrlicher Gefährte.

‚Ach ja', besinnt er sich, indem er seinen Briefkastenschlüssel ertastet, ‚da gab es diesen Brief.' Irgendwo hatte er ihn liegengelassen, heute Nacht. Einen dicken Brief, in einem A4-Kuvert. Philipp stöhnt, stöhnt so laut, wie es einer Stimme möglich ist, die seit Tagen nur für leise Selbstgespräche bemüht wird. Sollte ihn nun gerade dieser Brief wieder in die Normalität der Welt zurückschicken? Ein Brief von Stefanie, einer Affäre, die mehr als drei Jahre zurückliegt. Es war nicht ihr erster Brief an ihn. Sie hatte ihn aber, wie er sich jetzt zu erinnern müht, im letzten Jahr

verschont. Verschont mit solchen Zeilen wie: „Man muss Gefühle annehmen wie das Schicksal."
Wäre sie damals nicht der Idee dieser Briefe erlegen, handgeschriebener Briefe in einem Duktus, der so wenig in dieses Jahrtausend passt wie das Bemühen von Postkutschen, vielleicht hätte er nichts gegen eine Wiederholung ihrer donnerstäglichen Besuche bei ihm gehabt. Angenehm zurückhaltend hatte er Stefanie in Erinnerung, nicht besonders gesprächig, unaufdringlich und vor allem nie fordernd. Ideale Voraussetzungen für das Aufrechterhalten einer Affäre. Dennoch hatte er sie beendet. Aus dem gleichen Grund, der ihn davon abhielt, jemals etwas mit Olga anzufangen, hatte er sie beendet. Olga, dieser wohlgeformten Frau aus dem Osten. Die hohen Absätze, die Leggins, das überschminkte Gesicht waren nicht unbedingt Attribute einer guten Putzfrau. Doch Olga verstand ihr Handwerk. Schließlich war sie die Empfehlung eines befreundeten Reisejournalistenpaares, und die hatten ihm erzählt, dass je schlechter es den Menschen in der Ukraine ginge, desto mehr würden die Frauen sich dort anmalen und ihr weniges Geld für modische Kleidung ausgeben. Schon nach Olgas ersten Arbeitsstunden in seinem Loft vertraute er ihr seinen Schlüssel an. Die Geschmeidigkeit, mit der diese Ukrainerin den Sauger über seine Dielen gleiten ließ, hatte ihn dermaßen verwirrt, dass er sich dabei ertappte, im Anblick ihres Hinterns zu versinken. Dabei drängte sich ihm die Frage nach Olgas Umgang mit ihrer Körperbehaarung dermaßen zwingend in sein Beobachten, dass er sich bedroht sah, von seiner Erregung übermannt zu werden. Einzig sein Gewissen war es, was ihn damals davor bewahrte, seinem Trieb nachzugeben und der jungen Frau die Hand zwischen ihre Schenkel zu schieben. Seit diesem Nachmittag vermied es Philipp, seiner Putzfrau beim Arbeiten zuzusehen und sie mit seiner Anwesenheit zu stören.
Und Steffi? Ihr Brief, dieser schwere, dicke Brief liegt unweit des Waschbeckens auf dem gläsernen Teewagen. Philipp fallen die Druckbuchstaben seines Namens auf dem Kuvert in die Au-

gen, und irgendwie fühlt er sich ertappt. Ertappt, den Brief vielleicht gar nicht erst geöffnet zu haben, hätte er schon anhand der Schriftzeichen den Absender erkannt. Er sollte ihn hinter sich bringen, wenigstens zu einem Teil, sagt er sich. Dieser Tag hat ihn bis eben nicht mit Entschlusskraft verwöhnt; und die Verpflichtungen sind auch heute auf ein Mindestmaß beschränkt. Sein Büro funktioniert bestens ohne ihn. Er sieht sich nicht einmal genötigt, einen seiner Mitarbeiter anzurufen oder gar Erkundungen bei seiner langjährigen Sekretärin Frau Finkelstein, die mit umfassenden Kompetenzen ausgestattet ist, einzuholen. Sie haben dort alles im Griff, in solchen Tagen, an denen ihr Chef sich eine Auszeit gönnt. Dennoch, zu einem Studentenprojekt, das vor geraumer Zeit von ihm initiiert wurde, muss er sich persönlich äußern. Der Termin für ein Zeitungsinterview haftet an seiner Magnetwand. Außerdem hat er sich mit einem seiner Vorträge, den er im Januar in Tel Aviv und in Sidney halten wird, zu beschäftigen. Er muss ihn den jeweiligen Gegebenheiten anpassen, aktualisieren und in seinem Kern kürzen. Das alles aber verlangt eine Routine, die Philipp nicht übermäßig fordern wird. Da er sich sicher sein kann, dass Frau Finkelstein und sein gesamtes Büro ihn hartnäckig, aber auch diplomatisch und sensibel abzuschotten versteht, wird er sich weiterhin nicht einmal bequemen müssen, seine E-Mails zu öffnen. Belastet fühlt er sich im Augenblick nur von Überlegungen um das Besorgen anstehender Weihnachtsgeschenke. Geschenke, zu denen ihn Freundschaft und Familie verpflichten. Dabei hat er, verglichen mit den in seinem Büro erstellten und sich jährlich verlängernden Namenslisten, nur eine verschwindend kurze und seit Jahren konstant gebliebene Liste abzutragen. Die anderen unterliegen der Zuverlässigkeit Frau Finkelsteins. Er würde in der nächsten Woche lediglich genötigt sein, einige Unterschriften unter die Grußkarten seines Büros zu setzen. Aber auch diese ihm verbleibende Namensliste, die neben dem Termin für das Telefoninterview mit der Zeitung an seiner Magnetwand hängt, belastet ihn. Ja, er fühlt sich beina-

he einer kleinen Überforderung ausgesetzt, und während er ratlos vor sich hinstarrt, meint er sich erinnern zu müssen, dass es früher, als er noch in dem kleineren, vermauerten Teil Deutschlands lebte, leichter gewesen sei, mit Geschenken Freude zu bereiten. Die herrschende Mangelwirtschaft setzte immerhin Phantasie frei. Man musste nur eines dieser zahlreichen Produkte, für die es wieder einmal einen Engpass gab, ergattern. Nötig waren dafür Beziehungen und ein gewisses Organisationstalent. Die Überlegung, ob dem zu Beschenkenden der rare Artikel überhaupt etwas bedeuten könne, spielte dabei eine untergeordnete Rolle. Genügte es doch, im Besitz eines begehrten Tauschobjektes zu sein, das wiederum zu einem Geschenk werden konnte, für den nächsten sich unweigerlich bietenden Anlass. Philipps Mutter, die damals Leiterin einer Musikalienhandlung war, verfügte über begehrte Schallplatten, die in verschwindend geringen Mengen ausgeliefert wurden. Schätze also, die fast ausschließlich unter dem Ladentisch gehandelt wurden. Gerade zur Weihnachtszeit boten sie ihnen alle Möglichkeiten zum Tauschen oder Verschenken. Seinem besten Freund konnte er auf diese Weise sogar einen jener Parkas unter den Weihnachtsbaum legen, den zu tragen für junge Leute, die sich für unangepasst hielten, geradezu Pflicht war. Auch erzgebirgische Artikel, geschnitzte Engel, Figürchen und Spielzeug, als Baumbehang oder zum Aufstellen auf der Fensterbank, waren für den durchschnittlichen DDR-Bürger nicht oder nur schwer zu erwerben, da sie zur Devisen beschaffenden Exportware zählten …
Philipp fällt Stefanie ein, deren Brief noch immer im Badezimmer liegt, während er sich inzwischen an seinem Espresso-Automaten in der Küche wiederfindet, die Milch für einen Latte Macchiato aufzuschäumen. Sicher hätte es Stefanie, von deren Hang zum Kitsch Philipp überzeugt ist, Freude bereitet, ihm beim Beschaffen jener Raritäten behilflich zu sein. Stammte sie nicht aus irgendeinem Ort im Erzgebirge, oder war es doch der Harz? Jedenfalls kam sie für ihn aus einer Welt, in der die Uhren noch

langsamer tickten und man sich Briefe schrieb mit Sätzen, die Hedwig Courths-Mahler nicht besser hätte formulieren können. „Zu Zeiten, Liebchen, zu Zeiten …“, murmelt er und meint, ohne auch nur im Geringsten daran zu denken, was er sich seit Tagen gönnt, dass es doch gegen ein Innehalten im Advent wenig einzuwenden gäbe, wären damit nicht die Erwartungen an das bevorstehende Fest verbunden. Nun, wenn sich morgen Olga seines Lofts annehmen würde, könnte er sich mit dem leidigen Thema der Weihnachtseinkäufe auseinandersetzen. Philipp spürt, wie sich seine bis eben noch so beharrlich aufeinandergepressten Lippen entspannen. Er tastet sacht die Konturen seines Mundes ab und bemerkt erneut ein paar zu lang geratene Barthaare. Während er sie zu zwirbeln beginnt, entscheidet er sich, morgen die leidige Parkplatzsuche in der Nähe von DUSSMANN auf sich zu nehmen, um den Wagen mit allerlei Büchern, CDs und Kunstbänden vollzustopfen. Philipp knipst den Schalter des Espresso-Automaten aus und wünscht sich, dass ihm dies auch mit jedem weiteren Gedanken an das Thema Weihnachtsgeschenke und den zu stutzenden Oberlippenbart gelänge. Dass sich nun wieder der etwas verhuschte Blick Stefanies in seinen Vormittag gedrängt hat, nimmt er zu seiner eigenen Verwunderung sogar als willkommene Ablenkung. Während er in seinen Kaffee zwei gehäufte Löffel Zucker rührt, geht er zurück in sein Badezimmer, ihren Brief vom Teewagen an sich zu nehmen. Etwas ungeschickt, da ihm wegen seiner Kaffeetasse nur eine Hand zur Verfügung steht, fischt er die doppelseitig dicht beschriebenen Seiten aus dem Umschlag. Das Kuvert ist ihm dabei auf die Fliesen gefallen, auch ein Stück Papier kleineren Formats. Beides lässt er liegen, um sich später daran erinnern zu wollen. Jetzt zieht es ihn in sein Atelier. Dort wirft er sich auf die breite Fläche seiner Minotti-Couch mit Blick auf die riesige, angeschrägte Fensterfront. Eine stille Minute lässt er noch verstreichen, dann nimmt er sich Stefanies Brief an.
Etwas wundert ihn das Datum, *29. Juni,* das in der oberen rechten Ecke des ersten Bogens steht. Philipp blättert in dem Stapel,

als handle es sich um das Manuskript eines Vortrags. Was hatte sie nur damit bezweckt, ihn mit dieser Fülle an handgeschriebenen Zeilen zuzuballern, fragt er sich, indem er irgendwo im ersten Drittel ihrer Aufzeichnungen zu lesen beginnt.

> Gerade zieht die Sonne über die Dächer. Ein rotgoldenes Licht, es soll ein schöner und heißer Tag werden. Mein Fenster ist geöffnet, ich höre schon die ersten Lastwagen, und die Geschäftigkeiten beginnen. Noch ist alles möglich, sagt der Tag. In einer halben Stunde öffnet der Bäcker an der Ecke.
> Und Du?!!! Philipp! Du wirst gleich geweckt werden, nehme ich an, oder lässt man Dich länger schlafen? Du bist als Erster dran. Sie richten sich auf eine lange OP ein. Um acht treffen sich die Ärzte zu ihrer Besprechung, und nach halb neun geht es dann los, schieben sie Dich in den Fahrstuhl und bringen Dich runter in den OP.

Philipp angelt sich die Schachtel Zigaretten, die auf den Dielen liegt und in der sein Feuerzeug eingeklemmt ist. Hastig zündet er sich die erste Zigarette an diesem späten Morgen an. Dabei ist er bemüht, Stefanies Zeilen nicht aus den Augen zu lassen.

> Es wird niemand bei Dir sein, selbst wenn Du eine Frau hättest, dürfte sie Dich nicht hinter die eisernen Türen begleiten. Gehörte ich zu Dir, zu Dir in Dein Leben, hielte es mich ganz sicher nicht zu Hause. Ich wäre, um Dir näher zu sein, ganz selbstverständlich im Krankenhaus. Oh, ich glaube auch jetzt nicht, dass es mir einzig und allein mit diesen Zeilen genügen wird, die entsetzliche Spannung der nächsten Stunden zu ertragen. Ich werde wohl meine Freundin Simone, die auf Deiner Station arbeitet, unter irgendeinem Vorwand besuchen, und dann werde ich vielleicht auch erfahren, wie alles verläuft und

ob … Oh, Philipp, zu denken, Dich so ausgeliefert zu wissen und nichts, auch nichts im Verborgenen für Dich tun zu dürfen …

„Er hat kaum eine Chance“, hat Werner gesagt. „Wir müssen es versuchen, aber das Risiko ist sehr hoch, allerdings, täten wir nichts, würde er die nächsten Tage auch nicht überleben.“

Du hast ein Aneurysma im Kopf. Werner rief mich gestern an und erzählte mir, dass er Dich unters Messer bekäme. „Weißt du, wem ich morgen die Ehre habe, ins Hirn zu gucken? Du wirst es nicht glauben, Dein Seefelder, Philipp Seefelder kommt unters Messer …“ Er sprach weiter und nicht ohne Triumph in seiner Stimme, oder bildete ich mir das nur ein? Mir zitterten die Knie und ich fühlte mich … naja, da mir übel und schwarz vor Augen wurde, bangte ich sogar, umzukippen. Werner schien etwas davon gespürt zu haben, jedenfalls bot er mir an, vorbeizukommen, wenn es mir schlecht ginge, aber ich konnte ihn nicht sehen, ich wollte überhaupt niemanden sehen. Ich rannte in meiner kleinen Wohnung sinnlos hin und her und überlegte mir nutzlose Dinge, denn es gab nichts, einfach gar nichts, was ich für Dich hätte tun können. Noch nicht einmal eine Nachricht, einen Gruß durfte ich Dir schicken, weil ich mir sicher war, dass Du ihn nicht wünschtest. Wer würde jetzt bei Dir sein, fragte ich mich immer und immer wieder, und was geht in Dir vor: jetzt – mit dieser Diagnose? Dass die Ärzte Dich über die Konsequenzen Deines Zustands aufgeklärt haben, ist sicher. Das sind die Momente, in denen ich mich erinnere, einmal beten gelernt zu haben. Ich tat es, immer wieder diese Nacht, und werde es wohl weiter tun, weil es das Einzige ist, was ich tun kann, weil mir nichts anderes zu tun zusteht …

Ich wusste, dass es sinnlos gewesen wäre, heute Nacht ins Bett zu gehen. Ich saß lange in grüblerisch kreisenden Gedanken auf meiner Couch, trank einen Kaffee nach dem anderen, obwohl die eigentliche Anspannung, der nächste Tag, ja noch vor mir lag und ich dann vielleicht meine Kraft für die zu erwartende Nachricht bräuchte ... Na ja, und gegen zwei setzte ich mich dann hier an meinen kleinen Schreibtisch unter dem Fenster, mit Blick über die Dächer und zur Spitze des Fernsehturms, und dachte, um Dir nah sein zu dürfen, hilft es vielleicht, einen Brief zu schreiben. Vielleicht erhältst Du ihn ja auch ...vielleicht – aber dann ... –

Bei der Beerdigung meiner Großmutter warfen ihre Urenkel, meine Nichten und Neffen, kleine, selbstverfasste Briefe auf ihren Sarg ... –

Vielleicht werden ja auch diese Zeilen, von Schaufeln schwarzer Erde bedeckt, in ein Grab geworfen? –

Solltest Du es aber schaffen, oh, Philipp, dann sollte auch ich etwas geschafft haben, – mit diesem Brief nämlich, meinen Abschied!, meinen Abschied von Dir für mich! Wenigstens in Worten hätte ich den mir erzwungen! – Aber abschicken werde ich diesen Brief dann nicht mehr. Warum auch Dich noch einmal bedrängen, Du brauchst meine Zeilen nicht, für Dich gibt es nichts mehr zu klären, was in irgendeinem Zusammenhang mit mir stünde ...

Philipp lässt die beiden Seiten, die er nur zufällig aus Stefanies Brief gewählt hatte, sinken. Dass er vor einem halben Jahr dem Tod näher gewesen war als dem Leben, hatte er inzwischen verdrängt. Verdrängt wie den gesamten Krankenhausaufenthalt. Seine Mutter weiß bis heute nicht, wie es damals um ihn stand. Er kann sich nur erinnern, seinen Anwalt informiert zu haben und dass er mit ihm über seinem Testament gesessen hatte. Nicht einmal sein Büro wusste genau Bescheid. Gefühlt ist das für ihn mindestens so lange her wie seine letzte Begegnung mit Stefanie. Wieder ein Beispiel dafür, wie das Vergehen von Zeit relativ zu betrachten sei, meint Philipp und beginnt, sich weiter in Gedankenspielen zu verlieren. Überhaupt alles, alles ist relativ, sagt er sich, Liebe, Begehren, Trauer und Freude. So, wie der Ausgang seiner Operation nur relativ als ein Glücksumstand zu betrachten sei. Er lebt weiter, relativ gut weiter, kann weiter Aufträge entgegennehmen, die anderen, nicht weniger begabten Architekten entgehen. Es wird keiner an seiner Stelle die Chance bekommen, Vorträge an Orten zu halten, um die man ihn, den Philipp Seefelder, gebeten hat. Es bleibt so, wie es ist, ohne dass es so bleibt, wie es ist, denn auch das ist relativ. Während dieser Gedanken betrachtet Philipp die glimmende Asche am Zigarettenstummel in seiner Hand. Sie brennt sich bis an den Filter heran und kippt dann ab, zerfällt in ihre kleinen grauen Partikel, die er umgehend zu einem Häufchen auf seinen Dielen zusammenpustet. Den Reststummel drückt er im Aschenbecher aus. Seine kleine Nichte Julika sowie Olga und die Stiftungen, die Philipp in Ermanglung von „Abkömmlingen", wie es im Anwaltsdeutsch heißt, in seinem Testament bedacht wissen wollte, waren, ohne von ihrem möglichen Segen erfahren zu haben, leer ausgegangen. Das könnte nun auch als ein relatives Pech angesehen werden. Wieder starrt Philipp vor sich hin und zwirbelt seinen Bart. *Von jeder Wahrheit ist das Gegenteil ebenso wahr*, zitiert er Hermann Hesse und stellt dabei fest, dass ihn diese Überlegungen auch nur relativ ablenken können von Stefanies Brief, dessen nächste Seiten er nun weiter zu überfliegen beginnt. Nachdem er aber bemerkt, den Faden weder verfolgen zu können noch ihn überhaupt gefunden zu haben, zwingt er sich an den Anfang des Briefes, um Wort für Wort mit dem Lesen zu beginnen.

29. Juni

Lieber Philipp, da, wo ich herkomme, gibt es eine kleine Bahn, die nicht an jeder Station hält, es besteht aber die Option, denn in dieser Bahn wird man auf die „Haltewunschtaste" hingewiesen, die betätigt werden kann,

wenn man an einer dieser Stationen aussteigen möchte. Das Wort, den Begriff „Haltewunschtaste“ liebe ich sehr. Es gibt ihn wahrscheinlich wirklich nur in jener Bahn, die die vergessenen Orte meiner Kindheit verbindet.
So oft, wenn wir zusammenlagen, es ist jetzt bald drei Jahre her, oder auch nur, wenn wir beieinandersaßen, Du noch nicht diese Mauer gegen mich errichtet hattest, wünschte ich mir, es gebe auch in meinem Leben hier, in der Großstadt, eine solche Haltewunschtaste, und wie sehr, wie sehr wünschte ich sie jetzt, jetzt in diesem Augenblick oder für die nächsten Stunden … noch einmal anzuhalten, noch eine kleine Verzögerung, einen Aufschub vor der Gewissheit, die der nächste Tag bringen wird.
Als Freund vermochte ich Dich nicht zu binden. Wahrscheinlich ist Dir der Horizont meiner kleinen vogtländischen Welt zu begrenzt gewesen.
Eigenartig, immer wenn ich nach Hause kam, empfanden mich die alten Leute – es gibt ja dort fast nur noch alte Leute – als fremd und ihnen entwachsen. Ich bin heimatlos geworden, und gerade nach der Begegnung mit Dir weiß ich nicht mehr, wo ich hingehöre …
Ich sehe Dich vor mir, wie Du Deinen Bart befühlst und ungläubig die Augen niederschlägst, so, als wolltest Du nachschauen, ob es ihn noch gibt. Ich weiß, Du fragst nach Jacob, meinem Ehemann; und da war sicher ein häufiges Fragen in Dir, gerade in den Monaten unserer Begegnungen. Ich schreibe ‚Begegnungen‘, weil wir ja gar nicht wirklich zusammen waren. Wir haben Zeit miteinander verbracht, und es gab diese Momente der Nähe, die immerhin ausreichend waren für die Entscheidungen meines jetzigen Lebens, denn sie haben für mich alles verändert.
Damals vermieden wir es, über Jacob zu sprechen, aber ich denke, dass es wichtig für mich ist, Dir jetzt von ihm,

als einem Teil von mir, zu erzählen. Denn was weißt Du schon über mich? – Oh, oder sollte ich nicht besser fragen, was wünschtest Du überhaupt zu wissen? Nun – Jacob, ja, Jacob, der wunderbarste Mann, mit dem mich mein Schicksal unverdient beschenkt hat. Das weiß ich, und damit stehe ich bis heute nicht allein. Gerade ich, die Steffi, die ihre ganze Kindheit und Jugend nichts wirklich auf die Reihe gebracht hat, ihre Eltern und Lehrer enttäuschte, gerade, als sie einmal eine Hoffnung in sie gesetzt hatten; das hässliche Entlein, viel zu blass, viel zu dünn, viel zu lang mit den weißblonden Schnittlauchfädchen auf einem ausgesprochenem Jungenkopf. Wie oft wurde ich verwechselt und nicht meinem eigentlichen Geschlecht zugeordnet. Als ich auf die Spezialschule für Musik in Belvedere delegiert wurde, kam gleich zu Beginn ein Mitschüler auf die Idee, mich Stefan zu nennen, was alsbald die ganze Klasse und sogar ein Teil der Lehrkräfte übernahm. Wenn ich abends im Bett lag und mich mein entsetzliches Heimweh zum Weinen brachte, hänselten mich die anderen Mädchen damit, dass ich doch ein Junge sei und ‚Indianer keinen Schmerz kennen würden', bis dann eine besonders vorwitzige Flötistin bemerkte, dass es wohl bei ‚Albino-Indianern anders sei'; und ab jenem Abend hatte ich meinen Spitznamen für die gesamte Schule weg. Doch das allein war nicht der Grund, dass ich schon nach dem ersten Halbjahr nach Hause geschickt und wieder in meine alte Klasse umgeschult wurde. Ich nahm zwar den ‚Albino-Indianer Stefan' nicht mit dorthin zurück, aber fortan war ich nun die Versagerin Steffi.
Mein Geigenspiel, die große Hoffnung meines Vaters, der aus einer alten Geigenbauerfamilie stammt, gab ich ganz auf, und nun hatte ich gar nichts mehr, was mich irgendwie auszeichnen sollte oder wert machte, geliebt zu werden. Mein Vater zeigte mir sehr deutlich seine tiefe Ent-

täuschung; und meine Mutter, die eh nur das Sprachrohr ihres Mannes ist und dazu sehr abhängig von Äußerlichkeiten, was auch ihre besondere Affinität für ihre erstgeborene Tochter, meine Schwester Ulrike, verständlich macht, wurde nur noch kühler zu mir. Ulrike war schön, schön wie eine Elfe, schon von Geburt an, wurde immer wieder erzählt. Alles war verliebt in dieses Kind, meine Mutter sogar so stark mit ihr verbunden, dass sie während ihrer zweiten Schwangerschaft nach drei Jahren Angst vor dem zu erwartenden Kind bekam. Sie glaubte, ihre Liebe nicht teilen zu können, und erhoffte sich wenigstens einen Jungen, einen Bruder für ihre Ulrike, der dann vielleicht eine andere Art der Aufmerksamkeit gefordert hätte. Es musste für sie eine große Enttäuschung gewesen sein, als ich dann kam. Zwar sah ich sofort aus wie ein Junge, länger als die Durchschnittsbabys, haarlos, mit ausladendem Hinterkopf, aber ich sollte nun mal ihre Tochter sein, ein Mädchen wie ihre große Liebe Ulrike. Es kostete sie wohl einige Kämpfe, mich wirklich anzunehmen, und nicht nur ich habe ihr allzu starkes Bemühen gespürt. Schon durch die Ahnung, was es sein kann, vorbehaltlos angenommen zu werden. Ich hatte dieses Glück zweimal in meinem Leben; und da ich das jetzt so niederschreibe, denke ich, dass ich dadurch sicher schon zu den Auserwählten auf diesem Erdball gehöre. In meiner Kindheit hatte ich meine Großmutter Maria und später Jacob, die mich zu ‚lesen' verstanden, die mich nahmen, so uneben, wie ich für diese Welt und den mir zugedachten Zeitraum geschaffen worden war. Aber ich schweife ab – nun endlich zu Jacob!

Jacob war der Sohn des Obermedizinalrates Doktor Wagner in unserem Ort. Er wusste schon als Junge, dass er die berufliche Tradition seiner Familie fortsetzen würde. Er ging in die Abiturklasse meiner Schwester Ulrike und war manchmal bei uns zu Hause. Die beiden waren befreundet, doch bei Ulrike war es mehr als nur Freundschaft, die sie für den Bestschüler ihrer Klasse empfand. Eigentlich hatte sie genug Verehrer, so schön und so klug wie sie war, aber Jacob war etwas Besonderes und da auch Ulrike, die Elfe!, sich für etwas Besonderes, hielt und nicht nur von unserer Mutter darin bestätigt wurde, musste es folgerichtig sein, dass sich jeder eine Verbindung der beiden wünschte. Doch es kam anders, unerklärlich anders. Ich hatte gerade die Ablehnung für den Besuch der Erweiterten Oberschule erhalten, was für meine Eltern keine neuerliche Enttäuschung darstellte, da sie ohnehin nicht mit meiner Annahme gerechnet hatten. Irgendwie schien überhaupt niemand mehr etwas von mir zu erwarten. Doch ich hatte all meinen Ehrgeiz daran gesetzt, meinen Notendurchschnitt auf das erforderliche Level zu bringen. Allerdings vernachlässigte ich dabei meinen „gesellschaftlichen Einsatz". Als ich noch Geige gespielt hatte, war ich durch den damit verbundenen Übungsstundenaufwand entschuldigt, aber seit dem Dilemma in Belvedere hatte ich mein Instrument nicht mehr angerührt. Ich hatte mich mehr und mehr in mich selbst zurückgezogen. Die FDJ-Nachmittage waren mir ein Graus. Zu sehr fühlte ich mich als Außenseiterin, der noch immer der Stempel einer Versagerin anhaftete. –

Natürlich war ich durch die Absage sehr niedergedrückt. Sie bedeutete immerhin ja auch, später nicht studieren zu dürfen und vielleicht niemals aus diesem Ort verschwinden zu können. Dennoch versuchte ich, meine Tränen zurückzuhalten, als ich nach Hause kam, um meiner Familie nicht noch Anlass zu geben, über die ganze Sache zu reden. Es wäre mir Ulrike und ihrem Besuch gegenüber peinlich gewesen. Sie sollten eher denken, es sei mir gleichgültig, nicht auf die EOS zu dürfen.

Nun hatten aber meine Schwester und ich nur ein gemeinsames Zimmer, und in dem saß sie gerade mit Jacob. Ich hatte also keine Chance, mich zurückzuziehen. Ein riesiger Kleiderschrank teilte zwar den Raum, so dass unsere Schreibtische und zur Hälfte auch unsere Betten gegenseitig nicht einsehbar waren, aber man bekam die Bewegungen und Geräusche des jeweils anderen unweigerlich mit. Ich hockte mich also mit angewinkelten Beinen ans Kopfende meines Bettes, nahm mir ein großes Buch, in dem ich zu blättern begann, ohne aber auch nur ansatzweise auf das zu achten, was es beinhaltete. Da stand Jacob plötzlich vor mir. „He!“, sagte er, „Steffi, ich wollte dich fragen, ob du Lust hast, am Penne-Ball teilzunehmen?“ Ich glaube, ich sah ihn überrascht, aber auch erschrocken an, dann antwortete ich mit einer völlig absurden Gegenfrage. „Ja, kommt ihr denn auch mit?“

„Ich gehe davon aus, dass unsere ganze Klasse da sein wird“, antwortete er mit einem kleinen, verunsicherten Lächeln, aus dem er sich aber sofort mit klaren festen Worten zu befreien verstand. „Wenn du Lust hast, würde ich dich abholen, und zwar schon eine halbe Stunde eher, da könnte ich dir noch meine Freunde von der Band vorstellen, wir werden auch drei Titel spielen, gleich zu Beginn. Deinen Eltern kannst du sagen, dass ich dich zurückbringe, wann sie es wollen.“ Er hatte sich das alles genau ausgedacht. Dennoch begriff ich immer noch nicht, dass er mich zu meinen schien mit diesem Angebot, und glaubte eher, in einen unwirklichen Taumel geraten zu sein. Erst als ich in den nächsten Tagen Ulrikes Spitzen gegen mich ertragen musste, die dann auch noch zu einer festen Gewohnheit für die nächsten drei Jahre werden sollten, fing ich langsam an zu begreifen, wenn ich es auch noch lange nicht wirklich fassen konnte. Ausgerechnet dieser Junge Jacob schien mich zu meinen. Und das wirklich ganz so, wie ich war, wie ich aussah und wie und was ich dachte. An nichts krittelte er auch nur im Entferntesten herum. Selbst meine geheimsten Phantasien konnte ich ihm offenbaren. Nichts hielt er für absurd oder abartig. Obwohl er sich selbst ein riesiges Leistungspensum auferlegte und sich meine kleinen, manchmal nur mühselig erworbenen schulischen Erfolge daneben recht kümmerlich ausnahmen, fielen sie ihm auf und lobte er mich auf eine Weise, dass ich das Gefühl hatte, er würde stolz auf mich sein. Als Jacob in Berlin studierte, setzte er alles daran, dass ich meine Ausbildung als Medizinisch-technische Assistentin ebenfalls in der Hauptstadt absolvieren konnte. Von da an begriffen wohl alle und langsam auch ich selber, dass es nichts mehr gab, was uns auseinanderbringen sollte. Warum Jacob sich nicht in meine schöne Schwester verliebt hatte, erklärte er mir später einmal damit, dass ihr Selbstbewusstsein und ihr Perfektionismus ihn abgeschreckt hätten.

Jacob, er hatte alle Voraussetzungen, überall, wo er war, an die Spitze zu gelangen. Schließlich stellte er es unzählige Male unter Beweis. Im Innersten seines Herzens aber war er ein zutiefst unsicherer Mensch. Ich kann mir sogar vorstellen, dass ihn noch heute die Angst begleitet, nicht angenommen und enttäuscht zu werden oder, noch schlimmer, selber zu enttäuschen. Ja, und gerade ich habe ihm diese Angst auch einmal bestätigen müssen. Wie sehr können doch nur auf Äußerlichkeiten begründete Eindrücke täuschen, wie sehr auch die Daten einer Biographie, Ämter und Würden. Nur wie man sich selbst empfindet, macht doch schließlich auch unsere Fähigkeit, dem Glück zu vertrauen, aus.

„So, und nun ist es gut“, sagt Philipp laut. Tief und gedehnt kommt es aus seiner Brust. Es hört sich an, als hätte er gerade jemandem Trost zugesprochen. Dabei ist es allein sein Gewissen, mit dem Philipp da zu reden meint. Sein Gewissen, das ihn bis hierher hatte lesen lassen, jedes Wort von Stefanie lesen lassen. Dass es ihm jetzt reichen darf, möchte er sich gern zugestehen.

„‚Nur wie man sich selbst empfindet, macht unsere Fähigkeit, dem Glück zu vertrauen, aus' – soll ich mir diese Weisheit in die Küche schreiben? Das wär's ja wohl noch ... hättest du gern, was?!" Er bellt die Worte aus sich heraus. Ein Lachen gelingt ihm nicht, nur dieses Bellen. Die Seite mit dem eben zitierten Satz von Stefanie hat er dabei auf die Dielen gleiten lassen.

Das geheimnisvolle Konterfei eines befreundeten und von Philipp verehrten Rockmusikers taucht vor ihm auf. Es ziert den Buchdeckel einer Biografie, die er gestern zu lesen begonnen hatte. Obwohl die mit Herzblut geschriebenen Kapitel Philipp gefesselt hatten und teilweise sogar zu berühren vermochten, war die Lektüre von ihm zu Gunsten seines Nachtschlafs unterbrochen worden. Als gälte es, augenblicklich die Worte Stefanies in seinen Gedanken, ähnlich einem Palimpsest, mit denen des Rockmusikers Dirk Zöllner zu überschreiben, holt er sich das Buch aus seinem Schlafzimmer. Es gelingt ihm übergangslos, sich in die Bekenntnisse eines Mannes zu vertiefen, dessen Kunst ihn schon zwei Jahrzehnte begleitet. Sogar ein Stück Literatur hat dieser Musiker mit seiner Biografie der Welt geschenkt, meint Philipp, indem er sich von Steffi zu erholen beginnt. Doch als er nach einer halben Stunde ungeteilter Aufmerksamkeit daran erinnert wird, dass Dirk Zöllner nach einer gescheiterten Beziehung „Das letzte Lied" aus der Feder geflossen ist, stockt er. Mit weicher Stimme wiederholt Philipp die Anfangszeilen: „Ich blute Worte aufs Papier / Drück meine Seele ins Klavier / Ab morgen bin ich schwindelfrei / Das ist die letzte Quälerei. / Ich schwör, dass es nicht mehr geschieht / Das ist das letzte Lied. / Dann hörst du nichts mehr von mir / Das ist mein Abschied von dir ..."

Philipp klappt das Buch zu. Mit großen Schritten durchquert er sein Atelier. Nichts erinnert an den Greis vom Vormittag in seinem Badezimmer. Doch was ihn da plötzlich antreibt, kann er sich nicht erklären. Er fühlt eine absurde Kraft in sich aufsteigen, eine Kraft, deren Ursprung für ihn im Ungewissen liegt. Vielleicht, fragt er sich und hält inne mit seinem sinnlosen Durchqueren des Ateliers in Schritten, als gälte es aufzuholen, was ihm zu entrinnen droht, vielleicht ist es so etwas wie Neid, der ihn da überkommt? Neid auf Gefühle? Gefühle, die er so selber weder empfinden noch beschreiben könnte? Er sollte weiter lesen, denkt er, und damit meint er nicht Dirk Zöllners Biografie, die zu beenden ihm eine Freude wäre, er meint tatsächlich Steffis Brief. Vielleicht gibt es einen Schlüssel, und vielleicht kann ihm dieses bisschen Selbstüberwindung am Ende ein Gefühl bescheren, ein Gefühl, was ein wenig an das seines nächtlichen Treppensteigens heranreicht, denn auch dafür brauchte es immer erst einen Kampf gegen seine innere Trägheit.
Philipp sucht die am Boden verstreuten Bögen zusammen. Das Klingeln des Telefons, das seit geraumer Zeit in Abständen immer wieder die Stille unterbricht, überhört er weiter. Er fühlt sich nicht bereit für Gespräche jeglicher Art. Irgendwann wird er heute noch welche führen müssen. Nur will er den Zeitpunkt dafür selbst bestimmen. Etwas hatte seine Krankheit vor einem halben Jahr doch bewirkt. Er hat den Umgang mit seinem iPhone grundsätzlich geändert. Über Stunden lässt er es ausgeschaltet, verwehrt sich dem Automatismus, der seine Finger schon bei kleinsten Fragen des Alltags über das Display streichen ließ. Dafür bleibt es ihm weiter unmöglich, den anderen Hinweis seiner Ärzte zu befolgen und das Rauchen zu reduzieren. Vielleicht hat er sich auch nie wirklich darum bemüht, überlegt er, während sein Daumen an einer Ecke der beschriebenen Briefbögen in seiner Hand zu spielen beginnt. Anfangs war es ihm schwergefallen, nicht ständig seine Mails zu checken, dann aber hatte er die gewonnene Unabhängigkeit genossen. Er hatte sich überwunden

und an Freiheit und an Zeit gewonnen. ‚Manchmal muss man sich eben etwas auferlegen, auch wenn man im Moment den Sinn nur schwer begreift', denkt er und ist gewillt, sich jetzt aufzuerlegen, diesen Brief bis zum Ende durchzulesen.

Als ich Dir das erste Mal begegnete, wusste ich zwar um Deine Bekanntheit und einige Deiner erfolgreichen Bauten und Projekte, aber Du machtest auf mich einen eher menschenscheuen, erstaunlich unsicheren Eindruck. Mir fiel es dadurch nicht schwer, offen auf Dich zuzugehen und das Gespräch zu suchen, als Du mit Deinem Glas Rotwein in einer Ecke von Jacobs Arbeitszimmer standst, so allein, in Dich gekehrt und scheu. Wie falsch dieser erste Eindruck war, habe ich ziemlich schnell, eigentlich schon nach Deinen ersten Bemerkungen erfahren. Kannst Du Dich an unser erstes Gespräch erinnern? Ich weiß es wie heute, Du sprachst über Santiago Calatrava und seine Arbeiten. Ich war fasziniert vom Klang Deiner Stimme, auch wenn ich schon damals nicht alles verstand, was Du mir erzähltest. Du kümmertest Dich nämlich nicht darum, ob mir auch all die Termini geläufig seien, mit denen Du Deine Reden schmücktest. Das kannte ich zwar schon von den Kollegengesprächen meines Mannes, aber durch meine Ausbildung, war ich da nie so ganz im Hintertreffen. Wie anders ging es mir nun aber mit der Architektur. Mein Interesse an ihr schloss nicht aus, dass mein Wissen doch sehr begrenzt und lückenhaft war. Im Umgang mit Dir allerdings wurde mir bewusst, wie beschämend groß das traurige Ausmaß meiner Unbildung war. Aber ich wurde zugleich süchtig, das zu ändern. Ich wollte nicht nur als die Dumme neben Dir stehen, als die ich mich, seit ich meine Heimat verlassen hatte und an Jacobs Seite lebte, nicht mehr zu fühlen brauchte. Komisch, trotz meiner Bemühungen habe ich in Deiner Gegenwart niemals das

Gefühl verloren, die Unwissende und die Unterlegene zu sein …

Aber das war ein mir – aus meiner Kindheit und Jugend herrührendes – vertrautes Gefühl. Auch als Du mich dann plötzlich wolltest, war das für mich so unverständlich, wie es das in der Anfangszeit mit Jacob gewesen war. Damals schon vergiftete ich die gegenwärtigen Momente mit sinnlosen Grübeleien darüber, was wohl an mir zu finden sei. Als ich Jacob näher kennengelernt hatte, beantwortete ich mir diese Frage mit der Vermutung, dass er sich vielleicht ausmalte, dieses ‚Frettchen' – mich nämlich – ganz sicher für sich allein zu haben, dass es ihm treu zur Seite stehen und ihn lieben würde, weil es ihm niemals von einer Konkurrenz abspenstig gemacht werden könne. Aber Du? Was war es bei Dir? Du brauchtest niemanden, Du warst ganz und gar bei Dir und mit Dir eins; lebtest bekennend allein, frei, ungebunden, gewollt und gefragt auf vier Kontinenten, so hieß es … und dann ich …?

Um meine Schwester brauchte man sich damals übrigens keine Sorgen zu machen. Sie tröstete sich noch am Abend dieses besagten Balls mit einem Schüler aus der parallelen Abiturklasse, der wie Jacob in der Schulband Gitarre spielte und sang. Nur war der längst nicht so charismatisch wie Jacob, mit dem sie hätte besser angeben können. Ja, und deshalb fühlte sie sich wohl noch lange innerlich von mir beleidigt, auch wenn ich alles dafür tat, schon, um mein Glück nicht zu gefährden, sie mir günstig zu stimmen. Entspannt wurde sie erst, als sie sich während des Studiums mit den begehrtesten Männern einließ, die so eine Universität zu bieten hatte, und es für sie wohl ein Sport wurde, Trennungen immer recht plötzlich und für ihre Partner äußerst überraschend in die Hand zu nehmen. Da war sie sogar dann schon so weit, sich über meine spießige Verbindung, in der wir beide es ihrer Meinung nach nicht

zuließen, jeweils über den Tellerrand zu schauen, lustig zu machen. Es tat mir nicht weh, und auch Jacob schmunzelte nur darüber. Ich wünschte mir nichts sehnlichster, als mein Leben lang diesen Mann und ausschließlich diesen Mann zu haben. Ich wollte gegen all diese Trennungen und Neufindungen um mich herum ein Exempel statuieren. Jacob war der erste Mann, der mich küsste, Jacob war der Mann, der mich entjungferte, er war der Mann, mit und für den ich leben wollte, und wenn's ans Sterben ginge, am liebsten natürlich, auch das wünschte ich mir, gemeinsam mit ihm! ... Ja, wie oft dachte ich gerade in jungen Jahren daran. Immer, wenn ich besonders glücklich war, musste ich unweigerlich auch an den Tod denken, an unser Ende. Es kam nur dieses, dieses von der Natur unausweichlich gesetzte Ende für mich in Frage. Eine andere Frau, ein anderer Mann – allein schon einen solchen Gedanken weiter zu denken, war mir unmöglich ...
Oh, Philipp, es geht mir so vieles durch den Kopf, was Du sicher gar nicht als für Dich bestimmt ansehen wirst. Vielleicht denkst Du sogar, ich verlöre Dich gerade eben als den Adressaten dieser Zeilen, aber das ist nicht so, das ist nun schon lange nicht mehr möglich, auch wenn ich selbst aus meinen Zusammenhängen gerissen bin, so habe ich nie aufgehört, die Dinge in einem Bezug zu Dir zu sehen, mich zu fragen, wie Du denkst, wie Du fühlst, was Du in einem bestimmten Augenblick vielleicht sagen oder tun würdest. Stellte mein Leben ein Gefäß dar, wäre es zwar schon lange ein zerbrochenes, dem die wichtigsten Scherben zum Wiederzusammensetzen fehlen; aber gleichzeitig weiß ich von dieser Modelliermasse, die existiert, die mich von den wunderbarsten neuen Formen träumen lässt, den Möglichkeiten einer Vollendung. Sie gäbe diesem Gefäß seine Bestimmung zurück, könnte es zu neuem Leben erwecken ...

Ach Philipp, jetzt passiert genau das, wovor Dir sicher immer bange war. Ich ergehe mich in diesen erschreckenden Sehnsuchtsgedanken nach Dir. Jetzt, da ich hier in Berlin in meinem Dachzimmer sitze und auf das unweigerliche Erwachen des Tages warte. Dieses alles entscheidenden Tages … ich erhoffe ihn nicht, sehne ihn nicht herbei, ich weiß schon jetzt, wie er sich anfühlen wird und wie ich mich in ihm anfühlen werde. Denn wie auch immer er ausgeht, welche entsetzliche oder erlösende Entscheidung er bringt, er wird mir der fremdeste Tag meines Lebens werden und sicher auch bleiben! – Voller Furcht, voller Gewissheit, voller Ohnmacht sehe ich ihm wie mit den Augen einer Kassandra entgegen. Im Moment habe ich so wenig Hoffnung, dass mich ein noch so naiver Optimismus mit jungfräulichen Gedankenspielen ausstatten könnte, in denen es eine Begegnung mit Dir gibt. Und dabei denke ich an eine so simple Begegnung, wie sie der Zufall bringt, wenn sich die Wege zweier Bewohner ein und derselben Stadt kreuzen. Mehr nicht, ganz bestimmt nicht mehr.
Obwohl es doch gar nicht so ein erhebendes Gefühl für mich gewesen ist, als wir uns das letzte Mal zufällig begegneten … Es war in jenem Café, in dem Du von einer Gruppe Deiner Studenten umringt warst und, wie es schien, gefeiert wurdest. Ich konnte Dich eine ganze Weile aus meiner Ecke heraus beobachten, lange bevor Du mich sehen solltest. Als ich die Wendeltreppe von der Toilette kommend hochstieg, hatte ich Dein Lachen schon gehört und konnte, noch bevor ich den Raum betrat, all diese erschrockenen Gedanken, die sich blitzartig meiner bemächtigten, wieder ordnen, um in einiger Fassung Deinem Blick widerstehen zu können, falls er mich treffen sollte. Wie oft war es mir doch vordem ergangen, dass ich Dich irgendwo vermutete, auch ersehnte und dann einer Verwechslung erlegen war. Jedes Mal war dabei ein so

hoher Grad an angstvoller Erregung, mit der ich dann zu kämpfen hatte, dass mich Enttäuschung und Beruhigung in gleicher Stärke wieder auf den Boden brachten.
Aber jetzt war es kein Irrtum. Ich sah Dich sogar schon ganz deutlich, unverkennbar, der Kranz Deiner rotbraunen Locken zeichnete sich gegen das Licht der Mittagssonne ab, die durch die große Scheibe drang. Gott sei Dank hattest Du mir den Rücken zugewandt, und so schlich ich mit einer mir gezwungen abverlangten Gelassenheit an Euch vorbei, schnappte meine Jacke und den halbleeren Milchkaffee von dem kleinen, fast mittig stehenden Nebentisch, mir einen anderen Platz in einer Ecke des Cafés zu suchen. Von dort aus konnte ich Dich über meine Schulter hinweg beobachten. Ich war aber in einer solchen Anspannung, dass ich noch nicht einmal diesen Blick über meine Schulter nötig hatte, um nicht jede Deiner Bewegungen zu spüren. Ich zitterte und warf plötzlich völlig unmotiviert meinen Kopf ins Genick und zog die Schultern nach oben. Diese Haltung weckte in mir die Vorstellung, augenblicklich einen riesigen, um Erlösung ringenden Schrei in die Luft zu schicken. Doch da sah ich einen goldgerahmter Barockspiegel, der über mir schräg an der Decke hing und durch den es mir möglich war, Dich und die Szene an Deinem Tisch voll im Blick zu haben, ohne selbst gesehen zu werden. – Nur, was ich jetzt sah, steigerte meine Qual ins Unermessliche. Du nahmst gerade den Kopf eines jungen Mädchens neben Dir zärtlich in beide Hände und sprachst auf sie ein, ungeachtet der übrigen Studenten am Tisch, die sich allerdings auch nicht weiter darum scherten, sondern sich in angeregten Gesprächen zu überschlagen schienen. Umso deutlicher botet Ihr, dieses junge Mädchen und Du, das Bild einer stillen, intimen Einheit. Jetzt schob sie ihre Finger unter Deinen linken Handballen, mit dem Du begonnen hattest,

rhythmisch auf die Tischkante zu trommeln, während Du mit der anderen Hand ihr Genick weiter festhieltest und nicht zu sprechen aufhörtest. Sie nickte sanft, aber unablässig, und begann dabei ihre Finger, wie nebenher, aber voller Zärtlichkeit, wie mir schien, Deinen Arm entlang bis zu Deiner Schulter hinaufgleiten zu lassen. Gleich würde sie an Deinem Hals stoppen und ihn fassen. Deinen Hals, den ich doch noch an den Innenflächen meiner Hände zu spüren glaubte, den ich mit meinen Lippen, mit meinem Gesicht, so oft und mit sich nie erfüllender Sehnsucht eingenommen hatte … Aber da ließest Du plötzlich von ihr. Irgendjemand am Tisch schien etwas gesagt zu haben, auf das Du mit einer Bemerkung einzugehen gedachtest. Du löstest Deine Hand so behutsam vom Kopf des Mädchens, dass es mich zu zerreißen drohte. Ähnlich einer Zeitlupenaufnahme musste ich mitansehen, wie Du ihr Nackenhaar durch Deine Finger gleiten ließest, ihr über die Schulter strichst, ihre Schulter abschließend kurz drücktest und dann Deinen Arm auf die Lehne ihres Stuhls legtest, wobei Du mit dem Oberkörper weiter halb zu ihr geneigt bliebst. Dann holtest Du tief und demonstrativ sichtbar Luft, und schon hattest Du die Aufmerksamkeit des ganzen Tisches. Jetzt konnte ich auch das Mädchen neben Dir näher betrachten und starrte ein wenig ungläubig in den Spiegel – ich glaubte Katharina, eine frühere Patientin meines Mannes, zu erkennen. Es verwirrte mich, ausgerechnet Katharina da sitzen zu sehen. Katharina Kleinschmidt! – sie war mir sehr wohl bekannt. Unmöglich konnte sie Deine Freundin sein. Oder hatte ich die Szene eben falsch gedeutet?
Die Kellnerin störte mich, ich bestellte mir noch ein Wasser, ließ aber meinen Blick nicht von dem, was mir der Spiegel vielleicht noch weiter offenbaren konnte. Jetzt redetest Du mit weit ausholenden Gesten, und alle hörten Dir

aufmerksam, in heiter gelöster Runde, zu. Ich versuchte, Katharinas Gesichtsausdruck zu entziffern. Sie hatte eine schon beinahe brave Haltung neben Dir eingenommen, saß kerzengerade auf ihrem Stuhl und lächelte in sich hinein. Dann schien Dein Blick sie wieder zu streifen, und jetzt konnte ich deutlich sehen, dass ihre kleinen, pummeligen Wangen erröteten. Sie sah Dich dermaßen bewundernd an, dass ich mir ein kurzes scharfes Auflachen in meiner Ecke nicht verhehlen konnte. ‚Katharina Kleinschmidt', schüttelte ich den Kopf, und sah sie vor mir, als sie in Jacobs Praxis eine Zeitlang zu jeder Sprechstunde im Wartezimmer saß. Katharina Kleinschmidt. Ich kannte dieses steife und in sich gekehrte Dasitzen, und die Röte auf ihrem Gesicht war mir ebenfalls ein vertrauter Anblick. Sollte sie wirklich ihre eigentlichen Vorlieben für Dich vergessen haben? Offensichtlich, offensichtlich hatte sie ihre Veranlagung verdrängt und sich in eine Verbindung mit Dir begeben. Aber wie hätte es auch sein können, sich nicht in Dich zu verlieben, Dich nicht zu bewundern? In diesem Augenblick wurde mir wieder einmal die Unsinnigkeit, Dir entrinnen zu wollen, bewusst, aber das ist wohl ein sehr typisches Denken für eine derart Besessene, wie ich es wohl … war. Oder bin? … Oh Gott, oh Gott, oh Gott!!!
An wen denkst Du wohl jetzt, da es Dir –

Es klingelt, und dieses Mal ist es nicht das Telefon, für das sich Philipp noch immer nicht bereit fühlt. Erst am Nachmittag, wenn er den Anrufbeantworter abhört, will er entscheiden, mit wem zu sprechen ihm notwendig erscheint.
Er erhebt sich, legt die Briefbögen beiseite und geht in den Flur, nachdem es wiederholt geklingelt hat. Jemand fordert Zutritt ins Haus. Mechanisch bedient er den Türöffner im Flur, die Sprechanlage lässt er unberührt, es interessiert ihn nicht, was die fünf Stockwerke unter ihm geschieht.

Nach einer Weile, er ist schon wieder im Atelier, steht vor der riesigen Fensterfront, sucht mit leerem Blick, seine Gedanken in die vorüberziehenden Wolken zu zwingen, klingelt es erneut.
„Ich hasse es, ich hasse es, ich hasse es.“ In gleichbleibendem Rhythmus pustet er die drei Worte, leise und beinahe zärtlich, durch seine nur leicht geöffneten Lippen. Dabei löst er sich nicht aus diesem Wolkendrama, dem jetzt ein aufkommender Sturm folgt und den Philipp willkommen heißt. „Nur zu, nur zu“, sagt er im gleichen Ton wie eben und glaubt doch nicht ernstlich, diesem dunkel-aufgewühlten Himmel befehlen zu können.
‚Mittag, und man müsste das Licht einschalten‘, denkt er, würde er sich wieder zu diesem Brief begeben, der noch lange nicht zu Ende gelesen ist. Aber gleich könnte das Unwetter entschieden sein, und er will sich nicht entgehen lassen, es von dieser Stelle aus zu beobachten.
Es klingelt erneut, doch jetzt bedrängend lange an seiner Wohnungstür. Philipp ist, als schauten da zwei fremde Augen über seine Schulter, in die gleiche Richtung mit ihm, kreuzten dabei quälend nah den Rhythmus seines Atems.
Er begibt sich erneut in den Flur, dieses Klingeln durch das Öffnen der Wohnungstür zu unterbinden. Dabei wird er nicht gewillt sein, zu verbergen, dass er sich gestört fühlt. Unfreundlich und kurz ist dann auch sein „Ja?“, das er, beim ungestümen Aufreißen der schweren Wohnungstür, noch durch den ersten Spalt, der Klingelnden entgegenknurrt.
„Guten Tag, ich bin Penelope Creutzberg, ich möchte Sie kennenlernen.“
Nur der Bruchteil eines Sekundenblicks genügt Philipp, zu erfassen, dass da eine außergewöhnlich schöne Frau vor ihm steht. ‚Geballte Schönheit‘, denkt er. Schönheit, die wehtut, schmerzt in ihrer Unmittelbarkeit, und sie gehört zu einer sehr jungen Frau. Es bedarf keines zweiten Blicks für ihn. Diese Art Schönheit muss nicht erst aufgespürt werden. Geheimnislos steht sie vor ihm. Für Philipp so eindeutig, dass ihm die klassischen Skulp-

turen der Uffizien in den Sinn kommen. Er bemerkt, dass er den Kopf schüttelt, als er wieder einmal zu verstehen glaubt, wie es ist, sich von dieser Art Fleisch gewordener Schönheit geblendet des Atems beraubt, ja, beinahe gelähmt zu fühlen. Gleichzeitig belustigt ihn der Vergleich mit den Uffizien, und ein Schmunzeln erhellt sein Gesicht. Als ob er sich anschickte, darüber zu erstaunen, fährt er sanft mit zwei Fingern an den Konturen seines Munds entlang, diesem ersten Schmunzeln seit einer Fülle von Tagen nachzuspüren. Doch versagt er sich wie gewohnt dabei, an den drei oder vier seine Oberlippe überbordenden Barthaaren zu zwirbeln.

Die nicht zu übersehende Tatsache, dass er mehr als zwei Jahrzehnte älter ist als dieses menschgewordene Wunder hier vor ihm im Treppenhaus, lässt ihn die Fassung wiederfinden, noch bevor die junge Frau seine Irritation bemerkt haben kann.

Sie ist gewillt, der Zögerlichkeit des vielbeschäftigten Professors in selbstbewusster Freundlichkeit offen entgegenzulächeln.

Philipp wird sich blitzartig der vertanen Stunden seines Vormittags bewusst und tritt auf die Schwelle zwischen Flur und Treppenhaus.

„Oh, ähm, das ist, das ist sehr schmeichelhaft, aber äußerst ungünstig“, stammelt er jetzt und verrät damit nun doch seine Befangenheit. Schnell setzt er nach: „Jetzt, jetzt ist es äußerst ungünstig.“

Die ganzen letzten Tage wäre es ungünstig gewesen, da er sich nun mal entschieden hatte, diese in seiner Höhle verkrochen vorüberziehen zu lassen. Er hatte sich eingeigelt und eingemöhlt, jeden menschlichen Kontakt gemieden, verknistert in Gedanken, die sich an der der Jahreszeit entsprechenden Düsternis orientierten.

„Wann wäre es denn günstig, Herr Professor Seefelder? Ich kann wiederkommen. Morgen vielleicht?“

Philipp ist noch zu erschrocken und unvorbereitet, dass er gar nicht erst versucht, ihre Beharrlichkeit einzuordnen. Er starrt sie an und weiß wieder eine Sekunde zu lang nicht, was zu entgegnen angebracht sei. Die junge Frau, die sich mit Penelope Creutzberg vorgestellt hat, neigt ihren Kopf ein wenig zur Seite und schlägt die Augen nieder, als wolle sie ihn allein lassen beim Finden seiner Antwort. Philipp glaubt, sie dabei tief einatmen gehört zu haben, und da sie jetzt ihren Blick langsam, wie aus einer weiten Ferne kommend, wieder auf ihn richtet, fühlt er sich trotz der Faszination, die diese Unbekannte auf ihn ausübt, merkwürdig bedrängt, so dass er sich zu schützen wünscht.

„Nein, nein, morgen geht es gar nicht, da …" Philipp räuspert sich und sucht nach seiner gewohnten Souveränität im Umgang mit jüngeren Menschen, die sich etwas von ihm erhoffen, indem er seine Locken aus der Stirn streicht und, sich gespannt aufrichtend, eine besonders gerade Haltung einnimmt.

Penelope ist in ihrer modelgleichen Grazilität zwar ziemlich hochgewachsen, aber dennoch überragt Philipp sie um Kopfeslänge.

Was habe diese fremde junge Frau zu interessieren, welche Angelegenheiten seinen morgigen Tag bestimmen sollen, fragt er sich, außerdem sei wohl so etwas Profanes wie Wohnungsputz nicht das Thema, mit dem dieses Wesen zu behelligen wäre.

Philipp überlegt, ob er sie zu DUSSMANN bestellen solle. Dabei kommt ihm erst jetzt in den Sinn, dass es angebracht sei, zu fragen, was sie überhaupt von ihm wolle. Ein Interview vielleicht? Sollte sie von der Zeitung sein? Er hatte dieses doch am Telefon zu führen gewünscht. Der Termin war auf den Nachmittag festgelegt. Vielleicht ist sie es, die ihn in der letzten Stunde immer wieder anzurufen versucht hatte.

Seine Vermutungen überschlagen sich. Andererseits scheint sie für eine angestellte Journalistin noch zu jung zu sein. Vielleicht sucht sie Hilfe für ihre Bewerbung an der Hochschule? Aber eine Mappe oder ein Portfolio, was sie von ihm zu begutachten wünschen könnte, hat sie nicht dabei. Mit dem kurzen Blick, den er gleich zu Anfang über den Radius seines Eingangsbereichs schweifen ließ, hatte er das festgestellt. Nun, sie glaubt vielleicht, dass ein Stick genügen könne. Vor Philipps Augen taucht das Bild Katharinas auf, an die er eben durch die Lektüre von Steffis Brief erinnert wurde, und er spürt sich für einen kurzen Moment am Einatmen gehindert. Katharina, sie trug ihren Stick an einem schmalen Lederband um den Hals. Wahrscheinlich wird auch diese junge Frau ihre sämtlichen Daten und Dateien irgendwo an ihrem schmalen Körper in einem Ding, das nur ein Drittel so groß wie ein Feuerzeug ist, verwahren.

Warum nur will ihm die einfache Frage nicht gelingen, die seinen Spekulationen ein Ende setzt? Doch als wäre seiner dringend gebotenen Aufmerksamkeit etwas entgangen, hätte er nur besser zuhören oder kombinieren müssen, fühlt er sich plötzlich schuldig an der Rätselhaftigkeit dieser Begegnung in seinem Treppenhaus.

„Schade, ich bin nur noch morgen in Berlin", sagt Penelope, bedauernd zwar, aber weiter in ihrer ungebrochen ermutigenden Freundlichkeit, als würde sie beide ein Stück angenehmster Biographie verbinden.

„Ach?", sagt Philipp jetzt, völlig sinnlos und wie nebenbei. Wieder denkt er an das verwohnte Loft hinter sich, mit all den Spuren der letzten Tage und Nächte. Und Penelope, die Unbekannte, strahlt weiter, obwohl sie jetzt sogar ihr Bedauern ausdrückend die fragilen Schultern im Zeitlupentempo hebt und, nachdem sie ihm Kopf und Hals ein wenig näher entgegenstreckt, wieder entspannt fallen lässt.

Philipp sucht nach Worten, die diese Unbekannte beschreiben könnten, als müsse er später vor jemandem ein getreues Bild von ihr erstehen lassen. Dieser kurze Moment nach dem Senken der Schultern und bevor sie wieder zu reden beginnt, wäre die Sekunde für das perfekte Foto, denkt er und fühlt sich von einer Wehmutswelle durchspült, während er seinem Blick die Ruhe gönnt, dem Schwenk eines warmen Scheinwerferlichts gleich, über sie hinwegzugleiten. Diese laszive Gelassenheit in ihrer Körperhaltung, und die kindliche Offenheit in ihren Gesichtszügen … So unmöglich es ist, nach dem Licht zu greifen, so unmöglich wird es sein, diesen Augenblick zu fassen, der schon entschwunden ist – wie es ihm überhaupt versagt bleibt, festhalten zu können, was da vor ihm steht …

„Ja, übermorgen geht mein Flieger nach Rom.“

„Rom? Schön, ja, Rom …“

Nicht etwa Rom ist es, was ihn augenblicklich in eine kleinlich missmutige Stimmung versetzt, nicht die Tatsache, dass diese junge Frau beabsichtigt, ihm übermorgen in die tausendjährige Stadt zu entfliegen. Es ist vielmehr der Umstand, dass er, um sich nicht noch einmal zu räuspern, die unteren Vorderzähne dermaßen in seine Oberlippe verbissen hat, dass er jetzt sein Blut schmeckt und daran erinnert wird, es vorhin versäumt zu haben, seinen Bart zu stutzen. Aber wieso sollte das, fragt er sich, wie auch sein seit Tagen zerwühltes und ungelüftetes Vierquadratmeterbett, überhaupt ein Fakt sein, den irgendjemand außer ihm selbst etwas anginge?

Die junge Frau, Philipp hat ihren Namen schon in der Sekunde, als sie ihn genannt hatte, wieder vergessen, ist eigentlich noch eher ein junges Mädchen, stellt er, ehrlich bemüht, seine Laune zu verbessern, fest. Scheinbar ungerührt steht Penelope vor ihm und sieht ihn weiter freundlich an. Dabei kann ihr seine Verwirrung nicht entgangen sein. Wahrscheinlich dankt sie es der Entfernung, die eine ganze Generation zu diesem Mann vorgibt, dass sie so locker, so unbefangen, ja, belanglos auch, wie es nur eine solche Jugend vermag, von vorweihnachtlichen Flugverbindungen zu erzählen beginnt. Philipp aber fehlt die Konzentration fürs ungeteilte Zuhören in diesem dezemberkalten Treppenhaus. Er hat sich wieder in angestrengtem Grübeln um die von ihm achtlos auf dem Boden verteilten Kleidungsstücke, Strümpfe, Unterhosen, T-Shirts, Hemden, Hosen und sein Bett verstrickt. Sein Bett, das Spuren seiner Einschlaf- und Aufwachgedanken aufweist, die ihm nun auf einmal peinlich sind. All das mutet er Olga zu und war ihm bisher ziemlich egal. Olga spricht kaum seine Sprache. Abgesehen davon, dass er sie einmal in einer sentimentalen Stimmung in seinem Testament bedachte, verbindet ihn nichts mit ihr. Da fällt auch die Tatsache, dass sie sich mit seinen intimsten Wäschestücken befasst, nicht ins Gewicht. Aber diese junge Frau vor ihm gehört für Philipp zu denen, die er sich nicht unbedingt mit Staubsauger und Putzutensilien vorstellen will, genausowenig, wie er sie überhaupt in Verbindung mit Staub und Schmutz und den sichtbaren Folgen ausgelebter Männerphantasien bringen möchte. Der verschlissenen Cargo-Hose mit den Fäden ziehenden, kleinen Rissen und Löchern, die schon seit Tagen an ihm herumhängt, schämt er sich weniger. Schließlich gönnt er sich täglich ein frisches T-Shirt, was ihn in diesem Moment beruhigt. Wenigstens wird er so nicht Gefahr laufen, einen üblen Geruch zu verbreiten. Sein flanellenes, tiefrotes Hemd, das er über der Hose trägt und nur mit zwei Knöpfen oberhalb seines Gürtels geschlossen hält, hat er zwar schon den vierten Tag übergeworfen, aber er weiß, dass es zu ihm passt und ihn sogar etwas jünger erscheinen lässt.

Das erwartete Unwetter hat eingesetzt. Philipp und Penelope beobachten es durch die Scheiben des eine halbe Treppe tiefer gelegenen Fensters.

Sturm, Hagel, das ganze Programm, registriert Philipp nicht ohne eine kleine Faszination. Schon ist die riesige Kastanie auf dem Vorplatz, deren ausladende Krone bis zu ihm in den sechsten Stock reicht, nur noch zu erahnen. Es fröstelt Philipp hier draußen im Treppenhaus, wo es inzwischen so dunkel geworden ist, dass er auf den erleuchteten Lichtschalter neben seinem Klingelknopf drückt. Er möchte zurück in sein Atelier, vor seine Fensterfront, in die Behaglichkeit seiner Gasheizung. Warum verabschiedet sie sich nicht?

„Sie haben wirklich schöne Hände“, hört er sie plötzlich sagen, und das trifft ihn nun beinahe noch unvermuteter als diese ganze Begegnung hier am Mittag in seinem Hausflur, und seiner ungastlichen Stimmung.

Als hätte sie ihn mit diesen Worten dazu aufgefordert, wagt er jetzt einen offenen, geradezu intensiven Blick über ihre ganze Gestalt. Zweifellos, sie ist noch sehr jung, aber geschminkt und deshalb schwer zu schätzen. Das knappe schwarze Wintermäntelchen liegt eng an ihrem mädchenhaft schmalen Körper. Sie trägt schwarze, hohe, eng anliegende Lackstiefel. Bis zum Saum ihres Mantels und eines darunter zu vermutenden sehr kurzen Rockes sind ihre kleinen Knie und ein faszinierend großer Teil ihrer geraden, fast endlos erscheinenden Oberschenkel in seidig glänzenden Strümpfen sichtbar.
„Und, was sagt Ihre Mutter dazu, dass Sie hier sind?“
„Sie weiß es nicht, und ich habe auch nicht vor, mit ihr darüber zu sprechen.“
‚Sie hat Humor‘, denkt er, und ein Schimmer von Mut beginnt ihn einzunehmen. Mit zwei Fingern stößt er seine Wohnungstür hinter sich auf und sagt: „Kommen Sie rein!“ Und als sich der junge Körper an ihm vorbeiwindet, denn allzu weit hat sich der Flügel unter der Kraft seiner Finger nicht öffnen können, weht ihm ein unbekanntes Parfum entgegen, während er vorsichtig seinen Atem bei sich behält – außer Kaffee und Zigarettenrauch hat er heute noch nichts zu sich genommen.
„Kaffee, Espresso, Cappuccino oder Tee vielleicht?“, fragt Philipp in Penelopes Rücken und dirigiert sie den Flur entlang ein paar Stufen hinauf in die an sein Atelier grenzende Küche.
„Gern einen Tee“, antwortet sie und schwebt, ohne sich umzudrehen, interessierten, beinahe prüfenden Blicks die kargen, grob verputzten Mauern seines Entrées entlang.
„Schwarz? Grün? Weiß? Pfefferminz? Zitrone? Kamille? Ingwer? Frucht? Rooibos?“, zählt Philipp, halb singend, so wie er es bei ähnlichen Gelegenheiten gewohnt ist, auf. Und sie lacht, wie von ihm erhofft, ein schönes, ein vollkommenes, offenes Lachen, lässt ihm den perfekten, strahlend weißen Kranz ihrer Zähne unter den vollen, kirschrot bemalten Lippen entgegenleuchten. Jetzt lächelt auch er, fühlt sich entspannt, und in beinahe fröhlicher Erwar-

tung lässt er Wasser in den Kessel laufen, um es auf der Gasflamme zu erhitzen. Dann lehnt er sich an seinen Herd und beobachtet sie erneut. Penelope, ihren Namen hat er immer noch nicht wieder erfragt, sieht sich in seiner Küche um. An den Wänden sind von Philipp zu unterschiedlichen Zeiten großzügig verteilt diverse Sätze geschrieben worden, die es ihm wert sind, dort mit ihm zu leben. Lächelnd zitiert Penelope: „‚Seines Todes ist man gewiss, warum soll man nicht heiter sein.' Nietzsche, 28. Juni ..."
Während sie weiter seine Schriftzeichen zu entziffern versucht, als ginge es darum, einen bestimmten Spruch zu finden, der auch ihr einen Schlüssel zu etwas böte, was sie zu finden erhofft, begibt sich Philipp die paar Schritte zu ihr. Das schwarze wollene Mäntelchen lässt sie weich von ihren Schultern in seine Hände gleiten, und befriedigt stellt er fest, dass sie sich gleich auf einen seiner Barhocker schwingen wird. So, wie sie gekleidet ist und sich bewegt, scheint ihm das der vollendete Stil zu diesem Interieur zu sein.

Schnell räumt er einige Zeitungen, Zettel und Fotos auf dem Tresen zusammen, um alles auf zwei nebeneinander stehende Stühle zu stapeln, die schon mit ähnlichen Papierhaufen belegt sind. Dabei rutschen ihm mehrere großformatige Stadtansichten von Sydney heraus und verteilen sich auf dem Boden. Penelope hebt sie mit geschmeidigen, sorgfältigen Bewegungen auf. Da ihr dabei ein längerer und gezielt wirkender Blick auf eine der Fotographien passiert, glaubt Philipp ihr erklären zu müssen, wer die Architekten einiger der darauf abgebildeten Gebäude seien. Doch Penelope unterbricht ihn: „Tut mir leid, ich interessiere mich nicht sonderlich für Architektur, können wir das Thema also lassen?"

Verdutzt hantiert er an dem überbordenden Papierhaufen herum, ihn auszubalancieren, da der gerade droht, auseinanderzudriften und von den Stühlen zu gleiten.

„Darf ich rauchen?", fragt Penelope und sieht sich nach einem Aschenbecher um.

„Sicher“, sagt Philipp und schiebt ihr eine Untertasse auf den Tisch vor einen seiner Barhocker, beobachtend, wie sie sich zu setzen anschickt, und fühlt sich nicht enttäuscht.
Ihre Bewegungen scheinen ihm merkwürdig kontrolliert, beinahe raffiniert, ähnlich denen eines Mannequins. Auch ihre Stimme hört sich reifer an, als sich ihm ihr Alter darstellt, tief, ein wenig rau. Ein Klang, den man nicht so leicht wieder vergessen wird, der sich einprägt und ihr etwas Unverwechselbares gibt.
„Was machen Sie in Rom?“
„Mein Vater lebt dort, und zu Weihnachten will ich ihn besuchen. Sonst haben wir Weihnachten immer in Deutschland verbracht, bei meinen Großeltern, aber dieses Jahr will ich das nicht, verstehen Sie …?“
Wie sollte er, denkt er, schenkt es sich aber, mit einem klaren „Nein“ zu antworten. Er will nicht noch mehr Verwirrung in die ungleiche Unterhaltung bringen. Zwar gesteht er sich ein, dass zu seiner Neugier inzwischen auch eine gewisse Ungeduld hinzugekommen ist, aber dennoch dünkt es ihm besser, zuzuhören, um zu begreifen, was diese Unbekannte zu ihm geführt habe, als weiter Fragen zu stellen. Inzwischen brüht er mit dem sprudelnden Wasser den von ihr gewünschten Tee auf.
„Ich bin in Mailand und Rom aufgewachsen.“
„Sie sprechen ein einwandfreies Deutsch“, sagt Philipp eher sachlich als anerkennend, während er Zucker, zwei Teegläser und eine weitere leere Teekanne bereitstellt, die er eben mit dem Rest des kochenden Wassers erwärmt und ausgespült hat.
„Na ja, ist ja schließlich meine Muttersprache.“
Einen Moment ist es still. Beide starren auf die gläserne Kanne, in der die Teeblätter ziehen, und beide lassen es gegenseitig zu, ihren eigenen Gedanken nachzuhängen.
Nach einer Weile zündet Philipp das Teelicht in einem Stövchen an. Dann schüttet er den Aufguss durch ein Sieb in die bereitgestellte Porzellankanne und schenkt seinem Gast und sich ein.

„Wie geht es Ihnen?“, fragt Penelope plötzlich, und es klingt offensiv.
„Wie soll’s mir gehen? Was wollen Sie wissen? Was wissen Sie?“, entgegnet er und stellt die Teekanne behutsam auf dem Stövchen ab. Dabei scheint ihm seine letzte Gegenfrage ein wenig zu hart herausgerutscht zu sein.
„Na ja …“, sagt sie, und erstmals scheint sie ihm ein wenig irritiert, indem sie mit einem kleinen Nicken auf seinen Kopf verweist.
„Woher?“, fragt er wieder.
„Na ja, ich hab’s gelesen“, sagt sie beiläufig. „Waren Sie lange weg?“
Er schüttelt den Kopf: „Nicht übermäßig, es ist vorbei. Alles in Ordnung.“
„Alles in Ordnung“, wiederholt sie etwas prononciert, und er fühlt sich von diesem Mädchen, wie es ihm jetzt scheint, merkwürdig vorgeführt, mit einer Distanz betrachtet, die sie vorhin im Treppenhaus nicht hatte. Als müsse er sich wehren, sucht er nach Worten, weiß aber nicht, wo er beginnen soll, bei dieser Fremdheit zwischen ihnen. Da stellt sie ihm erneut eine Frage, auf die er nicht gefasst ist: „Haben Sie Kinder?“
„Nein“, antwortet er trocken.
„Und das wissen Sie so genau?“
„Nein.“
„Warum antworten Sie dann mit ‚Nein‘?“
Philipp fällt auf, dass sie inzwischen ihr freundliches Strahlen verloren hat. Etwas altklug Dozierendes haftet ihr plötzlich an, aber irgendwie möchte er nicht glauben, dass dies ein ihr vertrauter Wesenszug ist. Sie versucht ihm etwas vorzumachen, vielleicht möchte sie älter wirken als sie ist?
„‚Warum werden gerade diejenigen Wünsche, die sich auf Irrtümer gründen, in uns übermächtig?‘ Christa Wolf, ‚Kassandra‘“, liest Penelope jetzt in der oberen Ecke seiner Küche, und da die Buchstaben von ihrem Platz aus nur schwer entzifferbar sind, muss ihr das Zitat schon vorher bekannt gewesen sein.

‚Was ist das für ein Spiel?', denkt er und ist nur noch bestrebt, seine Verblüffung nicht zuzugeben, da ihr fragender Blick auf ihn gerichtet bleibt und sie mit ihrem „Und?" eine Antwort einfordert.
„Ich korrigiere mich wie folgt: Nicht, dass ich wüsste. Oder wahrscheinlich nicht, wahrscheinlich habe ich keine Kinder."
Philipp fragt sich, ob die Rätselhaftigkeit dieser Situation noch weiter Kraft hat, seine Neugier anzustacheln, oder ob er sich nicht doch schon wieder unangenehm bedrängt fühlen sollte. Warum gelingt es ihm nur nicht, diese Unterhaltung zu führen und schließlich auch zu lenken, so wie er es von sich gewohnt ist? Plötzlich durchzuckt ihn ein Gedanke. Natürlich, warum ist er nicht viel eher auf diese Möglichkeit gekommen – statt dessen, gesteht er sich ein, habe er sich durchaus etwas mit ihr zu tun vorgestellt, was dieses fragwürdige Hin- und Hergerede in ein notwendiges und in gewisser Hinsicht sogar recht erregendes Vorspiel gewandelt hätte. Plötzlich aber drängt sich da eine Ahnung in ihm auf, die alles verändert und jene geschlechtlichen Gedankenspiele verbietet. Immerhin handelt es sich um eine Möglichkeit, konstatiert er, der sich wohl sehr viele Männer seiner Generation ausgeliefert finden können. Dass ihm ihr vorhin genannter Name nichts weiter gesagt hatte, als dass er ihn sofort wieder vergessen könne, spielt dabei nur eine unbedeutende Rolle. Aber sie hatte ungefragt und ziemlich schnell von ihrem Vater in Rom zu erzählen begonnen, daran erinnert er sich. In ihm arbeiten die Gedanken-Konstrukte abwechselnd für- und gegeneinander, und er glaubt jetzt nicht mehr, dass er das vor ihr verbergen kann.
Er muss sie einfach fragen, sagt er sich, und das ziemlich direkt, als bliebe nicht mehr viel Zeit. Mit dieser Möglichkeit hat sie sich gewandelt, die Zeit hier in seiner Küche. Plötzlich ist jede Erotik, die eben noch die abgestandene Luft seiner Küche aufgeladen und dominiert hat, wie weggeblasen. Wahrscheinlich, vermutet Philipp, wird es mit dem Unwetter draußen ähnlich

sein, auf dessen Beobachten er wegen dieses ungeladenen Besuches verzichten musste. Doch jetzt soll es ihm nicht schwer fallen, seine ungeteilte Konzentration auf dieses junge Mädchen zu richten. Beinahe zärtlich sieht er sie an. Jetzt ist Philipp nicht einmal ansatzweise bemüht, sein Interesse an ihr zu kaschieren. Aber schon während er die erste Frage stellt, um endlich einer Gewissheit näher zu rücken, zweifelt er an der Richtigkeit seiner Vorgehensweise.

„Was macht Ihre Mutter?"

„Was soll sie machen? Sie wird wieder heiraten, nehme ich an."

„Heiraten, so. Und Ihr Vater?"

„Er ist nicht mein richtiger Vater."

„Aber Sie sagten doch, Sie besuchen ihn."

„Ich habe kein Bock auf Familie hier in Deutschland, das ist alles. Ich habe die wichtigsten Jahre meiner Kindheit mit ihm verbracht."

Aha, mit dieser Information fällt es ihm nicht schwer, seine Vermutung zu nähren. Er muss also doch mehr über ihre Mutter herausbekommen, obwohl, wieder befiehlt sich Philipp in kritisches Nachdenken, das wäre nicht unbedingt die Lösung. Schließlich gab es Zeiten, da war er unterwegs, wie es allgemein üblich gewesen ist, unter seinen Kommilitonen oder den jungen Assistenten an der Hochschule. Anfangs war auch Aids noch kein Thema, jedenfalls nicht in der DDR, und die jungen Mädchen nahmen im Allgemeinen die Pille. Die wurde ab dem sechzehnten Lebensjahr nach Bedarf verschrieben und von der Kasse, der einzigen für alle existierenden Krankenkasse, ganz selbstverständlich bezahlt. Und später – denn ihm wird klar, dass er mit seinen Überlegungen angesichts ihrer offensichtlichen Jugend nicht so weit zurückgehen muss – ja, auch später, eigentlich bis heute, überließ er den Frauen die Entscheidung, sich zu schützen.

Gerade überdenkt Philipp seine nächste Frage, da sagt Penelope plötzlich: „Ich habe Sie mir ganz anders vorgestellt."

„So, und wie das?"

„Na ja, nachdem, was ich von Ihnen gelesen habe …"
„Ich dachte, Sie interessieren sich nicht für Architektur." Philipp meint mit einem nicht zu überhörenden Anteil an Humor geantwortet zu haben, der Penelope jedoch entgangen sein muss.
„Na und? Ist das so wichtig? Dass immer jeder seinen Job für das Nonplusultra hält!", sagt sie, und es klingt abfällig.
Sie ist frech. Eine Frechheit, denkt er, von der sie glaubt, dass sie ihr zustünde.
Er denkt an seine Mutter und wie er sie nur allzu oft schroff und unwirsch behandelt. Aber immerhin ist er bei ihr aufgewachsen, hatten und haben sie eine Beziehung zueinander, in der es ihm eben auch passiert, unachtsam oder sogar erzieherisch mit ihr umzugehen. Trotzdem ist er von zärtlichen Gedanken an seine Mutter erfüllt, und in diesem Augenblick, da er eventuell … vielleicht – er will diesen Gedanken nicht weiter denken, sicher auch, weil er ihm gar nicht so unrecht wäre, weil er sich sogar in ihn verlieben könnte – nimmt er sich vor, noch heute Abend mit ihr zu telefonieren und etwas länger als sonst. Nun, wenn das jetzt hier so ausginge, wie es sich für ihn andeutet, dann sicher ziemlich lange.
Philipp weiß noch immer nicht, wie er es anfangen soll, sich Gewissheit zu verschaffen, ohne ein Gesicht zu verlieren, von dem er nicht einmal weiß, welches von den vielen da gerade in welcher Weise auf sein Gegenüber wirkt.
„Gut, aber warum … ich meine, wie haben Sie mich denn, sind Sie darauf gekommen, dass … ach, vergessen Sie's …"
Penelope sieht ihn großäugig an und wirkt dabei durchaus so, als wüsste sie ihm bei der richtigen Formulierung seiner Frage zu helfen, genösse es aber, ihn bei seinem Stammeln zu beobachten.
„Sie sind eitel, das steht fest", sagt sie betont kühl und sachlich.
„Ertappt! Was? Glauben Sie, ich würde das bestreiten wollen? Sicher bin ich eitel. Eitelkeit ist schließlich eine Verpflichtung. Sie verpflichtet, wie Besitz, wie Talent, wie … Aber, gut, wenn

es Ihnen Spaß macht, dann bitte, werfen Sie es mir vor. Nur, Sie eventuell zu verletzen, wenn ich mich nicht verpflichtet fühle, den Vorwurf als einen solchen anzunehmen, wäre dann genau das, was mir meine Eitelkeit verböte. Ist es Ihnen möglich, mir zu folgen?" Philipp zwingt ihren Augen weiter seinen forschenden Blick auf, und endlich kommt es zu einem Lächeln, das sie beide in ein gemeinsames Lachen auflösen.

Vorhin, als er noch mit ihr schlafen wollte, hätte er sich diesen Moment als Beginn einer körperlichen Annäherung gewählt. Aber jetzt sagt er in fast väterlich strengem Ton: „Erzähl mir von deiner Mutter."

Penelope hat sein „Du" nicht überhört.

„Was soll ich von ihr erzählen? Dass sie gerade von den Malediven zurückgekehrt ist mit ihrem ...? Wir haben nicht das beste Verhältnis. Ich mag sie nicht besonders, und ich mag auch nicht über sie reden, das kannst du dir vielleicht zusammenreimen."

Also ein schlechtes Verhältnis zur Mutter, und jetzt sucht sie ihren Vater. Er muss behutsam vorgehen. Immerhin ist das vertrauliche „Du", was sich so unerschrocken, ja eher beiläufig zwischen sie geschlichen hat, eine hilfreiche Form, seine Forschungen zu betreiben.

Doch, als sie sich eine Zigarette anzündet, die dritte, seit diese junge Frau in sein Leben getreten ist, will ihm das auf einmal gar nicht mehr gefallen. Sie ist zu schade für diese Sucht. Er dächte ihre Generation sei aufgeklärter, klüger. Er sollte mit ihr darüber sprechen, aber nicht gleich heute, gemahnt er sich.

„Hast du einen Freund?", fragt er plötzlich, um sich selbst abzulenken, auch, weil es ihn ganz einfach interessiert. Penelope inhaliert den Rauch ihrer Zigarette mit einem so tiefen Zug, dass es Philipp schmerzt, dann antwortet sie: „Mhm, na ja, eigentlich schon, oder – auch ... aber man hört ja nicht so die besten Geschichten ... ich will ... also das klingt vielleicht blöd, aber ich will noch warten, bis ... ich hab' da eben eine andere Vorstellung, als sie meine Mutter vielleicht gehabt hat, oder Ihr sie habt."

Was Philipp jetzt da herauszuhören glaubt, gefällt ihm sehr. Sie sollte nur bei einer solchen Einstellung andere Röcke tragen und sich nicht so betont aufreizend bewegen. Aber vielleicht ist ihr das gar nicht bewusst. Philipp meint, sie vor seiner Strenge verteidigen zu müssen

„Was willst du machen, studierst du?“

Sie lacht. Hat er was Falsches gefragt? Dann müsse sie ihm das nachsehen, er fühlt sich erst seit wenigen Minuten als Vater, und noch ist es ja auch nur eine Vermutung, eine schöne, verlockende, wie er sich eingesteht.

„Muss man studieren?“

„Man muss gar nicht, aber wenn man das Zeug dazu hat. In Zukunft teilt sich die Gesellschaft weiter in Informierte und Nichtinformierte. Entweder gehört man dazu oder …“

„Oder nicht, und du gehörst dazu?“

„Nun, ich glaube schon, mir geht's nicht schlecht … Also, wenn du dich nicht daran stößt, dass ich meine Putzfrau ausgeladen habe, zeig' ich Dir gern mal mein Atelier.“

Oder war das jetzt wieder eitel, fragt er sich verunsichert, da sie erneut so eigenartig lächelt. Er sollte sich weiter nach ihr erkundigen.

„Ja. Und was machst du so in Berlin?“

„Die Stadt ist cool, ich informiere mich in ihr, könnte ich so sagen und da ist 'ne Menge zu entdecken. Da hab' ich dich eben auch auf meiner Liste, Professor Seefelder. Aber jetzt würde ich gern mal auf die Toilette.“

Philipp zeigt ihr den Weg. Während sie sich in seinem Badezimmer aufhält, geht er ins Atelier, zündet die Kerzen an, auf dem kleinen Tisch in der Ecke mit der Ottomane, und denkt, dass er jetzt nichts anderes getan hätte, wenn er sie als zu begehrende Frau für sich in seinem Bad wähnen würde; und plötzlich empfindet er Abscheu gegen solche Männer, wie er wohl einer war, als er noch keine Tochter hatte und dass er unbedingt über diese Gefahren mit ihr sprechen müsse. Wahrscheinlich würde dieser Italiener das versäumt haben. Was ist das überhaupt für ein

Mann, der sich von ihr als Vater bezeichnen lässt, sie dann aber allein den Abgründen einer Großstadt überlässt? Ein solch schönes, unglaublich schönes Mädchen, hat der denn keine Augen im Kopf? Für ihn ist das vielleicht ganz selbstverständlich, aber hier in Deutschland laufen nicht so viele von denen herum.

Philipp spielt mit seinem Jochbein, bewegt den Kiefer hin und her, bis ihn das kleine Knacken, was für ihn hörbar ist, nervös zu machen beginnt. Zwar fühlt er sich von sich selbst ertappt, ein Schmunzeln darüber aber will ihm nicht gelingen. Für ihn hat sich die Sicht auf seine Welt sonderbar verkehrt. Selbst seiner Mutter meint er sich noch kaum so nah wie seit einer halben Stunde zu fühlen. In einer bisher nie empfundenen Rührung denkt er an sie und ist voller Vorfreude auf das Telefonat mit ihr. Er müsse sie unbedingt besuchen, auch unabhängig von Weihnachten. Sehr bald sogar, vielleicht könnte ja auch … aber nein, dieses Mädchen – wie hieß sie nur? – Penelope, erinnert er sich plötzlich, ja, ein ausgefallener Name war es, Penelope, wiederholt er in weichem Flüsterton, dann setzt er seinen Gedankenfluss fort. Also sie, Penelope, wolle nach Rom, übermorgen geht ihr Flieger zu diesem Ex-Mann ihrer Mutter, dessen Aufsicht nicht unbedingt die beste, die angemessene für so ein bezauberndes Wesen zu sein scheint … Philipp räumt zwar ein, dass er gerade dabei ist, ein wenig zu übertreiben, indem er sogar gewillt ist, selbst ihr eigenständiges Reisen, das Fliegen nach Rom, als gefährlich einzustufen. Dennoch beginnt er sich zunehmend in der Rolle des besorgten Vaters zu gefallen.

Da steht Penelope auf der Schwelle zu seinem Atelier. Ihre Wimperntusche ist unter den Augen verlaufen, auch ihre Lippen hat sie im Badezimmer nicht nachgezogen. Sie lehnt sich in den Türrahmen, beobachtet Philipp, wie er bemüht ist, etwas oberflächliche Ordnung in sein Atelier zu bekommen, gerade die Seiten des am Boden verstreuten Briefes aufnimmt. Dabei flackern zwei der Kerzen auf, wie ein kleiner, leiser Protest. Plötzlich sagt Penelope fest und bestimmt, dass sie jetzt gehen müsse.

„Wieso das?“, fragt Philipp erschrocken.
„Ich glaube, dass Sie mich nicht verstanden haben“, sagt sie in einer unheimlichen Distanz, die ihm so unerklärlich anmutet, dass er sprach-, und regungslos in der Mitte seines Ateliers stehenbleibt.
„Sie brauchen mich nicht hinauszubegleiten. Ich find’ mich schon.“ Und damit wendet sie sich zum Gehen, nur eine Spur weniger elegant als sie gekommen ist.
Philipp eilt ihr nach, hilft ihr in den Mantel. Gerade einmal eine halbe Stunde mag vergangen sein, dass er den an die Garderobe gehängt hatte.
„Jetzt haben wir überhaupt nicht über sie gesprochen“, sagt sie, eher in sich hinein als für ihn bestimmt.
„Ja, aber … haben wir denn … irgendwie haben wir vielleicht ja die ganze Zeit gar nichts anderes getan?“, fragt er zärtlich und wehmütig zugleich, in dem schmerzlichen Bewusstsein, sie nicht halten zu können.
„Wenn Sie das so meinen, na dann … Herr Philosoph, Sie sind ja der Informiertere von uns beiden …“
Hat sie das, obwohl ironisch lächelnd, nicht doch mit echter Wärme in ihrer Stimme nachgeschoben, fragt er sich und schaut ihr hinterher, wie sie die Treppe mit leichten, fast tänzelnden Schritten nach unten nimmt. Er wünscht sich noch einen Blick, so einen, der das Rätsel lösen könne, doch den schenkt sie ihm nicht. Und ein unbestimmtes Gefühl, sie nicht wiederzusehen, befällt ihn, nistet sich ein und wird ihm die Laune dieses Tages verderben.
Sein Loft ist nun erfüllt von dieser Ratlosigkeit, in der sie ihn zurückgelassen hat. Wie sich die Dinge in so kurzer Zeit verändern können, ohne dass mit ihnen etwas passiert ist? Sie hat sich gar nicht interessiert für sein Atelier, geschweige denn für seine Arbeit. Aber hatte sie nicht gleich zu Beginn zu ihm gesagt, sie möchte ihn kennenlernen? Er könnte ihr nachfahren, er könnte sie mit dem Lift noch leicht unten abfangen, weiß er. Dennoch bleibt er wie angewurzelt stehen. Eine Hilflosigkeit breitet sich

in ihm aus, die er an sich so nicht kennt. Doch, einmal, erinnert er sich jetzt, und er erinnert sich ungern – mit schal-bitterem Geschmack auf der Zunge drängt sie sich ihm entgegen, diese Erinnerung. Einmal hat er sie ähnlich erlebt. Diese Hilflosigkeit, die sein Denken und seinen gesamten Bewegungsablauf in Zeitlupentempo gezwungen hatte. Auch damals war ihr Auslöser eine noch junge Frau gewesen. Kaum älter als die, die eben seine Schriftzeichen an der Küchenwand zu entziffern versucht hatte. Katharina, seine Studentin! Vorhin hatte er ihren Namen lesen müssen. Sie war wieder vor ihm aufgetaucht, durch Steffis Zeilen. Philipp fasst sich an die Kehle und berührt dann seine Halsschlagader. Da war es wieder, dieses den Atem übertönende Pochen. Vorhin war es nur vom Klingeln der geheimnisvollen jungen Frau unterbrochen worden, aber ausgelöst hatte es allein das Buchstabieren von Katharinas Namen in Steffis Brief. Philipp verzieht sein Gesicht zu einer Grimasse. Er hatte sich dieses Lebendigfühlen so ganz anders gewünscht, als er sich zur Lektüre der vielen Zeilen überredete. Dieses Lebendigfühlen allein durch das Pochen seines Herzens. Nun war es also Katharina, die so unvermittelt vor ihm aufgetaucht war und sein Herz rasen ließ. Bisher hatte er sich ein Erinnern an Katharina verboten. Weitgehend erfolgreich war er damit gewesen, schloss man Träume aus, die ihn ungefragt überkamen und das plötzliche Nennen ihres Namens, dem er genauso ungefragt ausgesetzt sein konnte. Dabei war Katharina nicht nur aus seinem Leben, sie war auch aus der Uni verschwunden. Ohne dass Philipp es auch nur im Entferntesten hätte begreifen können, blieb sie aus seinem Leben verschwunden. Verschwunden ohne Vorwarnung, ohne das kleinste Zeichen, ohne, dass er sich einer Schuld hätte bewusst werden können. Abschiedslos war sie gegangen. Und bis heute fragt er sich, ob das nicht überhaupt das Schlimmste an diesem Ende für ihn war. Sie hatte ihn des Abschieds nicht für wert befunden.
Vielleicht ist er aber auch überfordert mit dieser Generation? Philipp versucht sich in die Gegenwart zurückzuholen. Vielleicht

versteht er diese Generation eben nicht? Sie hat so etwas seltsam Unverfrorenes und dabei so Beliebiges. Es nützt nichts, sich weiter in Gedanken zu verfangen, sagt er sich und weiß doch, dass er nun auch diese junge Frau von eben nicht aus dem Kopf kriegen wird, ja, er fürchtet sogar seinen Körper erneut befallen von Begierden, die gerade dieses Unwissen um sie und ihre Generation in ihm geweckt hat. Was aber hat er eigentlich mit ihnen zu schaffen? Wenn sie nicht gerade von ihm lernen wollen, er braucht sie nicht. Es stört ihn erheblich, dass die Fragen jetzt an den Wänden zu kleben scheinen wie der raue, ungleich aufgetragene Putz in seinem merkwürdig veränderten Atelier.

Im Interview mit der Zeitung, das eines seiner Studentenprojekte werbend unterstützen sollte, antwortet Philipp professionell, aber leidenschaftslos. An diesem Abend ruft er seine Mutter nicht an und sagt Olga ab, weil er auch den nächsten Tag sein Loft ungestört für sich allein haben will. Er nimmt sich vor, zu trinken und will morgen seinen Rausch ausschlafen. Vorher wird er aber noch diesen Brief zu Ende lesen.

In den letzten Stunden hatte er ihn zwar beinahe vergessen, nicht aber das Gefühl, was sich mit der Nennung von Katharinas Namen seiner bemächtigte. Vielleicht könnte dieser Brief ja wie eine Impfung gegen seine irrenden Gedanken um Katharina wirken. Das Kuvert und der ihm beigelegte Zettel im A5-Format sind noch immer im Badezimmer. Nur liegen sie nicht mehr auf den Fliesen am Boden. Penelope hatte beides aufgehoben und auf den Rand der Badewanne gelegt.

> An wen denkst Du wohl jetzt, da es Dir klar sein muss, dass es für Dich vielleicht kein Erwachen mehr nach dieser Operation geben wird? Von wem nimmst Du Abschied? Welchen Bildern, welchen Menschen erlaubst Du, dass sie sich in Dir ausbreiten. Gibt es da eine Nische für mich? Wohl eine für Katharina, stell ich mir vor. Denn ich weiß, dass Ihr zusammen wart. Ich weiß alles, Philipp, denn ich

war es, die sie Dir zuführte, die Euer Zusammensein dirigierte.
In diesem Café, in dem ich Euch beobachtete, unterstellte ich Euch ein Verhältnis, das damals aber noch gar nicht begonnen hatte. Nur in einem irrte ich mich nicht, Du warst verliebt, über beide Ohren verliebt, bemühtest Dich nicht einmal, das zu verbergen. Es strahlte über diesen Spiegel zu mir bis in meine dunkle Ecke hinein und durchstach mir meine Eingeweide. Aber Katharina konnte nicht im gleichen Maße in Dich verliebt sein, sie konnte es nicht wirklich genießen, von Dir begehrt zu werden.
Katharina Kleinschmidt ist lesbisch und das entschieden und bekennend, seit sie ihrer Pubertät entwachsen war und das, dank aufgeschlossener Eltern, ohne weitere Probleme. Das wusste ich, und ich wusste es von ihr. Sie hatte es mir selbst erzählt. Wenn sie also mit Dir zusammen war, so konnte sie nur eine Rolle spielen. So konnte es nur aus Berechnung sein. Vielleicht erhoffte sie sich durch die Beziehung zu einem berühmten Architekten, den mühseligen Weg zu einer eigenen Karriere zu verkürzen. Da es absurd und sicher auch sinnlos gewesen wäre, Dich zu warnen, fasste ich in meiner – sich nun erstmals auch noch mit Eifersucht aufladenden – Verzweiflung einen Entschluss. Wenn Katharina Dir eine Rolle vorspielte, was hinderte mich daran, ihr eine Rolle vorzuspielen?
Noch etwa eine halbe Stunde blieb ich sitzen und malte mir ein paar Vorgehensweisen aus, dann riefst Du nach der Kellnerin, die sich gerade in meiner Ecke aufhielt und bemerktest mich. Es dauerte nicht lange, da brachst Du auch schon, begleitet von einer Studentin und einem Studenten, auf. Ich werde wohl nie herausbekommen, ob Du ohnehin vorhattest zu gehen, oder ob der Gedanke, mit mir in einem Raum gesessen zu haben, Dir Dein Bleiben verleidete. Jedenfalls waren Katharina und ein weiteres Pärchen am

Tisch sitzen geblieben. Ich nahm all meinen Mut zusammen, diese Gelegenheit zu nutzen, mich Katharina zu nähern. Aber ich wusste auch, dass das, was ich in der letzten Dreiviertelstunde durchlebt hatte, jetzt durch nichts Schlimmeres mehr übertroffen werden konnte.

Katharina machte es mir leicht. Kaum hatte sie mich erkannt, glühten ihre kleinen Pausbacken erneut auf, und ich konnte beruhigt feststellen, dass dieses Rot sich auch in Flecken über ihren Hals verbreitete, was offensichtlich während der Begegnung mit Dir nicht in dem Maß der Fall gewesen war. Ich verwickelte sie in ein Gespräch, wobei mir mein ehemaliger Job als Sprechstundenhilfe meines Mannes hilfreich war, und wir verabredeten uns.

Ich wollte mit ihr in eine Beziehung treten, deren Art und Weise ich mir damals noch nicht ausmalen konnte, von der ich mir aber vor allem eine sich ganz selbstverständlich ergebende Nähe zu Dir erhoffte. Ich hatte sehr wohl bemerkt, dass ich auf Katharina immer noch anziehend wirkte. Eben noch musste ich erleben, wie Katharina ihre Weiblichkeit und ihre Jugend ausgenutzt hatte, Dir zu gefallen. Diese offensichtliche Berechnung schmerzte mich für Dich, aber sie konnte mir auch eine Chance eröffnen, nämlich, Dir nahe zu sein. Ja, und so versuchte ich, mich Katharinas Mittel bedienend, sie für meine Pläne zu gewinnen. Denn ich bin nicht lesbisch, habe auch keine sonderlichen Sympathien in der Richtung, es gibt überhaupt für mich nur noch Gedanken an Sexualität, die ich mit einem einzigen Menschen verbinde, und dieser hat seine Türen schon fast drei Jahre vor mir verschlossen.

Ich schaue hinaus. Der Tag ist jetzt endgültig da. Es gibt ihn also, diesen Tag, an dessen Ende vielleicht auch eine Endgültigkeit steht …

Wieso sage ich ‚vielleicht‘? Habe ich mir nicht auferlegt, dass, wenn Du ihn überleben solltest, ich wenigstens die-

sen Abschiedsbrief an Dich verfasst habe? Sollte es nun heute ein Abschied werden, bei dem das Gefühl dem Verstand zu folgen vermag? Denn wie viele Abschiede habe ich schon versucht? Nicht einen einzigen davon hast Du mitbekommen. Für Dich war alles in diesem flüchtigen, von Dir gewünschten und beschlossenen Gespräch vorbei. Danach konntest Du wieder zu Deiner Tagesordnung übergehen – Du hast es irgendwann begonnen, und Du würdest es auch beenden. Das war von Anfang an klar. Die Spielregeln diktiertest Du, nach dem grausamen Wissen, dass immer der, der weniger liebt, seine Stärke und die Übersicht behält. Wenn aber einer gar nicht liebt? Dann gibt es noch nicht einmal diese Regeln, dann gibt es auch keine Verantwortung, dann weiß keiner, wann das Spiel eröffnet ist, dann kann alles in sich zusammenbrechen, ohne dass es eines Wortes bedarf. Aber jemanden, der zu reagieren hat, wie auch immer, den gibt es, der ist da, sobald – gefordert oder nicht – dieses Etwas entstanden ist, was nicht, leider nicht, wegzubefehlen oder auszupusten ist, dieses Gebilde, das der Starke belächeln kann, das aber außerhalb seiner Reichweite, seines Einflusses dennoch besteht, dieses Monstrum, das er fürchtet und das wir mit dem Wort ‚Liebe' bezeichnen.
Ich glaubte also, dass Katharina Dich zum damaligen Zeitpunkt benutzen würde. Anders konnte und wollte ich es mir auch nicht vorstellen in meiner blind andauernden Liebe zu Dir. Sie hatte Dich nicht verdient, stand für mich fest. Aber wer hatte Dich überhaupt verdient? Ich war ja gar nicht geneigt, mich dafür zu erachten. Aber dass es jemanden geben sollte, der Dich benutzte, während ich meine Gefühle für selbstlos hielt, war ungerecht und nicht zu ertragen. Ich musste ganz einfach handeln ... Wenn also Katharina es wagte, Dich zu benutzen, so erlaubte ich mir nichts anderes mit ihr. Ich benutzte Katharina, um Dir

nahe zu sein. Ich dachte, über sie etwas von Dir zu erfahren oder Dir eine Nachricht von mir zu übermitteln, eine mögliche Erinnerung, durch einen Code, den nur Du verstehen würdest und der Dir plötzlich mein Bild vor Augen führen würde, durch einen Geruch vielleicht oder eine Geste, die Du nur von mir kennen konntest. Noch wusste ich nichts Genaues, aber schon damals fühlte ich mich allein von diesen Möglichkeiten so beflügelt, dass ich mir der andauernden Trauer um Dich nicht mehr so hilflos ausgeliefert vorkam.

Und dann ging alles so einfach … Es war so, weil es eben einfach ist, wenn man sich plötzlich einer Macht über einen Menschen bewusst wird, dessen innerstes Anliegen es ist, sich auszuliefern.

Dass ich homosexuellen Frauen gefalle, wusste ich. Nicht nur einmal habe ich Annäherungsversuche und auch offene Anträge abweisen müssen. Dabei weiß ich allerdings immer noch nicht, was es sein könnte, das diese Begehrlichkeiten zu wecken vermag. Es war mir immer ein Rätsel, was mich nicht einmal belustigte, sondern störte, mich unangenehm berührte und behinderte in meiner Unbefangenheit. Das war es nämlich, was ich gerade bei Katharina, der Patientin meines Mannes, erfahren musste. Sie besuchte eine ganze Weile unsere Praxis, einzig aus dem Grund, mir zu begegnen, von mir aufgerufen und befragt zu werden. Als sie sich eines Tages überwand, sich mir mitzuteilen, war ich so erschrocken und hilflos, dass ich sie bat, nie wieder zu kommen, anderenfalls drohte ich ihr, meinem Mann von ihrem Antrag zu erzählen.

Ich habe es nie getan, es blieb mir zu unverständlich, wieso und womit gerade ich eine solche Wirkung auf eine lesbische Frau ausübte, dass ich mich sogar Jacob gegenüber schämte. Damals konnte ich nicht ahnen, dass ich diese Wirkung sogar einmal bewusst einsetzen würde.

Es war an einem Dienstag, als ich Katharina zu mir bestellte. Damals wohnte ich schon allein. Ich habe Dir noch gar nicht erzählt, dass ich mich von Jacob getrennt habe, dass ich aus unserem gemeinsamen Haus ausgezogen bin, dass ich alles hinter mir gelassen habe. Aus den egoistischsten Gründen der Welt habe ich verzichtet, habe ich einen Menschen unglücklich gemacht: weil ich mir das Glück mit ihm nicht mehr gönnen wollte, weil ich mich von dem Moment an, als Du mich zurückwiesest, wir uns also nicht mehr trafen, schuldig fühlte und gehen musste…

Kannst Du mir noch folgen? Ich muss gestehen, ich habe mir vor einer Stunde eine Flasche Wein geöffnet, und jetzt ist sie schon zur Hälfte zur Neige gegangen. Vielleicht erinnerst Du Dich, ich bin nicht unbedingt geübt im Umgang mit Alkohol. Wie ich gehört habe, soll sich seine Wirkung in den Morgenstunden sogar verstärken … Nun ja – aber irgendetwas musste ich doch noch mit mir versuchen, neben dem Schreiben, um diesem Tag entgegenzutreten …

Also, nur zwei Wochen nach diesem letzten Mal, da ich vor Dir weglaufen sollte, habe ich mich von Jacob getrennt. Du wolltest mich noch großzügig zur S-Bahn begleiten, aber ich musste allein sein und rannte in den Deinem Haus nahegelegenen Park. Ich ließ mich am Fluss nieder, und dann strömten sie aus mir heraus, die Tränen, die ich in Deiner Küche noch in einer dem Erschrecken folgenden Starre zu zügeln verstand. Anscheinend hatte ich sie vor Dir einfach nur heruntergeschluckt, denn jetzt traten sie hervor, als kämen sie auf direktem Weg aus meinem Magen, und verbanden sich mit dessen Inhalt. Ich hatte mich zwar hinter ein Gebüsch verzogen, doch blieben hin und wieder Passanten oder Spaziergänger stehen, um mich zu beobachten. Vielleicht hielten sie mich für eine Drogen-

kranke. Meinen Mantel hatte ich schon einige Meter vom Flussufer entfernt von mir geworfen, meine Bluse war geöffnet, der Schal hatte sich mit einem Ende im Strauch verfangen, hing halb über meiner Schulter, mit dem anderen Ende berührte er die Wasseroberfläche. Mir war alles egal, da ich nur von diesem Würgen, von den heißen und kalten Aufwallungen meines Blutes geschüttelt wurde.
Als ich mich einigermaßen gefangen hatte, lief ich zur S-Bahn. Ich kauerte mich in die Ecke eines Waggons, den Blick in die eingekratzten, bizarren Zeichnungen der Fensterscheiben gekrampft und fuhr, fuhr bis zu irgendeiner Endstation und zurück und wieder zur nächsten. Es schüttelte mich nur noch einmal, als ich, nach einer für mich nicht auszumachenden Zeit, die außerhalb von mir verstrichen sein musste, den Namen Deines Bahnhofs aus den Lautsprechern zugerufen bekam und mir klar wurde, dass es kein Entrinnen für mich geben könne.
Es blieben die Worte, es blieben Namen und Symbole, es blieben Gerüche und die Unzahl der Bilder, die ich nicht würde wegbefehlen können. Sie hatten sich eingekratzt wie diese nicht deutbaren Zeichen auf den Scheiben des S-Bahnfensters. Wollte man sie entfernen, müsste man das gesamte Fenster aus dem Abteil lösen. Ich musste also mit ihnen umzugehen versuchen, vielleicht noch ein bisschen weinen, das wäre wohl legitim, aber dann musste ich einen Plan aufstellen, einen Überlebensplan. Da es keine Möglichkeit mehr gab, Dich zu treffen, blieb das Bild, das ich von Dir hatte, in mir verwahrt. Ich trug es bei mir diese ganzen vierundzwanzig Stunden des Tages und wusste, dass ich es nicht mehr verändern könne, da Du mir den Vergleich und die Gegenüberstellung verwehrtest. Ja, Philipp, ich war unfähig, die Situation zu begreifen, wusste ganz einfach nicht, wie ich Dich in mir loswerden sollte. Du hattest Dich in mich eingebrannt, und irgendetwas

hielt Dich oder dieses Bild von Dir, verbissen fest ... obwohl es mir schadete, obwohl ich es nicht durfte, obwohl sich mein Gewissen erstmals zu regen begann, mein Gewissen Jacob gegenüber. Aber wie hätte ich auch meine Gefühle ins Aus befehlen sollen, so wie Du es sicher von mir erwartetest?

Mit dieser unbedeutenden Nennung Deines Bahnhofs und dem verzweifelten Schauer, der mich dabei durchfuhr, war mir plötzlich die Schicksalhaftigkeit klar, mit der Du in mein Leben getreten bist. Ich würde Dich nicht mehr loswerden. Ich würde daran arbeiten müssen, es zu versuchen, aber es würde mir nicht gelingen. Da ich das so klar spürte, konnten meine Bemühungen, Dich aus mir zu verbannen, allesamt nur halbherzig sein. Weit wichtiger war für mich, dass ich Jacob gegenüber nicht lügen durfte! Bisher hatte ich das Gefühl, es nicht getan zu haben, weil ich es nicht musste. Dass aber auch schon Verschweigen in einer Ehe eine Vorstufe zur Lüge sein kann, wollte ich damals nicht wissen, oder ich fühlte es einfach nicht.

Immer, wenn wir uns trafen, hätte ich ohnehin mit Jacob nicht zusammen sein können. Er war viel unterwegs durch sein Forschungsprojekt, an dem sein ganzes Herz hing. Manchmal sah ich ihn nur noch zu seinen Chefarztsprechstunden, die er zwei Mal wöchentlich abhielt. Er ging früh und kam oft erst nach Mitternacht nach Hause. Doch er fühlte sich gut dabei. Und wenn er zu Hause war, an manchen Sonntagen, stapelte sich zwar auch da noch die Arbeit für ihn, aber er genoss es, unser gemeinsames Heim zu bewohnen, die Räume zu durchstreifen, den Garten und das Gewächshaus. Er machte mir Komplimente, da es ihm sehr wohl auffiel, wie ich alles herrichtete und mit immer neuen Veränderungen ein kleines Paradies geschaffen hatte. Ohne dieses Zuhause im Rücken, bestätigte er mir im-

mer wieder, würde er nie das erreicht haben können, was ihm bisher gelungen sei. Sogar seine Forschungsarbeiten sähe er von der Kraft dieses Umstandes beeinflusst, meinte, sie nur deshalb in dem Maße vorangetrieben und verwirklicht haben zu können.
Dass er das manchmal einen Tick zu oft, bei allen möglichen und auch weniger geeigneten Gelegenheiten, formulierte, lag wohl auch daran, dass er mir glaubhaft versichern wollte, mich, meine Anwesenheit und alles, was ich für ihn tat, nie als sein selbstverständliches Recht zu empfinden. Er wollte nicht, dass ich mich nur über meine hausfraulichen oder auch gesellschaftlichen Pflichten an der Seite eines erfolgreichen, gut verdienenden Ehemanns definierte und wusste doch, dass ich nichts anderes tat. Ich konnte nicht mit einer Schar Kinder aufwarten, für deren Wohlergehen und Erziehung ich hätte verantwortlich sein dürfen. Darauf hatte ich verzichtet, für ihn, für Jacob, verzichtet, weil er es so wollte. Und so zeigte er mir seine Dankbarkeit wohl auch deshalb, und nicht selten stellte er mich dabei auf einen Sockel. Und die Form, in der er mir seine Liebe und Verehrung zeigte, unterschied sich kaum, egal, ob wir allein oder ob noch drei, dreißig oder dreihundert weitere Zuschauer anwesend waren. Er zeigte mir seine Dankbarkeit, indem er mich anstrahlte und in den Arm nahm. In den Arm nahm, so wie er mich schon seit Jahren in den Arm nahm, einem besten Freund gleich. Und wie er mich dann küsste, auf die Stirn küsste, auch so, wie er mich seit Jahren küsste, unverändert, seit Jahren … Wie sollte ich ein schlechtes Gewissen bekommen, wenn es da jemanden gab, der mich anders in den Arm nahm, auf eine Weise, die er, die mein Mann gar nicht mehr für mich in Betracht zog?
Doch nun hattest Du mich weggeschickt. Du wolltest nicht mehr mit mir auf eben diese Weise zusammen sein, die ich

nur mit Dir verband. Und in mir begann sich eine neue Sehnsucht nach Dir auszubreiten. Eine Sehnsucht, die ich nicht mehr allein durch meine Lust, meine Leidenschaft, das Brennen meines Unterleibs begründet fühlen wollte, sondern die sich sogar als ihr Gegenteil ausnehmen sollte. So meinte ich diese Sehnsucht, jedenfalls für mich, ab da zu benennen. Eine Sehnsucht, die sich trotzig über meine Begierde erhob, der nichts Unreines, nichts Egoistisches anhaftete ... Jetzt sollte es um meine Seele gehen und nur um meine Seele, die ich von Dir befallen fühlte. Ich wollte Dir nahe sein, wie auch immer, ich wollte mir beweisen, Dir nahe sein zu wollen, ohne dabei Deinen Körper zu begehren. Meine Sehnsucht war es also, dass Du mich Dir an Deine Seite wünschtest als Freundin, als Vertraute!, und vielleicht sogar auch nur als Vertraute!
Mein Besetztsein von Dir nahm Züge von Wahnsinn an. Das einzig Gute daran war, dass ich mir dessen wenigstens noch bewusst war. Dass ich immerhin so viel Erkenntnis besaß, zwischen Realität und Phantasie unterscheiden zu können. Nur reichte dieses Erkennen leider nicht, die verhängnisvollen Spiele meiner Gedanken beherrschen oder gar vertreiben zu können. So stellte ich mir zum Beispiel auch vor, wie es sei, wenn Du plötzlich schwer erkrankt wärest und ich an Deinem Bett wachen dürfte ... Oh, Philipp, in welch bitterer Ironie nun einer dieser Gedankensplitter in die Wirklichkeit explodiert scheint ... Wie er aber auch gleichzeitig für mich die gerechte Strafe mitliefert. Denn ich bin weiter entfernt von Dir, als ich es jemals gewesen bin. Mehr noch, ich bin nun in einer von mir selbst provozierten erbarmungslosen Absurdität gefangen. Philipp, Philipp, Philipp! Ich schreibe diesen Brief nicht, um mich reinzuwaschen. Ich weiß um meine Schuld. Nur wusste ich damals nicht, dass sie schon mit diesen Gedankenspielen begann.

Die Bilder, die ich mir vorstellte, zeigten Dich von aller Welt aufgegeben und verlassen, dahinsiechend, nur noch von mir betreut, der Einzigen, die für Dich da sein würde, selbstlos, ohne auch nur das Geringste von Dir erwarten zu wollen. Na ja, damit hätte sie ja alles gehabt, das wäre ja alles gewesen, was sie sich gewünscht hätte, Deine Nähe, Deine Nähe in welcher Weise und Form unter welchen Bedingungen auch immer ... Das klingt nicht nur, es ist alles ganz, ganz schrecklich, oh, Philipp, nimm bitte nicht an, dass ich das nicht wüsste. Aber ich muss Dir das alles so schreiben, nur so wirst Du verstehen, dass meine Trennung von Jacob nur folgerichtig sein konnte. Ich durfte auch nicht mehr in diesem kleinen Paradies leben, in das ich in den letzten Jahren so viel Liebe gesteckt hatte und in dem schließlich auch wir uns zum ersten Mal begegnet sind. Ich habe mich immer für Architektur interessiert, und wenn ich die Wahl gehabt, allerdings auch ein ausgezeichnetes Abiturzeugnis hätte aufweisen können, es wäre für mich nur diese Studienrichtung in Frage gekommen. Jacob unterstützte meine Leidenschaft und besorgte mir, wo auch immer er konnte oder sich gerade aufhielt, Kunstbände, die etwas mit Architektur zu tun haben. Er kaufte auch dieses alte, sanierungsbedürftige Haus, in dem ich mich mit meinen Plänen austoben durfte, wie es unsere finanzielle Lage erlaubte.
Und die erlaubte eine Menge. Jacob verbrauchte kaum etwas für sich. Seine Sucht ist die Arbeit, allen anderen Süchten steht er unbeholfen in eher fassungsloser Jungfräulichkeit gegenüber. Er leistete sich nichts. Selbst, wenn er mal wieder einen Anzug brauchte, erledigte ich das für ihn. Da er die Standardmasse einer Konfektionsgröße besitzt, fiel mir das Gott sei Dank nicht weiter schwer. Einen Herrenausstatter, geschweige denn eine Schneiderei aufzusuchen, hätte ich ihm nicht zumuten können. Dadurch,

dass ich nur zweimal wöchentlich an seiner Seite in der Praxis zu tun hatte, gab es genug Freizeit für mich, ihm seine Sachen und seinen Alltag zu organisieren. Dabei kam auch meine Leidenschaft, das Planen und Bauen an unserer Jugendstilvilla nicht zu kurz. Es war mein großer persönlicher Erfolg, als Du eines Tages bei uns zu Gast warst und meinen Geschmack lobtest. Aber Du kamst auch mit Tipps, die ich gewagt und mutig fand und erst einmal überschlafen musste.
Ich redete mit Jacob, ob wir uns den Wintergartenanbau denn leisten sollten, den Du uns um diesen Baum herum vorgeschlagen hattest. Er ließ mir, wie immer, freie Hand, und Du interessiertest Dich weiter für das Projekt, gabst mir Hilfestellungen, kamst öfter vorbei; und dass Jacob nur sehr selten zu Hause war, ist Dir dabei nicht verborgen geblieben … nun, was geschehen ist, muss ich Dir jetzt nicht noch einmal aufschreiben, auch wenn Du sicher das Meiste vergessen und auch ganz anders empfunden haben musst. Du warst mit diesem 2. Mai, als Du plötzlich unangemeldet auf der Baustelle erschienst, in meinem Leben … Philipp, und so lange es andauern wird, habe ich mich in Dich verbissen, ob Du nun lebst oder nicht.

Es ist jetzt neun, die Operation muss begonnen haben. Aber ich zwinge mich, noch nicht bei Simone anzurufen. Mir fällt im Moment auch kein Vorwand ein, mich bei ihr zu erkundigen. Und Werner, Dein Operateur, ein alter Studienkollege von Jacob, er würde mir Auskunft geben, aber gerade ihn zu fragen, widerstrebt mir; abgesehen davon, dass es jetzt, während er mit Dir zu tun hat, auch nicht möglich wäre. Werner ist ein hervorragender Arzt. Soweit ich informiert bin, ist er sogar der beste Hirnchirurg, den es zu Zeit an der Klinik gibt, und die wiederum ist führend in Europa. Du bist also in besten Händen … Aber Werner

ist Zyniker, und seit Jahren versucht er immer wieder, mit mir eine Affäre zu beginnen. Das versucht er zwar mit einem gewissen humorigen Charme, den er durchaus haben kann, da er aber ein ausgemachter Macho ist, muss ich auch immer auf der Hut vor ihm sein.
Einmal habe ich durch ihn eine solche Ungeheuerlichkeit erfahren, die er mir auf eine sehr subtile Weise verstanden hat unterzujubeln. Eine Ungeheuerlichkeit, die einen neuen und von mir nicht für möglich gehaltenen Aspekt in mein Leben brachte.
Wie Du weißt, haben Jacob und ich keine Kinder. Jacob meinte, er könne kein guter Vater sein, wenn er sich weiter der Wissenschaft und seinem Beruf verschreiben wolle, was ihm für die Gesellschaft wichtiger und nützlicher erschien, als ein paar unglückliche Kinder mehr in die Welt zu setzen. Außerdem meinte er, ich sei viel zu fragil und schmal gebaut, um ein Kind austragen zu können oder natürlich zu gebären. Schließlich müsste ich mich auch nicht im Muttersein verwirklichen, dafür hätte ich doch andere Interessen, und er bräuchte mich auch uneingeschränkt an seiner Seite zur vollen Unterstützung seiner sicher bahnbrechenden Vorhaben … Gerade dieses letzte Argument machte mich in den Anfangsjahren unserer Ehe, in denen ich noch immer das Glück mit Jacob als ein unverdientes empfand, stolz und steigerte mein Selbstwertgefühl.
Da wir schon sehr bald nach unserer Eheschließung immer seltener miteinander schliefen, brauchte ich wenigstens die lästigen kleinen Pillen, die ich noch zu Beginn unseres Zusammenseins zu Hause im Vogtland von meiner Frauenärztin verschrieben bekommen und nur mit Widerwillen eingenommen hatte, nicht weiter zu schlucken.
Trotzdem blieb es nicht aus, dass sich in mir der Wunsch regte, wenigstens ein gemeinsames Kind in diesem wunderschönen Haus aufwachsen zu lassen. Auch befiel mich

die Sehnsucht, etwas in den Händen zu halten, das mit Jacob und mir zu tun hatte und das wir doch auch als Krönung unserer Liebe verstehen könnten. Natürlich, meine Beckenmaße hatten sich seit meiner Pubertät nicht mehr verändert. Ich sah das Problem. Suchte aber auch Vergleiche, etwa zu Tänzerinnen, die kaum breiter als ich gebaut waren und die es sich trotzdem nicht versagt hatten, Mutter zu werden. Da ich glaubte, dass Jacob diesen Wunsch spürte (ich habe Dir ja erzählt, dass er mich sehr wohl zu lesen verstand, meine Stimmungen, meine Wünsche ahnte er manchmal schon, bevor sie mir selber bewusst wurden), schlussfolgerte ich nun, dass er mich vor mir selber schützen wollte. Er wollte meinen Körper einer Schwangerschaft und den Folgen einer Geburt nicht aussetzen, betonte er. Da sich also seine Haltung zu eigenen Kindern auch nach zehn Ehejahren nicht geändert hatte, glaubte ich, dass sein sexuelles Desinteresse an mir durch die Angst geprägt wurde, dass ich schwanger werden könnte.
Es war während eines Fests bei uns zu Hause. Ich stand mit einer befreundeten Gynäkologin in der Küche und erkundigte mich gerade nach einer neuartigen Spirale, von der ich gehört hatte. Ich wollte erfahren, ob sie vielleicht für mich in Frage kommen könnte, obwohl ich wusste, dass ich eigentlich für diese Art der Verhütung nicht geeignet war. Etwas wollte ich aber in dieser Richtung unternehmen, weil ich die Hoffnung hatte, dass Jacob dann vielleicht wieder Lust bekommen würde, mit mir zu schlafen. Da trat Werner in die Küche und assoziierte sofort das Thema unseres Gesprächs.
„Na, Steffi“, sagte er betont nebenbei, und ich ahnte, dass er nur mit Mühe ein anzügliches Grinsen verbarg, während er eine Flasche Weißwein aus dem Kühlschrank nahm und sie zu entkorken begann. „Verhütung ist ja wohl nicht Euer Problem.“ Ich weiß noch, dass ich der-

maßen erschrocken war, dass ich wie aufgezogen Jacobs Argumente gegen ein Kind aufzuzählen begann; einzig und allein in dem Bemühen, Werner abzulenken, denn ich meinte, seine Äußerung als ironische Spitze gegen die Traurigkeit unseres geschlechtlichen Ehelebens deuten zu müssen. Da er mir zu oft mit seinen zweideutigen Offerten begegnete, glaubte ich auch, es sei mir anzusehen, dass es da ein trauriges Defizit in meinem Leben gab.

Aber Werner wollte mir etwas ganz anderes sagen. Betont beiläufig, während er weiterhin mit dieser Flasche beschäftigt war, sie zwischen die Beine klemmte und obwohl der Korkenzieher durch eine ganz einfache Hebelfunktion zu benutzen war, dessen Wirkungsweise ignorierend, mit Kraft und einem kleinen Knall den Korken herauszog und abwechselnd an diesem und der geöffneten Flasche auffällig laut zu schnuppern begann. „Jacob kann doch keine Kinder machen“, sagte er jetzt zu der befreundeten Gynäkologin. „Er hat eine Azoospermi, wir haben das selbst herausgefunden. Während des Studiums haben wir unsere kleinen Kerlchen mal unters Mikroskop gelegt. Hat uns damals natürlich tierisch interessiert. Ich sage dir, da spielten sich bei mir die wildesten Kämpfe ab. Aber bei Jacob, alles sehr müde, einfach keine Durchstarter dabei. Er hat das Experiment immer mal wiederholt, weil er sich einredete, so was könne sich ja auch mal ändern, aber …“

„Hör auf!“, unterbrach ich ihn. Ich hatte das Gefühl, er habe nichts anderes im Sinn, als sich wieder mal als den tollen Hecht ins Spiel zu bringen.

„Na, sag bloß, das hat er dir nie erzählt?“

„Dass du so hyperpotent bist, muss einem doch nicht erzählt werden.“ Ich weiß nicht, was es war, das mich zu dieser Schlagfertigkeit befähigte, denn eigentlich war ich dermaßen getroffen, dass mir die Sprache hätte wegbleiben müssen. Ich war aber in einer solchen Anspannung,

die Fassung zu bewahren und mir um Gottes Willen nicht anmerken zu lassen, dass das eben Gehörte für mich wirklich eine absolut neue Information über meinen Mann bedeutete. Jacob und ich waren uns so nah. Warum hatte er nur nie mit mir über dieses Problem gesprochen? Es ging mich doch schließlich auch an, es betraf mich nicht weniger als ihn, es war doch unser gemeinsames Problem! …
Das ist jetzt etwa neun Jahre her. Ich habe lange, oft und immer wieder darüber nachgedacht und komme auch heute zu keinem Schluss, warum er mir sein Vertrauen in diesem Punkt nie geschenkt hat. Für mich war das der einzige Schatten, der auf unserer Beziehung lag. Man könnte meinen, dass das schon ein ziemlich dunkler war, aber gemessen an dem, was ich sonst an Liebe und partnerschaftlichem Denken von Jacob hatte, war es alles in allem kein so gewichtiges Problem. Nachdem ich darüber geschlafen und Abstand gewonnen hatte, vermied ich es, dieses Thema ihm gegenüber anzusprechen. Ich wollte ihn dem nicht aussetzen, dass ich von seinem Geheimnis wusste und es auch noch dazu auf solch diskriminierende Weise von seinem Freund erfahren hatte. Nur, dass sich unser Geschlechtsleben, also das Miteinanderschlafen, noch einmal ändern könnte, das war eine Hoffnung, auf die ich damals, mit gerade mal dreißig Jahren, nicht mehr baute.

Aber eigentlich habe ich Dir das jetzt auch nur erzählt, dass Du begreifst, warum ich äußerst ungern Werner anrufen würde, um ihn nach Deinem Zustand zu befragen.
Als ich vor zwei Jahren aus unserem Haus auszog – da Du mir auf meine Briefe nie geantwortet hast, kann ich mir gut vorstellen, dass Dir meine veränderte Anschrift nie aufgefallen ist – gingen dem ein paar sehr nahe Gespräche mit Jacob voraus. Ich habe ihm alles genau erzählt, wie es

um mich steht und dass es mir unmöglich sei, mit dieser Sehnsucht nach Dir weiter neben ihm zu leben. Er brachte mir wie immer sein ganzes Verständnis entgegen, wenn er mich auch wieder und wieder bat, nicht zu gehen, obwohl er wusste, dass das Schicksal für mich längst anders entschieden hatte, dass es vorbei war, dass ich nicht mehr in meinem alten Leben sein konnte ... Selbst dieses von uns geschaffene Paradies war zu klein für das Gewicht, das meine Gedanken an Dich in mir einnahmen. Jacob weiß so viel von meiner Seele, er wusste also auch, dass er mich nicht halten durfte. Aber zu warten versprach er. Er versprach es, ohne dass ich es ihm abverlangt hätte. Dieser schwammige und bei Trennungen so gern strapazierte Satz: „Ich brauche Zeit" war nicht über meine Lippen gekommen ... Dennoch wollte Jacob daran glauben, dass unsere enge Bindung und die Zeit Kraft haben würden, meine Sehnsucht wieder in seine Richtung und unser gemeinsames Zuhause zurückzuwenden.
Ich will ehrlich sein, es gab sie auch, diese Sehnsucht, es gab sie sogar zuhauf. Zumal ich ja von Dir nichts erwarten konnte und ich eine Freiheit gewählt hatte, in der ich mir nur Beschränkungen auferlegt hatte in meinem alltäglichen Leben. Meine Seele litt, und ich dachte: ‚Was nützt mir da ein äußeres Wohlergehen?'
Meine Eltern begriffen mich nun überhaupt nicht mehr. Weihnachten feierten wir in der üblichen Weise, trotz unseres schönen Hauses, auch weiterhin alljährlich im Vogtland. Vor zwei Jahren, nach unserer Trennung, bat mich meine Mutter, nicht zu kommen. Der Vater würde mich nicht verstehen, und die ganze Sache sei so unerfreulich, dass sie sich nicht das Weihnachtsfest verderben lassen wollten. Jacob könne sie gern besuchen, solle es sogar bitte unbedingt, aber mich wollten sie nicht sehen. Das tat weh, aber noch schlimmer war, dass ich so auch meine

kleine Großmami nicht sehen durfte. Sie lebte nach einem Schlaganfall seit kurzem bei meinen Eltern. Ich hatte also keine Chance, sie allein zu besuchen. Dies erste Weihnachten, weg von zuhause, getrennt von Jacob, den ich auch immer noch als mein eigentliches Zuhause empfand, war eine Qual, und ich weiß bis heute nicht, wie ich es eigentlich überlebt habe. Ja, ich habe Dich angerufen …

Ich habe Dir geschrieben – nichts von all dem natürlich und dennoch einen Brief. Ich habe sie immer als Brücken empfunden, diese Briefe. Obwohl ich bereits das Gefühl hatte, dass Du nur wenig mit ihnen anfangen konntest. Was war es, dass gerade diese Fremdheit zwischen uns mich nie abzuschrecken vermochte? Ich wollte hinter sie dringen, ich wollte Dich begreifen und von Dir begriffen werden. Dabei hatte ich doch gar kein Recht dazu …

‚Warum werden gerade diejenigen Wünsche, die auf Irrtümer gründen, in uns übermächtig?' Dieses Zitat aus Christa Wolfs „Kassandra" schriebst Du einmal an Deine Küchenwand. Warum gerade dieses, habe ich Dich damals nicht zu fragen gewagt. So vieles habe ich nicht zu fragen gewagt. Ich wollte nicht in Dich dringen, und ich hoffte wohl auch auf die Zeit. Ich glaubte ja, dass wir sie miteinander haben würden und dass ich Dich einfach nur in ihr nach und nach erspüren bräuchte. Von jeder Begegnung nahm ich mir ein Blatt mit, auf dem ich Dich zu lesen bekam, und irgendwann würden die Seiten zu Kapiteln werden und das Buch zu einer verständlichen Geschichte angewachsen sein. So dachte ich. Und die Zeilen, in die Du mir Einblick gewährtest, erfüllten mich so sehr, dass ich sie ständig bei mir trug und begann, sie auswendig zu lernen.

‚Warum werden gerade diejenigen Wünsche, die auf Irrtümer gründen, in uns übermächtig?'

Heute nun ist mir so, als hättest Du eben dieses Zitat für

mich an Deine Küchenwand geschrieben. Ich sehe Dich vor mir, erinnere genau den Moment, da Du mit diesem dicken Deko-Marker Deine schwungvollen Buchstaben maltest. Die Erzählung hattest Du mir zuvor wortlos aus der Hand genommen und nach dem Satz gesucht, ohne um meine Mithilfe zu bitten. Schließlich war mir das Schriftbild der Seiten ja noch vertraut. Ich hatte Dir gerade zwei Stunden aus der „Kassandra“ vorgelesen, während Du an Deinen Entwürfen zeichnetest. Das waren Glücksmomente, von denen ich mir erhofft hatte, dass sie uns ewig aneinander binden würden. Ach, Philipp … aber es hat sie wenigstens gegeben, diese Momente, und so bleibt meine Gegenwart von ihnen erfüllt. Ungeachtet dessen, dass diese von Dir schließlich miterlebten Momente schon längst in Dein Vergessen gerutscht sein werden. Meine Briefe an Dich wollten wohl auch dagegen ankämpfen. Aber wie macht man das, wenn doch den Gespenstern nicht zu befehlen ist, was der Adressat aus den Zeilen herauszulesen habe. Wenn dieser nicht empfangen will, bleibt der Schreiber machtlos …

Irgendwann habe ich es auch aufgegeben. Man sagt, der Mensch brauche etwa zwei Jahre, um mit Verlusten umzugehen. Aber was war denn mein Verlust? Wir haben nie zusammengelebt, es gab keine Zukunftspläne, es gab eine kurze Gegenwart und … meine Träume. Ja, und die waren es wohl, die stärker als jede Gegenwart sich in mir verbissen hatten.

Eigentlich musste Jacob durch mich doch viel mehr wegtragen. Ich bemühte mich zwar, ihm alles so leicht wie möglich zu machen, aber dabei kann es nur zu Fehlern kommen. Wir waren ja auch völlig ungeübt, miteinander zu streiten. Ein Krach, eine Auseinandersetzung hätte unsere Situation vielleicht sogar ein wenig klären können. Aber wie wir es gewohnt waren, gingen wir behutsam mit-

einander um. Ich betrat unser Haus nur noch, wenn ich wusste, dass er abwesend war. Es gab zwar eine Hilfe, aber sie konnte doch um so viele kleine Dinge nicht wissen, die in unserem Haushalt und für Jacob nötig waren. Auch das Gewächshaus besorgte ich noch eine ganze Weile, bis, ja, bis zu dieser einen Nacht, als Jacob bei mir klingelte. Es war Mitte Februar, er hatte gerade ein verlängertes Skiwochenende im Vogtland verbracht. Er stand vor mir mit einer solchen Verzweiflung in seinem Blick, wie ich sie noch nie an ihm erlebt hatte. Im ersten Moment glaubte ich, er müsse mir mitteilen, dass jemand Nahes, sein Vater vielleicht, an dem er sehr hing, verstorben sei. Er blieb eine Weile vor der Tür stehen, obwohl ich sie weit geöffnet und ihm einzutreten bedeutet hatte. Doch er machte einfach keine Anstalten, verharrte weiter vor der Schwelle und sah mich lange mit einem fremden und mir fast unheimlichen Blick an. Deshalb konnte ich ihn auch erst mit einiger Verzögerung umarmen.
Kaum legten sich aber meine Arme um seinen Hals, krallte er sich plötzlich in mich und fing so schrecklich, so herzzerreißend an zu weinen, dass mir angst wurde. Ich zog ihn in den Raum, und er ließ sich willenlos auf mein Sofa fallen. Es wurde eine schreckliche Nacht, in der wir uns Stunden ineinander verhakten und lange kein einziges Wort sprachen. Erst war es nur sein lautes und immer wieder kehrendes Schluchzen, das jedes Wort überflüssig machte, und dann befiel uns beide eine Erschöpfung, in der wir engumschlungen ein wenig eingeschlafen waren. Doch plötzlich spürte ich, wie er mit seinem steif gewordenes Glied in mich zu dringen versuchte und dabei immer wieder obszöne Worte aus sich herausstieß und fragte: „War es das?“, oder: „Ist es das?“
Ich schrie, aber nicht aus Lust, ich schrie, weil er mir so entsetzlich leid tat, weil ich wusste, dass das jetzt nicht

er war, dass da etwas mit ihm geschah, was für ihn bis zu diesem Moment undenkbar gewesen wäre, und ich war schuld, ich hatte ihn dazu gebracht. Ich erinnerte mich, dass es auch vergewaltigte oder geschlagene Frauen gibt, die sich wohl ähnlich schuldig fühlten, wenn sich ihre Männer an ihnen vergingen.

„Nein, nein", rief ich, „das bist du nicht!", und: „Ich habe dich doch lieb, Jacob, hörst du mich!"

Aber er hörte mich wirklich nicht, blieb noch eine ganze Weile außer sich, und als er zum Höhepunkt gekommen war, rollte er sich mit einem entsetzlichen Wimmern von mir, dass ich kaum wusste, was schlimmer gewesen war. Als er sich beruhigt hatte, es war schon gegen Morgen, lag er mit geöffneten Augen neben mir, und endlich fing er zu reden an: „Weißt du, immer wenn ich neben dir aufwachte und deinen ersten Blick auffing, morgens, fühlte ich mich vom lieben Gott ausgezeichnet. Ich habe es nie als selbstverständlich genommen, dass Du neben mir lagst, dass du mir gehörtest, ich habe es immer als Geschenk betrachtet, und nun, nun war es doch nur eine Leihgabe." Dann stützte er sich auf, sah mir in die Augen und sagte ganz ruhig: „Bitte sag mir, dass du mich nicht mehr liebst. Sag es einfach."

Ich schwieg. „Bitte sag es", bedrängte er mich.

„Ich kann es nicht sagen, weil es nicht stimmt", antwortete ich wahrheitsgemäß, obwohl ich wusste, dass es nicht hilfreich und sogar falsch sei, so zu antworten.

„Wir dürfen uns nicht verlieren!" – „Nein, nein!" – „Wir sind füreinander bestimmt!" – „Ja, ja, vielleicht, ja!" – „Es ist alles meine Schuld!" – „Nein, du bist nicht schuld, du nicht." – „Verzeih mir!" – „Verzeih du mir."

So ging es noch hin und her, bis ich den Morgenkaffee kochte, wir sogar in alter Vertrautheit miteinander lachten und er unter die Dusche und dann ins Krankenhaus eilte.

Ein paar Tage hörte ich nichts mehr von ihm, weder rief er an, noch schickte er eine SMS Ich wunderte mich zwar, verbot mir aber, mich zu sorgen.
Da kam ein Brief von ihm. Er brauche Abstand und das in aller Konsequenz, teilte er mir mit. Ich möge auch nicht mehr in unser Haus kommen, da dies ihm nie entginge und jedes Mal nur eine erneute Qual für ihn bedeute. Noch einmal könne ich, was mir wichtig sei, an mich nehmen, das aber bitte möglichst schnell und zwar am besten am kommenden Wochenende, dann würde er noch einmal zum Skilaufen weg sein. Ich möge ihn bitte verstehen, das geböte die Fairness. Alles verstand ich, nur nicht den letzten Satz, diesen Hinweis auf das Gebot der Fairness.
Später konnte ich mir zusammenreimen, was passiert war. Jacob hatte zu Weihnachten Ulrike bei uns zu Hause im Vogtland getroffen, und sie hatte sich wohl sehr darum bemüht, ihn zu trösten. Dann sahen sie sich beim Skifahren wieder, verabredeten sich erneut, und alles Weitere ging dann wohl sehr schnell. Noch im kommenden Halbjahr organisierte Ulrike den Verkauf unseres Hauses. Jacob zog in eine Penthouse-Wohnung in die Nähe der Klinik und nahm auch nur einige wenige Stücke unserer Einrichtung mit. Ich glaube, Ulrike war sehr darauf bedacht, ihn vom Ballast seiner Erinnerungen zu befreien.
Erst bei der Beerdigung meiner Großmutter sah ich sie wieder. Da konnte ich ja nicht ausgeschlossen werden. Ulrike ist immer noch schön, aber um ihren Mund haben sich schon viel zu früh Falten gegraben, die ihr Gesicht merkwürdig verhärtet, ja, beinahe verhärmt haben. ‚Es ist besser, einen Menschen zu verstehen, als über ihn zu richten', sagt Stefan Zweig. Ich versuche es. Ulrike hatte es wirklich nicht leicht, auch wenn sie vielleicht glaubte, den einfacheren Weg gewählt zu haben, als sie ihr Studium aufgab, um eine Karriere als Model anzustreben. Al-

les lief ja auch zu Anfang außergewöhnlich spannend und vielversprechend. Bloß war es eigentlich nach der Wende schon zu spät für sie, um wirklich ganz nach oben zu gelangen. Verdient hat sie wohl eine Menge, und rumgekommen ist sie auch in der Welt, hat mehrere Jahre in Rom und in Mailand gelebt, dann eine Weile in London, aber ob sie glücklich geworden ist, könnte ich sicher nicht mit Bestimmtheit sagen; und das Gegenteil würde sie mir gegenüber auch nie zugegeben haben. Jedenfalls hat sie es sich nicht versagt, Kinder zu bekommen; das ist ein Glück, das sie mir voraus hat, auch, wenn ihr Sohn, in den sie auffällig vernarrt sei, wie ich noch von meiner Großmutter erfahren habe, massive Drogenprobleme hat und sich das Verhältnis zu ihrer Tochter wohl von Anbeginn schwierig gestaltete.
Ich mag Penelope sehr. Nur ihren Namen fand ich gewöhnungsbedürftig und für ein kleines Mädchen vielleicht eine sie überfordernde Bürde. Doch immer, wenn wir uns begegneten, gefiel mir ihre offene Natürlichkeit und hatten wir einen besonderen Draht zueinander. Sie erinnert mich sogar ein bisschen an mich. Zu Weihnachten machten wir immer große gemeinsame Familienspaziergänge, bei denen es sich jedes Mal ergab, dass wir uns miteinander fanden und stundenlang erzählen konnten. Beide hatten wir dabei aber auch das Gefühl, dass uns Ulrike diese Nähe neidete. Jedenfalls versagte sie sich ihre typischen ironischen Bemerkungen uns gegenüber nicht. Aber Neid, Neid auf Gefühle, ist das nicht etwas, wofür der, der damit geschlagen ist, nicht verurteilt werden darf? Mit einer solchen Veranlagung ausgestattet zu sein, ist doch schon Strafe genug. Nie, nie wollte ich auch nur einen einzigen Tag mit Ulrike tauschen. Und das auch nicht, weil sie Trennungen, sogar zwei Scheidungen hinter sich hat. Es waren ihre Gefühle, die ich mir nicht wünschte. Nie-

mals habe ich sie beneidet – vielleicht ein einziges Mal, diesen kurzen Moment, als ich in der Küche stand und einen Brief von meiner Mutter in der Hand hielt, dem die Geburtsanzeige von Ulrikes ersten Kind beigegeben war, und meine Mutter überschwänglich von ihrem Großmutterglück berichtete. Aber auch das waren Momente, die ich jetzt nur aufschreibe, um ganz ehrlich zu sein, weil sie mir beim Darüber-Nachdenken eingefallen sind. Jedenfalls neide ich ihr auch nicht das späte Glück, das sie jetzt offenbar mit Jacob gefunden hat. Es sind bald eineinhalb Jahre vergangen, ich habe mich beinahe an den Gedanken gewöhnt, dass die beiden nun zueinander gehören.
Als wir dem Sarg meiner Großmutter zu ihrem Grab folgten, hatte sich Ulrike bei Jacob eingehakt. Es war zu sehen, wie gut es ihr tat. Auch wenn ich bei Jacob mir gegenüber noch eine kleine Verunsicherung spürte, hatten wohl alle anderen das Gefühl, dass nun die Richtigen zueinander gefunden haben. Oder bildete ich mir auch das nur ein?
Ich war einfach am Ort meiner Kindheit, und da passiert es unweigerlich, dass man wieder in die alten Muster verfällt und in die Rolle schlüpft, von der man meint, dass sie von den anderen erwartet wird. Hier gab es nur eine, die mich verstanden hätte, weil sie mich so genommen hatte, wie ich wirklich war, die mir Mut machte, mit mir umzugehen und zu vertrauen, dass der liebe Gott auch mit mir etwas vorhatte und dass auch ich für jemanden bestimmt war, jemanden, der meine Seele erfassen würde, dem der Schein nichts bedeutete. Das waren die Worte meiner Großmutter. Sie hatte an mich geglaubt, schon als ich noch sehr klein war, und lange bevor Jacob in mein Leben trat. Aber jetzt war sie gegangen. Meine kleine Großmami! Meine kleine Großmami und ich hatten ein sehr besonderes Verhältnis. Ich habe viel, manchmal glaube ich, die wichtigsten Dinge meines Lebens von ihr gelernt. Sie war die Außenseiterin

in unserer Familie, eine chaotische, unorganisierte, weltfremde Frau in den Augen ihrer Tochter, meiner Mutter. Dabei war sie noch in den letzten Kriegswochen mit drei kleinen Kindern aus Niederschlesien geflüchtet, allein, ohne irgendwelche Begleitung oder gar männlichen Beistand, nur mit den Dingen, die sie am Leibe trug und einem Bündel aus einer Decke, in dem sich das Nötigste für ihre Babys befand. Durch diese Erfahrung gab es für sie später kaum etwas, was nicht zu bewältigen gewesen wäre. Sie jammerte nie, sie war wenig oder gar nicht abhängig von materiellen Dingen, und so für andere in ihrem weiteren Leben schwer einzuordnen. Ich glaube, dass sie einfach ungeheuer frei war, und das machte Angst. Jemand, der mit nichts zu korrumpieren ist, dem es genügt, wenn die Seinen gesund sind. Dem Karriere und Erfolge dabei einfach nicht das Geringste bedeuten, und der auch sonst sein Glück und seine Sehnsucht in sich selbst verwirklicht sieht, stört und stößt auf, weil er die Freude der anderen verdirbt, weil er nicht neidisch zu machen ist, weil man so schwer von ihm Bewunderung erheischen kann. Nur für mich war diese Großmutter ein Glück und ein Wunder. Ich habe sie über alles geliebt und fühlte mich mit ihr verschworen. Brauchte ich einen Rat, ganz gleich welcher Art er zu sein hatte, ging ich zu ihr, oder später, als ich in Berlin lebte, rief ich sie sehr oft an. Auch wenn sie mir keine direkte Antwort geben konnte, so hatte sie immer etwas für mich, einen Satz, eine Redewendung, manchmal nur ein Wort, das mir beim Weiterdenken half.

Ich habe ihr auch meine Verwirrung, die zu dieser Entwurzelung in meinem abgesicherten Leben führte, nicht verheimlicht. Ihr musste man kein perfektes Leben vorspielen. Ich wusste, dass sie nie verurteilte, sondern immer zu verstehen suchte. „Kind,“ sagte sie zu mir, „wenn das Herz Sprünge macht, ist es nicht zu halten, aber eine Liebe ohne Gegenliebe bleibt auch eine Frage ohne Antwort, du wirst dich daran zerbeißen, es schmerzt mich natürlich als deine Großmutter, das ahnen zu müssen … Aber Gefühlen zu entrinnen, ist unmöglich. Man kann sie verdrängen, zuschütten, nicht mehr, sie werden immer wieder zum Licht streben." – „Aber es gibt doch genug Menschen, die damit leben können, mit ihren verdrängten Gefühlen", räumte ich ein. „Wer sagt dir das, Kind? Es wird immer den Zeitpunkt im Leben geben, da kommen sie wieder, da niesen sie sich aus, vielleicht auch verwandelt, nur noch als physischer Schmerz, aber der Körper vergisst sie nicht, und wenn es in der letzten Stunde ist, sie werden sich zeigen! Oder es gab sie nicht wirklich, sie waren nur Gespenster, die die Seele wie eine Krankheit befallen haben, dann werden sie aber auch abgestoßen wie eine Krankheit, ausgeschieden wie Bazillen oder Parasiten, um die es nicht schade ist. Aber du bist anders, du wirst nicht unverletzt daraus hervorgehen, so sehr ich es dir auch wünschen würde." So sprach sie zu mir, meine kleine alte Großmami und schickte mir noch den Trost hinterher, dass ich aber auch zu den Auserwählten gehöre, die das Leben in seiner Tiefe begreifen und das soll mich dankbar sein lassen … Ja, vielleicht verstehst Du spätestens jetzt, warum es für viele Menschen schwer war, mit ihr umzugehen, gerade in der Kleinstadt, in die es sie verschlagen hatte. Sie hatte zu allen Dingen ihre eigene Meinung und ließ sich einfach, so stur wie sie war, nicht umstimmen. Ihr Garten war für uns Kinder der schönste weit und breit, aber glaube bitte nicht, dass auch die Erwachsenen so dachten. „Wer bestimmt denn, was Unkraut ist?", war ihre Devise, und dementsprechend achtete sie, was da wuchs und blühte, auf ihre ganz eigene Weise.

Von ihr habe ich auch meine Liebe zu den Blumen und all mein Wissen, was ich für unser Gewächshaus und die kleine Kamelienzucht brauchte. Sie hatte sie mit mir bei einem ihrer Besuche in Berlin angelegt, und es gab da ein kleines Bäumchen, das sich als eine wundervolle Verbindung zwischen uns erwies. Du wirst es Dir nicht vorstellen können, obwohl ich weiß, was Dir die Natur bedeutet, aber diese Art von Zusammenhängen hast Du einmal in einem Gespräch vehement geleugnet, ja, Dich sogar über diese Menschen abfällig geäußert, die daraus Deiner Meinung nach einen esoterischen Kult machen würden. Aber es ist nun mal so, dass diese Kamelienpflanze ein Beweis dafür war, dass es eine Verbindung zwischen allen Lebewesen geben muss, die wir nur noch nicht zu erfassen in der Lage sind. Ich konnte immer am momentanen Zustand dieses kleinen Bäumchens ablesen, wie sich meine kleine Großmami im dreihundert Kilometer entfernten Vogtland fühlen musste, und es ist eine Tatsache, dass die Kamelie mit dem Tod meiner Großmutter unrettbar eingegangen ist. Gut, man könnte argumentieren, dass dem Bäumchen die Umstellung in meine Dachwohnung nicht bekommen sei, aber wieso war es dann nicht schon ein Dreivierteljahr zuvor eingegangen? Sechs Monate hat es noch mit mir hier oben gelebt, dann bekam meine Großmutter ihren zweiten Schlaganfall, und auch die Kamelienpflanze begann zu verkümmern. Innerhalb von drei Wochen ging sie ein, genau die Zeit der letzten Krankheit meiner Großmami.

Beim anschließenden Essen, nach der Beerdigung meiner Großmutter im Gasthof, ließ ich mich unter irgendeinem Vorwand entschuldigen. Ich konnte die versöhnlerischen Gesten meiner Mutter nicht ertragen. Sie taten mir mehr weh als die Tischordnung, die sie sich ausgedacht hatte und bei der ich Jacob und Ulrike nicht im Blick zu haben brauchte, sondern weit entfernt neben einer anstrengenden Cousine und mehreren kleinen, nervigen Nichten und Neffen platziert worden war. Ich verabschiedete mich nicht einmal. Sollte man sich ruhig den Mund über mich zerfetzen. Nur, um meine Nichte Penelope tat es mir leid, aber die sollte ja auch bald in Berlin leben, dann wollte ich sie zu mir einladen.

Sicher werde ich lange nicht mehr nach Hause fahren. Es zieht mich dort nichts hin, seit es meine Großmami nicht mehr gibt; und die von meiner Mutter gepflegte Grabstätte muss ich nicht besuchen. Ich kann mir vorstellen, wie sie den Jahreszeiten entsprechend bepflanzt wird.

Auch alte Schulkameraden habe ich in unserem Ort nicht mehr. Seit der Wende sind sie fast ausnahmslos weggezogen. Viele Betriebe haben dicht gemacht, und selbst die Instrumentenherstellung, in der unsere Gegend einzigartig und führend war, wurde weitgehend eingestellt. So gibt es für die meisten jungen Leute unter den Gegebenheiten einfach keine Möglichkeiten, einen angemessenen Lebensunterhalt selbst zu verdienen. Ein paar versuchen sich im Tourismus, was heißt, diesen erst einmal richtig anzukurbeln. Ich glaube, auch das sind noch unbeholfene Versuche, die Konkurrenz ist groß, das billigere Tschechien nicht weit, und viel mehr Besucher als es immer schon gegeben hat, versteht man nur schwer anzulocken. Selbst in meinem Beruf gäbe es keine Arbeit, sagte mir meine Mutter mit einem Bedauern, hinter dem ich vermutete, dass sie wohl befürchtete, ich könne in Erwägung ziehen, jetzt – nach der Scheidung von Jacob und dem Verkauf unseres gemeinsamen Hauses – wieder in unseren Ort zurückzukommen. Die Tochter einer Nachbarin hätte auch Krankenschwester gelernt, nun sei sie nach Stuttgart gezogen, weil es nur dort eine Anstellung für sie gegeben hätte. Es sei schrecklich, diese Nachbarin litte entsetzlich unter der Trennung, zumal die Fahrt nach Stuttgart mit der Bahn teuer und beschwerlich für sie sei und sich um-

gekehrt die Besuche der Tochter schon rein zeitlich nur sehr selten lohnten.
An Geld mangelt es mir nicht. Jacob hat mich großzügig bedacht. Zeit hätte ich auch, trotz meines neuen Jobs; aber es schnürt mir die Kehle zu, wenn ich an die vergessenen Orte meiner Kindheit denke. Es gibt für mich schon genug Vergangenheit, mit der ich hier in Berlin zu kämpfen habe.

Gleich ist Mittag – eben rief ich Simone in der Klinik an. Außer, dass es wohl sehr kompliziert sei und weiter auf der Kippe stünde, könne sie mir nichts sagen. Es dauert also an, wie zu erwarten war.
Mir ist übel. Ich habe noch nicht geduscht und bin noch in meinen Kleidern von gestern. An Essen zu denken widersteht mir, aber weiter an diesem Wein zu nippen tut mir auch nicht gut. Ich muss mich aufraffen, auch weg von diesen Zeilen. Die Hitze hat sich schon seit Tagen in meinem Dachzimmer eingenistet, doch jetzt erreicht sie Saunawerte. Ich habe sämtliche Fenster geöffnet, aber es entsteht einfach kein Gegenzug. Alles will wohl in dieser Unerträglichkeit verharren.
Immer, wenn ich mich nach dem Duschen eincreme, denke ich daran, von welcher Vorfreude ich erfüllt war, wenn ich mich so auf einen Besuch bei Dir und für Dich vorbereitete … Ich bin jetzt 39, und obwohl ich mich äußerlich kaum verändert habe in den letzten Jahren, fühle ich mich alt. Das Wesentliche scheint gelebt zu sein, scheint sogar in eine Vergangenheit gerückt, die mir mit jedem Tag ein Stück unwirklicher vorkommt. Nur Du bist für mich unverändert nah und fern zugleich. So, wie ich Dich von Anbeginn unserer Begegnung wahrnahm.
Seit bald zweieinhalb Jahren kennt diese Haut nur noch meine eigenen Hände und die Erinnerung. Manchmal wundert es mich, dass sie, da ihr die Berührung fehlt,

nicht schon längst zu welken begonnen hat. So, wie meine Brust unter Deinen Händen in den Monaten unseres Zusammenseins zu einer neuen Form erblüht war und sich beinahe so etwas wie eine eigenständige, saftige Vervollkommnung ertrotzt hatte, könnte es doch auch sein, dass ich jetzt vorzeitig welke, wie es Blumen ergeht, denen man Licht und Wasser entzieht.
Was hindert diesen Körper, der von niemandem mehr wahrgenommen wird, eigentlich daran, zu verkümmern? Was ist es denn noch, das ihn am Leben erhält? Die Hoffnung, dass Du Dich plötzlich meiner erinnertest, kann es doch nicht mehr sein? Oder genügt dieser Haut allein die Erinnerung und das Wissen, dass es Dich gibt. Es gibt Dich! Und wenn auch nicht für mich, so gibt es Dich doch, unter dem gleichen Himmel. Vielleicht haben ja Deine Hände, Deine wunderschönen Hände, auch eine geheime Absprache mit meiner Haut? Was wissen wir denn schon?...
Jeden Tag formt mein Mund noch immer Deinen Namen. Manchmal während der banalsten Verrichtungen, die nur ganz nebenbei unseren Alltag begleiten. Wenn ich zum Beispiel das Wasser in ein Gefäß laufen lasse. Ich wiederhole dann Deinen Namen solange, bis es zum Rand gefüllt ist. Oder ich mache ein Spiel mit dem Alphabet, an dessen Ende ich mir erhoffe, Deinen Namen sagen zu können, wenn ich nämlich auf Deine Anfangsbuchstaben gestoßen bin. Das geht so: ich sage das Alphabet solange hintereinander bis zu einem bestimmten, kurzzeitig zu erwartenden Ereignis auf, etwa bis die U- oder S-Bahn zum Stehen kommt oder der Lift bei uns im Haus. Wenn ich dann bei „P“ oder „S“ angekommen bin, dann sage ich Deinen Namen und deute es mir als Zeichen, dass ich noch einmal etwas von Dir hören werde, ohne es selbst provoziert haben zu müssen.
Oh, Philipp, wenn ich Dir nun sage, dass ich mir gestern

Morgen so ein Ultimatum stellte, als ich im Strandbad am Müggelsee zu einer Boje hinausschwamm und mit mir ausmachte, wenn ich in gleichbleibendem Rhythmus das Alphabet hintereinander aufsage und bei Deinem Anfangsbuchstaben diese bestimmte Boje berühren könne, dann würde ich bald etwas von Dir hören. Ich habe es geschafft und ohne mich dabei etwa selbst ausgetrickst zu haben. Als ich mit meiner flachen Hand an die Boje schlug, war das „S“ an der Reihe. – Nun, Du weißt, was ich am Abend zu hören bekam …
Wieso konnte ich mir, obwohl ich bis heute nicht sicher sein kann, ob Dir meine veränderte Adresse überhaupt aufgefallen ist, jedes Mal, wenn ich in meinen Briefkasten schaute, auch vorstellen, darin eine Nachricht von Dir vorzufinden? Auch jetzt wird es mir so gehen, da ich gleich hinunterfahren werde, um nach der Post zu sehen. Vielleicht gibt es ja doch eine Nachricht von Dir, jetzt, in dieser Grenzsituation. Vielleicht leistest Du Dir diese kleine Sentimentalität, eine Art vagen Abschied … Ich gehe hinunter, ich glaube nicht daran, aber ich versage mir trotzdem die Hoffnung nicht …

Nichts, natürlich nichts. Als ich aus dem Fahrstuhl stieg, wurde mir bewusst, dass ich nur sehr wenige Dinge von Dir besitze. Müsste ich plötzlich wegen eines Feuerausbruchs aus der Wohnung fliehen, könnte ich sie in einem Handgriff retten, Deine beiden von Dir signierten Bildbände und, ach ja, doch, ich kann es Dir ja jetzt erzählen, etwas habe ich noch von Dir, etwas sehr Persönliches, aber nicht Du hast es mir gegeben, ich hab' es mir erschwindelt. Auf eine Weise sogar, dass ich auch diese kleine Kostbarkeit nur mit äußerst gemischten Gefühlen betrachten kann und sie inzwischen an einer Stelle in meinem Schreibtisch verstaut liegt, die ich nur sehr selten aufsuche. Es ist – oh,

Philipp, ich wag' es gar nicht zu schreiben, aber … aber schließlich ist ja heute alles irgendwie aufgehoben – ich besitze eine Locke von Dir. Eine Deiner rötlich-braunen Locken. Wie ich an sie kam, gehört zu dem Kapitel, das ich Dir bisher nur angedeutet habe.
Katharina hat sie mir gegeben. Ich hatte sie von ihr verlangt. Ich konnte alles von ihr verlangen…
Aber erst werde ich mich noch nach Deinem Zustand bei Simone im Krankenhaus erkundigen …
Sie sind immer noch mit Dir beschäftigt. Vor zwanzig Minuten sei eine Ärztin bei Simone gewesen, um sich einen Moment zu erholen und eine Zigarette zu rauchen, dabei sprach sie wohl von einer sehr anstrengenden OP für alle Beteiligten …
Philipp! Philipp! Philipp!

Erinnerst Du Dich, dass Du mir einmal von Hundertwassers Benennung der fünf Häute erzählt hast, die wir besäßen? Die zweite Haut ist bei ihm die Kleidung, die dritte die Architektur.
Als mich Katharina besuchte, habe ich meinem Körper eine zweite Haut gegeben, von der ich wusste, dass sie ihr Begehren erregen musste, mich aber schützt und von mir nicht abgestreift werden würde. Ich trug einen schwarzen, sehr eng anliegenden Overall, der sogar meinen Hals umschloss. Nur meine Hände ließ ich unbedeckt, und mit ihnen tat ich dann auch all das, was ich mir vorstellte, dass Du es mit Deinen Händen an ihr getan hast. Nur ließ ich mir sicher mehr Zeit, da ich nichts als diese Hände zur Verfügung hatte. Da ich mich weigerte, von ihr angefasst zu werden, ließ Katharina sich ganz und gar auf das von mir diktierte Spiel ein, und wenn ich noch vor ihrem Besuch Angst hatte, dieser Art der Begegnung überhaupt gerecht zu werden, so verschaffte mir ihre völlige Hingabe

eine Macht, mit der ich den Ablauf dieses Zusammenseins bestimmen konnte.

Ja, es ergab sich plötzlich alles ganz selbstverständlich, da es mir als Frau nicht schwer fiel, mich in Katharina hineinzuversetzen, mir die Wirkung meiner Fingerspiele bewusst war, ich jede Regung, schon noch bevor ich sie von ihr bestätigt bekam, ermessen konnte. So war es für mich nicht schwer, die Oberhand zu behalten. Und keinen Augenblick, Philipp, warst Du in dieser Stunde abwesend. Ich kämpfte mit der Erregung dieses mädchenhaften Frauenkörpers, und plötzlich hatte ich das Gefühl, nicht nur mit Dir gemeinsam zu kämpfen, sondern auch gegen Dich. Ich ahnte, dass ich diese Frau abhängig machen konnte, dass ich sie nach meinen Berührungen schreien und flehen lassen konnte, weil ich es verstand, ihr nicht nur meinen Körper zu verweigern, sondern ihr auch meine Finger entzog, kurz bevor ich spürte, dass sie auf den Höhepunkt zustrebte. Ich verzögerte und trieb an, ich streichelte sie zärtlich und fügte ihr kleine Schmerzen zu, die in diesem Entziehen all meiner Berührungen gipfelten und sie wimmernd am Boden liegen ließen. Ich war es also, die befahl, ich war es, die sie belohnte, ich war es, die sie strafte, und wenn Du wirklich bei uns gewesen wärest, so hättest Du nur machtlos danebensitzen können.

Eigentlich hatte ich vor, etwas von Dir zu erfahren, aber ich brachte es nicht fertig, von Dir zu sprechen. Ich, die ich das Geschehen ganz in der Hand hatte, zitterte schon bei dem Gedanken, überhaupt Deinen Namen auszusprechen, der doch die ganze Zeit über in mir pochte. Ich war von einer so unsäglichen Eifersucht getrieben, einer Gier, Deine Hände auf diesem Körper auszulöschen … indem ich mich in ihn vergrub, mich ihm einprägte, dass sie nur noch nach mir zu schreien gelüstete. Und obwohl Du für mich anwesend warst, indem ich versuchte, Dir eine Gespielin abspenstig zu machen, war ich erfüllt von zärtlicher Sehnsucht nach Dir, die mich gemahnte, Deinen Namen eben nicht in diesem Taumel der Begierde zu nennen. Ich wollte ihn für mich allein bewahrt wissen, wollte ihn nicht in Katharinas Stöhnen untergehen lassen. Und so hatte ich eigentlich gar nichts erreicht von dem, was ich mir in jenem Café ausgemalt und zu erhoffen gedacht hatte. Ich schickte Katharina wieder weg, erlaubte ihr aber, mich anzurufen.

Als sie meine Wohnung verlassen hatte, streifte ich diese schwarze Schutzhaut von mir ab und ließ Deinen in mir zurückgehaltenen Namen ungehindert heraus, indem ich nun mir die Berührung schenkte, die ich während Katharinas Besuch an mir nicht dulden wollte. Und wieder wusste ich, dass sich meine Sehnsucht nach Dir nicht erschöpfen würde. Immer noch wachte ich allmorgendlich mit Deinem Namen auf und umschloss ihn mit den letzten Gedanken meines Tages, wenn ich in die Träume hinüberglitt, die mich manchmal von Dir abzulenken verstanden, aber die doch auch all zu oft durchdrungen waren von Bildern oder Momenten, in denen ich ganz bei Dir sein konnte. Danach fiel das Annehmen eines neuen Tages mit seiner unerbittlichen Wirklichkeit schwer.

Katharina war mit ihren zweiundzwanzig Jahren noch Jungfrau. Bis zu dem Zeitpunkt, als Katharina das zweite Mal zu mir kam, war sie noch nicht mit einem Mann zusammen gewesen. Soviel hatte ich erfragen können, ohne auf Dich zu sprechen zu kommen. Da sie weiter darauf beharrte, nie einem Mann angehören zu wollen, sah ich meine Möglichkeiten, Dir über sie näher zu kommen, schwinden und vor allem diese Stunden, die mir keine Befriedigung brachten, sinnlos, ja, plötzlich in ein unappetitliches Licht gerückt. Ein weiterer Plan muss her, dachte ich.

„Das Weib ist ein Werkzeug des Teufels. An und für sich ist es dumm, aber der Teufel borgt ihr seinen Verstand, wenn es für ihn arbeitet. Sie ist ein Wunder an Verstand, Weitsicht, Geduld, wenn es Abscheulichkeiten zu begehen gilt …" Tolstoi.

Meine Macht über Katharina ausnutzend, befahl ich ihr, sich einen Mann auszuwählen, der sie entjungfern solle. Ich redete ihr ein, dass sie ihre Gefühle für mich und das, was ich mit ihr tun würde, nur so wirklich verstehen und genießen könne. Natürlich wehrte sie sich gegen die Vorstellung, von einem Mann angefasst zu werden. Es kostete mich aber nur die Härte meiner völligen Zurückweisung, dass sie auf meine Befehle einging. Befehle, die sich, angefangen mit ihrer Kleidung, auf nahezu jedes Detail der zu erwartenden Begegnung mit Dir, ihrem Professor, den ich „zufällig" für sie auswählte, beziehen sollten.

In einer Seitenstraße parkte ich, strich das rotkarierte Faltenröckchen, das etwa zehn Zentimeter über ihren Knien endete, zurück und glitt mit meiner Hand zwischen ihre warmen weichen Schenkel, nahe ihrer unbedeckten Scham, wartete bis sie sich ein wenig bäumte, dann schob ich sanft meinen Finger zwischen die kleinen behaarten Bäckchen ihrer Scheide. Ihr Kitzler hatte sich so versteckt, dass ich einen Moment wartete, bis es ihn drängte, sich mir entgegenzustrecken. Katharina bewegte ihr Becken, um damit das zu erreichen, was sie glaubte, von mir verwehrt zu bekommen; ich schenkte ihr etwas Reibung, da ich sie für Dich nass machen wollte. „Genauso wirst du seine Hand nehmen", befahl ich ihr, „genauso, du wirst ein ganz braves Mädchen sein, und ich erwarte dich hier, ich bin die ganze Zeit bei dir." Dann schickte ich sie so – von mir für Dich vorbereitet zu Deinem Haus, hinauf in Deine Wohnung, Dein Atelier, Dein Schlafzimmer. Du bist ja durchaus variabel in den Lagern, die Du für die Liebe wählst.

Als sie um die Ecke der kleinen Straße gebogen war, nachdem sie sich noch einmal ängstlich zu mir umgesehen hatte, drehte ich die Lautsprecher meiner Anlage so hoch, dass es gerade noch zu ertragen war. Und während Mahlers weinende Geigen aus dem Adagio seiner neunten Sinfonie meinen kleinen Faraday'schen Käfig beherrschten, verlor ich mich in einem Schluchzen, wie ich es ähnlich nur einmal, nämlich nach dem Tod meiner Großmutter erlebt hatte. Ich verkrallte mich mit meinen Händen ins Lenkrad und legte den Kopf darauf, so dass sich die harte Plastik schmerzhaft in mein Gesicht drückte.
Es dauerte fast zwei Stunden, bis Katharina wieder kam. Sie sah mich nicht an, warf den auch mir bekannten Bildband von Dir auf den Rücksitz und stieg stumm in mein Auto. Ich hatte das Gefühl, sofort losfahren zu müssen. Ich lenkte das Auto in Richtung Stadtrand, eine wenig befahrene Landstraße entlang, die den Blick auf ausgedehnte Wiesen und Felder freigab. Ich war ratlos, da ich nicht wusste, ob Katharina nur darauf wartete, von mir befragt zu werden, oder ob sie nicht reden wollte. Die Spannung wurde bald unerträglich. Ich bog in einen Feldweg und parkte. Es war zwar ein Abend Anfang Juli, die Dämmerung schlich nur langsam über die Felder, dennoch wäre es angebracht gewesen, das Licht einzuschalten, als Katharinas Handy klingelte und ich sofort ahnte, dass Du sie jetzt anrufen würdest. Sie nahm an, und schon einen halben Atemzug später konnte ich Deine Stimme in meinem Auto hören – hören, wie sanft Du sprachst, hören, wie selbst Du etwas verlegen warst, wie Du lachtest und mit einer frappierenden Sachlichkeit plötzlich sagtest: „Pass auf dich auf, ich will dich wiedersehen …“
Und wie nahm Katharina das alles auf? Ich wusste noch immer nicht, was diese zwei Stunden mit ihr gemacht hatten. Irgendetwas hielt mich davon ab, sie zu berühren, ob-

wohl sich alles in mir danach verzehrte, Deinen Geruch an ihr aufzuspüren. War es so etwas wie Eifersucht, was mich zurückhielt? Oder etwa doch ein schlechtes Gewissen und Respekt vor Katharina, die ich benutzt hatte? Jedenfalls hielt mich eine beklemmende Angst zurück. Eine Angst, die sich facettenreich gestaltete. Sie war im gleichen Maße von nebulösen Ahnungen geprägt wie von der von mir provozierten nicht mehr auszulöschenden Tatsache dieser vergangenen Stunden, mit meinem kläglichen Ausgeschlossensein von Euch, von Euerm gemeinsamen Erleben und meiner Machtlosigkeit. Immerhin konnte es sein, dass ich mich der grausamen Möglichkeit zu stellen hatte, dass zwischen Euch etwas entstanden war, was sich auch weiter meiner Kontrolle entzöge.

Warum sollte Katharina nicht plötzlich Ähnliches unter Deinen Berührungen empfunden haben wie ich noch zehn Monate zuvor? Warum sollte nicht plötzlich von Deiner Männlichkeit ein Teil Frau in ihr geweckt worden sein, an den sie bisher nur noch nicht in seiner Wunderhaftigkeit geglaubt hatte, nach dem es sie ab jetzt jedoch verlangte?

Weder ich noch Katharina sprachen ein Wort. Wir sahen einander nicht an und versuchten beide sogar, lautlos zu atmen. Mit jeder Sekunde, die verstrich, lud sich diese entsetzliche Stille zwischen uns mehr und mehr auf. Ich hatte das Gefühl, dass diese Stille zu einem unerträglichen Schrei angewachsen war, den keiner von uns zu stoppen wagte. Man musste ihn einfach aushalten, bis ihm die Kraft ausging, so, wie man dem Weinen eines verzweifelten Menschen keinen Einhalt gebieten darf, sondern nur abwartend ihm zur Seite stehen kann. Ich glaubte, dass Stunden vergingen, jedenfalls war die Dunkelheit zu spüren. Unsere Augen hatten sich allmählich an sie gewöhnen müssen, da sagte Katharina plötzlich: „Ich frage

mich, ob du überhaupt fähig bist, einen Menschen zu lieben, und wenn ja, wie das dann aussehen würde?“
Ich hatte einiges erwartet und hatte mir auch einiges ausgedacht, was ich sagen oder tun wollte, wenn sie mich darum gebeten hätte. Doch mit dieser Frage waren alle vorformulierten Sätze vergessen. Ich startete den Wagen, blendete die Scheinwerfer auf und fuhr Katharina nach Hause. Schweigend zog sie ihr Höschen unter den Rock, was ich ihr vor Stunden abgenommen und auf ihren Sitz gelegt hatte, bevor sie zu Dir gegangen war. Aus den Augenwinkeln heraus konnte ich nun die Blutspur an ihren Oberschenkeln sehen, und mir ging nichts weiter durch den Kopf, als dass ich mir dabei zu guckte, wie ich kein bisschen erschrak, sondern dass ich kühl und gefasst meinen Gurt öffnete, um mich über die Rückenlehne nach hinten zu beugen. Ich wollte ihr den Bildband reichen, den sie auf die Rückbank gelegt hatte, und ich wollte einen Blick hineinwerfen, ich wollte sehen, was Du ihr auf die Innenseite mit dem Titel und Deinem Namen geschrieben hattest. Vielleicht hast Du ja so etwas wie einen Standardspruch. Ich wusste noch genau die Zeilen, mit denen Du mich einmal bedacht hattest. Gezielt öffnete ich den Bildband und kümmerte mich nicht darum, ob Katharina mir dabei zusah. Deine eineinhalb Zentimeter Buchstaben waren es, in die sich jetzt meine Augen vergruben, und ich hätte sie am liebsten aus dem glänzenden Papier gelöst und in mich aufgesogen, weil sie doch eigentlich mir zu gehören hatten. Aber der humorige Hinweis, dass uns unsere Bauwerke überdauern werden, war ganz auf Deine Studentin zugeschnitten und hatte nichts mit dem zu tun, was Du mir damals in mein Exemplar Deines Bands geschrieben hattest. Katharina stand etwas abseits auf dem Bürgersteig und wartete schweigend. Als ich mich zu ihr aus der Beifahrertür lehnen wollte, wandte sie sich auf-

fällig langsam, wie in Trance, dem Auto und mir zu. Durch die schwache Beleuchtung der Straßenlaternen waren ihre Gesichtszüge nur schemenhaft erkennbar. Es sollte mir recht sein, ich denke, es sollte uns beiden so recht sein. Ich stieg nicht aus, um sie zu verabschieden. Nur Dich, Dein Werk reichte ich ihr durch die Beifahrertür. Und so empfing Katharina aus meinen Händen dieses Buch nochmals an jenem Tag. Dann verschwand sie hinter den schweren Türen zu ihrem Hinterhaus. Ob sie sich zuvor noch einmal nach mir umgesehen hat? Ich kann es nicht sagen, es ist möglich. Nur habe ich mich nicht mehr darum gekümmert. Als ich dann in meiner Wohnung saß, am selben Platz, an dem ich jetzt sitze, mit diesem Weitblick über die Dächer, zum Fernsehturm, wartete ich vergebens auf die Leere, die am Ende solcher Gefühlsanspannungen die Seele wieder gelassen macht, um sie in den reinigenden Schlaf und die erhoffte Traumvergessenheit zu schicken.
Es wurde mir klar, dass ich nichts gewonnen hatte, dass ich nur über eine weitere Schmerzerfahrung verfügen würde. Meine Sehnsucht nach Dir konnte sich durch nichts verbrauchen.
In dieser Nacht begann ich, mir erstmals meinen Schlaf mit Tabletten zu ertrotzen. Dabei musste ich nicht etwa mein Gewissen beruhigen. Ach, wenn sich das nur geregt hätte damals, es wäre vieles nicht passiert, was nun unauslöschlich auf mir lastet und von dem mich nun keiner mehr freisprechen kann.
Aber auch jetzt, Philipp, bist nur Du es, an den ich denke und dem meine Sorge gilt. Ich stelle mir vor, wie Du unter den Skalpellen der Ärzte liegst, an den Schläuchen der Apparate hängst und spüre auch in diesem Augenblick, nach dieser Unzahl von Monaten und mit dem Geschehen, das sich außerhalb Deines Wissens so heimtückisch mit mir verbindet, eben jene, sich nicht verbrauchende Sehnsucht.

Du weißt, dass sich Katharinas Besuche nicht auf dieses eine und ihr erstes Mal beschränkten. Du weißt aber nicht, dass hinter jedem ihrer Besuche ich stand, dass ich sie ihr befahl, dass ich sie zu jedem ihrer Schritte antrieb. Ich war ja so unabhängig von ihrer Anwesenheit, so uninteressiert an ihrer Person. Ich konnte stark und ganz bei mir sein, ja, ganz bei mir war ich, Philipp, bei allem, was mich meine Liebe zu Dir geschehen ließ. Katharina trachtete nur danach, meine Aufmerksamkeit zu bekommen. So erspürte sie wohl auch, dass ich bei der Nennung Deines Namens Sensoren ausfuhr, die ihr Möglichkeiten offenbarten, mit mir in Kontakt zu bleiben. Denn nachdem wir uns an jenem späten Juliabend vor ihrem Haus getrennt hatten, vermied ich jede weitere Begegnung und nahm auch keinen Anruf mehr von ihr entgegen.
Aber können liebende Frauen nicht zugleich auch die phantasiereichsten Kämpferinnen sein?! Sie verstand es jedenfalls, schon nach wenigen Wochen wieder bei mir zu erscheinen. Da ich inzwischen mit Abstand auf Eure erste Begegnung sah und daraus folgerte, dass ihr kein Liebespaar geworden sein konntet, nahm ich die Fäden wieder auf, die sie mir bot. Ich schickte sie erneut zu Dir. Die Trophäe Deiner Locke war dann auch die Krönung, die ich mir von ihr erbat.
Doch sehr bald stellte sich heraus, dass es nicht diese Locke allein war, die sie von Dir mitbrachte.
Ach, Philipp, Du wusstest weder von ihrer Jungfernschaft, die sie durch Dich verlor, noch, dass Katharina es nicht übernommen hatte, an Verhütung zu denken. Du gehörst den Männern, die das Problem den Frauen überlassen oder es ganz einfach verdrängen, gar nicht in Betracht ziehen, da für Euch die Frauen emanzipiert genug sind, eine ungewollte Schwangerschaft auszuschließen.

Fast einen Monat hatte ich Katharina auf Abstand halten können, bis ich ihr versprach, sie wieder zu empfangen, wenn sie sich noch einmal mit Dir trifft, um mir danach detailliert Eure Begegnung zu schildern.
Sie hatte inzwischen erwogen, ihr Studium aufzugeben. Sie fühlte sich fremd unter ihren Kommilitonen, was vielleicht etwas mit Deiner besonderen Aufmerksamkeit für sie zu tun hatte. Mir gegenüber erklärte sie aber auch, dass sie einfach nicht das erforderliche Brennen für die Architektur in sich spüren würde. Sie sehnte sich danach, Bühnenbilder zu entwerfen, Kunstwerke auf Zeit zu schaffen, wie sie sagte, und nicht in die Verantwortung des Häuserbauens gezwungen zu werden. Wie Du weißt, hatte sie da schon zwei Praktika an einer Berliner Bühne absolviert. Seitdem wünschte sie sich eine Zukunft am Theater.
Auch in diesem Punkt hatte ich mich geirrt. Sie brauchte Dich nicht, um ihre Karriere als Architektin zu befördern. Im Gegenteil, da sie spürte, wie sehr Du Dich für sie engagiertest, wuchs in ihr das schlechte Gewissen. Sie wusste nicht, wie sie Dir beibringen sollte, dass sich ihre Zukunftspläne anders gestalteten, als Du es für sie erhofftest. Sie wich Dir aus, und ich unterstützte sie darin, riet ihr ab von einem klärenden Gespräch, welches Du offenbar suchtest. Ich fürchtete einfach, sie könne beginnen, Dir von mir zu erzählen. So riet ich ihr auch, ohne Erklärung die Beziehung zu Dir ausklingen zu lassen.
Als sie von ihrer Schwangerschaft erfuhr, kam sie umgehend zu mir, und ich war froh darüber, dass sie überlegte, Dir nichts davon zu erzählen. Zeitgleich bekam sie das Angebot eines zweijährigen Engagements als Bühnenbildassistentin. Nun war klar, dass sie ihr Studium aufgeben würde. Und das Kind? Dein Kind?
Ich wollte es. Ich wollte Dein Kind. Ich war von einer Seligkeit erfasst, die ich zwar vorsichtig für mich behielt, um

Katharina nicht zu erschrecken, die mein Leben aber urplötzlich in Musik verwandelte. Ein Sinn tat sich für mich auf. Es war mir bewusst, dass ich einen unerklärten Krieg geführt hatte, und nun sollte ich gewonnen haben. Ich hatte Land erobert, für das kein Blut geflossen war, gratulierte ich mir. So, wie ich unzählige Male mein Gewissen beruhigte mit der irgendwo einmal aufgeschnappten Behauptung, in der Liebe sei, wie im Krieg, alles erlaubt. Ich versicherte Katharina, dass sie auf mich zählen könne, dass ich ihr jede mögliche Unterstützung zukommen lassen würde, dass ich mich kümmern würde, auch ganz für das Kind da sein wolle, so dass sie sich ihrem Job am Theater mit den unregelmäßigen Arbeitszeiten voll und ganz widmen könne. Philipp, Dein Kind!!! Wie erfüllt ich von der Vorstellung war, Dein Kind großziehen zu dürfen, kann ich Dir kaum beschreiben, obwohl es jetzt, in diesem Moment, wieder da ist, dieses Glückgefühl, das ich damals empfand, diese Vorfreude, die alles überstrahlte. Ja, ich weiß, ich dachte nur an mich, nur an die Befriedigung meiner Gefühle, meiner Sehnsucht nach Dir!!!
Katharina brauchte Nähe, die ich ihr nicht geben und auch nicht vorspielen konnte. Ich hatte ihr von Anfang an verwehrt, mich zu berühren, und jetzt, da sie schwanger war, Dein Kind in sich trug, änderte sich mein Gefühl ihrem Körper gegenüber noch einmal. Ich sah ihn nicht mehr als das Objekt an, welches Dich und mich verband. Plötzlich bekam er für mich die Bedeutung eines fast heiligen Gefäßes, denn er beherbergte die Frucht, die Du ihm gegeben hattest. Ich begann, Katharina auf Händen zu tragen, verwehrte ihr aber jede sexuelle Berührung und das nicht mehr, um etwas zu erreichen, sondern weil ich es nicht über mich brachte. Katharina litt entsetzlich, und ich stand hilflos daneben. Ich wusste, dass sich an diesem Zustand auch zukünftig nichts ändern würde. Die Berech-

nung, mit der ich ihren Körper eingenommen hatte, als es darum ging, sie Dir zu entziehen oder Dir zuzuführen, trieb mich nicht mehr an. So sehr ich mich um ihr sonstiges Wohlergehen kümmerte und sorgte, ihr sogar, um sie zu beruhigen, vorlog, dass ich sie nur aus Ehrfurcht vor ihrer Schwangerschaft nicht mehr berühren könne, es konnte für sie nicht reichen.

Oh, wie sehr verstand ich sie, wie sehr wurde ich durch ihren Kummer und ihre Sehnsucht an meinen Kummer und meine Sehnsucht erinnert. Endlich begann sich nun auch mein Gewissen zu regen. Mit grausamer Verspätung meldete es sich und begann mich zu zerreißen, wenn ihr Blick nach meiner Zuwendung schrie, sie mich anflehte, wie eine Ertrinkende … und ich es nicht über mich brachte, sie in den Arm zu nehmen. Ich musste diese verzweifelte Hilflosigkeit in ihren Augen ertragen, und ich musste mich ertragen und meine Schuld. Einzig der Gedanke an das Kind vermochte mich zu trösten, und so hielten wir diese würdelose Zeit durch. Ich hatte Angst, dass sie mich verlassen könnte, dass sie mit Deinem Kind weggehen würde, dass sie, wie es doch auch des Öfteren von ihr erwähnt und angedacht war, eine Abtreibung vornehmen lassen wolle. So feierte ich insgeheim den Tag, als der dritte Schwangerschaftsmonat erreicht war und sich damit ein solcher Eingriff verbot.

Ach, Philipp, diese Hoffnung auf das Kind konnte sogar meine Sehnsucht nach Dir in den Schatten stellen. Was für ein Wunder ist es aber auch, ein solches Bäuchlein wachsen zu sehen, plötzlich den Bewegungen nachzuspüren, die dieses Wesen in ihm vollzieht. Ich habe Dein Kind begrüßt, als sei es durch mich in ihren Bauch gepflanzt worden. Ach, Philipp, und schließlich ist es ja auch ein bisschen so.

Wieder habe ich in der Klinik angerufen. Du lebst!
Du lebst, das ist alles was ich weiß, mehr konnte ich nicht in Erfahrung bringen. Die Situation scheint aber weiter angespannt, Simone ist sehr beschäftigt, sie kann mich jetzt auch nicht empfangen, also werde ich weiter hier bleiben, in meinen Räumen, und warten und schreiben und vielleicht meine Nichte Penelope anrufen. Sie ist jetzt achtzehn, hat ein Zimmer in einer WG hier im Bezirk. Ich bin gern mit ihr zusammen. Es gefällt mir, wie sie denkt, der Mut und die Unabhängigkeit, mit der sie ihr Leben in die Hand nimmt. Es gelingt mir auch, durch sie alles leichter zu sehen, zu lachen, vor allem über mich selbst, das ist enorm hilfreich …
Philipp, ich habe mich unterbrochen. Von Deinem Kind, von Ferdinand, so sollte er heißen, kann ich Dir nichts mehr erzählen. Ich habe ihn nie gesehen. Katharina ist noch vor seiner Geburt aus meinem Leben verschwunden. Sie ist zu ihren Eltern in die Nähe von Stuttgart gegangen. Sie hat das Kind dort bekommen und bei ihnen gelassen oder auch nicht. Ich weiß es nicht. Sie stammt aus einem sehr wohlhabenden Elternhaus. Ich bin überzeugt, dass sie nie von Dir eine finanzielle Unterstützung eingefordert hat. Sie wollte nicht, dass Du etwas von der Existenz dieses Kindes erfährst, weil sie keinerlei Beziehung mehr zu Dir haben will. Es war ihre Entscheidung, so wie es ihre Entscheidung war, unserer Beziehung ein Ende zu setzen, die sie als unwürdig empfand. Was hätte ich dem auch entgegensetzen können?

Eben rief Werner an – wenn ich verspräche, heute Abend mit ihm essen zu gehen, würde er zulassen, dass ich Dich auf der Intensivstation zu sehen bekomme. Die Operation sei überstanden, er habe sein Bestes getan, allerdings sei das, wie ich wohl wisse, kein Passierschein ins Leben.

Ich werde gehen, ich werde alles tun, Dich zu sehen, noch einmal in Deine Nähe zu kommen. Alles.

GESPENSTERWECKEN

Die weinenden Geigen aus der neunten Sinfonie von Gustav Mahler, überlegt Philipp, während das Lenkrad sich in seine linke Gesichtshälfte drückt, sind ihm nicht gegenwärtig, aber gleich könne er seine Mutter fragen, vor deren Haus sein Wagen vor wenigen Minuten zum Stehen gekommen ist. Die Frage, wie es ihn in dieser mondleeren Winternacht hierhergetrieben hat, stellt sich ihm nicht. Er wüsste sie auch kaum zu beantworten. Zu sehr kreisen seine Gedanken um das ‚Was', den Auslöser dieser Fahrt. Als hätte der Wagen sich außerhalb seines Bewusstseins bewegt, war alles wie in Trance an ihm vorübergeglitten. Dabei hatte er sogar gehalten, um Zigaretten zu ziehen, zu tanken, eine Toilette aufzusuchen.

Radio und CD-Spieler ließ er unangetastet. Nach Beschallung durch Worte oder Musik hatte es ihn nicht verlangt. Einzig die Monotonie der Fahrgeräusche und ein stetig zirpender Ton, den er nicht zu orten vermochte, begleiteten ihn. Erst in diesem Moment, da ihm bewusst wird, dass er seinen Kopf auf das Lenkrad gelegt hat und so schon eine Weile verharrt, spürt er, wie sein Körper entspannt und ihn Stille umgibt, in die er sich diese weinenden Geigen von Gustav Mahler wünscht, ohne sie aus seinem musikalischen Gedächtnis abrufen zu können.

Kurz nach halb zwei. Ihm fällt ein, dass er sich anzukündigen vergessen hat. Unmöglich, um diese Stunde bei seiner Mutter zu klingeln. In seinem Berliner Loft gibt es einen Schlüssel zum Haus. Doch auf die Idee gekommen zu sein, ihn einzustecken, würde bedeuten, dass Philipp schon dort in Erwägung gezogen hätte, hierherzufahren. Nichts von dem war aber vor Stunden in ihm gewesen. Für den Rest der Nacht wird er sich nun ein Hotel suchen müssen.

„Ausgespuckt, von mir selber ausgespuckt, in hohem, hohem Bogen ausgespuckt ...", hört er sich flüstern. Fast gelingt ihm ein Lächeln, während er, ohne den Kopf vom Lenkrad gehoben zu

haben, den Gurt löst und an seiner Brust vorbei in die Halterung schnippen lässt.
Einen Augenblick denkt er daran, seinen Bruder zu wecken, der mit seiner Familie die obere Etage bewohnt. Da aber das Bild seiner Schwägerin vor ihm auftaucht, verwirft er diesen Gedanken. Trotzdem richtet er sich auf, um den Wagen zu verlassen. Die Winterluft, die das dumpfe Dröhnen seines Kopfes und den permanent zirpenden Ton schlagartig betäubt, lässt ihn tief durchatmen. Seit dieses junge Mädchen gestern so verheißungsvoll den Barhocker in seiner Küche bestieg, war kein ähnlich angenehmes Gefühl mehr in ihm aufgekommen. Penelope, Penelope …
Um nicht weiterzudenken, um nicht, wie so oft in den vergangenen, für ihn nicht auszumachenden Stunden, zusammenhanglose Worte und Zeichen aus den handbeschriebenen Briefbögen in seinem Atelier vor sich sehen zu müssen … wie sie herumtanzen, sich ineinander verkeilen, zu bizarren Symbolen verschwimmen, ohne ihm den Code zur Entschlüsselung zu verraten … bellt er plötzlich auf. Bellt wie ein kleiner, verlassener Hund, der seine Angst und Hilflosigkeit zu verbergen sucht.
Erschrocken zuckt er zusammen, schärft seinen Blick, hört in die Nacht, hört von unsinniger Scham erfüllt, ob er vielleicht jemanden aufgeweckt hat. Doch wie sich zu nachtschlafender Zeit Menschen für gewöhnlich von streunenden Tieren nicht stören lassen, so wird auch Philipp von niemandem wahrgenommen.
Nach einer Weile streckt er sich. Dann lockert er seine steifen Glieder und geht zur Gartentür seines Mutterhauses, still, lauschend, als erwarte er ein Signal, welches ihm die nächsten Schritte befehlen könne. Tatsächlich sehnt er sich danach, jetzt, in diesem Augenblick, seinen Namen rufen zu hören. Seinen Namen aus dem Mund seiner Mutter, von ihr eingelassen, umarmt und aufgenommen zu werden.
In alter Gewohnheit drückt er die metallene Klinke der Gartentür herunter, doch sie lässt sich nicht öffnen. Früher wurde hier

nie abgeschlossen, erinnert er sich. Warum sollte das auch nötig gewesen sein? Die Kinder der Straße nutzten die Gärten untereinander in selbstverständlichem Besitzanspruch. Erst in Folge der Wende gab es nach der Neuaufteilung auch eine bis dahin nicht gekannte, plötzlich notwendig erscheinende Abgrenzung. Das Land war unüberschaubar geworden, das Leben nicht minder, also mussten neue Grenzen her, um übersichtliches, beherrschbares Terrain zu schaffen.

Die Nacht ist trocken und dezemberkalt, aber schneelos. Er fühlt sich zu wach, um in einem Hotelzimmer diesen Tag zu beschließen, zu nüchtern und zu besetzt, ihn zu vergessen. Ein paar Schritte geht er noch, laute Schritte, es sind die einzigen um diese Zeit auf den Steinplatten des Bürgersteigs. Er wechselt auf die Mitte der Straße, um vom Teermantel einen Gutteil seiner Trittgeräusche schlucken zu lassen. Es kommt ihm unwirklich vor, hier so plötzlich, ohne jeden Plan, entlangzugehen. Diese Straße ist für ihn die bedeutendste in seiner Kindheit gewesen. Jeden Zentimeter glaubt er zu kennen. Nichts von Menschen Erbautes, auch nichts von ihm selbst Konzipiertes, Konstruiertes und mitunter sogar spektakulär Errichtetes hat sich so in ihn eingeprägt wie diese kurze Straße auf dem Hügel einer deutschen Mittelstadt. Dabei gab es hier neben dem Bürgersteig lange keine Bepflasterung, lagen die Steine beinahe wie Geröll umher, in verschiedensten Größen verfügbar, sie zu werfen, mit ihnen Burgen und Wälle zu bauen oder einfach nur über sie zu stolpern. Wie oft saß er als noch kurzbehoster Junge auf dem Bordstein und besah sich seine verwundeten Knie, drückte den Eiter unter dem Schorf hervor und konnte sich gar nicht mehr vorstellen, wie sie ohne diesen rotbraunen Grind aussehen sollten.

‚Es tut gut, hier zu sein', denkt er, nachdem er sich wie schutzsuchend umgesehen hat und jetzt ein beinahe behagliches Gefühl von Angekommen-Sein in sich verspürt. Die Gedanken, die sich wie Fieber in den letzten Stunden seiner bemächtigt und ihn in ein raum- und zeitloses Agieren gedrängt hatten, scheinen sich

zu verflüchtigen. Ihm ist, als könne sich diese winterkalte Teerdecke jeden Augenblick auftun und ihn in die warme Geborgenheit seiner Kindertage einladen. Dabei drängt es ihn, weiter an das Ende der Straße und um die Ecke zu gehen, dort, wo links die Kleingartenanlage beginnt und sich rechts die Felder der ehemaligen LPG ausbreiten. Ein wahres Spielparadies boten sie ihm in der Kinderzeit. Alles hatte da den Kindern gehört, die Felder, die Wege, die Scheunen, selbst die halbverrotteten Landmaschinen, auf denen sie ungehindert herumturnen durften.
Philipp hätte jetzt nicht übel Lust, sich für den Rest der Nacht in einer der Scheunen unterzubringen und im Heu zu verkriechen. Das Einsteigen war immer ein Klacks für ihn gewesen, und auch, wenn er jetzt damit rechnen kann, dass es dort in dieser schwarzen Winternacht keine Beleuchtung geben würde, denn die Laternen hörten schon am Ende *seiner* Straße auf, würde er den Weg dorthin nicht verfehlen können.
Aber, war ihm nicht schon vor ein paar Jahren aufgefallen, dass es die Scheune, an die er gerade dachte, gar nicht mehr gab? Nach der Auflösung der LPG und der Rückführung der Besitzrechte war hier begehrtes Bauland entstanden und, in Parzellen aufgeteilt, verkauft worden. Also hat sich die Stadt ausgedehnt, also würde es dort wohl auch eine städtische Beleuchtung geben. Aber auf die hat er jetzt keine Lust. Nicht noch eine die Dinge verändernde Information, nichts Neues erfahren, einfach nur hier sein, sagt er sich, und ein Hotelzimmer im STEIGENBERGER würde er auch noch in diesen späten Nachtstunden beziehen können.
Der Brief hatte nicht mit einem Gruß, nicht mit ihrer Unterschrift geendet. Sie hatte ihn abgebrochen und dann erst nach Monaten versandt. Jetzt, da er seiner Operation schon gar nicht mehr gedachte, musste sie ihn erinnern und all dem aussetzen, was für ihn besser im Dunkel geblieben wäre. Unmöglich, das mit einem Gefühl für ihn zu behaupten, sich anzumaßen, von Liebe zu sprechen ... krank ist sie, krank ... und Hilfe braucht sie. Langsam

beginnen sich seine Gedankenkreise zu bündeln und auf einen Punkt zu verdichten. Dadurch spürt Philipp eine Wut in sich aufsteigen, die ihn mit Kraft erfüllt. Endlich ein Gefühl, das ihm folgerichtig und gesund erscheint, von dem er sich zielgerichtete, vielleicht sogar klärende Gedanken erhofft. Gedanken, die ihn nicht wie die der letzten Stunden in ein mit Rat- und Hilflosigkeit angefülltes Loch dirigieren.

Indem es ihn mit immer schneller werdenden Schritten doch zum Ende der Straße getrieben hat, zwingt er sich, das Dunkel der Nacht weiter zu durchdringen, um die in den letzten Jahren entstandenen Veränderungen in Form diverser Anbauten, Erker und Wintergärten, wahrnehmen zu können. Auch er hatte, nachdem er das Haus, in dem er aufgewachsen war, Ende der Neunziger erwarb, seiner Mutter eine Erweiterung des Wintergartens geschenkt. Dieser ist von der Straße aus jedoch nicht einsehbar. Er zieht sich über die gesamte hintere Hausfront und schließt mit einer Terrasse in den Garten ab.

Soviel in dieser Nacht für Philipp überhaupt erkennbar ist, scheinen ihm Haus und Grundstück der Eltern seines ehemals besten Freundes Christoph unverändert. Hier war es allerdings schon lange dringend nötig gewesen, dem Verfall der alten Villa Einhalt zu gebieten und sie ihrer Gründerzeit entsprechend zu restaurieren. Bei seinen länger zurückliegenden Besuchen konnte er mit Wohlwollen beobachten, dass das nicht radikal, in einer weit verbreiteten, ihm kunstgewerblich anmutenden Raststätten-Moderne, wie er diese Renovierungsverbrechen zu bezeichnen pflegt, in Angriff genommen worden ist, sondern ausschließlich erhaltend. So genießt er jetzt wirklich das Gefühl, sich im vermeintlich unveränderten Terrain seiner Jungenjahre zu befinden. Selbst der Bürgersteig ist noch genauso uneben. Die Wurzeln der Ahornbäume hatten schon damals die Pflastersteine nach oben gedrückt. Der Weg innerhalb des Grundstücks war so uneben gewesen, dass sie ihn einen Sommer lang zum Errichten ganzer Burgenlandschaften nutzten. Nach schweren Regenfällen

bildeten sich auf natürliche Weise Seen und Flüsse, die sie, sie mit der Gießkanne wässernd, weiter künstlich am Leben erhielten und drumherum ihre mittelalterlichen Dörfer und Festungen bauten. Damals kümmerten kaum jemanden Themen wie Wasserverbrauch oder Unfallschutz ... Dinge, die zu berücksichtigen sich für ihn inzwischen, wie in einem Raster, selbstverständlich eingenistet haben.
Zugewachsen, wie die Villa schon immer war, ragen die Bäume inzwischen höher hinaus und haben sich manche Sträucher weiter ausgebreitet, doch auch im Tageslicht würde Philipp wohl kaum der Unterschied zur damaligen Fülle der Vegetation auffallen. Das ‚Gespensterhaus' nannten es die Kinder, und die Bezeichnung war trefflich assoziiert. Es ging etwas Unheimliches von der Villa aus, etwas, das Philipp heute mit morbidem Charme bezeichnen würde, damals aber eher den anhaltenden Verfall beschrieb. Die Hälfte der unteren Etage war auf Grund ihres Zustands unbewohnt, sogar baupolizeilich gesperrt. Sobald man das Haus betrat, bemerkte man einen feucht-modrigen Geruch, der sich je nach Witterungsverhältnissen mal stärker, mal schwächer ausbreitete und erst in den bewohnten Räumen nachließ.
Die geschwungenen Treppenstufen zum Eingang und an der Terrasse waren in sich verschoben. Ein turmartiger Anbau an der Westseite war so zerfallen, dass man seine Fenster mit Brettern vernagelt hielt. Die Turmruine zu besteigen, war streng verboten. Um die Kinder davon abzuhalten, ihrem beinahe unwiderstehlichen Drang nachzugeben, musste der Turm für diverse Spukgeschichten herhalten. Die verloren allerdings mit dem Heranwachsen der Jungen ihre abschreckende Wirkung und forderten gerade dazu heraus, in selbstauferlegten Mutproben den Turm heimlich, wenn möglich, gar in der Dunkelheit zu besteigen.
Auch die anderen Kinder der Straße hatte die Villa in ihren Bann gezogen. Nicht nur um den Turm, um den gesamten Bau mit seinen ehemaligen Bewohnern kursierten wahre, erfundene oder nur vermutete Geschichten, die nicht ohne Grusel erzählt wur-

den. Ursprünglich von einem jüdischen Architekten für seine Familie erbaut und weiter vererbt worden, bewohnte noch vor Beginn des zweiten Weltkrieges ein Gauleiter mit Frau und vier Kindern die Villa. Die letzten Nachkommen des Bauherrn waren, bis auf eine alte Frau, die sich im Keller erhängt hatte, in Konzentrationslager verschleppt und ausgerottet worden. Um einer Verurteilung zu entgehen, vergiftete sich der Gauleiter im April 1945 mit Zyankali, nachdem er zuvor seine Frau und drei seiner Kinder erschossen und versucht hatte, die Villa in Brand zu setzen, was ihm allerdings nur mit Teilen des Turmes gelang. Eine alte Frau hätte in der Nachbarschaft geklingelt und die Löscharbeiten vorangetrieben. Manche meinten, gesehen zu haben, wie sie sich selbst daran beteiligt hatte. Danach war sie verschwunden. Einer der Bauern vom unweit gelegenen Gutshof wollte sie als jene Jüdin erkannt haben, die sich ein knappes Jahrzehnt zuvor im Keller der Villa erhängt hatte.

Der älteste Sohn des Gauleiters überlebte das Ansinnen seines Vaters, die Familie auszulöschen und die Villa niederzubrennen. Auch er hatte etwas von der alten Frau erzählt, die ihn gerettet habe, erinnerten sich Augenzeugen. Inzwischen soll dieser Sohn Mitte der Neunziger um die Rückgabe der Villa prozessiert haben. Aber sie war damals nachweislich von den jüdischen Besitzern durch eine lächerlich geringe Summe zwangsweise in den Besitz seines Vaters übergegangen.

Die von Bäumen und Sträuchern umwachsene Gründerzeitvilla war zudem in einen dichten Efeumantel gehüllt, sodass man den Putz der Mauern und die reichen Stuckverzierungen an den Simsen nicht mehr erkennen konnte. Lediglich die unterschiedlich geformten Fenster zeigten sich in ihrer aufwendigen Schönheit. Schon in seiner Kindheit übte dieses Haus eine große Anziehung auf Philipp aus. Dass es in seinem Stil-Mix damals allgemein eher belächelt wurde, tat dem keinen Abbruch. Erst später lernte er, dass diese zusammengewürfelte Bauweise eine sich fast über das gesamte neunzehnte Jahrhundert erstreckende, immer wieder auftauchende Modeerscheinung in Europa, weiten Teilen Amerikas und den Kolonialgebieten Afrikas gewesen war. Manche Bauherren wollten so die Utopie eines alten geschichtsträchtigen Hauses assoziieren, was bedeutete, dass der Neubau sich als solcher nicht zu erkennen geben durfte.

Die unweigerlich damit verbundenen geschmacklichen Schnitzer interessierten Philipp weniger. Er empfand vielmehr Vergnügen an der Respektlosigkeit und teils naiven Phantasie, für die diese Bauten mit ihren zahlreichen handwerklich liebevoll gestalteten Einzelheiten stehen. Doch nach den Wurzeln seines Interesses an der Architektur befragt, hatte er zwar schon bald druckreife und allgemein verständliche Statements von sich abgeben können, diese Villa aber mit keinem Wort erwähnt, obwohl sie bei seinen Überlegungen nach der treffenden Antwort stets zuerst vor ihm aufgetaucht war. Später verlor sich ihr Bild mit der Häufigkeit seiner Antworten, die er schnell, mit professionellem Wirkungsbewusstsein, zu formulieren verstand.

Im bewohnbaren Teil der Villa lebte Christoph mit seinen Eltern und der nur wenig älteren, unverheirateten Schwester seines Vaters, Doktor Bornemann. Dieser war Wissenschaftler, und wie es auch den Kindern der Straße auffiel, über mehrere Jahre hinweg nur selten zu Hause. Sein Spezialgebiet, die Ur- und Frühgeschichte, schickte ihn zu Forschungen, Ausgrabungen oder Vorträgen viel auf Reisen und dabei, für DDR-Verhältnisse ungewöhnlich oft, immer auch wieder ins nicht-sozialistische Ausland.

Da sich Philipps Augen inzwischen an die Dunkelheit gewöhnt haben, erschließen sich ihm Umrisse und wie er glaubt, auch einige Feinheiten des bizarren Baus. Zwischen dem Gestrüpp erkennt er den Teil einer vor Jahrzehnten abgefallenen oder auch mutwillig entfernten Steinskulptur. Wie ein zerstörter und dann vergessener Grabstein hatte er hier schon in Philipps Kindheit seinen Platz. Ursprünglich mochte er wohl auf einem Sims unterm Dach angebracht gewesen sein.

Christoph und er hatten einmal bei ihren Erkundungen auf dem Dachboden eine alte Mappe mit Bauzeichnungen entdeckt. Sie beinhaltete mehrere voneinander abweichende Entwürfe zur Villa. Monatelang hatten sich die Jungen mit ihnen befasst. Um sie nicht zu beschädigen, kopierten sie die Originale, was hieß, sie in mühseliger Arbeit abzuzeichnen. Dann verglichen sie die Entwürfe mit dem ruinösen Zustand des Baus, was erhalten oder nachträglich verändert worden war. Dabei erkannten sie, dass der ursprüngliche Zustand Spekulation bleiben musste. Die Pläne und das, was sie zu erkunden im Stande waren, unterschieden und widersprachen sich in wichtigen Details. Wie in allem, was sie sich einmal als Leidenschaft erkoren hatten, gingen sie in diesen Erkundigungen mit ausufernder Begeisterung vor. Dabei stachelten sie sich gegenseitig an, suchten sich zu informieren und zu bilden, indem sie, um aufkommenden Fragen gewachsen zu sein, nach weiterem Material forschten.
So versuchten sie damals auch, an alte Stadtpläne und Bauzeichnungen zu gelangen. Philipp kann sich genau erinnern, wie der Herr auf dem Bauamt das Interesse der Jungen ausnutzte, ihnen einen ideologischen Vortrag über den Krieg und seine Ursachen zu halten. „Es ist unsere Schuld, dass es so gekommen ist", erzählte der hagere, kleine, glatzköpfige Mann, der in Philipps Erinnerung einen dunklen Kittel trug und sich ähnlich wie in der Schule auf eine Art Erbsünde, Deutscher zu sein, bezog. So hatten sie es als gerechte und sicher sogar unangemessen kleine Strafe zu werten, dass jetzt auch keine Pläne mehr einzusehen seien. Und außerdem, belehrte er sie weiter, dass solche Häuser überhaupt gebaut wurden, solche komplizierten Häuser, zeige doch auch, dass es früher, in der nun Dank des Siegs der Arbeiter- und Bauernklasse überwundenen Gesellschaftsordnung, sehr egoistische Bauherren gegeben habe, die nur an sich, ihren Profit und ihre Familien, niemals aber an das Wohl des Volkes gedacht hätten. Dabei habe es schon immer Wohnungsnot gegeben. Ein Großteil der Bevölkerung musste in überbelegten, men-

schenunwürdigen Behausungen dahinvegetieren. Davon könne er ihnen gern Beschreibungen, Statistiken und Abbildungen zeigen, an denen sollten sie sich orientieren.
Damals, im Alter von zwölf Jahren, wurde in Philipp von irgendeinem kleinen Beamten auf dem Stadtbauamt, den sie aufgesucht und angesprochen hatten und der durchaus auch nur der Pförtner vom Dienst gewesen sein kann, das Bewusstsein für eine politische Verantwortung in der Architektur geweckt. „Wer baute das siebentorige Theben? / In den Büchern stehen die Namen von Königen. / Haben die Könige die Felsbrocken herbeigeschleppt…" Diese Anfangszeilen eines Gedichts von Bertolt Brecht hatte der Mann auf dem Bauamt der demütigen Wissbegierde beider Jungen rezitiert. Obwohl Philipp damals noch nicht die ästhetische Ignoranz und die fragwürdige Eindimensionalität der Ausführungen dieses Mannes benennen konnte, begriff er sie doch als eine Ansicht der Erwachsenenwelt, an die er sich immer auch wieder erinnern werden würde und die sich wie eine Variante der kopierten Entwürfe in ihn einprägen sollte. Immerhin hatten solche Ansichten auch dazu beigetragen, ganze Stadtteile und Straßenzüge aus vergangenen Zeiten weiter dem Verfall preiszugeben, um nach deren Abriss das Wohnungsproblem einer sozialistischen Gesellschaft mit dem Bau von genormten Plattenbauten zu lösen. Dass aber auch schon Hitler auf die Zerstörung alter Bausubstanz spekuliert hatte, um seine architektonischen Vorstellungen zu realisieren, war in jenen Jahren der DDR eine nicht erwähnenswerte Tatsache.
Jetzt erinnert sich Philipp, doch einmal von der Bornemann'schen Villa erzählt zu haben. Es war im Zusammenhang mit den Bauzeichnungen und bezog sich auf die ihm immer wieder gestellte Frage, was seine Liebe zur Architektur geweckt habe. Eine Frau hatte sie an ihn gerichtet. Eine Frau, mit der er sich nicht in einem öffentlichen Raum befand und deren Interesse nicht ihm in seiner Profession galt. So hatte er auch nicht gewohnheitsmäßig sofort geantwortet, wie er es etwa innerhalb eines

Interviews oder als Dozent seinen Studenten gegenüber geübt war. Er hatte sich eine Zigarette angezündet und war eine Weile schweigend Bildern und Gedanken gefolgt, die ihn plötzlich in seine Kindertage zurücktrugen. Dabei hatte er anfänglich die Erinnerungsfetzen als eine Welt naiv-bunter Kinderzeichnungen abgewertet. Dann aber wurden die Bilder konkreter, die Silhouetten der Menschen bekamen Gesichter, und er spürte ihnen nach, während seine Augen durch das Oberlicht des Ateliers in den Himmel starrten, er entspannt auf dem Rücken lag und sich die Gegenwart auszublenden schien. Die Frau neben ihm hatte wohl in die gleiche Richtung geblickt. Ihr Atem ging ruhig. Sie erwartete nichts, drang nicht in ihn. Sie hatte sich ganz diesem Moment verwoben. Zwar schwebte die Frage noch, die sie ihm hingehaucht hatte, einer Daunenfeder gleich im Raum, dennoch war eine Atmosphäre der Gelassenheit entstanden, in der Philipp sich Gedanken gestattete, denen er sonst nur im völligen Alleinsein nachzuhängen vermochte. Bis zum letzten Zug seiner Zigarette hatte er geschwiegen und nach oben gestarrt, bevor er ausgeholt und begonnen hatte, von seiner Kindheit und der Villa zu erzählen.

Dabei konnte er Christoph nicht unerwähnt gelassen haben. Nein, natürlich nicht, er hatte von ihm erzählt. Er hatte überhaupt nicht mehr aufgehört, von ihm zu erzählen; und das war, wie er damals noch während er sprach feststellte, das erste Mal nach Jahren. Das erste Mal nach achtzehn Jahren, hatte er ausgerechnet. Ein junges Leben lang, wahrscheinlich um nichts kürzer, als es die Zeit ihrer beider gemeinsamen Entwicklung gewesen war. Seine plötzliche Mitteilsamkeit hatte ihn überrascht und diesen Moment zu einem besonderen werden lassen, der sich in seine Erinnerung einprägen sollte. So vermag er auch jetzt, in dieser Nacht, wiederum ein paar Jahre später, die damaligen Gefühle deutlich in sich aufzuspüren ... Wehmut und Verwunderung. Der Verwunderung über sich selbst, niemals zuvor von Christoph erzählt zu haben, und des gleichzeitigen, wehmütigen

Wissens um die Vergeblichkeit solchen Erzählens. Die Worte gab es nicht, die hätten beschreiben können, was seine Sehnsucht nach dem unwiederbringlichen Miteinander dieser Jungendfreundschaft ausmachte. Es blieb ausgeschlossen, überhaupt jemanden teilhaben zu lassen, was in ihm vorging, wenn er an Christoph dachte. Sicher hatte er es auch jener Frau nicht zu erklären versucht. Die Erkenntnis gehörte ihm allein, so, wie sich all jene Erinnerungsfilme damals nur in seinem geschützt gehaltenen Innern abspulen konnten.
Jetzt etwa, denkt Philipp, nach den Jahren, die vergangen sind, zu bedauern, dass er die Frau damals aus seinen Überlegungen ausschloss, liegt ihm fern. Er hatte nie das Bedürfnis verspürt, jemandem Zutritt zu diesen Welten in ihm zu verschaffen. Warum sollte er sich um etwas bemühen, das ihm ohnehin vergeblich schien? Gerade einer Frau hätte er damit eine Hoffnung vorgetäuscht, die er für Betrug hielt, und dem glaubte er bisher aus dem Weg gegangen zu sein. Nie hatte er mehr versprochen, als es ihm auch zu halten möglich gewesen wäre. Dabei war er sich durchaus bewusst, dass es Augenblicke gab, in denen Blicke und Gesten, ja, sogar sein Schweigen, als Versprechen gedeutet werden konnten. Solche möglichen Missverständnisse hatten ihn immer geängstigt. Es gab nur wenige Frauen, von denen er vermutete, nicht falsch gedeutet zu werden. Vielleicht gehörte jene Frau in seinem Atelier zu diesen wenigen. Wie sonst hatte er plötzlich Christoph so nah und so leicht beschreiben können?
Er hatte von ihm erzählt, als wäre er ein selbstverständlicher und alltäglicher Begleiter seines Lebens. In immer deutlicher werdenden Bildern erinnert sich Philipp jetzt an diese Stunden mit der Frau, die ihm still zugehört hatte. Er brauchte keine Ermunterung oder Erwiderung. Die Worte lösten sich von selbst und erschöpften sich in dem Gefühl, dass es ihm gut getan hatte, dass er danach wie befreit war. Er erinnert sich, an jenem Nachmittag oder Abend noch einmal mit der Frau Sex gehabt zu haben. Dabei fühlte er sich von so etwas wie einer dankbaren Glück-

seligkeit durchströmt, durch die er sich in einer Zartheit um sie kümmerte, die ihm selbst merkwürdig neu anmutete. Indem er ganz in ihrer Fähigkeit, zu genießen, aufging, fand er sich ausreichend beschenkt. Alles in ihm hatte danach gestrebt, sie zu erregen, sie zu beobachten, ihre Höhepunkte zu provozieren, ohne den eigenen als wichtigstes Ziel zu erachten. Noch während er mit ihr schlief, nahm er sich vor, wieder und wieder so mit ihr zusammenzukommen. Für gewöhnlich formulierten sich derartige Wünsche in ihm immer erst nach einer Begegnung mit einer Frau. Damals jedoch begleiteten die Worte mit dem Wunsch nach Wiederholung den gleichmäßigen Rhythmus seiner sanften Stöße, mit denen er in den knabenhaften Frauenkörper drang, und trotzten der unabdingbaren Endlichkeit ihrer beider Erregung. Dabei hatte er ihren Blick gesucht und so gezwungen, dass er ihm in die Nüchternheit des ‚Danach' gerettet schien. Doch, auch wenn jetzt vor Philipp diese Szene auftaucht, als wäre sie aus einem gerade erlebten Film kopiert, weiß er, dass er nicht viel später das Verhältnis mit jener Frau abgebrochen hatte. Es war nicht noch einmal zu dieser besonderen Nähe zwischen ihnen gekommen. Und jetzt? Jetzt hatte sie ihm eine Nähe aufgezwungen, sie, diese Frau, Steffi. Sie hatte ein Erinnern in ihn gebrannt, das seine Gegenwart und Zukunft mit einer für ihn noch nicht auszumachenden, unfassbaren Last beschwert.

Während Philipp mit geöffnetem Mund langsam und tief die Winterluft einzieht, als müsse er sein Innerstes von der schneidenden Kälte durchlüften lassen und im Zustand größter Wachheit erhalten, weiß er auch, dass er damals längst nicht Christophs ganze Geschichte erzählt haben kann. Er hatte das Kapitel seiner Kindheit und frühen Jugend nur kurz aufgeschlagen, sodass es unmöglich zu erfassen gewesen war. Zwar musste dabei der Eindruck vieler dichtbeschriebener Seiten entstanden sein, gleichzeitig aber auch die Gewissheit, diese nur mit ausreichender Beschäftigung lesen und bewältigen zu können.

Philipp schüttelt sich. Er friert, trampelt auf der Stelle, vergräbt seine zu Fäusten geballten Hände in den Hosentaschen. Die Frage, warum gerade jetzt sein Denken an diese Momente in seinem Atelier, auf seiner Minotti-Couch einen solchen Raum einnimmt, beantwortet sich ihm, ohne dass er sie zuvor gestellt hat. Die zum bedrohlichen Monster mutierten Zeilen jenes Briefes sind es, die Verbindungen geknüpft haben; des Briefes, der seine Nachtfahrt hierher ausgelöst hat. Eine Nachtfahrt, an deren Ende ihn endlich eine Wut befallen hatte, mit der er vorhin so verheißungsvoll seine Ohnmacht zu bekämpfen erhoffte, und die jetzt, vom Erinnern an Christoph, nahezu vollständig verdrängt scheint.

Noch immer steht Philipp vor dem Grundstück der Familie Bornemann und versucht, sich die Gerüche einer Winternacht von damals vorzustellen. Es wird ihm nicht gelingen, weiß er. In dieser Gegend lässt heute wohl kaum noch jemand sein Haus von Kohleöfen beheizen, und die Kamine werden mit Holz befeuert. Es fehlen die Rußpartikel, von denen die Luft seiner Kindheit in der kalten Jahreszeit gesättigt schien.
Vor zwei Jahren, als er Weihnachten hier verbrachte, hatte er seiner damals vierjährigen Nichte einen Witz erzählt, in dessen Pointe das Wort ‚Ruß' vorkam. Sie konnte ihn nicht verstehen. Obwohl sie sich für ihr Alter sprachlich schon sehr geschickt ausdrückte und über ein reichhaltiges Vokabular verfügte, fehlte ihr das Wort ‚Ruß'. Offenbar hatte sie es nie zuvor gehört. Mit dem Ruß einer Christbaumkerze erklärte er es ihr. Er beschmierte sich seine Stirn und Wangen schwarz und versah ihr kleines Kindergesicht mit Zeichen, zu denen er sich für sie Bedeutungen erdachte. Dabei erntete er ein Kinderlachen, das die Wirkung seines Witzes bei Weitem übertraf und sich erst nach vielen Minuten erschöpfte. Gemeinsam erfanden sie Geschichten vom Indianermädchen ‚Leuchtender Stern', mit dem Schornsteinfeger Phil.

Seitdem ist er ihr Schornsteinfegeronkel geblieben. In Philipps Berliner Küche hängen einige Kinderzeichnungen, auf denen sich seine kleine Nichte mit ihm gemeinsam in den ausgedachten Rollen und unterschiedlichen Situationen gemalt hatte. Sicher würde er auch dieses Jahr wieder Geschichten als Schornsteinfeger mit ihr zu spielen haben. Philipp schmunzelt im Denken an seine Nichte, von deren Wesen er sich erobert weiß.

Ein Tier, ob Katze, Eichhörnchen oder Marder, ist für Philipp nicht zu erkennen, hangelt sich durch die dürren Äste des Unterholzes jenseits des Gartenzauns. Zwar fühlt sich Philipp durch das Knarren aus seinen Gedanken aufgeschreckt, aber sein Körper hat sich nicht einen Zentimeter wegbewegt. „Wenn ich noch weiter hier stehe, wecke ich die Geister!", hört sich Philipp plötzlich laut sagen. Dennoch begibt er sich nicht zurück in seinen Wagen und ignoriert auch weiterhin sein Verlangen nach Wärme. Vielleicht täte es ja gut, die Geister zu befragen, schmunzelt er, die sollten doch jetzt so eine schöne Draufsicht haben und weiß Gott alles hinter sich. Philipp summt Melodieteile von Elton Johns Lied „Candle In The Wind" vor sich hin und wandelt dabei die Zeile abwechselnd in „Candle In The Night" und „Candle In The Dark", bis er wie beim Stimmen eines Instruments zwei Töne gegeneinandersetzt und diese ständig wiederholt, als wolle er sich selbst nerven. Nach einer Weile verstummt er endlich und lauscht wieder der ihn umgebenden Stille nach.

Für die Behörden der DDR war die Villa ein Ballast aus vergangener Zeit. Da weder genügend Material noch Arbeitskräfte für ihre Restaurierung von den großen gemeinnützigen Objekten abgezogen werden konnten, wurde sie über Jahre hinweg baupolizeilich gesperrt. Erst als sich Doktor Bornemann für sie interessierte und für seine Familie ein Wohnrecht in ihr zu erobern verstand, wurde sie wenigstens in Teilen wieder erweckt. Allerdings konnte man auch ihm keinerlei Kapazitäten für eine dringend gebotene Renovierung zusichern. Mit handwerklichem Geschick, genug Mut und Phantasie zur Improvisation sowie einer ehrfürchtigen Liebe zu den erhalten gebliebenen Feinheiten des Gebäudes, bezogen und bewohnten die Bornemanns fortan die Villa. Die Brandschäden konnten allerdings nur notdürftig beseitigt werden, und so war sie weiterhin ihrem natürlichen Verfall ausgesetzt.

Die geheimnisvolle Aura der Villa wurde nicht zuletzt auch durch das Erscheinungsbild der beiden in ihr wohnenden Frauen bestimmt. Obwohl Christophs Mutter fast zwanzig Jahre jünger war als seine Tante, gehörte sie in den Augen der Kinder zur gleichen, ihnen weit entfernten Generation alter Leute. Frau Bornemann unternahm nichts gegen das frühe Grau in ihren ehemals tiefschwarzen Haaren. Schon seit der Geburt ihres Sohnes, bei der sie noch nicht einmal dreißig war, wurde ihr dichtes langes Haar mehr und mehr von grauen Strähnen durchzogen. Zudem trug sie eine Garderobe, die zwar edel, aus wertvollen Stoffen gearbeitet, aber doch eher für gutbürgerliche Damen jenseits der Sechzig zugeschnitten war. So unterschied sie sich nur auf den zweiten Blick von ihrer Schwägerin. Für diesen zweiten Blick aber nehmen sich Kinder in der Regel keine Zeit.

Frau Bornemann arbeitete zu Hause an einer Schreibmaschine, die noch das Siegel für ‚deutsche Wertarbeit' trug. Sowie sich die ersten Sonnenstrahlen durch die Platanen im Garten stahlen, hatte sie einen Flügel der Balkontür geöffnet und saß mit einer Pelzstola in der kalten, mit einem Seidentuch in der warmen Jahreszeit an ihrem Schreibtisch. So war sie für jeden sichtbar, der den langen, sich schlängelnden Weg bis zum Haus ging. Doch dazu gehörten nur wenige, wie sich Philipp erinnert.

Frau Bornemann überragte ihren Mann um Kopfeslänge. Sie hielt sich auffallend gerade, war schlank, feingliedrig, hochgewachsen und für jenen zweiten Blick eine zarte Schönheit, fast majestätisch unnahbar, wie ein Relikt aus einem anderen Jahrhundert. Da sie das Haus kaum verließ, begegnete man ihr nur selten … auf der Straße eigentlich nie. Für Philipp ging etwas einschüchternd Geheimnisvolles von ihr aus, was er aber nicht zu beschreiben vermochte und nur einmal seinem Freund mitzuteilen versuchte. Jetzt, da sich Philipp daran erinnert, erscheint es ihm seltsam, dass der ihn damals sofort verstand, obwohl es sich doch bei Christoph um seine Mutter gehandelt hatte. Aber war ihr beider Verständnis füreinander nicht überhaupt etwas Außergewöhnliches? Manchmal, nach längerem, gemeinsamem Schweigen, bemerkten sie sogar, die gleichen Dinge gedacht zu haben. Ihre Urteile fielen beinahe immer ähnlich aus, und wenn sie sich unterschieden, so konnten sie das jedes Mal voreinander so begründen, dass es ihnen eigentlich auch unausgesprochen klar zu sein schien, warum der andere gerade eben so dachte. Philipp erinnert sich, dass er sich bei vielem, was ihm noch Jahre später begegnete, die Frage stellte, was wohl jetzt sein Freund dazu gesagt haben würde, und dass er jedes Mal die Antwort zu wissen glaubte. Allerdings, gesteht er sich ein, ist das jetzt lange nicht mehr vorgekommen, kann er nicht einmal mehr sagen, wann sich diese gedankliche Nähe zu Christoph verloren hat. Ein spezielles Ereignis fällt ihm nicht ein. Aber ein Abschnitt aus einer Geschichte von Stefan Zweig, eines der Autoren, mit dem ihn Christophs Mutter bekannt gemacht hatte: „Was für Zeiten, was für Wirklichkeiten über gewisse schmerzvolle Momente gehen können, die den gequälten Körper doch nicht zu zersprengen vermögen. Was für eine schwache, armselige und quallige Substanz das doch sein muss, was wir immer großspurig Seele, Gefühl, Schmerzen nennen. Man überdauert solche Stunden, mit weiterpochendem Blut, man überdauert …‘

„Überdauert“, flüstert Philipp und stößt ein kleines trockenes Lachen in die Winterluft. Dann wiederholt er es noch ein zweites und drittes Mal: „Überdauert.“ Dabei lauscht er dem brüchigen Ton seiner Stimme, der sich aus dem Flüstern geschält hat und die Stille der Nacht trotzig schneidet. Philipp erinnert sich an einen Satz, den Christoph einmal in ihr gemeinsam geführtes Freundschaftsbuch geschrieben hat. „Das Leben ist nicht zum Überdauern da!"

Christophs Mutter verdankt er den frühen Zugang und eine anhaltende, wenn auch inzwischen nur wenig praktizierte Liebe zur Literatur. Ein Geschenk, das ihn auf ewig mit ihr verbunden hält. Und doch sind sie sich schon seit Jahren nicht mehr begegnet, hat er sich nicht einmal Weihnachten, als er seine Mutter besuchte, bei ihr gemeldet. Ob es daran liegt, dass Philipps Befangenheit Frau Bornemann gegenüber nie ganz nachgelassen hat? Dass er seine Erfolge, seine Karriere, im Denken an sie und natürlich auch an Christoph, nur als ein relativ belangloses Detail seiner erwachsenen Persönlichkeit empfindet? Ja, dass er sich klein, hilflos, sogar schuldig fühlt, indem sein bisheriger Weg in beinah zynischer Weise über die weit größeren Voraussetzungen seines Freundes triumphiert. Wenn das auch nie sein Ziel gewesen sein konnte, so war das für die Menschen, die die Entwicklung beider Freunde kannten, zumindest vorstellbar.

Philipp verharrt noch immer in einem ihm selbst erbärmlich anmutenden Frösteln vor dem Grundstück seines Freundes.

Einmal hatte er doch bei den Bornemanns geklingelt. Es war in einem Anflug von Unbefangenheit, den er durch ein Gespräch mit Christophs Tante auf der Straße bekommen hatte. Christophs Eltern zeigten sich ehrlich erfreut, luden ihn zum Kaffee ein und fragten ihn in einer von Philipp bei ihnen nicht vermuteten, beinahe aufgeregten Interessiertheit nach seiner Arbeit. Auch Geschichten von Christoph, die ihnen nur ansatzweise bekannt gewesen waren, baten sie ihn, mit seinem Wissen und aus seiner Sicht zu komplettieren. ‚Fünf oder sechs Jahre mag das jetzt schon wieder her sein', überlegt Philipp. Danach nahm er sich vor, den Kontakt von nun an nicht mehr abreißen zu lassen. Er hatte sogar begonnen, ihnen Ansichtskarten mit kurzen Berichten seiner berufsbedingten Aufenthalte in Australien zu schreiben.

Beide waren besonders interessiert an dem, was Philipp ihnen über die Einbindung der Natur und die Verwendung biologischer Formen und Strukturen in der modernen Architektur erzählen konnte. Aber den längeren Brief und die Karten hatte er nicht abgeschickt. Gerade als er Frau Finkelstein den Auftrag erteilt hatte, einen seiner Bildbände an die Bornemann'sche Adresse zu senden und sie ihn nach seiner Signatur fragte, verwarf er sein Vorhaben. Es erschien ihm plötzlich eitel und geschmacklos. Der Vergleich war es, den er fürchtete. Den Vergleich zu Christoph, der sich, wie Philipp überzeugt war, unweigerlich hätte aufdrängen müssen. Er fürchtete ihn für sie beide und damit einen weiteren schmerzlichen Verlust. Außerdem war ihm klar, dass er mit keiner Geste zurückgeben könne, was Christoph und seine Mutter für ihn in seinem Leben angeregt hatten.

In den Stunden seiner Kinder- und Jugendjahre machte Frau Bornemann die beiden Freunde mit Schriftstellern und deren Werken bekannt, die im Literaturunterricht der Schule ignoriert wurden oder nur am Rand Erwähnung fanden. Dabei entwickelten die beiden Freunde Phasen regelrechter Sucht nach diversen Autoren, lasen sich gegenseitig vor und versuchten Zitate, manchmal ganze Abschnitte, mit unterschiedlichem Erfolg zwar, aber anhaltend gleichstarkem Enthusiasmus auswendig zu lernen. Philipp akzeptierte neidlos und ohne an sich selbst zu verzweifeln, dass ihm Christoph, wie gewöhnlich, auch auf diesem Gebiet überlegen war. Es sollte keine Zeit geben, in der diese Überlegenheit Philipp abschreckte. Für Christoph stand schon früh fest, dass er sich auch später in seiner Berufswahl weiter mit Literatur beschäftigen würde. Ebenso interessierten ihn schon in jungen Jahren philosophische Gedanken, zu denen er sich in Werken belas, die zu erforschen selbst für Geisteswissenschaftler rätselhafte Mehrdeutigkeiten zuließen.

Trotz seiner Verbundenheit dem Freund gegenüber konnte ihm Philipp auf diesem Gebiet kaum folgen. Da er sich schon nach wenigen Zeilen überfordert und gelangweilt fühlte, bemühte

er sich auch nicht, es Christoph im Lesen philosophischer Literatur gleichzutun. Damals schämte er sich insgeheim dieser Gefühle, von denen er heute weiß, dass sie seinem Alter entsprechend durchaus angemessen waren. Sobald der Freund ihm allerdings das von ihm bereits Verstandene erzählte, die schwer begreifbaren Thesen mit seinen Worten wiedergab und mit seinen Bildern und Gleichnissen beschrieb, begann Philipp zu erahnen, was Christoph derart zu begeistern vermochte, dass er darüber auch gern die anstehenden schulischen Belange zu vergessen geneigt war. Indem ihm Christoph von Schopenhauer, Nietzsche oder Montaigne und Epikur – die Auswahl erfolgte ohne erkennbares Konzept – erzählte, konnte Philipp auf das Lesen der ihn überfordernden Lektüre verzichten. Christoph verstand anschaulich, eine Welt so zu beschreiben, dass sie sich auch für ihn selbst erst im Wiedererzählen gegenüber seinem Freund zu öffnen begann. Stundenlang saßen die beiden beieinander und verbissen sich mit großem Ernst in die alten, immer wiederkehrenden Fragen und Themen der Menschheitsgeschichte. Christoph nahm dabei den Part des Fragenden und Erzählenden zugleich ein, und Philipp suchte ihm staunend zuhörend zu folgen. Dabei musste er sich nicht mehr dumm und zurückgeblieben vorkommen. Beide hatten sie schließlich Kleists Abhandlung „Über die allmähliche Verfertigung der Gedanken beim Reden" gelesen, und so war sich Philipp der Wichtigkeit seines Zuhörens bewusst.
Für ihn schien jede geistige Anregung jener Jahre von Christoph und dessen Mutter auszugehen. Dass seine eigene, ihn und seine beiden Geschwister alleinerziehende Mutter, die als Leiterin einer Musikalienhandlung arbeitete, in erster Linie darauf bedacht war, einen perfekten Haushalt zu organisieren, empfand er als schmerzlich, zumal er ihre Eifersucht dem Bornemann'schen Einfluss gegenüber spürte. Der Versuch der Mutter, mit Frau Bornemann in eine freundschaftliche Beziehung zu treten, scheiterte. Die Gründe wurden nie ausgespro-

chen, doch Philipp erklärte sie sich damals mit dem unterschiedlichen Bildungsstand der beiden Frauen und versuchte fortan, um seine Mutter nicht zu demütigen, nur noch auf ausdrückliche Nachfragen von Bornemanns zu erzählen. So lernte er auch, seiner Mutter die Bücher, die er las und die ihn beschäftigten, oder die Gedankenkonstrukte seines Freunds, die ihn bewegten, zu verschweigen.

Seine Mutter reagierte zu Hause mit einem immer deutlicher und engherziger werdenden Ordnungs-, und Sauberkeitswahn auf die Defizite, die sie durchaus im Verhältnis zu ihrem ältesten Sohn spürte. So versuchte sie ihren Pflichten mit größtmöglichem Fleiß und einer akribischen Pedanterie beizukommen. Immerhin hatte sie, als Alleinstehende, einen Haushalt mit drei Kindern zu versorgen und das Geschäft mit noch zwei Angestellten zu leiten, wozu an sich schon ein erhebliches Maß an Organisationstalent von ihr abverlangt wurde. Mehrfache Auszeichnungen als Aktivistin würdigten ihren Einsatz für ihre Arbeit und das ihr unterstellte Kollektiv. Diese Anerkennungen gaben ihr das nötige Selbstbewusstsein einer gut funktionierenden Mutter, die sich keinerlei Vernachlässigung ihrer Kinder schuldig zu fühlen brauchte. Ihren Versuchen, über die Aktivitäten ihrer Kinder immer genau informiert zu sein, begegneten die drei Geschwister unterschiedlich. Frauke, die Älteste, setzte sich offen und klar, ganz ohne diplomatische Tricks gegen die mütterliche Autorität und ihr Kontrollbedürfnis zur Wehr. Sascha unterwarf sich weitgehend ihren Regeln. Sie boten ihm eine bequeme Möglichkeit, sich jeder Eigenverantwortung am Gestalten seiner Tage zu entziehen. Philipp unterlief geschickt und charmant, was ihm nicht einsichtig erschien. So kann er sich auch am wenigsten an Auseinandersetzungen mit seiner Mutter erinnern, weiß aber sehr wohl um die Kämpfe, die die Schwester mit ihr auszufechten hatte.

Hing der Haussegen schief, flüchtete er zu Christoph, mit dem er ohnehin den größten Teil seiner Zeit verbrachte. Seine Mut-

ter erlebte er in den Momenten seiner Anwesenheit ausgeglichen, schön und immer für ihn aufgeschlossen. Da sie wenig versuchte, in ihn zu dringen und auf ihn Einfluss zu nehmen, fühlte er sich auch nicht von ihr so wie seine beiden Geschwister beobachtet, gegängelt oder bevormundet. Nur gegen sein vorübergehendes, von Christophs Tante gewecktes Interesse für die evangelische Kirche, das seine Mutter beobachtete, ging sie aktiv vor. Zu Hause war ihm von Religion nichts übermittelt worden. Es war die alte Frau Bornemann, die den beiden Jungen von Gott und den Geboten erzählte. Eine ganze Weile störte sich seine Mutter nicht daran, ja, Philipp kann sich sogar erinnern, dass sich die beiden Frauen trafen und zu verstehen schienen. Als er jedoch mit seinem Freund die Bibelstunden besuchen wollte, wurde ihm das von seiner Mutter verboten, und fortan erschien auch Frau Bornemann nicht mehr bei ihnen zu Hause.
Die alte Frau Bornemann, von der Philipp lange annahm, dass sie Christophs Großmutter sei. Sie hatte von ihrem Neffen, als der noch keine zwei Jahre alt war, den Namen ‚Otti' bekommen, eine seiner ersten Wortschöpfungen, die sich aus Mutti und Omi zusammensetzte. Otti war eine kleine rundliche Frau mit einem faltenlosen Gesicht, dunkelviolett verfärbten Wangen und einer geröteten Nase. Sie erzählte den Kindern, dass sie im legendären Nachkriegswinter 1945/46 beinahe erfroren wäre. Ihr jüngerer Bruder, Christophs Vater, hatte sie im Keller einer Ruine gefunden. Dort lag sie schon ohnmächtig in sich zusammengesunken. Das Tuch, das sie um sich gehüllt hatte, war durch ihren Atem steifgefroren. Unter ihr lag ein Bündel mit einem kleinen Mädchen, dessen sie sich angenommen hatte. Während Frau Bornemann wieder ins Leben zurückgeholfen werden konnte, überlebte das Kind die Torturen jener Nacht nicht. „Sie war ein Engel, ein kleiner Engel. Gott hat ihn zu sich genommen und damit vor Schlimmerem bewahrt."
Philipp erinnert sich genau an die Erzählungen von Frau Bornemann, die keine eigenen Kinder hatte und nie verheiratet war. Sie

hatte ihr Leben, was sie nicht aufhörte, zu bekunden, dass sie es ihrem jüngeren Bruder verdankte, den Belangen seiner Familie sowie der Gemeinde verschrieben. Doch recht glücklich schien sie dabei nicht. Ihre Aufopferung ließ sie ihre Umwelt manchmal nur zu gern spüren, sodass sich selbst die Kinder davon belastet fühlten. Grundsätzlich sprach sie, egal ob es sich um sachliche, vielleicht nur organisatorische Themen handelte, oder ob sie von ihren tatsächlichen Leiden in der Nachkriegszeit erzählte, in einem jammernden Tonfall, den sie immer um einiges höher als ihre eigentliche Stimmlage ansetzte. Dabei musste man sich als Zuhörer besonders konzentrieren, um das Gesagte verstehen zu können, denn Frau Bornemann neigte mitunter auch zu einem leicht zittrig hingehauchten Wimmern.

Warum die Kinder sie dennoch liebten, das hatte mehrere Gründe. Ein nicht unerheblicher war, dass sie zu überraschen verstand. Nicht nur, dass sie so ganz nebenbei, ohne Anlass und erwartete Gegenleistung, immer wieder Schokolade und Bonbons verteilte, ausgezeichnet zu kochen und zu backen verstand – sie vermochte, in wunderbarem Gegensatz zu ihrem sonstigen Naturell, auf jeden Spaß einzugehen und dabei kleine, kullernde Tränen zu lachen. Die Kinder fühlten sich von ihr verstanden. Wenn es zu Problemen kam, konnte sie sehr pragmatisch und geschickt im Sinne der in Bedrängnis Geratenen helfen. Frau Bornemann war also durchaus eine Frau mit mehreren Facetten. Eine nicht zu vergessende, erinnert sich Philipp weiter, war die ihrer Lust am Singen. Sie sang gern laut, sehr hoch, sehr klar und sehr falsch. Bis zu einer ganzen Terz konnte sie in ihren Liedern daneben liegen. „Sie hat eben ihre eigenen Töne" hatte Philipp einmal Doktor Bornemann den Gesang seiner Schwester kommentieren hören. „Dafür kann sie mit Farben umgehen." – ‚Ja', denkt Philipp, ‚sie konnte malen und das sogar ziemlich außergewöhnlich.' Sie malte abstrakte Landschaften, wie sie selbst ihre Bilder beschrieb, und dabei immer wieder ihre Sehnsucht vom Meer. In einem der Räume im Untergeschoss der Villa hatte sie die Bilder

aufgehängt, oder sie lehnten an den Wänden. *Einst werde ich heil und ganz sein wie die Farbe des Meeres, wenn sie sich über die Leinwand ergießt,* hatte sie auf eines ihrer Gemälde geschrieben. Allerdings kann sich Philipp nicht daran erinnern, sie jemals malen gesehen zu haben. Sie schien ihm viel zu beschäftigt mit den profanen Dingen des Haushalts, als dass er die Bilder mit Otti Bornemann, wie er Christophs Tante nennen durfte, überhaupt in Verbindung bringen konnte. Jetzt erinnert er sich, dass die Freunde einmal eine Ausstellung für sie organisieren wollten, für die Christoph mit seiner Begabung, alles auf einen poetischen Punkt zu bringen, einen Flyer entworfen hatte, auf dem stand: *Wenn Zeit ist, aus freundlicher Ruhe heraus, malt sie ihre Bilder. Ihre Worte werden zu Farben, ihr Gesang zu Konturen des Lichts.* So genau sich Philipp an diese Details erinnern kann, so weiß er nicht mehr zu rekonstruieren, warum es zu der Ausstellung, die in der evangelischen Gemeinde stattfinden sollte, nicht gekommen ist. „Es bleiben eben immer nur Bruchstücke, Bruchstücke!" Er seufzt. Dabei hatte er sich gerade noch so behaglich gefühlt im Erinnern und wünschte, es fortzusetzen.
Da Frau Bornemann für die evangelische Kirche arbeitete, war es folgerichtig, dass sie die christliche Erziehung ihres Neffen übernahm. Christophs Eltern überließen ihr diese Aufgabe. Sie beschränkten sich auf die Entrichtung der Kirchensteuer. Da sich Christoph eine Zeitlang sehr intensiv mit Fragen zu Gott und zur Religion beschäftigte, konnte es nicht ausbleiben, dass auch Philipp davon partizipierte. Einmal besuchte er mit ihm den Gottesdienst, was ihn allerdings langweilte. Faszinieren ließ er sich von der katholischen Kirche, die Christoph des Vergleichs wegen mit ihm aufsuchte. Beiden gefielen die festlichen Zeremonien, die Kerzen, der Weihrauch, die Kleidung des Pfarrers und der Messdiener auf Anhieb wesentlich besser; sie genossen es, dieses Terrain für sich allein entdeckt zu haben. In der Schule war alles, was mit der Kirche zusammenhing, verpönt. Ihr Klassenlehrer hatte gesagt, dass nur kleine Kinder und alte Leute an Gott glau-

ben. Philipp empfand zwar auch, dass ihm nur sehr wenige junge Erwachsene in der Kirche begegneten, aber eine Zeitlang kümmerte ihn das wenig. Die Faszination überwog. Sie hatte auch damit zu tun, dass sie sich als Außenseiter empfanden, weil sie sich für etwas interessierten, was offiziell gerade nur geduldet wurde. Dann sprach ihm seine Mutter ein offenes Verbot aus, was er respektierte. Philipp spürte in diesem Verbot keine Willkür, sondern echte Besorgnis und Angst um ihn. Er wusste, dass, wenn er sich dagegen auflehnen würde, sein Umgang mit Christoph generell gefährdet sein könnte. So abenteuerlich erschienen ihm die Ausflüge in die Kirche dann doch nicht, dass er den Unmut seiner Mutter dafür hätte in Kauf nehmen wollen. Er spürte, dass sie sich schon genug Sorgen um ihn machte und ihr im Grunde ihres Herzens seine Freundschaft zu Christoph nicht recht war. Doch sie sprach es nie offen aus, was ihr Philipp dankte. Der Verzicht auf seine ohnehin seltenen Besuche in der Kirche war dafür leicht zu verschmerzen.

Angelika Seefelder, Philipps Mutter wusste um die schlechten Zeugnisse Christophs und seinen übermäßigen Einfluss auf ihren Sohn. Sie hatte Angst, dass auch Philipp in seinen Leistungen nachlassen würde. Erst als er verlauten ließ, Architekt werden zu wollen, vertraute sie darauf, dass ihr Sohn für dieses Ziel arbeiten würde. Dabei war es Christoph, der ihn auf diese Studienrichtung eingeschworen hatte. Für ihn war die Architektur das Betätigungsfeld, das geradezu erzwinge, sich weiter mit den Geisteswissenschaften auseinanderzusetzen. Ihm selbst war der Besuch der Erweiterten Oberschule nicht genehmigt worden, und so sollte es für ihn ausgeschlossen bleiben, auf direktem Wege studieren zu dürfen. Seine Zeugnisse erlaubten es nicht. Gerade in den Fächern, für die er sich in enthusiastischer Begierde ein eigenes Grundwissen angelesen hatte, Geschichte, Deutsch und Staatsbürgerkunde, brachte er es gerade mal auf ein ‚Befriedigend'. Wohingegen er sich für die Naturwissenschaften nur wenig engagierte, dort aber die besseren Noten bekam, da an den

Ergebnissen seiner schriftlichen Arbeiten nie das Geringste auszusetzen war. Dennoch reichte es nicht, seinen Zensuren-Durchschnitt in dem Maße zu verbessern, wie es für die Zulassung zur Abiturstufe erforderlich gewesen wäre. Christoph schien die Aussichtslosigkeit seiner Ausbildungschancen nicht wirklich zu stören. Er nahm sie als gegeben hin und schien dadurch nur die ihm genehme Absolution zu erhalten, sich in sein Einsiedlerdasein zurückzuziehen, in das er weiterhin nur Philipp Einlass gewährte. Bis zur zehnten Klasse hatten die beiden Freunde die gleiche Schule besucht, dann trennten sich ihre Ausbildungswege. Christoph bekam eine Lehrstelle in einer Druckerei und befand sich fortan in der Gesellschaft von Lehrlingen, die ähnlich schlechte Abgangszeugnisse aufzuweisen hatten. Philipp aber durfte die Erweiterte Oberschule bis zum Abitur besuchen. Nicht nur den Freunden war es klar, dass da etwas ungerecht lief, dass Christoph durch diese Auslese, die ihn für ein Studium als ungeeignet befand, weit hinter seinen Möglichkeiten zurückblieb. Es gab jedoch keinerlei Handhabe gegen die Entscheidung. Nur ein überzeugender, erstklassiger Notendurchschnitt, gekoppelt an ein ausreichendes gesellschaftliches Engagement, hätte seine Zulassung ermöglichen können. Schon um nicht getrennt zu werden, hatten sie sich sogar eine Zeitlang gemeinsam bemüht, den Anforderungen gerecht zu werden. Sie besuchten, obwohl von Christoph beargwöhnt, die FDJ-Nachmittage, und er übernahm sogar kurzzeitig das unbeliebte Amt des Kassierers für die üblichen Spenden und Monatsbeiträge der Organisation. Doch nichts schien helfen zu wollen, und so verlor er bald die Lust, sich zu verbiegen, wie er meinte, und zog sich wieder in seine eigenen Welten zurück. Philipp dagegen gelang es mühelos, ja, beinahe chamäleonartig, sich den Anforderungen anzupassen, und er wurde von den Lehrern mit gutwilligen Benotungen belohnt und gefördert. Wäre die Verbundenheit der Freunde nicht auf so massiven Grund gebaut gewesen, hätte sie die offensichtlich ungleiche Behandlung leicht entzweien können.

Philipp war im Lehrerkollektiv wesentlich beliebter als Christoph. Das äußerte sich unter anderem an Hilfestellungen, mit denen sie ihn begünstigten. Er bekam die einfacheren Fragen gestellt oder erhielt offene Hinweise, die ihn vor einer falschen Antwort bewahrten. Obwohl seine Fähigkeiten längst nicht an die des Freundes heranreichten, passierte es, dass Philipps schriftliche Arbeiten besser benotet wurden. Christoph schien zeitweise sogar von den Lehrern zum schwarzen Schaf der Klasse erklärt worden zu sein. Vielleicht lag es auch daran, dass ihnen seine Fragen oftmals zu unangenehm, sein angelesenes und assoziiertes Wissen, seine Fähigkeit zur Analyse unheimlich vorkam und er für sie weder zu fassen noch einzuordnen war. Sie mussten seine Überlegenheit auf eine unerträgliche Weise spüren, dass sie zu verhindern suchten, diesen Schüler nur zu bald über sie triumphieren zu lassen. Sich der eigenen begrenzten Welt durch einen anvertrauten und untergebenen Schüler bewusst zu werden, dürfte für jeden Lehrer eine harte Prüfung sein.

Philipp fröstelt es derart, dass er sein Gewicht abwechselnd von einem Fuß auf den anderen verlegt und schließlich in ein heftiges, mehrere Sekunden anhaltendes, wütendes Trampeln verfällt. Die Bornemanns besaßen keinen Fernsehapparat. Ihnen genügten die aktuellen Nachrichten im Radio. Ansonsten stand ihnen eine reichhaltige Bibliothek zur Verfügung, die über besondere Kostbarkeiten verfügte, wie Literatur aus westlichen Verlagen oder limitierte Neuerscheinungen des eigenen Landes, die nur durch Beziehungen zu ergattern waren. Christophs Mutter schien ununterbrochen in ihrem Arbeitszimmer beschäftigt zu sein. Dennoch begrüßte sie ihn, wenn sie sich doch einmal aus dem Raum herausbegab, herzlich und versuchte ihm seine Befangenheit mit ein paar freundlichen Bemerkungen zu nehmen. Da aber auch diese Höflichkeit, wie aus weiter Ferne, aus einem anderen Jahrhundert zu kommen schien, verstärkte sich ihre geheimnisvolle Aura noch mehr.

Als sie später, wie nebenbei, die Jungen mit einer Literatur vertraut machte, die ihnen eine neue Welt eröffnete, war es für Philipp wohl gerade jene Faszination, die von Frau Bornemann ausging, dass er die entsprechende Neugierde aufbrachte, die ihn als Elf- oder Zwölfjährigen für Werke von Heinrich und Thomas Mann geduldig machten. Das erste Buch, was Frau Bornemann ihm gab, war „Der Untertan“. Sie empfand es für sein Alter zumutbar. Sie hatte das Werk ausgewählt, weil sie es für unbedingt nötig hielt, ihrem Sohn und seinem Freund die Gefährlichkeit opportunistischen Denkens vor Augen zu führen.
Selbstverständlich fiel Christoph die Lektüre leichter als Philipp, doch um den Freund nicht zu verunsichern, zeigte er es ihm nicht. Philipp kostete es Mühe, die Konzentration und das Gespür für die feine Ironie der erzählten Geschichte aufzubringen. Dennoch begann sie sich ihm nach einigen Wochen zu öffnen und zog ihn mehr und mehr in ihren Bann. Ein Dreivierteljahr brauchte er, bis er den „Untertan“ fertiggelesen hatte. Noch heute kann er die letzten Sätze des Romans zitieren, die er damals auswendig gelernt hatte: „Er hat etwas gesehen! Er hat den Teufel gesehen. Judith Lauer stand langsam auf und schloss die Tür. Diederich war schon entwichen.“

Frau Bornemanns Schwägerin erledigte die Einkäufe und führte auch sonst den Haushalt. Sie öffnete die Tür, nahm die Post entgegen, kehrte die halbrunde breite Treppe vor der Eingangstür, den Weg dorthin sowie den Bürgersteig vor dem Grundstück. Im Winter war sie es, die den Schnee mit einer riesigen hölzernen Schippe beseitigte, hinter der sie als kleine Frau beinahe zwergenhaft wirkte. Viel mehr sah man von den beiden Frauen, die aber immer anwesend zu sein schienen, nicht.
Wenn man sagt, dass es Berufe gibt, mit denen Menschen so verwachsen sein können, als seien sie mit ihnen verheiratet, so traf das wohl auf Christophs Vater und die Archäologie zu. Auch das Phänomen, nach dem sich manche Ehepartner so miteinander

assimilieren, dass sie sich wie Blutsverwandte ähnelten, könnte man für ihn geltend machen, wenn man sein Äußeres in Beziehung zu seiner Arbeit setzte. Soweit Philipp zurückblicken kann, war Doktor Bornemann schon immer ein dürres, gebeugtes Männlein gewesen, mit einem leicht zur Schieflage neigenden Gang. Er trug Schnurrbart, und seine kleinen dunklen Augen blickten eindrücklich, fast listig unter buschigen Brauen, aus einem viel zu früh zerknitterten Gesicht und wirkten im Gegensatz zu seiner übrigen Erscheinung auffällig jung und neugierig. Konnte man auch selten der Ansicht sein, dass Doktor Bornemanns Blick jemals ernstlich daran interessiert sei, ein anderes Augenpaar aufzunehmen, so war er doch ständig in wacher Bewegung, schien gezielt wissend an Menschen und Gegenständen vorbeizusehen, vielleicht, um eine Zeit, die für ihn parallel existierte, in der er sich auskannte und mit der zu kommunizieren nur ihm vorbehalten war, aufzuspüren.

Er mag Mitte fünfzig gewesen sein, als Christoph und Philipp eingeschult wurden, sehr viel älter als die Väter ihrer Klassenkameraden, aber doch längst nicht so alt, wie er auf die Kinder gewirkt hatte. Auf weit über siebzig hätte Philipp ihn schon damals geschätzt. Da sich aber nach seinem Kenntnisstand Doktor Bornemann bis in diese Tage bei guter Gesundheit in seinem Haus befindet und die spektakulären Hundert noch nicht erreicht haben dürfte, kann das damals nur eine falsche Vermutung der Kinder seiner Straße gewesen sein. Sie waren dem alten Mann immer mit großem Respekt begegnet, hatten ihn manchmal heimlich beobachtet, in jedem Fall ihre Spiele unterbrochen und ihn fast demütig begrüßt. Dabei hatte er sie im Allgemeinen gar nicht wirklich wahrgenommen, sie nie mit einem überflüssigen Wort oder gar einer freundlichen Bemerkung bedacht. Auch sein Sohn, der für ihn doch ein spätes Vaterglück bedeuten musste, schien ihn nicht sonderlich zu interessieren. Dass auch das ein Irrtum gewesen sein muss, hatte Philipp inzwischen, nicht nur in jenem besonderen Moment mit Doktor Bornemann vor bald

fünfundzwanzig Jahren, erfahren müssen, sondern auch bei seinem letzten Besuch in der Villa.
Die Freundschaft zwischen Christoph und Philipp wurde zwar durch die Wohnsituation und ihr nur um wenige Wochen differierendes Alter begünstigt, wuchs sich aber zu einer solchen Tiefe aus, dass es keinen dritten geben sollte, der einen ähnlichen Stellenwert in beider Leben einnehmen konnte. Auch jetzt ist Philipp von wehmütiger Wärme erfüllt, indem er die hagere Figur seines Kindheits- und Jugendfreunds vor sich sieht. „Er fehlt, er fehlt, er fehlt!“, stößt er durch seine halb geöffneten Lippen. Mit Christoph, ist er sicher, hätte er auch besprechen können, was ihn in diese Nacht, in jene für ihn nicht begreifliche und unaufhörlich an ihm nagende Hilflosigkeit getrieben hat. Dabei würde er keinen Rat erwartet haben, es gab hier nichts zu tun oder zu richten, es gab vielleicht wirklich nur etwas mitzutragen. Seit Jahren hatte er sich angewöhnt, Probleme, gleich welcher Art, mit sich selbst abzumachen. Dass das einmal in einer unaufgeregten Selbstverständlichkeit anders war, erscheint ihm inzwischen als einzigartiges, nicht wiederholbares Phänomen. Gerade von Frauen ist ihm oft die Fähigkeit abgesprochen worden, sich zu öffnen, um etwas von sich mitzuteilen. Er hat das meist unkommentiert hingenommen. Warum sollte er es abstreiten, wo er doch gar nicht gewillt war, daran etwas zu ändern? Schließlich war er immer gut damit gefahren, sich selbst als dem Nächstvertrauten zu genügen. So blieben ihm Enttäuschungen weitgehend erspart, und seine beruflichen Erfolge, seine Anerkennung, die ihm ein gehöriges Maß an Macht zuteil werden lassen, eigene Pläne und Intuitionen zu verwirklichen, sprechen für sich.

Philipp hält zwei Zaunlatten umklammert, die zur Begrenzung des Bornemann'schen Grundstücks gehören. Dabei spürt er, wie sich Splitter von Farbresten in seine Handflächen drücken. Das Holz ist bei der spärlichen Beleuchtung nicht wirklich zu begutachten, aber dass es an manchen Stellen morsch ist und dringend eines Anstrichs bedarf, könnte Philipp auch zu dieser Stunde mühelos behaupten. Wenn er sich jetzt wie früher über den Zaun schwingen würde, wäre es für ihn nicht möglich, für dessen Stabilität zu bürgen. Einen kurzen Moment bringt sich Philipp in Stellung, als habe er wirklich vor, diesen Sprung zu wagen. Dabei stellt er schmunzelnd fest, wie scheinbar mühelos sein Körper sich zu erinnern vermag. Es gibt für ihn nur keinen Grund, auf die andere Seite zu gelangen. Im Fenster seines besten Freundes brennt kein Licht. Philipp wird nicht erwartet. Von Christoph wird er nie mehr erwartet.

Er zerreibt die Farbreste mit den Holzsplittern zwischen Daumen und Zeigefinger, bis sie ihm zerbröselt aus den Händen gleiten. Die Sehnsucht nach Christoph wird für ihn zu einer Sehnsucht nach Mitteilung, die er in dieser Intensität lange nicht mehr an sich wahrgenommen hat. Wie sollte er auch, denkt Philipp und kneift seine Lider zusammen, als würde er aus der ihn umgebenden Dunkelheit Erinnerungsbilder an Christoph zwingen können. Und wirklich, es vergeht keine Sekunde in dieser konzentrierten Anspannung, da schimmert ihm unter dem Kranz seiner Wimpern das blasse Gesicht Christophs entgegen. Obwohl Philipp weiß, dass seine Vorstellung nicht zu fassen ist, spreizt er dem Bild zwei Finger seiner rechten Hand entgegen, als könne es ihm doch gelingen, die Konturen dieser jungenhaften Züge eines erwachsenen Männergesichtes nachzuzeichnen.

Christophs Augen lagen tief, und sein Blick wirkte die meiste Zeit abwesend und in sich gekehrt oder bekam sehr schnell etwas Verschrecktes, wie Aufgescheuchtes, als fühle er sich bedroht. Doch diese Eigenart nahm nur Philipp an ihm wahr. Die Lehrer und die meisten Klassenkameraden hielten Christoph für ignorant und deuteten seine Unzugänglichkeit als Arroganz. Traf sie einer seiner Blicke, fühlten sie sich unangenehm durchdrungen. Es konnte sogar passieren, dass sich Erwachsene und Altersgenossen gleichsam, wobei auch immer, von ihm ertappt und von was auch immer entblößt fühlten. Dabei war in Christoph eine tiefe und fast demütige Scheu. Er fühlte sich unfähig, mit Selbstverständlichkeit der ihn real umgebenden Welt zu begegnen. Für ihn gab es nichts, was als selbstverständlich und als gegeben hinnehmbar sein konnte. Er hatte von klein auf die Angewohnheit, alles für sich noch einmal zu hinterfragen und selbst in simpelsten Alltäglichkeiten Besonderes aufzuspüren. Schon in seiner Kindheit betrachtete er das Leben wie ein Todgeweihter, sah die Dinge um ihn herum aus der Distanz eines Außenstehenden, eines Fremden. Nicht dass er dabei ständig darauf aus war, zu analysieren oder zu hinterfragen – es genügte ihm die Feststellung, dass es zwischen ihm und den Dingen noch etwas Drittes geben sollte, dieses Etwas, das ihn ausmachte, was immer von ihm bleiben würde.

Für alles, was sein Interesse weckte, entwickelte er ein außergewöhnliches Erinnerungsvermögen. So blieb ihm einmal angelesenes Wissen verfügbar, um mühelos damit zu jonglieren, Verbindungen herzustellen, zu kombinieren. Dass er seine Umwelt damit verblüffte, stand außer Frage, doch bewunderte ihn kaum jemand dafür. Zu sehr fiel er aus der Reihe, störte die Norm und provozierte Momente voller Unbehagen, bei Vorgesetzten ebenso wie bei seinen Altersgenossen. Die Arroganz, die man ihm unterstellte, musste er irgendwann wie eine ungeliebte, aber ihm zugeteilte Rolle annehmen ... und bald erwies sie sich als Überlebenshilfe, wie ein Schutzschild, dessen er sich notwendigerweise bedienen musste. Nur Philipp kannte Christophs Zartheit, seine Verletzlichkeit, seine sensible Aufmerksamkeit für alles, was ihnen begegnete, insbesondere, was ihre Freundschaft betraf. Philipp fühlte sich durch die Überlegenheit seines Freundes niemals befangen. Dem außergewöhnlichen Verstand Christophs nicht annähernd gewachsen, konnte Philipp in Gegenwart des Freunds herauslassen, was ihm einfiel und seinen Jungenjahren entsprach, ohne Gefahr zu laufen, nicht verstanden oder gar belehrt zu werden. So konnte ganz selbstverständlich in Philipp dieses bedingungslose Vertrauen wachsen, das ihm auch umge-

kehrt sein Freund entgegenbrachte und jede Form der Mitteilung ermöglichte.
Wenn er jetzt hier steht, mit dieser Sehnsucht nach einem Menschen, den es nicht mehr für ihn gibt, stellt sich ihm die Frage, warum er es niemals zugelassen hatte, nach jemandem zu suchen, dem er sich in ähnlicher Weise hätte offenbaren können. Und als würde er sich bis auf die nackte Haut entkleiden und seine Wäsche im hohen Bogen auf einen Haufen alter Lumpen werfen, meint er plötzlich, benennen zu können, was ihn all die Jahre in dieser Schutzhülle gefangengehalten hat. Es war Angst. Die Angst vor der Sehnsucht. Die Angst, diese Sehnsucht nicht auszuhalten, sie ersticken zu wollen und dieser Sehnsucht einen vergleichbaren Menschen entgegenzusetzen. Die Angst, Christoph untreu zu werden, indem er ihn zu ersetzen wünscht.

Philipps Augen sind wieder geöffnet. Er muss lächeln. Die Erkenntnis, die sich eben in ihm ihre unvermutete Bahn gebrochen hat, das weite Öffnen seiner Augen, begleitet von einem leichten Kopfnicken, registriert er als diesem Moment angemessen. Sogar ein kleines „Tja“ drängt sich auf seine von der Kälte ausgetrockneten Lippen. Nichts verbietet sich ihm, in seinen Gedanken fortzufahren. Sein Lächeln gibt er dabei genauso wenig auf wie dieses leichte, bestätigende Kopfnicken. „Da geben andere viel Geld für Therapeuten aus, benötigen kostbare Lebenszeit fürs Liegen auf einer fremden Couch, und mir genügt ein kurzer Nachttrip vor diesen Zaun und der Brief einer kranken Frau aus dem Vogtland …“
Philipp spürt, wie ihm der Humor gegen Ende seines laut formulierten Gedankens wieder entschwunden ist. Sie hat ihm neue Gespenster an die Seite gegeben, an ihm ist es jetzt, die alten zu wecken. „Gespensterwecken“, zischt er, „und dann?“ Und dann? „Und dann?!“, fragt und antwortet es in ihm, in sich überschlagender Geschwindigkeit.

„Dann müsste ich sie auch begraben, endgültig und Platz schaffen für …“ Er stockt und spürt dem heftiger werdenden Puckern in seinem Hals nach. „Oh, Mann, Mama, lieber Gott, diesem Chaos seine Räume geben …“ Ähnlich wie er es einmal in einem Drogenrausch in Amsterdam erlebt hat, tauchen längst verschüttet geglaubte Bilder seiner Vergangenheit in der gleichen Intensität in ihm wie in greifbarer Nähe außerhalb von ihm auf.
Als seien sie im Widerstreit miteinander, kämpfen sie um seine ungeteilte Aufmerksamkeit. Er fühlt eine Übelkeit aufsteigen, die ebenfalls der nach seinem letzten Trip in Holland gleicht, als er trotzig, wie ein vergessenes Kind um Hilfe wimmerte. Frauen lachen ihn an. Wie bei einem Kamera-Zoom bewegen sie sich in rasanter Schnelle auf ihn zu. Noch kann er diesen Bildfetzen nicht trauen. Woher sie kommen, möchte er wissen und meint, einer Menschenschlange zu begegnen, ähnlich denen, wie er sie aus seiner Kindheit vor Läden mit begehrten Artikeln kennt. Er sieht sich über eine solche Schlange fliegen, und da stehen sie, blicken zu ihm hoch, mit den braunen Einkaufsnetzen in ihren Händen. Selbst Britta aus Sidney hat so eines in ihrer silberberingten schmalen Hand. Sie haben ihn alle einzufangen versucht. Jede auf ihre Weise. Diesem Bild der Bilder ist nicht zu misstrauen, sagt er sich und dennoch muss er sich die Mühe machen, die Gesichter, die ineinander verschwimmen, zu selektieren.
Nur durch wenige Details unterscheiden sie sich. Das darf er ihnen nicht antun, mahnt etwas in ihm, und er erschrickt. Denn da steht plötzlich Christoph! Allein, selbstverständlich allein, nicht eingereiht in irgendeiner Schlange. So wie er da jetzt steht, müsste er ihn zeichnen, ihn im Computer erstellen und animieren können. Angefangen bei seinen braunen Boots, aufwärts bis zur schmalen Stirn mit dem tiefschwarzen Haaransatz, sieht er ihn fotografisch genau vor sich. Keine der Frauen ist auch nur ansatzweise so gut für ihn erkennbar wie Christoph.
Philipp hat sich hingehockt. Schon eine ganze Weile kauert er auf dem winterkalten Bürgersteig, ohne dass er es bemerkt hätte. Ir-

gendwann in der letzten halben Stunde muss ihn die Kraft verlassen haben, ist sein Körper am Zaun entlang nach unten geglitten. Ihm war, als wäre er sogar für einen Moment eingeschlafen. Eine alte Frau musste ihn geweckt haben und dann wieder verschwunden sein. Philipp versucht, den vermeintlichen Vorgang zu rekonstruieren, aber so sehr er sich auch bemüht, es ist ihm nicht möglich. Mit jedem seiner Denkversuche glaubt er sogar, sein Hirn entzöge sich ihm mehr und mehr, dass es ihm nur durch größte Anstrengung gelingen könne, Körper und Geist im Wachzustand zu halten.
Die Bornemann'sche Villa liegt im behüteten Dunkel hinter ihm. Keiner ihrer Bewohner scheint von ihm aufgestört worden zu sein. Die alte Frau, die er plötzlich vor sich gesehen haben wollte, hatte auch keine Ähnlichkeit mit Christophs Mutter oder den behaglichen Rundungen Otti Bornemanns. „Unbegreiflich", murmelt Philipp, „Gespenster, alles nur Gespenster." Er zwingt seine verkrampften Glieder ins Bewegen und seinen Körper, aufzustehen. Durch die Erinnerung war ihm der Sinn für die Gegenwart abhandengekommen. Er hätte hier erfrieren können, soviel ist ihm bewusst. Nur langsam vermag er sich in sein Auto zu schleppen. Doch kaum hat er die Heizung in Gang gesetzt, assoziiert er erneut Bilder, die sich aus den Schattenspielen auf seiner Windschutzscheibe ergeben …

Wie eine achtlos zusammengefaltete Pappschachtel hockte der alte Mann auf dem kleinen Campingstuhl neben den Hinterlassenschaften seines Sohnes. Durch die schmutzige Dachluke und einige der defekten Ziegel drang grelles Sonnenlicht. In seinen Strahlen sammelten sich unzählige kleine Staubpartikel. Sie tanzten umher in scheinbar schwereloser Selbstverständlichkeit, außerhalb von Zeit und Raum, unberührt von jedem lebendigen Gedanken … damals vor einem Vierteljahrhundert, in der Bodenkammer der Bornemann'schen Villa, und jetzt hier in Philipps Auto, da das Erinnerungsbild vor ihm aufgetaucht ist, ihn zu-

rückträgt zu dem alten Mann, dem sich sein Sohn entrissen hatte, wider die Natur.
Schweigend, mit ineinander verkrallten Fingern, von denen er den rechten steifen Daumen in gleichbleibendem Rhythmus hin und her bewegte, ließ Doktor Bornemann seinen Blick über die vor ihm gestapelten Kartons und ein Regal zittern, das mit leeren Einweckgläsern und allerlei Krimskrams, mit Blechspielzeug, Modellteilen einer mittelalterlichen Burganlage aus Sperrholz angefüllt war. An einem Berg aufgetürmter Ritter und Pferdefiguren blieben seine unruhigen Augen schließlich hängen. Zur Hälfte verdeckte der Haufen einen fußballgroßen Globus, der einmal von innen zu beleuchten gewesen sein musste. Der Plastikmantel seines Kabels war gebrochen. Nur noch ein dünner Draht verband das Kabel mit dem Stecker, der am Regal herunterhing und jeden Bezug zu seiner ehemaligen Bestimmung verloren hatte.
„Meine Schwester hat alles hier hochgeräumt. Wir müssen sein Zimmer vermieten. Ein junger Mann mit einer Einweisung war schon hier."
Es hatte eine ganze Weile gedauert, ehe Doktor Bornemann zu sprechen begann. „Sieh nach, ob du finden kannst, was du suchst."
„Es ist nur ein ganz bestimmtes Buch, ein Buch, ein selbstgeschriebenes, ein ..." Philipp musste schlucken. In seinem Hals würgte es. Die letzten Worte vermochte er nur halb auszusprechen. Er stand in der schmalen Tür, starrte hilflos auf die in der Bodenkammer aufgetürmten Habseligkeiten seines Freunds. Es war ihm unmöglich, die Schwelle zu überschreiten, unmöglich, etwas zu berühren.
Da hob der kleine alte Mann seine Arme, und als könne er durch das Dach in den Himmel sehen, schaute er auf. Von den Balken über ihm hingen Spinnweben. Die Luft war trocken und heiß. Der Schatten auf seinem Gesicht wich nicht. Er hielt seine beiden Hände wie Schalen geöffnet, als habe er von oben eine Gabe zu erwarten.

„Glaubst du, es gibt ihn? Glaubst du, es kann ihn geben?", sagte er leise und gequetscht, ohne seiner Stimme einen fragenden Tonfall zu geben.

Philipp bezweifelte, ob die Äußerung für ihn bestimmt war. Er blieb weiter wie angewurzelt stehen, richtete jetzt seine Aufmerksamkeit auf Christophs Vater. Das half Philipp, den eigenen Schmerz zu verdrängen, dem drohenden Tränenfluss Einhalt zu gebieten. Dabei verlangte es ihn plötzlich, sich Christophs Vater durch eine wortlose Berührung zu nähern. So unbändig stark wuchs dies Verlangen, dass er sogar für einen Moment seine Furcht, die Bodenkammer zu betreten und seine ihm noch aus den Kindertagen anhaftende ehrfürchtige Scheu Doktor Bornemann gegenüber vergaß. Langsam schob er sich die zwei Meter in den niedrigen Raum. Gebückt blieb er stehen und hielt den Atem an. Ein warmer Schwall von Zärtlichkeit durchströmte ihn beim Anblick dieses alten Mannes. Er saß zusammengekrümmt, mit erhobenen und von sich gespreizten Armen auf dem wackligen Stühlchen. Ganz sacht, so behutsam und leise, als näherte er sich einem Nest mit eben geschlüpften Küken, streckte Philipp Doktor Bornemann seine Hand entgegen. Doch unmittelbar bevor seine Fingerspitzen die knochige Schulter des alten Mannes erreichten, bemerkte dieser die Annäherung und schrie auf. So laut und unvermittelt, als hätte ihn unerwartet ein entsetzlicher, schmerzender Schlag getroffen. Philipp wich erschrocken zurück, stammelte ein rasches „Verzeihung!", und da er nun nicht mehr verhindern konnte, dass ihm die Tränen ins Gesicht schossen und seinen Blick verschleierten, drehte er sich um.

Doktor Bornemann sagte nichts. Er versuchte auch nicht, Philipp anzusehen. Eine Weile ließ er verstreichen, dann bemühte er sich aufzustehen. Nur langsam und beschwerlich gelang es ihm, sich zu erheben. Als er endlich aufrecht stand, sein Kopf reichte nicht einmal bis zur Decke des abgeschrägten Raumes, drehte er sich mit einem Ruck zur Tür und traf auf Philipp, der mit leerem Blick im Rahmen lehnte. Da stampfte Bornemann wie ein trotziges Kind mit dem Fuß auf den Estrich. Sein Gesicht verzerrte sich, und zweimal hintereinander schrie er: „Ach!“, was für Philipp wie eine tödliche Anklage klang. Dann sank der alte Mann vor ihm zusammen und lag schluchzend am Boden. Sicher hatte Doktor Bornemann seiner Verzweiflung nur wenige Atemzüge gegönnt, doch Philipp schien es eine halbe Ewigkeit, bis er sich wieder vom Vater seines toten Freunds beachtet fühlte. Er half ihm auf, klopfte den Staub von seiner Kleidung und stützte ihn auf der schmalen Bodentreppe nach unten. Er ging nicht noch einmal zurück. So sehr Philipp an dem Freundschaftsbuch auch gelegen war, hatte er es doch nicht fertiggebracht, in Christophs Hinterlassenschaften zu wühlen.

Langsam lenkt Philipp sein Auto vom Hügel, auf dem ausschließlich Villen oder Ein- und Zweifamilienhäuser stehen, in Richtung Stadtzentrum. Zu dieser Stunde scheint hier alles zu schlafen. ‚Dennoch leuchtet es aus manchen der vorweihnachtlich illuminierten Häuser und Gärten, als trotzten sie gegen jede Traumvergessenheit, trotzten den Gespenstern der Vergangenheit und den Beschränkungen der Energiewende‘, denkt Philipp. Dieses beharrliche Leuchten in die nächtliche Stille, in die sich wohl jeder hier ganz selbstverständlich verwoben findet als Teil eines für ihn funktionierenden Friedens – wie sehr wünschte er, es mitnehmen zu können vom Hügel seiner Kindheit.

*

„Wieso redet ihr nicht miteinander?“
„Es hat sich so ergeben.“
„Wie?! Hat sich so ergeben? Wie soll ich das verstehen?“
Als gelte es, eine medizinische Anweisung zu befolgen, schüttet Philipp den dritten Wodka dieser Nacht in sich hinein. Das leere Glas schiebt er danach soweit über den Tresen, dass es auch für seinen ausgestreckten Arm nicht mehr erreichbar ist. Sein Blick

bleibt angewidert darauf gerichtet, während er gedehnt und fast tonlos sagt: „He, Sascha, sie wird in zwei Monaten sechsundsiebzig. Sechsundsiebzig.“
„Na und, Deutschland ist Rentnerland“, brummt Sascha in sich hinein.
„Jeden Tag kann es … ach vergiss es … aber es wird dir vielleicht noch einmal leid tun.“
Philipp hustet leicht. Sein Oberkörper sinkt in sich zusammen. Er hält den kupfernen Handlauf des Tresens umklammert und schweigt, verbietet seinen Gedanken, sich laut zu formulieren. Der Gefahr, abzudriften, entgeht er, indem er seinen Blick durch den Raum schweifen lässt, um etwaige Rauchmelder aufzuspüren. Dabei entdeckt er in einer Ecke oberhalb der Theke das Objektiv einer Kamera. Er tastet nach seiner Zigarettenschachtel und legt sie provozierend auf den Tresen. Der Barkeeper lächelt. Da er ihm aber keinen Aschenbecher entgegenschiebt, weiß Philipp nicht, wie er dieses Lächeln zu deuten hat und verspürt plötzlich keinerlei Lust, das allgemeine Rauchverbot zu ignorieren. Er atmet tief durch, langsam kriecht eine Leere in ihn, die er als angenehm empfindet. Minuten vergehen, bis sein Gegenüber den Faden wieder aufnimmt.
„Sie ist gut beieinander, wie immer.“
„Wenn du meinst. Trotzdem verstehe ich das nicht, ihr wohnt in einem Haus und redet nicht miteinander. In einem ursprünglich nur für eine Familie konzipierten Haus, wie geht das?“
„Ach, das geht schon. Sie achtet ja selbst darauf, dass wir uns nicht begegnen. Ihre Ohren funktionieren noch immer einwandfrei. Ist sie ja trainiert drin. Jahrelang. So was bleibt … ist ihr geblieben …“ Sascha, der Mann auf dem Barhocker neben Philipp, lacht bitter in sich hinein.
Vor einer halben Stunde, als Philipp seinen Bruder in der Bar des Hotels entdeckte, in das er sich gerade eingecheckt hatte, war Saschas Betrunkenheit schon auf einem Level, für das mehr als der Alkohol von drei doppelten Wodka hergehalten haben musste.

Philipp vergräbt seine Augen in das türkisblaue Glitzerkleid der jungen Frau zwei Hocker neben Sascha und gibt ihm damit zu verstehen, dass es ihm recht wäre, der Unterhaltung eine andere Wendung zu geben.

„Was willst du? Du kommst alle zwei Jahre mal vorbei, an Weihnachten oder zu ihrem Geburtstag, wie kannst du da mitreden? Du hast einfach keine Ahnung, keinen blassen Schimmer, was hier abgeht. Komm mir nur nicht mit Ratschlägen, großer Bruder, die kannste stecken lassen, die kannste deinen australischen Kängurus verklickern. Außerdem bist du ihr Liebling, ihre Affenliebe gilt dir, du kannst sagen und tun … ach, vor allem nicht tun! … was du willst … dir gilt ihre Affenliebe, ihr Stolz."

Philipp weiß, dass es nicht ratsam wäre, jetzt das Gespräch mit seinem jüngeren Bruder über die gemeinsame Mutter fortzuführen, es fällt ihm nur kein anderes Thema ein, womit er Sascha ablenken könnte. Angestrengt versucht er, Gemeinsamkeiten aus der Kindheit zu erinnern, an die er jetzt anknüpfen könnte, doch es fällt ihm keine ein, ohne dass sie nicht unweigerlich auch zu ihrer Mutter führen würden.

Der Vater verließ die Familie, als Sascha gerade geboren war. Philipp, der sich nur schemenhaft an ihn erinnern kann, hatte für sich beschlossen, von seiner Existenz keine Notiz mehr zu nehmen. Er fehlte ihm nicht. Im Gegenteil, dachte er sich manches Mal, vielleicht hätte er ihn nur gestört in seiner weiteren Entwicklung und der durch die Liebe zur Mutter geprägten Kindheit. Außerdem war er damals alt genug gewesen, um zu spüren, dass die bloße Erwähnung des Vaters Traurigkeit bei der Mutter auslöste, die er ihr ersparen wollte. Der älteren Schwester ging es anders. Sie war ein Papakind, das sich nicht die Mühe gab, der Mutter gegenüber den Vorwurf zu verbergen, dass diese es nicht vermocht hatte, den Vater an die Familie zu binden.

Vor Philipp taucht das vom Weinen verzerrte Kindergesicht seines Bruders auf. Sie sitzen zusammen im Bett der Mutter, sind etwa im Alter von fünf und zehn Jahren, und streiten erbittert.

Wie so oft hat er den jüngeren Bruder mit Worten so verletzt und gereizt, dass dieser wie wahnsinnig auf ihn eingeschlagen hat und nun hilflos vor sich hin wimmert. Da Philipp wusste, dass das die Mutter nervt, konnte er einen Punkt für sich verbuchen. Immer fühlten sie sich in Konkurrenz um die Gunst der schönen Mutter. Jeder glaubte vom anderen, dass dieser mehr Zuwendung bekäme. Sascha, weil der Umgangston und das Verständnis zwischen seinem älteren Bruder und der Mutter sich für ihn schon früh als gleichberechtigt darstellte, und Philipp, weil der jüngere Bruder durch seine Empfindlichkeit und eine chronische Hauterkrankung von klein auf besonders viel Schonung und Aufmerksamkeit beanspruchte. Nur selten vergaß sich Philipp und setzte seine körperliche Überlegenheit dem Kleinen gegenüber ein.

„Zu mir kommt sie, zu mir, ich hab' Mama mehr lieb als du!" Sie hatten sich gerade darüber ausgetauscht, was einmal später sein würde, wenn ihre Mama alt sei. Aus dem Nachbarhaus war ein paar Tage zuvor der alte Herr Köhler unter Zwang im Krankenwagen abtransportiert worden. Er hatte eine Zeitlang allein vor sich hin mehr vegetiert als gelebt, was eigentlich eine Unmöglichkeit in der sozialistischen Gesellschaft war. Der Anblick des Abtransports hatte großen Eindruck auf die umherstehenden Kinder gemacht. Es hieß, dass der Opa Köhler eigentlich auch eine Tochter habe, aber die war in den Westen abgehauen, und kümmerte sich nicht um ihren Vater … „Von den Paketen kriegt er auch keine Umarmung." Philipp klingen die Bemerkungen seiner Mutter noch im Ohr, als hätte sie sich gerade erst zu ihnen hinreißen lassen. Vielleicht könne man ja mit Kaffee die Handwerker anlocken, aber Liebe sei damit nicht zu erkaufen.

Sie hatten eine ganze Weile gar nicht gewusst, dass der Opa Köhler im Obergeschoss seines Hauses anwesend war. Für die Nachbarschaft war er auf Reisen, bei seiner Tochter in Köln. Aber das war wohl nur ein frommer Wunsch gewesen, den er als Tatsache verbreitete. Über mehrere Wochen hauste er in seinem Zimmer, ohne es zu verlassen. Dabei vermied er alles, was auf ihn hätte aufmerksam machen können. Er schaltete weder das Licht an, wenn die Finsternis, die seine Seele schon befallen hatte, auch seinen engen Lebensraum einnahm, noch nutzte er seinen Herd, um sich etwas zuzubereiten. Nicht einmal an der Toilettenspülung zog er, weil das Geräusch ihn hätte verraten können. Bis dann doch die Mieter aus dem Untergeschoss, die den Postkasten für ihn geleert hatten, eines Nachts seine Anwesenheit bemerkten. Er hatte im Schlaf zu halluzinieren begonnen, und sein Wimmern war durch die Decke gedrungen.

Immer wieder hatten die Kinder auf der Straße die Begebenheit nachgespielt, wobei Sascha zum undankbaren Part der geflüchteten Tochter verurteilt wurde, was ihm die unbequeme Pflicht einbrachte, über den hohen Gartenzaun eines unbebauten Grundstücks zu klettern und im Gebüsch hinter den Stachel- und Johannisbeersträuchern zu verharren. Als Kleinster und Jüngster in der Gruppe hatte er keine Chance, eine andere Rolle zugewiesen zu bekommen … wenn man ihm überhaupt erlaubte, mitzuspielen. Natürlich versuchte er mit Tränen, einen anderen Part zu erzwingen, aber wenn er bei der Mutter durch seine Weinattacken meist ans Ziel seiner Wünsche kam, so galten auf der Straße andere Gesetze. Im Gegenteil, er konnte als Heulsuse schnell seinen totalen Ausschluss erwirken.

Irgendwie wollte es sein Kinderschicksal, immer wieder am Rand zu stehen. Er war der Kleinste zu Hause und der Schwächste auf der Straße. Sascha musste sich schon etwas einfallen lassen, in die Gemeinschaft der Kinder im Viertel aufgenommen zu werden. Auch um Philipp und seinen Freund Christoph rang er. Er folgte ihnen, wenn sie in ihre Scheune kletterten. Sah ihnen heimlich durch einen Spalt im Tor zu, wie sie von weit oben aus dem Heuboden in die Strohballen sprangen und dabei jubelten. Seine Bitten, ihn mitspringen zu lassen, schlugen sie aber immer wieder aus und ließen ihn nicht über die Öffnung unterm Dach zu ihnen einsteigen. Dennoch kam er fast jedes Mal zur Scheune, wenn die

beiden Freunde sich in ihr verschanzt hielten. Er bettelte, schrie, manchmal weinte er, aber immer wartete er beharrlich, bis die großen sie wieder verließen.
„Das nervt tierisch!“, platzte Christoph eines Abends heraus, als Sascha wieder einmal draußen stand. Den ganzen Nachmittag hatte es geregnet, und doch war er nicht nach Hause gegangen. Er stand bibbernd vor ihnen unter dem Scheunendach. Für den nächsten Tag hatte Christoph einen Plan. Sie wollten Sascha mit hineinnehmen und mitspringen lassen. Aber da das Innere der Scheune ihr Ozean war, in dem sie als Wale ihre Springspiele machten, konnte Sascha nur mitspielen, wenn er auch ein Wal sein wollte. Für einen Wal musste er sich aber erst einmal beweisen. „Wale tauchen unter, mindestens eine Stunde kann ein Wal unter Wasser sein, ohne Luft zu holen. Es gibt sogar Ausnahme-Wale, die schaffen zwei Stunden. Kannst du das?“, fragte Christoph den zu allem Bereiten.
„Könnt ihr denn das?“, hatte Sascha kleinlaut zurückgefragt.
„Wir sind trainiert, du hast ja gesehen, wie wir trainiert haben, über Wochen. Wenn du mitmachen willst, musst du erst mal Luftanhalten trainieren.“
Und dafür konnten sie ihm auch gleich eine geeignete Methode bieten. Sie versicherten ihm, dass sich diese schon an ihnen selbst bewährt habe. So sollte Sascha tief Luft holen, und während sie ihn im Heu versenkten und mit mehreren Strohballen zuschütteten, die Luft anhalten. Klar, dass die Versuche allesamt mit Tränen endeten, aber eine Zeitlang blieben Philipp und Christoph von Saschas Nachstellungen verschont.

Bis zu der Geschichte mit dem Ball, erinnert Philipp sich weiter. „Interessierst du dich eigentlich noch für Fußball?“, fragt Philipp und erschrickt in der gleichen Sekunde über sich selbst.
Diese Frage zu stellen, erscheint ihm nicht weniger verfänglich, als sich nach Saschas Malerei zu erkundigen, von der Philipp nie

viel gehalten hat. Er schaut auf seine Zigarettenschachtel, spielt mit ihr und bedauert, dass sie noch halb voll ist. Es wäre günstig gewesen, wenn er sich jetzt um eine neue hätte kümmern können. Eine kleine, ablenkende Aktion, denn das Thema Fußball könnte fatale Folgen haben. Nicht etwa, weil es Philipp durch sein bekennendes Desinteresse an jeglichem Grundwissen mangelt. Er wäre jetzt durchaus bereit, zuzuhören oder wenigstens seinen Bruder glauben zu machen, dass er ihm zuhört. Doch Sascha schüttelt sich und streicht seine Locken aus der Stirn. Ohne die Hand vorzuhalten, gähnt er laut und breit, mit weit aufgerissenem Mund. Dann antwortet er seinem älteren Bruder stumm, mit einem abfälligen Blick und hochgezogenen Schultern.

Philipp ist erleichtert. Er glaubt nun nicht mehr fürchten zu müssen, dass jene unrühmliche und für seinen Bruder so schmerzliche Geschichte aus der gemeinsamen Kinderzeit wieder zur Sprache kommt.

Sie gehörte zu Saschas Kämpfen, von der Gemeinschaft der Kinder im Viertel akzeptiert und aufgenommen zu werden. Seine körperliche Konstitution war gering. Um auf sich aufmerksam zu machen, dachte er sich Geschichten aus, die ihn nicht selten zu Prahlereien verleiteten, durch die er sich nur noch mehr ausschloss. Bedingt durch seine Allergie, quälten ihn zeitweise asthmatische Anfälle, die ihn nur beschränkt am Sportunterricht teilhaben ließen. Diese Schonung führte dazu, dass er sich in allen sportlichen Disziplinen weit unter dem Leistungsdurchschnitt bewegte. Wenn er auch nicht verlacht wurde, so rechnete man einfach nicht mit ihm. Wurden Mannschaften für Wettkämpfe zusammengestellt, war er es, der am längsten auf der Bank sitzen blieb. Selbst der Dickste in der Klasse wurde noch vor ihm ausgewählt. Für einen Jungen, der wie Sascha gewohnt war, mit besonderer Aufmerksamkeit bedacht zu werden, dem die Herzen der erwachsenen Frauen zuflogen, weil er so lange Wimpern und einen niedlichen Lockenkopf besaß, war das eine kaum zu begreifende, nur schwer zu verarbeitende Erfahrung.

Zum Fußballspielen in der Schule kam er jedenfalls kaum. Nun gründete sich aber eine Mannschaft aus Kindern der umliegenden Straßen. Sascha brannte darauf, mitmachen zu dürfen. Doch selbst für diese zusammengewürfelte Truppe, die ausschließlich zum Spaß miteinander spielte, reichte sein Können nicht aus. Er trainierte eine Weile eifrig, ganz allein für sich, fand aber weiterhin keine Beachtung, da es an guten Spielern, zu denen sogar die Mädchen gehören durften, nicht mangelte.
Etwas sehr Wesentliches fehlte der neugegründeten Mannschaft aber doch, nämlich ein echter Fußball. Selbstverständlich gab es immer wieder einen Ball, den sie bewegten, aber der war mit einem echten Fußball kaum zu vergleichen und hielt nie lange den Anforderungen stand. Den außerhalb der Schule gegründeten Mannschaften fehlte es an Lederbällen. Käuflich waren sie nicht zu erwerben. So wurde improvisiert und zum Ball erklärt, was einigermaßen zu kicken war. Da witterte Sascha seine Chance. Indem er einen ledernen Fußball organisieren wollte, würde dieser zu seiner selbstverständlichen Eintrittskarte in die Mannschaft werden. Als Eigentümer eines Lederballs wäre er schlagartig der King und hätte obendrein die Möglichkeit, für sich weiter zu trainieren, wann immer er nur wollte.
Um dieses Ziel zu erreichen, brauchte es allerdings einige logistische Anstrengungen, mit denen sich Sascha konfrontiert sah und die zu bewältigen er den Rest der Familie einbezog. An einen echten Fußball konnte er nur durch Tauschgeschäfte kommen. Er musste also ebenfalls über diverse begehrte Artikel verfügen oder Westgeld besitzen. Die ältere Schwester Frauke, ließ sich von Sascha erweichen und half ihm mit zwei Zwei-DM-Münzen aus. Philipp schenkte ihm sein ein Meter zwanzig großes Hochglanz-Poster von Michael Jackson, das er ohnehin loswerden wollte, seine Mutter konnte etliche Schallplatten, die nur unter dem Ladentisch verkauft wurden, beisteuern. Sascha selbst setzte sein gesamtes angespartes Taschengeld ein, das er durch Altpapiersammeln und Flaschenwegbringen, nebst einigen Tricks,

die er seinem unwiderstehlichen Augenaufschlag verdankte, vervielfacht hatte.
Nach Monaten endlich hatte er ihn, den echten Fußball. „Made in USSR“ war auf dem braunen Leder aufgedruckt. Einer seiner Vorbesitzer hatte ihn aus Prag mitgebracht. Die Wege, die er bis dahin genommen hatte, wären wohl kaum nachvollziehbar gewesen, sicher war nur, dass viele Hände im Spiel gewesen sein mussten, bis er endlich vor Saschas Füßen landete. Eine ganze Weile konnte sich Sascha als Besitzer eines ledernen Fußballs glücklich schätzen. Er wurde, wie von ihm erhofft, in die Mannschaft aufgenommen. Wenn seine Mitgliedschaft auch vorläufig nur geduldet war, so wusste er doch, dass er schon bald seine Position würde verbessern können. Er nahm sich vor, vom Verteidiger zum Stürmer aufzusteigen. Dafür war er alles zu geben bereit. Schließlich hatte er den Ball jederzeit zu Verfügung, konnte für sich allein trainieren. Und Sascha trainierte, trainierte ausdauernd, akribisch ausdauernd. Nun wollte aber sein Ehrgeiz, gepaart mit dem Bestreben, die Nähe des älteren Bruders zu suchen, dass er sich ausgerechnet die Scheune für sein Trainingsprogramm aussuchte.
Dass dieses Ansinnen kaum auf die Gegenliebe der beiden Freunde stoßen würde, bedachte er allerdings nicht. Als Sascha nämlich das Leder von außen an die Scheunenwand kickte, während sie innen auf dem Heuboden lagen, kam es zum Eklat. Ihre Sprünge, die sie auch in späteren Jahren immer mal wieder durchführten, wenn ausreichend Stroh in der Scheune eingelagert war, hatten sie erschöpft, und so ließen sie ihre Gedanken um das zu der Zeit gerade aktuelle Thema der Liebe kreisen. Dabei sprachen sie auch über ein von Christoph geschriebenes Gedicht, das Philipp einmal einer Mitschülerin geschickt hatte, die er damals zu erobern wünschte, von der er inzwischen aber schon wieder getrennt war. „Du glaubst doch nicht etwa, dass ich an Claudia gedacht habe, als ich es schrieb. Ich habe mich auch nicht in dich hineinzuversetzen versucht. Es schrieb sich einfach

aus mir heraus, Alter." Das hatte Christoph zu Philipp gesagt, als der Ball das erste Mal an die Scheunenwand donnerte und das Gebälk zum Vibrieren brachte.
Vier oder fünf Verwarnungen hatte es gegeben, behaupteten Philipp und Christoph jedenfalls, obwohl für Sascha auch später noch feststand, dass die aufgebrachten, damals immerhin schon siebzehnjährigen Freunde ganz plötzlich vor ihm erschienen. Sie standen da, hatten eine riesige Mistgabel auf ihn gerichtet, und nur wenig später, ohne dass Sascha den Vorgang überhaupt hatte verfolgen können, spießte auf zwei der rostigen Zinken der Gabel sein lederner Fußball …

Philipp fühlt sich plötzlich von starker Müdigkeit befallen. Warum erinnert er sich nur immer wieder an die Szenen seiner Kindheit, in denen er nicht selten der Anlass dafür gewesen war, dass der jüngere Bruder in Tränen ausbrach? Vielleicht begründet sich auch darin sein über die Jahre kaum verblassendes Schuldbewusstsein Sascha gegenüber. ‚Auch jetzt ist es wieder so', denkt er und versucht, ein Gähnen zu unterdrücken. Der Anblick des am Tresen der Bar auf seinem Hocker ungeschickt herumhängenden Mannes lässt darauf schließen, dass er trinkt, um etwas zu vergessen und nicht, weil ihn Lust dazu animiert. Philipp war mit einem ähnlichen Bedürfnis hierhergekommen. Doch inzwischen widerstrebt es ihm, sich mit seinem Bruder in einen unrühmlichen Wettstreit im Frusttrinken zu begeben. Er blickt um sich. Dem Tresen gegenüber ist zwischen Wand und Decke ein riesiger, goldgerahmter Spiegel angebracht. Philipp kann in ihm sich, seinen Bruder, die unweit entfernt sitzende, türkisgekleidete Frau und den Barkeeper erkennen. Unwillkürlich ersteht das Bild jener Szene in dem Café vor ihm, die Steffi in ihrem Brief an ihn beschrieb. Er streicht sehr langsam und zart mit dem Daumen über die Innenfläche seiner rechten Hand. Dabei erinnert er sich an Katharinas weiches Haar, wenn er es durch seine Finger gleiten ließ.

Einen Moment zu lang muss er in den Spiegel geschaut haben. Die türkisfarbene Dame glaubt nun, dass sein Blick sie gesucht und ihr gegolten habe. Sie öffnet leicht ihren dunkelrot überzeichneten Mund und lässt ihre Zungenspitze langsam über die Oberlippe streichen. Es dauert eine ganze Weile, bis Philipp dieses Spiel bemerkt. Erst als Sascha ihn mit dem Fuß anstößt und sich dabei zu der Dame beugt, um ihr zu sagen: „Tut mir leid, aber mein Freund und ich interessieren sich nicht für Frauen", wendet er sich wieder um und vermag sogar ein wenig zu lachen. Doch auch dieser schon an Heiterkeit grenzende Augenblick, vermag die Brüder nicht zueinander zu bringen. Wieder nistet ein dröges Schweigen zwischen ihnen. Nur um dieses zu durchbrechen und nicht weil es ihn wirklich interessieren würde, fragt Philipp nach einer weiteren Viertelstunde: „Und Bettine?"
Sascha sieht ihm plötzlich mit einem so kalten Misstrauen in die Augen, dass Philipp keine Zeit bleibt, seine Verwunderung darüber zu verbergen. „Bettine!", zischt Sascha lang und gedehnt. Dann richtet er seinen Oberkörper auf, als wolle er mit der Fläche seines Brustkorbs einem Angriff widerstehen: „Bettine Bachtaler."
Für Philipp ist es nicht schwer, zu kombinieren, dass die Erwähnung seiner Schwägerin wohl eher jenem Sprung ins berühmte Fettnäpfchen gleichgekommen ist, als dem Gespräch zwischen Brüdern eine unbefangene Leichtigkeit zu geben. Wahrscheinlich wird Sascha dem Alkohol zu dieser Stunde, in der einzig noch geöffneten Hotelbar der Stadt, nur deshalb zusprechen, weil es Stress mit seiner Frau zu Hause gibt.
Doch plötzlich lacht Sascha, und eine ungekünstelte Heiterkeit strahlt dabei aus seinen Augen: „Bettine ist die Mutter meiner Tochter, meiner Prinzessin, und die ist wirklich einzigartig."
„Ja, natürlich, Julika!" Wie konnte Philipp sie nur vergessen? Darauf sieht er sich auch gern veranlasst, für seinen Bruder und sich einen weiteren Doppelten zu ordern.
„Weißt du, was Julika zu mir gesagt hat? Sie hat gefragt: ‚Nicht wahr, Papa, du musst doch eher sterben als ich?' – ‚Wenn alles

gut geht‘, habe ich gesagt, ‚ist das so.‘ – ‚Ich wünsch’ mir aber, dass ich eher sterbe als du, damit ich dich mein ganzes Leben lang habe!‘ Das hat sie zu mir gesagt, mit fünf Jahren – ‚damit ich dich mein ganzes Leben lang habe.‘ Die weiß so viel, so viel weiß die, das ist schon fast beängstigend, wie die durchblickt. Sie will eher sterben, nur damit sie mich ihr ganzes Leben lang hat … Was sagst du dazu, sag doch mal was, ein Mädchen von fünf Jahren!“ Und noch einmal schiebt er gedehnt nach, als hätte ihn sein Bruder immer noch nicht verstanden: „Fünf Jahre, Mann!“
„Ich dachte, sie ist schon sechs?“ Eine blödere Bemerkung konnte ihm jetzt auch nicht einfallen, denkt Philipp und kann Sascha nicht verdenken, dass er ihn mit einem Blick tiefster Verachtung straft. „Dass Julika ’ne Bombe ist, bestreite ich doch gar nicht. Ich habe mich nur selbst ermahnt, ich glaubte, sie sei schon sechs. Aber ist ja auch egal, oder?“
„Ja, mein Gott, sie ist sechs. Inzwischen ist sie sechs, aber das hat sie mit fünf zu mir gesagt, verstehst du. Und vier, fünf oder sechs, sie ist toll und unvergleichlich, sag’ ich dir. Und nicht nur, weil ich sie gemacht habe. Wirklich nicht.“ Sascha prostet nur beiläufig Philipp zu, bevor er seinen Doppelten runterkippt. „Ich kenn’ ja nun einige Kinder, die so bei uns ein- und ausgegangen sind, glaub mir, jedes Kind hat was Eigenes, was Besonderes, aber Julika ist einzig, die überragt sie alle, weil sie Seele hat, ja, Seele, davon haben wir ja als Kinder nichts wissen dürfen. Seelen gab’s da ja nicht, nur tote Seelen, Abgänge.“
Philipp beruhigt es, dass sich sein Bruder offensichtlich selbst gefangen hat und sogar ein unverkrampftes kleines Lachen vor sich hin bellt. Doch lange hält diese Stimmung nicht an.
„Sie braucht mich, Julika braucht mich und ich sie. Weißt du, ich glaube in einem früheren Leben waren wir Mann und Frau, ich weiß, das hältst du für Unsinn, aber ich habe mich damit beschäftigt. Ich könnte dir Dinge erzählen, die hältst du nicht für möglich, dabei gibt es schon wissenschaftliche Untersuchungen, wissenschaftliche, sage ich dir!“

Die Begeisterung in den Augen seines Bruders erinnert Philipp an den heranwachsenden Sascha, den vorbildlichen Pionier und später engagierten FDJler.

„Sag Mama, dass ich da bin, zum Frühstück komme, so gegen zehn, ja?!“ Sascha hat seinen Bruder vor den Hoteleingang begleitet. Er raucht die Zigarette, die er sich in der Bar versagen musste. Es ist kurz vor halb fünf. Immer noch gute drei Stunden bis Sonnenaufgang. Dennoch hat hier, inmitten der Stadt, die Vielzahl an Lichtern dem Winterhimmel seine Dunkelheit verwehrt.
„Hast du gehört, Sascha?“, fragt Philipp noch einmal. Er ist müde, es verlangt ihn nach seinem Hotelzimmer. Dass er es für ein paar Stunden Schlaf zu verdunkeln gedenkt, steht für ihn jetzt schon fest. Endlich ist seine Frage bei Sascha angekommen. Der nickt, zischt ein unwilliges „Zu Befehl großer Bruder!“ durch die Lippen und deutet ihm einen etwas verwackelten militärischen Gruß an, indem er seine Hacken zusammenstößt und mit den Fingerspitzen der rechten Hand kurz seine Schläfe streift.
„Und wenn du nicht mit ihr sprechen willst, dann schieb ihr einen Zettel durch die Tür!“ Philipp kickt den Stummel seiner Zigarette auf die Straße. „Mensch, Sascha, hältst du das nicht alles für unwürdig?“
Doch Sascha wirft Philipp nur einen weiteren ‚Du-hast-ja-keine-Ahnung‘-Blick entgegen und trollt sich in sein Taxi.

Wie nach einem amateurhaften Zieleinlauf steht Philipp am nächsten Vormittag vor der Gartentür seines Mutterhauses. Er ist aufgewühlt. Sein Atem geht flach und unregelmäßig, seine Beine zittern, die Muskeln sind angespannt, seine Hände feuchtheiß. Er hat einen Blumenstrauß bei sich. Mutlos lässt er ihn an schlaffen Armen nach unten hängen. Einige der Blüten sind geknickt, das um die Stiele gewickelte Papier ist aufgeweicht und klebt in kleinen Fetzen an seinen Fingern. Als hätte er ihn aus dem Container einer Kaufhalle gezogen, sagt er sich mit einem kurzen Blick auf das traurige Gebinde, und während er den wollenen Kragen seines Pullovers zu weiten sucht und dem dröhnenden Pochen am Hals nachspürt, denkt er, dass dieser Strauß doch ein ehrliches Abbild seines eigenen Zustands ist.

Sie war es nicht, konnte es nicht gewesen sein, jetzt ist er sich sicher, ganz sicher. Mit einem kurzen, verächtlichen, an sich selbst gerichteten Stoßseufzer zwingt er sich zur Ruhe und drückt auf den kleinen abgegriffenen Messingklingelknopf. Dabei ist es ihm recht, dass er nicht sofort Schritte und das Öffnen der Innentür vernimmt, was, wie er weiß, auch schon von seinem Platz hier, außerhalb des Grundstücks, zu hören ist. Er starrt ins Leere.

Vielleicht lag es am Glühwein, den er auf nüchternen Magen nach einem nur oberflächlichen Schlaf zu sich genommen hatte, dass er dieser Fata morgana, wie er sie inzwischen bezeichnet, erliegen konnte.

In seinem Hotelbett hatte er es, nachdem er sich von Sascha getrennt hatte, kaum zwei Stunden aushalten können. Die Gedanken, die ihn zu seiner spontanen Reise veranlassten, begannen im Augenblick seines frühen Erwachens in ihm erneut übermächtig zu werden. Um sich nicht weiter von ihnen beherrschen zu lassen, war er aufgestanden. Er duschte lange und ausgiebig, ließ dabei das Wasser wie manisch immer wieder zwischen heiß und kalt wechselnd auf seinen Körper peitschen. Dann ging er über den Gemüsemarkt. Es fiel ihm ein, seiner Mutter ein paar Blumen und vielleicht noch irgendeine Delikatesse zum Frühstück mitzubringen. Seine Schritte schleppten ihn in träger Gleichgültigkeit durch den erwachenden Morgen der Stadt, die für ihn seine Kindheit lang der Nabel der Welt gewesen war. In blassen, fahlen Streifen quälte sich die Wintersonne nur mühsam durch ein dunkles, dramatisch bewegtes Wolkenmeer. Die Atemluft der frühen Marktbesucher schien sich in unappetitlichen Nebeln miteinander zu verbinden und wie einen feuchten, bazillengetränkten Gürtel um den Markt zu legen. Noch nie hatte ihn ein Marktbesuch so angeekelt. Eigentlich liebte er es, gerade in den ersten Morgenstunden über Obst-, und Gemüsemärkte zu streifen. Sie übten, egal in welchem Land oder auf welchem Kontinent er sich auch befand, jedes Mal eine ähnlich starke Faszination auf ihn aus. Manchmal begriff er sich dann als Teil einer Ordnung, die ihre eigenen und irgendwie überall auch gleichen Gesetze kennt. Er wähnte sich zur treibenden Masse möglicher Käufer gehörig, die auf Grund dieses Treibens nur bedingt umworben werden konnte, die sich in den Strudel einzufinden und einzureihen hatte und dabei doch der eigentliche Sinn und das Ziel des Ganzen war. Aber an diesem Morgen, heute, an einem Dezembersonnabend in seiner Heimatstadt, fühlte es sich für Philipp unangenehm klebrig und kalt an. Vor einem Stand mit Blumen und Adventsgebinden blieb er kurz stehen. Ohne sich von der vollen Pracht des Angebots zum Auswählen inspirieren zu lassen, griff er schnell nach einem mittelgroßen Blumenstrauß und bemerkte, während er zahlte, dass auch der Stand mit dem Glühwein schon so früh Interessenten angelockt hatte. Umgehend beschloss er, sich seine Stimmung von diesem weihnachtlichen Getränk aufhellen und erwärmen zu lassen. Auf einem der Stehtische hatte er seine Blumen abgelegt und während er seine Blicke übellaunig über den Markt schweifen ließ, um dabei ausschließlich mürrische Gesichter zu entdecken, hielt er sich an dem dampfenden Becher fest. In kleinen widerwilligen Schlucken leerte er ihn bis auf einen Rest, in den er geistesabwesend zu starren begann und die Flüssigkeit hin und her schwappen ließ. Ob es wohl in der letzten Nacht vor dem Gartenzaun seines besten Freundes zum Erfrieren gereicht hätte, fragte er sich. Und wieder war es Christoph, an den er sich erinnerte. Gerade Christoph, den er über diese letzte Türe hatte reden hören, die der Selbstmörder für sich erwählte, ohne zuvor an wirklich alle anderen geklopft zu haben. Noch eine ganze Weile hatte Philipp mit seinem fast leeren Glühweinbecher gestanden und vor sich hin geblickt. Als er dann plötzlich, wie aus einem tiefen Traum, einer schweren Überlegung oder auch nur einem leeren Innehalten auftauchte, sah er: SIE. Die schlanke, hohe Gestalt in einer kamelfarbenen, halblangen Lammfelljacke. Ihre kurzen blonden Haare leuchteten zu ihm herüber, blitzten in sein Herz, sodass er sich zu jeder Reaktion unfähig, weil augenblicklich ganz und gar erstarrt fühlte. Die junge Frau hatte gerade etwas in ihrer Tasche verstaut, der Verkäuferin mit diesem ihm bekannten verhuschten Nicken etwas erwidert, setzte dann die Kopfhörer, die ihr um den Hals lagen, auf und wandte sich langsam dem nächsten Stand zu. Obwohl der Markt an diesem Sonnabendmorgen gut besucht war, konnte Philipp ihren blonden Haarschopf durch die Menge blitzen sehen. Auch nachdem er sich aus seiner Erstarrung gelöst hatte, wie selbstverständlich ihre Richtung einschlug und sich dabei nur stockend durch die schlendernden Marktbesucher winden konnte, verlor er sie kaum eine Sekunde aus den Augen. Doch plötzlich hatte sie ihr Tempo geändert, lief rasch einem der Ausgänge entgegen und versuchte mit immer schneller werdenden Schritten, den Busbahnhof zu erreichen. Im gleichen Augenblick klopfte ihm jemand auf die rechte Schulter. Als Philipp sich umdrehte, stand da ein junger Mann und hielt ihm seinen auf dem Stehtisch liegengelassenen Blumenstrauß entgegen. Hastig riss er die Blumen an sich, bedankte sich dabei nur flüchtig und rannte, ohne auf irgendwelche Überlegungen zu hören, die sich in ihm herumstritten, weiter der blonden, kurzhaarigen Frau nach. Der Bus, auf den sie es abgesehen hatte, stand mit laufendem Motor an der Haltestelle und hatte nur noch zwei wartende Fahrgäste aufzunehmen. Als sie, Steffi, wie er jetzt mehrmals zu flüstern begann, eingestiegen war, schloss sich die Tür hinter ihr, und Philipp kam, mit weit aufgerissenem Mund nach Luft schnappend, am Ende des Busses zum Stehen. Mit einem Ruck setzte sich der Bus in Bewegung. Eine Handvoll grölender Jugendlicher mit langen bunten Wollschals, die auf irgendeinen Fußballverein hindeuteten, schnitten ihm Grimassen und machten Fingerzeichen, mit denen sie auf ihre Weise ausdrückten, dass er Pech gehabt habe und es sich nun besser selbst besorgen müsse.

Doch plötzlich bremste der Bus, und die hintere Tür wurde geöffnet. Es war wohl eher ein Spiel als ein unvermuteter kühner Anflug von Nächstenliebe, mit dem diese jungen Männer das bewirkt hatten. Ohne zu zögern, die Stufen ignorierend, sprang Philipp zwischen die angeheiterte Männergruppe, die ihn auffing. Doch jetzt wurde es für ihn unmöglich, nach vorn zu gelangen. Die offensichtlich von ihrem errungenen Sieg weiter euphorisierten Fans verlangten nun, ihn als Trophäe zu feiern. Gut möglich, dass er der einzig zu feiernde Sieg dieses Tages gewesen sein würde. Irgendjemand stülpte ihm von hinten eine Mütze auf den Kopf, und ein bulliger Hüne streckte ihm eine Bierflasche entgegen, die Philipp nicht abzulehnen wagte.

Erst nach sechs Haltestellen leerte sich der Bus nahezu gänzlich. Sie befanden sich am Hauptbahnhof, der auch das Ziel der reisenden Fans gewesen war. Philipp versuchte angestrengt, die blonde Frau unter den Aussteigenden zu erkennen. Doch sie zeigte sich ihm nicht. Sie musste schon an einer der vorangegangenen Haltestellen den Bus verlassen haben. Er rannte die Straßen zurück, durch die sie gefahren waren. Einmal begann er sogar, ziellos ihren Namen zu rufen, erinnerte sich dann aber an die Kopfhörer, die sie sich auf dem Markt aufgesetzt hatte.

Er war am anderen Ende der Stadt, weit entfernt von seiner Mutter. Die Taxis, die ihm entgegenkamen, fuhren besetzt zum Bahnhof, und die ihn überholten, waren ohnehin von dort gerade neu bestiegen worden. Entweder musste er zurück oder sich wieder in die Stadtmitte begeben, um eines zu bekommen. Seit er dem Bus entstiegen war, hatte er sich im Dauerlauf fortbewegt, die Blumen für seine Mutter mit einer Hand an die Brust gepresst. Seine Beine zitterten, als er endlich ein Taxi bestieg. Doch kaum hatte er die Tür hinter sich zugeschlagen und wollte dem Fahrer die Adresse seiner Kindheit nennen, da erblickte er das Hotel, in dem er die Nacht verbracht hatte und erinnerte sich, dass nicht weit entfernt sein eigenes Auto stand.

Philipp klingelt erneut, aber jetzt so, wie er es immer schon gewohnt war, diese Klingel zu betätigen, nämlich dreimal kurz und einmal lang. Nun dauert es keine halbe Minute, bis er die ihm vertrauten Geräusche hinter der noch verschlossenen Haustür vernimmt. Mit ungeteilter Aufmerksamkeit und einer fast kindlich aufgeregten Vorfreude erwartet er ihr träges Öffnen.
Die Art, wie sich das Gesicht seiner Mutter erst nach einigen Sekunden erhellt, zeigt ihm, dass Philipp für sie unerwartet am Gartentor steht. Demnach hatte Sascha sie nicht auf seinen Besuch vorbereitet, ihr keine Nachricht übermittelt. Jetzt erst wundert sich Philipp, nach der nächtlichen Erfahrung mit seinem Bruder überhaupt damit gerechnet zu haben.
Die wenigen Stufen und den kurzen gepflasterten Weg zur Gartentür kommt ihm seine Mutter auffällig langsam entgegen. Nicht, dass ihr das Laufen schwer fiele, sie zweifelt an ihrer Wahrnehmungsfähigkeit und versucht während der wenigen Schritte, die Überraschung zu verarbeiten. Philipp konstatiert indes, dass es doch angebracht sei, der Mutter alsbald eine moderne Schließanlage mit einem von innen bequem zu betätigenden Türöffner installieren zu lassen.

„Ich bin noch nicht so weit. Aber es geht mir gut, ich habe nur sehr schlecht geschlafen, hatte die ganze Nacht das Licht brennen. Ja, schade, dass du es nicht sehen konntest von der Straße aus." Angelika Seefelder ist bemüht, einer möglichen Frage ihres Sohnes, ihm am späten Vormittag im Morgenmantel geöffnet zu haben, zuvorzukommen.
„Es hätte mir gut getan, ach, und wie gut getan, wenn ich das gewusst hätte, wenn ich gewusst hätte, dass du, du – nein, ich kann es immer noch nicht glauben, also jetzt muss ich schnell ins Bad, und dann machen wir uns einen schönen starken Kaffee, ach, mein Junge, mein Junge."

Sie scheint von ihren Gefühlen überwältigt, die sie zwischen Rührung und nahezu kindlicher Ausgelassenheit hin- und herreißen. Immer wieder streicheln ihre Hände über den Kragen der Winterjacke ihres Sohnes, die sie ihm abgenommen und nun aufzuhängen vergessen hat. Als Philipp sie ihr aus dem Arm nehmen will, um sie selber an der Garderobe zu platzieren, wehrt sie sich wie ein kleines Kind, das um ein Spielzeug kämpft und entschwindet mit ihr im Wohnzimmer. Dort betätigt sie rasch das Thermostat der Gasheizung, dreht an den Reglern der Heizkörper unter den beiden Fenstern und hastet für den gleichen Zweck in den angrenzenden Wintergarten. Dann eilt sie zurück und lässt endlich die Jacke im Flur auf eine Bauerntruhe fallen. Philipp ist auf der Schwelle zum Wohnzimmer stehengeblieben und hat seine Mutter unverwandt beobachtet. Die Haltung, die er dabei einnimmt, erinnert ihn an einen Besuch im Zoo. Als stünde er vor dem Käfig einer ihm völlig fremden Tierart, denkt er und weiß dabei um seine Abneigung, die er Zoobesuchen gegenüber empfindet.

Während seine Mutter jetzt für einen kurzen Moment innehält, um dann mit ausgestreckten Armen auf ihn zuzukommen, glänzt ein unbändiger Stolz in ihren Augen. Sie fasst beide Schultern ihres ältesten und sie um zwei Köpfe überragenden Sohnes. Um ihn von den Füßen beginnend bis zum Ansatz seiner Stirnhaare betrachten zu können, lässt sie zwischen ihren beiden Körpern größtmöglichen Raum. Dabei versucht sie ihre aufkommenden Tränen zu unterdrücken. Mehrmaliges Schlucken und ein kleines, leises, mädchenhaftes Kichern helfen ihr dabei. Dennoch glaubt sie sich ihrer Gefühlsregungen nicht schämen zu müssen. Dieser Überraschungsbesuch spricht schließlich für die ungebrochene Bindung ihres ältesten Sohnes zu seiner Mutter, und wie sollte sie das nicht berühren dürfen.

„Aber passiert ist doch nichts? Nicht wahr? Mein Junge? Gut siehst du aus. Ein bisschen müde vielleicht, aber das steht dir ja. Macht dich nur interessanter, wenn's mir auch Sorge bereitet.

Aber was kann ich schon machen, so weit, wie du weg bist. Ich kann nicht auf dich achten. Mein Junge, du weißt ja selbst, was dir gut tut, oder? Mein Junge, du machst es schon richtig, hast doch immer alles richtig gemacht. Hast immer gewusst, was du willst, und wenn's auch manchmal nicht so aussah, du hattest immer recht, für dich hattest du immer recht, mit allem, mein Junge."
‚Sollte das jetzt eine Absolution sein?', lächelt Philipp in sich hinein, während die Augen seiner Mutter ihn weiter offen anstrahlen. Dann wäre er wohl richtig hier, denkt er, und das Ziel seiner Reise geklärt.
„Mit mir ist auch nichts", sagt Angelika Seefelder in nicht mehr ganz so euphorischem Ton, indem sie ihre Arme wieder langsam sinken lässt. Doch den Fluss ihrer Rede hält sie ungebrochen bei: „Also es kann nichts sein, alles so weit, so gut in Ordnung eben. Meine Werte sind sogar alle mehr als in Ordnung, wie bei einer Dreißigjährigen, hat Doktor Güldener gesagt, im September. Da muss ich nicht so bald wieder hin, kann mir die Praxisgebühr sparen, das verlangen sie ja heute von einem, dass man in Vierteljahres-Rhythmen zu denken beginnt, wenn man mal was hat. Aber ich hab' nichts, Phil, mein Junge … ich habe die ganzen letzten Tage immer wieder versucht, dich anzurufen, in deinem Büro, sogar in der Uni, die haben mich aber alle an dein Handy verwiesen, und das war abgeschaltet – ich war schon ganz verzweifelt, wegen Weihnachten doch auch, kommst du denn, mein Junge? Du willst doch nicht absagen? Ist es vielleicht deshalb, dass du hier bist? Oh, das wäre … na, setz dich erst mal, es gibt da überhaupt was zu bereden, gerade wegen Weihnachten. Hast du Hunger? Hast du denn schon gefrühstückt?" Schon wieder setzt sich die kleine, zierliche, noch immer biegsam scheinende Frau in Bewegung. Hastig pendelt sie jetzt zwischen Wohnzimmer, Flur und Bad hin und her, stellt dabei Fragen, die sie sich, ohne auf eine mögliche Antwort ihres Sohnes zu warten, umgehend selbst beantwortet und scheint dabei in ihren Verrichtungen keinen Zentimeter weitergekommen zu sein.

„Hast du mit Frauke telefoniert? Das ist doch nicht der Grund deines Kommens, oder? Sie ist manchmal ganz schön hysterisch, besonders in der letzten Zeit, da fehlt eben der gute Einfluss von Klaus, der hat immer ausgleichend gewirkt, mein Gott, ich habe es doch nicht so gemeint. Das heißt, mit Weihnachten schon. Da kriegen mich keine zehn Pferde hin, aber das müsstest du doch verstehen. Du hast mich doch immer verstanden, mein Junge, mein lieber Junge." Jetzt kann sie auch mit heldenhafter Anstrengung ihre Tränen nicht mehr unterdrücken, sieht ihn dabei aber fast ängstlich und endlich schweigend an, so, als würde sie sich gerade der Sinnlosigkeit ihres Redeschwalls bewusst werden.
„Mama, ist doch alles gut, alles in Ordnung, es gibt überhaupt keinen Grund, sich irgendwelche Gedanken zu machen. Ich bin einfach nur mal kurz vorbeigekommen." Philipp versucht, seine Mutter zu beruhigen, vermeidet es aber, sie dabei in den Arm zu nehmen, was, wie er annimmt, ihr Weinen nur noch verstärken würde.
„Kurz mal vorbeigekommen ...", wiederholt sie mit einem ungläubigen Lächeln unter ihren Tränen, und als wolle sie sich das selbst verbieten, sagt sie noch einmal: „Kurz" und schließt für eine verschämte Sekunde die Lider, um mit einer beiläufigen Bewegung über ihre Augen zu wischen. Dann wendet sie sich zur Tür, den Raum zu verlassen. Plötzlich aber hält sie inne und sagt leise, mit in sich gekehrtem Blick, gleich einer an Philipp gerichteten Entschuldigung: „In der Küche sieht es nicht so gut aus." Dabei lässt sie die Arme schlaff an sich herunterhängen, als gehörten sie zu einem ihr nicht genehmen Kleidungsstück. „Wenn ich gewusst hätte ..."
„Schon gut, Mama, wirklich, nun lass doch, ich hab' auch schon gefrühstückt, im Hotel, also kein Problem, wenn du nichts da hast", lügt Philipp. „Ich kann aber auch für dich, während du im Bad bist ..."
„Nein!", unterbricht ihn seine Mutter und schaut ihn für einen kurzen Moment mit weit aufgerissenen Augen an. ‚Die unan-

gemessene Härte in ihrer Stimme passt nicht', denkt er, ,passt nicht zu diesem Blick', den sie auch sofort zu kaschieren sucht, indem sie den Kopf sinken lässt. Wie müde und gequält sie vor ihm steht. Das Vakuum in seinem Magen scheint sich ihm wie mit einem schweren Gas anzufüllen, dem er jetzt ohnehin keinen Bissen hinzufügen könnte.

Er kennt seine Mutter als starke Frau, die zu kämpfen versteht, die in aller Frühe den Tag einnimmt, so klein und zart sie auch immer war, diszipliniert, kraftvoll und mit oftmals ansteckender Lust. Schon in ihrer Kindheit war sie durch ihr Elternhaus und die im Alter von vier Jahren begonnene Ballettausbildung in Selbstdisziplin trainiert. So hatte sie auch als alleinerziehende Mutter ihm und seinen beiden Geschwistern ein verlässliches und stabiles Zuhause geben können. Philipp ist sich bewusst, dass jener feste Halt und die Liebe seiner Mutter ihn für ein Leben wappneten. Es ist für ihn ein beglückender Gedanke, dass er durch den Kauf dieses Hauses seiner Mutter etwas zurückgeben konnte.

Ihr entschiedenes „Nein!" steht noch wie der Hammerschlag einer Auktion im Raum. Sie hat Angst, Angst, ihn wieder loszulassen, sagt sich Philipp und verzichtet lieber darauf, ihr weiter vorschlagen zu wollen, noch rasch ein paar Besorgungen im nächsten Lebensmittelladen zu tätigen. Da er zu wissen glaubt, dass es in dieser Gegend schon seit ein paar Jahren keinen mehr gibt, müsste er mit dem Auto in einen der Supermärkte am Stadtrand fahren. Erst jetzt fällt ihm ein, dass er noch nie darüber nachgedacht hat, wie sich seine Mutter, unter den veränderten Verhältnissen und ohne im Besitz einer Fahrerlaubnis zu sein, mit ihren Einkäufen zu helfen weiß. Beruhigt ertastet er die noch fast volle Schachtel Zigaretten in seiner Jackentasche, und während er sich in dem unaufgeräumten Zimmer nach einem Aschenbecher umsieht, ihm dabei immer wieder Fotos seiner kleinen Nichte Julika in die Hände fallen, zündet er sich in einem Anflug von Verlorenheit eine Zigarette an. Die erste dieses Vormittags. Auch gestern hatte er sich etwa zu dieser Stunde seine erste Zigarette gegönnt und dann den Brief zu lesen begonnen. Dass da erst vierundzwanzig Stunden dazwischenliegen sollen, kann er sich nur mit Mühe bewusst machen. In seinem Fühlen ist die tatsächlich vergangene Zeit, seit ihn Steffis Enthüllungen besetzten, noch nicht angekommen. Indem er seinen Blick jetzt ziellos im Raum umherirren lässt, von dem ihm eine ungastliche Kühle entgegenschlägt, zweifelt er plötzlich daran, dass es eine gute Idee gewesen war, die ihn hatte hierher fahren lassen. Aber konnte man überhaupt von einer Idee sprechen? Er hatte sich nichts vorgenommen, war unfähig gewesen, einem Plan zu folgen, geschweige denn, einen zu erstellen. Vielmehr war er getrieben worden, in hohem Bogen ausgespuckt, von sich selbst ausgespuckt, wie er es heute Nacht formulierte. Er kam aus seinem Dunkel in dieses Dunkel hier, in dem ihm, so ahnt er plötzlich, wahrscheinlich auch nicht der Schimmer eines Lichtes würde leuchten können. Im Gegenteil, durchfährt es ihn, es ist zu fürchten, dass sich auch hier vor ihm etwas auftun könnte, was zu wissen er nicht erbeten hat. Wie hieß es in jenem Film, den er sich gern und wiederholt angesehen hatte und an dessen Dialoge er noch manchmal denken muss? „Das waren jetzt mehr Informationen, als ich zu wissen wünschte …“

Tatsächlich stürzt ihn der verheerende Anblick der Küche in eine kurze Lähmung aus Ekel und Ratlosigkeit. Seit seiner Studienzeit, bei einigen Kommilitonen im Studentenwohnheim, hat er eine ähnlich verwahrloste Küche nicht mehr zu Gesicht bekommen. Überall stehen benutzte Tassen und Teller, zum Teil noch mit Essensresten, herum. Die Spülmaschine ist geöffnet und randvoll. Das in den Drahtschüben eingeordnete Geschirr und die Bestecke in den Körben müssen schon eine ganze Weile vor sich hinschimmeln. Philipp öffnet den Behälter für das Spülmittel. Er ist mit einem Tab gefüllt, dessen Oberfläche zu zerbröckeln begonnen hat. Doch als Philipp die Maschine in Gang setzen will, bemerkt er, warum seine Mutter sie so geöff-

net stehen ließ. Der Verschluss ist defekt, er lässt sich nicht mehr einrasten.
„Es widerstrebt mir, eine ganze Maschine nur wegen eines kaputten Riegels auszutauschen“, erklärt ihm seine Mutter. „Und manchmal funktioniert sie ja auch. Ich pule dann in diesem Schnappschloss herum. Nichts anderes hat der Klempner auch gemacht. Das heißt, der hat die Tür ausgebaut, gemeint, es läge an einer Feder, hat da was gemacht, viel Geld genommen, aber lange hat es nicht gehalten. Er meint, ich bräuchte eine neue Maschine. Wollte mir auch gleich eine verkaufen. Aber da bin ich skeptisch geworden. Ich lass' mich doch nicht über den Tisch ziehen, und ich unterstütze diese Wegwerfgesellschaft nicht noch. Die wollen einem doch nur ständig was Neues verkaufen. Dabei – es ist doch nur das Schloss, nur der Verschluss, nichts anderes. Sonst geht sie wunderbar.“
„Aber, Tatsache ist doch, dass du sie nicht benutzen kannst.“
Philipp bemerkt, dass er wieder in diesen erzieherischen Ton verfällt, dem er seiner Mutter gegenüber so schnell anschlägt und der ihn zwar jedes Mal ärgert, den er aber dennoch nicht zu umgehen versteht. Er sucht nach einer Vase für die mitgebrachten Blumen. Geht dafür zurück ins Wohnzimmer zu einer der Vitrinen, wo er, um sie zu öffnen, einen Stapel mit Zeitungen und einen Stuhl mit Kleidungsstücken beiseite räumen muss. Die Wohnung ist noch immer kalt. Philipp hatte zwar beobachtet, dass seine Mutter die Gasheizung erst vorhin in Gang gesetzt hatte, es aber vermieden, zu fragen, warum die Automatik der Anlage überhaupt ausgeschaltet war. Um diese Tageszeit hätte sie schließlich Wärme in allen Räumen gewährleistet. Doch Philipp möchte nicht von seiner Mutter zu hören bekommen, dass sie sparen müsse. Er fürchtet, seine gegensätzliche Meinung nicht zurückhalten zu können.
„Wir gehen in den Wintergarten, da sitze ich sowieso am liebsten. In deinen Wintergarten“, lächelt sie ihm zu.
Aber wo sie dort sonst immer zu sitzen gedenkt, ist Philipp schleierhaft. Nicht eines der Sitzmöbel bietet in seiner ursprüng-

lichen Bestimmung den ausreichenden Platz. Die mit Kissen bestückte Ottomane, von der man auch halb liegend noch einen schönen Blick in den Garten haben kann und an deren Kopfende der massive Fuß einer schweren Messinglampe steht, die ein warmes und dennoch zum Lesen geeignetes Licht ermöglicht, sollte eigentlich in angenehmster Weise einladend sein. Doch auch dieses Möbel ist beladen mit Kleidungsstücken, Puppen, sperrigem Kinderspielzeug und, wie auf allen übrigen Stühlen und Sesseln, Zeitungen und Papierkram.
Philipp blickt sich ratlos um und entscheidet sich dann, den Ballast zweier Stühle einfach in die Ecke auf die Erde zu einigen ähnlich angefüllten Plastiktüten zu legen. Auf dem Tisch räumt er Fotos, kleine Medizinflaschen, Pillendosen, zwei leere Brillenetuis, eine an einer Kette befestigte Brille, ein Opernglas, einige Gewürzbehälter, Salz, Pfeffer, vertrocknetes Obst, zwei Äpfel und eine Mandarine sowie ein Milchkännchen, aus dem ein säuerlich-beißender Geruch aufsteigt und mehrere Zettel auf das Tablett, was er neben der Ottomane entdeckt hat. Dann sieht er aus dem Fenster, als wäre im vertrauten Anblick des Gartens etwas zu entdecken, was ihm dies alles hier erklären könne.
Sein Bruder hatte ihm heute Nacht wiederholt zu verstehen gegeben, dass er keine Ahnung habe. Um sich nicht streiten zu müssen und auch weil ihm Sascha angesichts seiner eigenen Probleme nicht wirklich wichtig war, hatte er es vorgezogen, diesen Bemerkungen keine weitere Bedeutung beizumessen. Er hatte sie den ihm bekannten Äußerungen seines Bruders zugeordnet, die ihn, den Älteren, schon immer als den vom Schicksal Begünstigteren darstellten. Vielleicht war es ja wirklich schwer für Sascha, erleben zu müssen, dass seinem großen Bruder einfach immer alles zu gelingen schien. Im Gegensatz zu ihm war Sascha schon früh daran gewöhnt, die meisten seiner Aufgaben und anstehenden Probleme mit Hilfestellung oder besonderer Aufmerksamkeit seiner Mutter gelöst zu bekommen. Für ihn kann sich die Welt so nur als ein Geflecht von Abhängigkeiten darstellen, das

sich auf besondere Beziehungen gründet, denen man schicksalhaft ausgeliefert ist. Philipp versucht, seinen Bruder zu begreifen. Deshalb ist es wohl auch zwangsläufig, dass Sascha diesen Neid entwickelt hat, den er nicht einmal zu verstecken sich Mühe gibt und der ihn ständig die Ungerechtigkeiten des Lebens suchen und aufspüren lässt. Philipp hatte sich nie besondere Gedanken über seinen Bruder gemacht. Ausgerechnet in der letzten Nacht, da er besetzt war von den ungeheuerlichen Offenbarungen einer seiner früheren Affären, hatte er sich die Mühe machen müssen, sich mit seinem Bruder auseinanderzusetzen. Das Bündel an Mutlosigkeit neben ihm auf dem Barhocker hatte ihn angeekelt. Trotzdem war er aber versucht, um sich nicht selbst eine weitere hybride Unterlassung vorwerfen zu müssen, die ihm bekannten Verknüpfungen im Leben seines Bruders zu verstehen. Sie hatten die gleiche Mutter, die Gene ein und desselben Vaters, waren im selben Haus, in der gleichen Familie aufgewachsen, und doch fühlte er diese unüberwindliche Kluft zwischen ihnen, die sich nicht allein auf ihre unterschiedlichen Lebenswege und Erfolge begründete.

„Ich glaube nicht an die Stimme des Blutes, an diesen Zwang zur Verwandtschaft, zu verwandtschaftlichen Empfindungen und Gefühlen; wenn überhaupt, existieren für mich nur Wahlverwandtschaften. Ausgenommen die Mutter-Kind-Bindung, die ist so etwas wie eine Urgewalt, die ist genetisch festgeschrieben, gegen die können wir uns nicht wehren, und im günstigen Fall hält sie uns zusammen.“ Diese Sätze hatte er sich heute Nacht zu Sascha sagen hören und hatte dabei auch an ihre Mutter und seinen Freund Christoph gedacht, dem er sich während dieser kalten Stunde, bevor er auf seinen Bruder getroffen war, wieder so nah fühlen durfte.

Inzwischen sitzen Mutter und Sohn bei Kaffee und einer halbvollen Keksdose im Wintergarten. Angelika Seefelder hat ein wollenes Plaid, das sie zuvor mehrmals vergeblich versucht hatte,

Philipp anzubieten, über ihren Schoss gelegt. Auf dem runden Korbtisch vor ihnen dampft es aus den Tassen. Dazwischen steht eine Kerze, die Angelika Seefelder eben angezündet hat. Beide sehen gebannt auf das Flackern dieser durch frühere Sonneneinstrahlungen in sich verbogenen Kerze. Staub und einige verendete Insekten bewirken ein Knistern, was für einen kurzen Moment die Stille zwischen ihnen beherrscht.

„Was ist mit Julika, kommt sie denn gar nicht mehr runter?" Eine erfrischende Ablenkung durch seine kleine Nichte würde Philipp jetzt begrüßen. Lieber den Schornsteinfegeronkel spielen, denkt er, als Fragen zu stellen, auf deren Antworten er sich nicht vorbereitet fühlt. Doch seine Mutter nestelt nervös an den Fransen ihres Plaids herum und beginnt, ihn mit ihren Gegenfragen zu verunsichern.

„Hast du ihre Schritte gehört? Ist heute nicht Sonnabend? Also kein Kindergarten, keine Schule, nicht wahr? Und? Konntest du ihre Schritte hören?"

Der Ton, den seine Mutter angeschlagen hat, ist beinahe der gleiche, den Philipp an sich selber kennt, den er hasst und nach Möglichkeit zu vermeiden sucht. ‚Daran entzünden sich wohl die meisten Eltern-Kind-Konflikte', denkt er. ‚Indem genau die Eigenarten aneinander wiederentdeckt werden, derer man sich mit Macht und Mühe zu entledigen wünscht.' Und als müsse er seiner Überlegung den Beweis hinzufügen, antwortet er mit jener Gereiztheit, die ihn erneut zu ärgern beginnt.

„Nein, sollte ich das? Ich habe wohl versäumt, darauf zu achten. Sorry, meine Sensoren sind wahrscheinlich nicht familientauglich."

Doch Angelika Seefelder verbietet sich jede Empfindlichkeit. Sie hat es sich schon seit der Pubertät ihres jüngsten Sohnes angewöhnt, einfach über seine Widerreden und Gereiztheiten hinwegzuhören.

„Könntest du auch nicht. Du würdest Julika nicht hören können", sagt sie jetzt ernst und so bestimmt, als würde erst durch ihre Aussage ein Zustand manifestiert, der bis dahin noch in der Schwebe gewesen war. Deshalb sieht Philipp seine Mutter auch für einige Sekunden forschend an, ehe er sich wagt, weiter zu fragen.

„Was ist los? Ist was passiert mit ihr?“

Angelika Seefelder steht kurz auf. Sie entfaltet das Plaid, um sich darin einzuhüllen. Dabei schüttelt sie leicht den Kopf und sagt wie abwesend: „Nein, nein, das wohl nicht. Hoffe ich wenigstens.“

Dass Philipp inzwischen ungeduldig wird, empfindet er nur als folgerichtig. „Mama, ich habe keine Lust, hier rumzurätseln, bitte, ich habe meine eigenen Probleme, was ist los mit ihr.“

„Nichts ist los.“ Angelika Seefelder sitzt in ihre Decke wie in einen Panzer gehüllt. Sie antwortet leise, kaum hörbar, so, als wäre sie allein und nur mit sich selbst im Dialog: „Still ist alles, totenstill, als wäre es nie anders gewesen.“

„Na gut, lassen wir das Thema.“ Philipp versucht weiter gegen seine auf einen bedenklichen Grad angestiegene Gereiztheit anzukämpfen. Doch wie er bemerken muss, ist ihm eben sogar ein Beben in die Stimme geraten, das er noch immer in Hals und Brust zu spüren glaubt. Am liebsten wäre es ihm, sofort wieder verschwinden zu können. Zu äußern wagt er das allerdings nicht, sondern blättert jetzt in einer am Fußende der Ottomane liegenden Frauenzeitschrift herum, als würde er sich ernstlich für eines der auf ihrem Titelblatt angekündigten Themen interessieren. Dabei sinnt er darüber nach, mit welcher Begründung er sich so bald wie nur möglich fortstehlen könnte. Als Erstes müsste er sein iPhone wieder anstellen, da gibt es bestimmt genug Anfragen, auf die einzugehen ihm jetzt lieber wäre als hier in dem immer noch viel zu kalten Wintergarten mit seiner Mutter zu sitzen und über familiäre Belange zu reden, die ihn ärgern oder ganz einfach nicht interessieren. Selbst einem Telefonat mit Patrick, einem Kollegen, der ihn ständig wegen einer Mitarbeit an Projekten in Shanghai nervt und der sich immer wieder mit einer schon impertinenten Ignoranz über Philipps ablehnende Argumente hinwegsetzt, fühlt er sich eher gewachsen als den Eventualitäten, die hinter den Worten seiner Mutter aufzuspüren sein könnten.

„Und Bornemanns?", fällt ihm plötzlich ein „Kann man sie besuchen?" Er weiß, dass seine Frage unbefangen und leicht gestellt war und ist geneigt, sich selbst zu diesem Themawechsel zu gratulieren. Doch da bekommt er den Augenaufschlag seiner Mutter zu spüren, der ihn an eine ähnliche Szene vor ein paar Jahren erinnert und seine Stimmung steuert einem neuerlichen Tief entgegen.

„Ich glaube, das wäre keine so gute Idee", sagt Angelika Seefelder knapp.

„Das hast du schon einmal gesagt, und wie sich dann herausstellte, warst du mit deinem Urteil ziemlich voreilig. Die beiden haben sich sehr gefreut, als ich sie besuchte, sie haben es als wohltuend empfunden und mich sogar gebeten, wiederzukommen. Es tat ihnen keineswegs weh, durch mich an Christoph erinnert zu werden, im Gegenteil. Sie betrachteten meinen Besuch als Gelegenheit, von mir manches zu erfahren, was nur ich ihnen aus unserer gemeinsamen Zeit erzählen konnte." Philipp kommt sich wie ein Schüler im Selbstverteidigungszwang vor. „Kein anderer hat ihm so nah gestanden und ihn so gekannt ..."

„Möglich, möglich ...", unterbricht ihn Angelika Seefelder und betrachtet die langen schmalen Finger ihrer knittrigen Hände, als seien sie ihr gerade einzeln zum Verkauf angeboten worden. Dabei wirkt sie konzentriert und abwesend zugleich, woraus Philipp schließt, seine Mutter wolle gleich weiterreden, habe nur Schwierigkeiten, die Fülle an Bildern zu ordnen, die mit der Erwähnung des Bornemann'schen Familiennamens in ihr aufgetaucht sind. So befiehlt er sich eine abwartende Geduld, die zu wahren ihm jedoch mit dem Anwachsen der vergehenden Sekunden immer schwerer fällt. Er erhebt sich vorsichtig aus seinem Sessel und löst den Blick nur langsam von der Mutter, um aus der

Fensterfront in den Garten zu schauen. Doch schon auf halbem Wege verfangen sich seine Augen im Schmutz der Scheiben, und Philipp kratzt absichtslos mit dem Daumennagel seiner linken Hand an der klebrigen Spur eines Insektes.
Wenn jetzt seine Sekretärin anrufen würde, es wäre für ihn eine Erlösung. „Finkelsteinchen, Finkelsteinchen …“, murmelt er lautlos. Aber die hatte Anweisung, alles von ihm fernzuhalten. Sie respektiert seine Auszeit: „Als wären Sie im Tauchurlaub auf den Seychellen, Sie können sich auf mich verlassen“, hatte sie zu ihm gesagt. Frau Finkelstein, oder Finkelsteinchen, wie Philipp sie gern liebevoll nennt, ist keine von denen, die ihrem Chef in ähnlichem Zusammenhang eine komplizenhafte Geste, wie etwa ein Augenzwinkern oder einen intim veränderten Tonfall nicht ersparen würden. Eine starke, unabhängige und stilsichere Frau, denkt Philipp, nicht mit Gold aufzuwiegen ihre Selbstständigkeit, Weitsicht, Verlässlichkeit, ihre Verfügbarkeit. Erst in diesem Augenblick kombiniert er, dass die Aufopferungsbereitschaft Frau Finkelsteins für ihn und die Angelegenheiten seines Büros kaum mit einem von ihr ebenso intensiv geführten Privatleben zu vereinbaren wäre. Wahrscheinlich zieht keine Familie an ihr, und Freundschaften sind auf den Kollegenkreis begrenzt. Vielleicht ist ihr Einsatz für sein Büro ihr Lebensmittelpunkt und einziger Inhalt. Ob ihn das beschämen oder stolz machen sollte, ist nicht die Frage, die Philipp sich jetzt stellen will. Vielmehr beschäftigen ihn Gedanken um die, gewollte oder ungewollte, Kinderlosigkeit bei Frauen und Männern. Nur, um sich nicht in irgendwelchen Beziehungsmodellen zu verlieren, reißt er sich mit einer erneuten Frage nach seiner Nichte aus diesen Überlegungen. Dabei setzt er sich wieder in den Sessel gegenüber seiner Mutter. Er zündet sich eine weitere Zigarette an und fragt weich und ruhig, weil wirklich an einer Antwort interessiert: „Mama, was ist los mit Julika?“
„Es ist nichts los, weil nichts los sein kann, sie ist weg, mit ihrer Mutter gegangen, aber glaube nicht, dass ich erst seitdem keinen Kontakt mehr mit ihr habe.“

Als hätte sich nur kurz ein Ventil geöffnet, waren die Sätze aus ihr herausgebrochen. Jetzt schweigt Angelika Seefelder wieder. Philipp hinterfragt nichts, bleibt aber aufmerksam in seinem Sessel sitzen und raucht in angestrengter Konzentration seine Zigarette, bis sich erneut das Ventil zu öffnen scheint.

„Hartz IV, Philipp! Hartz IV, davon wirst Du ja schon mal was gehört haben!"

Wenn diese Bemerkung nicht von seiner Mutter gekommen wäre, würde sich Philipp jetzt provoziert fühlen. Da er aber weiß, dass sie jede Konfrontation zu vermeiden suchen würde, zwingt er sich weiter, wenigstens äußerlich ruhig zu bleiben und ihr zuzuhören.

„Sie sind Opfer, Opfer, das ist es wohl. Opfer von diesen Hartz-IV-Gesetzen, Opfer dieser kalten Zeit."

„Opfer, ich versteh' kein Wort, Mama, kannst du mir wenigstens ein bisschen erklären, dass ich es vielleicht, in meinem abgehobenen, privilegierten Zustand, auf die Reihe zu kriegen imstande bin?"

„Sie ist ausgezogen, sonst hätte sie auch noch für deinen Bruder sorgen müssen. Unterhalt, Krankenkasse, all das Zeug hätte sie ihm zahlen müssen."

„Verstehe."

Philipp ist schon bald eine Stunde bei seiner Mutter. Inzwischen wäre es nicht abwegig, zu behaupten, dass er einen dringenden Anruf erwarte. Er steht kommentarlos auf, um sein iPhone aus der Jackentasche zu holen. Doch als er an der Garderobe steht und dort seine Jacke nicht an einem der Haken vorfindet, ihm wieder diese Unorganisiertheit seiner Mutter bewusst wird, die er so noch nie an ihr erlebt hat, fühlt er plötzlich eine Welle des Mitleids in sich aufsteigen, die ihm gleichzeitig ein schlechtes Gewissen macht. Und so fragt er sich, warum er eigentlich nur hierhergekommen sei: um von ihr eine Art Hilfe oder Beistand zu erfahren? Warum er diese Erwartung als selbstverständlich und ihm zustehend annimmt? Wieso ist er daran gewöhnt, dass seine Mutter für ihn da zu sein hat, warum sollte das nicht umgekehrt auch für ihn gelten? Während er noch einmal mit der rechten Hand leicht über die Mäntel an der Garderobe streift, wohl wissend, seine Winterjacke nicht dabei ertasten zu können, holt er tief Luft und gibt sich einen Ruck, in aufgeräumter Laune zu seiner Mutter in den Wintergarten zurückzukehren.

„Und wieso hast du jetzt keinen Kontakt mehr, ich meine, warum besucht dich Julika nicht, du hast sie doch schließlich mit aufgezogen?"

„Sie leben nicht mehr hier. Sie sind weggezogen, ganz weg, aus der Stadt weg. Ich weiß nichts von ihnen."

„Und was tust du?" Nachdem ihn seine Mutter fragend anschaut, setzt Philipp erklärend hinzu: „Dagegen, meine ich, oder dafür – sie zu sehen, von ihr zu hören, sie ist doch deine Enkelin. Da kann es doch nicht plötzlich einen Schnitt geben? Du kannst doch nicht zulassen, dass sie dich vergisst."

Plötzlich erhellt sich Angelika Seefelders Gesicht und Philipp meint, sogar etwas von dieser Kindlichkeit zu entdecken, die ihre Züge immer begleitet hatte, wenn sie sich über oder auf etwas freute.

„Ich schreibe alles auf. Alles, dann kann sie später entscheiden, was sie selbst aus dem allem entnehmen will. Ich habe noch damit angefangen, als sie hier lebte, als ich sie noch täglich betreute. Eigentlich wollte ich ihr nur Geschichten von der Familie aufschreiben und etwas über ihre Entwicklung, die ersten Worte oder besondere Äußerungen wie diese, als sie gerade vier geworden war und zu mir in voller tröstlicher Absicht sagte: ‚Du bist nicht alt, Omi, du siehst nur alt aus!' Oder: ‚Ich liebe deine verknautschte Haut!' Na ja, und dann überschlugen sich im Sommer die Ereignisse. Die beiden trennten sich, dein Bruder und Bettine, und plötzlich sollte ich die Kleine nicht mehr haben, sie nicht einmal mehr sehen. Sie durfte von einen Tag auf den anderen nicht mehr, wie es für sie gewohnt war, hier unten sein. Ich weiß bis heute nicht, wie sie ihr das erklärt haben. Das war doch nicht nur grausam für mich. Plötzlich konnte ich nur noch ihre kleinen Schritte über mir trippeln hören oder sie vom Fenster aus beobachten, wenn sie das Haus verließ, meistens hatte es ihre Mutter mit ihr sehr eilig, von hier wegzukommen und vor allem an meiner Tür vorbei. Den ganzen letzten Sommer über, als sie den Umzug vorbereitete, durfte die Kleine nicht in den Garten, um mir nicht zu begegnen. Ich war schon drauf und dran, wegzufahren, ihnen das Terrain zu überlassen, damit Julika wenigstens den Garten genießen könne."

„Und wo lebt sie jetzt?"

„In Süddeutschland, in Stuttgart oder einem Vorort von Stuttgart."

„Sag bloß ...", entfährt es Philipp, und warum er dabei den Kopf schüttelt und lächelt, wundert ihn selber.

„Wieso, wusstest du doch, was? Oder kennst du da jemand Bestimmten?"

„Nein, nein, ich habe nur das Gefühl, alle Welt, vor allem Mütter mit ihren Kindern, zieht nach Stuttgart. Hast du ihre Adresse?"

„Ja, die habe ich Gott sei Dank rausgekriegt. Ich schreibe ihr und schicke ihr kleine Päckchen, aber ich weiß nicht, ob sie die auch bekommt, jedenfalls nicht, ob ihr gesagt wird, dass sie von mir sind. Ich schreibe in großen Druckbuchstaben, die habe ich ihr schon beigebracht, wir haben sie miteinander geübt und sie kann sie lesen – aber ich bekomme keine Reaktion. Es könnte also sein, Bettine händigt ihr meine Briefe nicht aus. Anzurufen wage ich nicht. Dann müsste Bettine ja meine Stimme hören, und die hasst mich. Außerdem habe ich gar keine Nummer. Sascha ..."

Da Philipp seiner Mutter mit distanzierter Aufmerksamkeit in die Augen sieht, die der eines Arztes gegenüber seinem Patienten gleicht, unterbricht sich Angelika Seefelder. Inzwischen hat der Wintergarten eine Temperatur von zwanzig Grad erreicht, warm genug, sich aus dem Plaid zu wickeln. Sie rollt es zusammen, schiebt es hinter ihren Rücken und kauert im Schneidersitz auf der Ottomane. ‚Ihre Gelenkigkeit ist noch immer bemerkenswert', denkt Philipp. Aus dieser Beobachtung aber ein Kompliment für seine Mutter zu formulieren, hält er im Augenblick für unpassend. Die Aufmerksamkeit, die er ihr gönnt, scheint ihm schon ausreichend seine Zuneigung für sie auszudrücken.

Erst kürzlich hatte er mit einem Kollegen darüber debattiert, dass heute das wertvollste Geschenk ‚Zeit' sei. Man müsse zu den Privilegierten gehören, frei über seine Zeit verfügen und sie dabei sogar verschenken zu können. Philipp weiß, dass er sich schon seit ein paar Jahren zu diesen Privilegierten zählen kann. Er muss sich nicht mehr von seinen Projekten oder dem Ehrgeiz, dazuzugehören, bestimmen lassen. Gerade, indem er sich rarmacht, scheint er nur noch mehr gefragt zu sein. Die Zeit, die er sich immer wieder ertrotzt, gehört dann ihm ganz allein. Sie zu verschenken, indem er sich auf einen Menschen einlässt, der sie sich gerade von ihm wünscht, ist ihm dabei noch nie in den Sinn gekommen.

Die letzten Tage ziehen an ihm vorbei, sein Berliner Höhlendasein und wieder jener Brief, der es für ihn so brutal beendet hatte. Wenn er diesem Brief doch nur seine Lebenszeit verweigert hätte, denkt er, und etwas von der Wut, die er heute Nacht als so erfrischend begrüßt hatte, beginnt erneut in ihm aufzusteigen. Er betrachtet seine Mutter. ‚Also gut', sagt er sich, ‚ich will dir zuhören, egal was kommt; was sollte diesen ganzen Wust, den ich seit gestern mit mir rumschleppen muss, noch toppen …' Philipp lehnt sich beinahe entspannt in seinem Sessel zurück, während seine Mutter weiter spricht.

„Sascha werde ich nicht noch mehr belasten. Es ist schon schwer genug für ihn. Er hängt an seiner Tochter, es ist das Einzige, was ihm wirklich gelungen sei, hat er mal gesagt. Er leidet an sich. Und dann noch seine Allergie. Weißt du, dass er nicht mehr malen kann?"

Philipp verneint. Sagen will er nichts dazu, denn die Bemerkung, die ihm auf der Zunge liegt, würde seine Mutter als Kränkung treffen.

„Die Ölfarben, die Dämpfe oder was weiß ich – jedenfalls, er verträgt sie nicht, sobald er mit ihnen in Berührung kommt, geht es wieder los, nicht nur seine Haut, die Ausschläge, das alte Ekzem, auch Asthma, richtig schlimm. Alles was er in die Hände nimmt, zerrinnt ihm zwischen den Fingern oder scheint sich gegen ihn zu richten. Erst das Fliesengeschäft, dann die Galerie … Er ist ein wirkliches Wendeopfer …"
„Mama!" Für Philipp käme es einer Selbstverleugnung gleich, den Ausführungen seiner Mutter nicht Einhalt zu gebieten. Doch war sein ‚Mama' nur ein leises, unengagiertes, nahezu resignierendes Aufbegehren, was ihn sich kaum die halbliegende Haltung in seinem Sessel verändern ließ.
„Du bist anders Philipp, Du hast Glück gehabt, Du warst gesund, auch mit einem gesunden Selbstbewusstsein … Das mit den Frauen … Bei Sascha ist es wohl so, dass er sie gerade auch für sein Selbstbewusstsein brauchte, er hat sich mit ihnen geschmückt. Bettine war ein Püppchen, er war stolz auf sie. Ich hatte immer das Gefühl, er glaubte sich aufgewertet, wenn er sich mit ihr zeigen konnte, dabei scheint es ihr anfangs nicht anders gegangen zu sein. Sascha ist ein attraktiver Mann – gerade, als die Galerie noch lief, da hatte er auch dieses vielbeschworene Charisma. Das Charisma eines erfolgreichen Mannes, du weißt, was ich meine?" Angelika Seefelder erwartet von Philipp keine Zustimmung, nur könnte sie jetzt nicht ertragen, wenn er ihr sein Verständnis verweigern würde. Die Ausdrucksweise, der sie sich bedient, ist ihr selbst fremd, sie fürchtet zurecht, dass dies auch ihrem Sohn aufgefallen sein muss. Eigentlich ist es ihr immer unangenehm gewesen, von einem ihrer Kinder zu schwärmen. Derartiges kommt für sie einer Selbstbelobigung gleich, die ihr fern ist. Doch um Philipp begreiflich zu machen, was ihr am Herzen liegt, weiß sie sich im Augenblick nicht anders mitzuteilen, und so fährt sie zaghaft fort: „Na ja, ich meine, das war einfach zu sehen, für jeden sichtbar. Wenn er so daherkam, in seinen dunklen Anzügen … groß und schlank, wie er nun mal ist; eine

imposante Figur, hätte meine alte Freundin Gertrud gesagt; die blonden Haare, und dann sein Gesicht, es ist ja wirklich edel geschnitten, fein, das muss man doch zugeben … also, wie er mir manchmal entgegenkam, wie ein Filmschauspieler, habe ich da oft gedacht …“

Sie lächelt verlegen und versucht, den Blicken ihres Sohnes auszuweichen. Wie entschuldigend setzt sie in verändertem Ton beinahe heiter fort: „Aber er ist eben kein Geschäftsmann, nach der Pleite mit dem Fliesengeschäft war das schon klar. Und die Galerie! Er hatte so viel Hoffnung in die Galerie gesetzt, du hattest ihm ja das Startkapital vorgestreckt und Verbindungen gegeben, aber er wollte doch seinen eigenen Weg gehen. Das kann ich auch verstehen, Philipp, das musst du ihm nicht übelnehmen. Der Junge hatte es nicht einfach, mit einem Bruder, großem Bruder, dem alles zuflog und der sich dann, na ja, der sich dann abgesetzt hatte. Ein Wunder, dass Sascha überhaupt Abitur machen durfte. Sie hatten schließlich keine Lust, noch einmal jemanden auszubilden, der die Früchte im kapitalistischen Ausland erntet. Na, und als er dann Abitur machte, brach hier alles zusammen. Er hat die Freiheit einfach falsch verstanden.“

„Und wie, bitte, kann man die Freiheit falsch verstehen?“ Jetzt hat es Philipp doch aus seinem Sessel gehoben. Nicht nur die Behauptungen seiner Mutter, auch sein eigener, schulmeisterlicher Ton, den er so hasst, aber ihr gegenüber nicht zu unterdrücken versteht, lassen ihn, die Hände in seine Hosentaschen gekrampft, im Wintergarten auf und ab gehen. Nach einer Weile des Schweigens ist er bemüht, mit gezügelter Wut klar und ruhig zu formulieren. Doch schon nach den ersten beiden Sätzen verliert er sich wieder in lauten Äußerungen, derer er sich erst durch das ängstliche Zusammenzucken seiner Mutter bewusst wird, die ihm plötzlich in ihrem wahren Alter angekommen erscheint.

„Immerhin hat er erst einmal die Welt sehen können, was ihm genehmer war als sofort zu studieren. Ist ja okay, es war ja wohl auch nicht sein Traumstudium, was die DDR für ihn vorsah, und wenn er Nachteile gehabt haben soll mit einem Bruder, der als Verräter der DDR galt, dann ist das doch nicht meine Schuld, sondern die dieses menschenverachtenden Systems. Ich bin nicht sein Vater, Mama. Und hast du dir mal die Mühe gemacht, auszurechnen, wie lang das alles her ist? Dass er inzwischen mehr als doppelt so alt ist? Es gibt für alles Gründe, Mama, aber meinst du nicht, dass es langsam peinlich ist, sie ewig als Entschuldigung heranzuziehen? Schließlich hatte er die Wahl, und es standen ihm alle Türen offen, nur eben nicht die für Malerei, Grafik, Design. Seine Mappe reichte ganz einfach nicht, Mama, wollen wir uns doch nichts vormachen, oder besser, mach du dir doch bitte nichts vor ... Und da ist auch mit Beziehungen nicht viel zu machen. Es musste aber auch unbedingt Kunst sein. Das mit dem Fliesengeschäft war vielleicht gar nicht so dumm, nur eben nicht attraktiv genug, und er hat sich wohl auch mit den falschen Partnern eingelassen. Aber was rede ich, darum geht's doch gar nicht, es geht mich nichts an, hat mich bitteschön auch nicht zu interessieren."

Philipp streift sich die Schuhe ab und rückt seinen Sessel so ans Ende der Ottomane, auf der seine Mutter sitzt, dass er bequem seine Füße hochlegen kann. Angelika Seefelder hält sich daneben scheinbar reg- und teilnahmslos, erneut in ihre Decke gehüllt. Sie hat die Lippen fest aufeinandergepresst, als hätte sie sich geschworen, nicht einem einzigen der ihr auf der Zunge liegenden Worte den Ausgang zu gewähren.

Durch den verhangenen Winterhimmel quält sich nur ein spärliches Licht in die Stille dieses Mittags zwischen Mutter und Sohn. Philipp lässt eine schwere Minute verstreichen, ehe er sich dazu entschließt, auf den Schalter der Lampe am oberen Ende der Ottomane zu drücken, hoffend, dass das warme Licht auch die Atmosphäre des Wintergartens angenehm beeinflusst. Das Thema um seinen Bruder ist er gewillt, für sie beide als beendet zu erklären. So fragt er in leichtem, fast heiter aufmunterndem Ton: „Sag mir lieber, was mit Weihnachten ist oder sein soll?"

Als habe er damit alle noch möglichen anstehenden Probleme geschickt zu umgehen verstanden, klopft er sich auf die Oberschenkel und sieht seiner Mutter mit aufmunternder Offenheit ins Gesicht. Er erwartet ihr erleichtertes Lächeln, was er noch aus den Kindertagen an ihr kennt, wenn nach heftigen Auseinandersetzungen zwischen den Geschwistern wieder eine Versöhnung erstritten war. Doch seine Mutter bleibt weiter stumm, mit abgewandtem Blick neben ihm sitzen.
„Na schön, dann verschwinde ich mal kurz …" Unbeeindruckt von ihrer ablehnenden Körperhaltung tätschelt er seiner Mutter die linke Schulter, gibt ihr einen Kuss auf die Wange und lässt sie für einige Minuten der beiderseitigen Erholung voneinander allein.

„Mädchen mit roten Haaren können dir sagen, was Liebe ist." Das Lied, das ihr von dem Baugerüst an der Ecke nachhallte, galt ihr, auch die Pfiffe, die es begleiteten. Dabei schob sie einen Kinderwagen vor sich, an den sich die Hand eines Fünfjährigen klammerte, und jeden Moment musste ihre Tochter aus dem Schulhort zu Hause eintreffen. Deshalb hatte sie es auch so eilig. Drei Kinder hatte sie geboren, und schon bei ihrer Tochter, der jetzt neunjährigen Frauke, zählte sie mit ihren sechsundzwanzig Jahren zu den Spätgebärenden. Aber immer noch sah sie aus wie ein junges Mädchen, hatte, obwohl nach Saschas Geburt kaum abtrainiert, eine tadellose Tänzerinnenfigur.
Jede ihrer Schwangerschaften wurde als riskant eingestuft und von den Ärzten besonders betreut. Schon über eine Woche vor dem errechneten Geburtstermin hatte sie sich im Krankenhaus einzufinden und den schmerzhaften Fruchtwasserspiegelungen auszusetzen. Am Ende hing sie vergeblich am Wehentropf, denn in letzter Minute entschieden die Ärzte, um nicht Gesundheit und Leben des zu erwartenden Kinds zu gefährden, für den Kaiserschnitt. Erst nachdem sie schon längst aus der Narkose erwacht war, in einem Extraraum lag, und der Arzt ihr von den näheren Umständen des Eingriffs und dem jeweiligen Geschlecht des

Kindes berichtet hatte, bekam sie es dann irgendwann einmal, sauber und fertig angezogen, in seinem ersten weißen Hemdchen, zu sehen. „Damit Sie wissen, warum Sie so leiden müssen", hatte die Schwester nach der ersten Geburt gesagt, von der sie nichts mitbekommen hatte außer den Wundschmerzen danach. Mit dem Erwachen aus der Narkose hatten sie eingesetzt, als sie in ihrem Bett über den Flur geschoben und in das Extrazimmer verlegt wurde, wo sie dann bei jedem Schritt im Raum, der ihr Bettgestell erschütterte, neu aufflammten. Aber sie litt nicht, sie hatte ja ein Kind zur Welt gebracht, ein Kind von dem Mann, den sie liebte; und diese Freude, dieser Stolz, wurde nicht durch Schmerzen getrübt, sondern nur durch ihre Sehnsucht. Die Sehnsucht nach dem Kind, was ihr nach dem ersten Ansehen viel zu schnell wieder entzogen wurde, um neben und mit all den anderen Neugeborenen von den Säuglingsschwestern auf der Station versorgt zu werden. Nur zu den Stillzeiten durfte sie es kurz in den Armen halten. Immer, wenn sie sich wieder im Laufen übte, versuchte sie sein Bettchen hinter der riesigen Glasscheibe unter den vielen anderen zu identifizieren, konnte darin aber nur mit Mühe etwas von ihrem Baby erahnen.

Conrad hatte sie nach ihren ersten beiden Kaiserschnitten nicht besucht. Nur nach Saschas Geburt war er bei ihr gewesen. Sascha war ein Frühchen. Das einzige ihrer Kinder, das sie auf natürliche Weise auf die Welt gebracht hatte. Auch er wurde ihr sofort entzogen. Er musste noch mehrere Wochen in den Brutkasten, ehe sie ihn zu sich nach Hause holen durfte, und da konnte sie ihn nicht einmal mehr stillen, die Milch war versiegt. Schon das Abpumpen fürs Kinderkrankenhaus hatte ihrem jüngsten Sohn nur eine geringe Menge der kostbaren, für ihn so wichtigen Muttermilch beschert. Als sie endlich mit dem schon acht Wochen alten Säugling vor dem Plattenbau, in dem sie damals wohnten, einem Taxi entstieg, stand noch immer der Barkas vor der Tür, in dem Conrad und ein paar seiner Freunde Koffer, Bücherkisten und Kleinmöbel verstauten. Sie hatten es nicht geschafft oder nicht schaffen wollen, vor ihrer Rückkehr den Auszug zu beenden. So hatte Conrad noch einen Blick in das Kissen mit dem kleinen schlafenden Sascha werfen können, obwohl sie es ihm gern verweigert hätte. Er gab ihr den Wohnungsschlüssel, den er eigentlich unter den Fußabtreter hätte legen sollen, zurück und suchte dabei ihre Augen und das Bündel in ihren Armen mit seinem Blick zu erfassen. Diesem Blick, der ihn immer so überirdisch beherrscht erscheinen ließ. Ruhig und konzentriert, aber doch irgendwie nicht wirklich beteiligt, fühlte sie ihn manchmal unverschämt lange auf ihr ruhen und sich noch Jahre nach beider Trennung von ihm beherrscht. Angelika hat die Erinnerung an Conrad Steinke lange Zeit nie ganz verdrängen können, so sehr sie sich auch darum bemühte. Immer wieder fühlte sie sich von diesem Erinnern heimgesucht, von ihm überwältigt und zur Versagerin degradiert. Dabei hatte sie gekämpft, so, wie sie zu kämpfen gewohnt war, das sich selbst auferlegte Verbot, an ihn zu denken, einzuhalten. Doch gegen die sie jahrelang beharrlich immer wieder in Abständen überraschenden nächtlichen Träume blieb Angelika Seefelder machtlos. Aufgewühlt erwachte sie morgens aus ihnen und musste sich dann den weiteren Tag über von Bildsequenzen niederdrücken lassen, denen sie nicht entfliehen konnte. Auch mit einem Extrapensum an Arbeit, das sie sich auferlegte, gelang es ihr lange nicht. Dabei hatte sie sich ihre Selbstdisziplin, in der sie schon als Ballettschülerin trainiert worden war, als ihren verlässlichsten Partner gewählt. Doch erst mit den Jahren verblassten die Erinnerungen, verloren die Attacken, denen sie sich von ihnen ausgesetzt empfand, ihre Kraft. Geübt, sich immer wieder selbst zu überwinden und dabei körperliche Schmerzen zu ignorieren, versuchte sie, ihren Gedanken zu befehlen, die Bilder zu verwischen, die sie mit Conrad verbanden. Ihn zu überwinden, indem sie ihn in sich auslöschte, war die Anweisung, an die sie sich seit ihrer letzten Begegnung, mit dem neugeborenen Sascha im Arm, hielt.

„Irgendwann sind es dann nur noch Reflexe …“, hatte sie sich eines Tages sagen hören. Andreas war es, der es ihr bestätigte. Andreas, einer ihrer früheren Tanzpartner, mit dem sie eine noch aus der Kindheit stammende, lange Freundschaft verband und der sie oft zur Mitwisserin seiner zumeist unglücklichen homosexuellen Lieben gemacht hatte. „Manchmal ist es ein Geruch oder eine Melodie oder eine Geste, auf die nur noch der Körper reagiert, reagiert, ohne beteiligt zu sein …“, hatte er zu ihr gesagt. Doch er hatte ihr auch einmal gesagt: „Es sind immer die, die uns nicht ganz an sich heranlassen, die nur für Sekunden den Deckel öffnen, ohne dass wir wirklich reinsehen durften, die lassen uns nicht los, weil wir nie die Chance bekommen haben, mit ihnen fertig zu werden.“

Angelika Seefelder sieht ihren alten Freund Andreas vor sich. Damals, als sie ihn an dem kleinen Theater besuchte, wo er für eine Choreographie engagiert war und sie die Generalprobe verfolgen durfte. Sie saßen danach noch zusammen im Zuschauerraum. Die Bestuhlung war bis auf ein paar Sessel mit blauen Tüchern bedeckt. Eine Putzfrau wedelte mit ihrem Wischmopp durch die ersten Reihen, und Andreas fragte sie, wie es ihr ginge. Einfach so hatte er gefragt und ihr dabei aber das Gefühl gegeben, eine ehrliche Antwort zu erwarten. Da gestand sie ihm ein, trotz all ihrer Mühen Conrad nicht vergessen zu können. Zu sehr hatte er ihre Seele gefangen gehalten, hatte sie um ihn, um seine Nähe gekämpft und ihn endlich mit all ihrer Liebe überschüttet. Ja, überschüttet, weiß Angelika Seefelder noch heute sich einzugestehen, überschüttet, ohne dass er danach verlangte.

Aber dieser Moment des Abschieds, an den sie vorhin denken musste und der jetzt erneut vor ihr auftaucht, dieser Moment, in dem sie sich mit ihrem jüngsten Sohn im Arm auf der Straße stehen sieht, hatte ihr Stärke gegeben. Eine unfassbare Stärke, die für sie seinerzeit neu war. Denn da ihr klar wurde, dass Conrad diesen Abschied gerade so, wie er vonstatten ging, inszeniert haben wollte, empfand sie plötzlich Ekel vor diesem Mann. Er erwartete Tränen, die sie ihm nicht mehr gewährte, er erwartete tatsächlich eine filmreife Abschiedsszene. Mit dieser Erkenntnis kam dann das Gefühl des Ekels. Nie hätte sie so etwas für möglich gehalten. Es erschreckte sie auch nicht, sondern befriedigte sie. Es machte sie stark. Sie wünschte nur noch, dass es so bleibe, dass sie dieses Gefühl konservieren könne. Sie wünschte, diese Stärke nicht mehr verlieren zu müssen; und sie wünschte sich, Conrad nie wiederzusehen, ja, sie schwor sogar, alles dafür zu tun, ihn nie mehr wiedersehen zu müssen.

Sie hatte sich schon einmal etwas geschworen im Zusammenhang mit ihm. Das war vom Zeitpunkt ihres Abschiedes zurückgerechnet noch einmal über zehn Jahre her … im Treppenhaus des Theaters, als sie zum ersten Mal auf Conrad Steinke traf. Ihm waren seine Bücher auf das vom Wischen noch nasse Linoleum direkt vor ihre Füße gefallen, und nun half sie, Zettel und lose Blätter wieder aufzuheben, die, wenn sie nicht gerade am feuchten Boden klebten, sich über die Stufen, bis in die unteren Stockwerke zu verteilen begannen. Er hatte sich aufgerichtet und Angelika dabei beobachtet, wie sie die Treppe hinabgerannt war und ihm mit einem Schwung geretteter Seiten entgegenkam. Nur zwei Stufen war er auf sie zugegangen, stand immer noch über ihr, als sein Blick sie traf. Eigentlich hätte er sich bei ihr bedanken müssen. Aber er schaute sie nur an, und plötzlich fühlte sie sich wie nackt und ausgeliefert. Schamröte stieg ihr ins Gesicht. Sie glaubte zu zittern und spürte, wie ihr der Schweiß in die Achseln schoss … Und das, obwohl Conrad Steinke nur dastand und sie ansah. Dabei entging ihr nicht, dass seinen Blick eine leichte Ironie und befremdliche Arroganz begleitete. Und gerade das war es wohl, wodurch sie sich so atemberaubend ausgeliefert fühlte. Wie nie zuvor in ihrem Leben spürte sie den rasenden Wunsch, sich hingeben zu dürfen, jetzt sofort und immer wieder, auf ewig. Sicher, sie konnte nie, auch nicht für den Bruchteil einer Sekunde, so vor ihm gestanden ha-

ben. Schließlich waren sie nicht allein. Kollegen hasteten an ihnen vorbei. Ein Schauspieler rempelte sie an und entschuldigte sich umständlich. Aber für Angelika war die Zeit stehen geblieben. Ja, sie begann von dieser Sekunde an neu zu rechnen, von der Sekunde seines Blickes an, der Angelika eingenommen hatte und nun süchtig machte wie das Gift einer Droge. Sie wollte ihn, Angelika Seefelder wollte Conrad Steinke oder besser, sie wollte, dass er sie wollte, sie wollte von Conrad Steinke gewollt werden, koste es was es wolle.
Angelika Seefelder war ein konsequenter Mensch, sie liebte es, sich an Prinzipien klammern zu können, sich mit ihrer Disziplin dem Leben gegenüber zu behaupten. War sie nicht immer gut damit gefahren? Doch etwas hatte sich verändert in den letzten Monaten. Ernüchtert sieht sie sich im Wintergarten um, als sei sie ihr eigener Gast und sähe ihn zum ersten Mal.

Da erscheint Philipp im Rahmen der geöffneten Schiebetür. Er hängt sich an den Sturz und versucht einen Klimmzug, der ihm aber nur halb gelingt. Dennoch schickt er ein Lächeln zu seiner Mutter, was ihr Schweigen aufzubrechen vermag.
„Weißt du, was Julika einmal gesagt hat, als sie mich nackt im Bad gesehen hat? ‚Diese Narbe bedeutet etwas Schönes.‘ Dabei meinte sie meinen Kaiserschnitt. Ich hatte ihr lange zuvor einmal, in dem Sommer, als sie noch drei war, erklärt, nachdem sie mich nach meiner Narbe auf dem Bauch gefragt hatte, dass ihr Onkel Philipp und ihre Tante Frauke da rausgekommen seien. Sie hat es nicht vergessen und dann den Schluss daraus gezogen, dass diese Narbe etwas Schönes bedeutet …“
„Frauke hat mich schon lange nicht mehr angerufen.“ Philipp versucht, seine Mutter abzulenken. „Hätte sie das Rätsel um Weihnachten dieses Jahr lösen können?“ Philipp beharrt auf die Beantwortung der Frage, die er seiner Mutter gestellt hatte, bevor er zur Toilette ging. Doch damit erreicht er nur, dass Angelika Seefelder erneut zu schweigen beschließt.

Philipp springt, nachdem er noch einmal versucht hat, seinen Körper nur mit der Kraft der Arme einen halben Meter über seine eigene Länge hinaus hochzuziehen, mit einem Schlusssprung in den Wintergarten und in die Nähe des Sessels, in dem er es sich gleich wieder bequem zu machen gedenkt. Seine Müdigkeit scheint verflogen und seine Laune auf dem Weg des guten Willens.

„Da brächten dich keine zehn Pferde hin, hast du vorhin gesagt. Was soll das heißen? Hat es etwas mit Klaus zu tun?"

„Mit Klaus?", fragt Angelika Seefelder zurück. „Die sind doch seit vier Jahren geschieden."

„Ach ja, ich erinnere mich. Aber vier Jahre, vier! Dann habe ich sie ja mindestens fünf Jahre nicht mehr gesehen. Damals lag von Scheidung nichts in der Luft, da waren sie noch ganz dicke und eine Trennung nicht vorstellbar."

„Nie, niemals war das vorstellbar, für keinen. Ist auch Schwachsinn, das Ganze."

„Na ja, ich würde mal sagen, so zum Spaß lässt man sich kaum scheiden. Vielleicht umgekehrt, man kommt zum Spaß zusammen, aber ..." Philipp lacht. Schön, einfach nur ein bisschen lachen und sich selbst darüber vergessen zu können. Er lässt den Kopf nach hinten in seine gefalteten Hände sinken, genussvoll, als erwarte er, dass sich die ersten oder letzten Sonnenstrahlen für sein Gesicht bündeln.

„Sie haben sich immer gut verstanden, nie gestritten, sind immer noch die besten Freunde, und er hat sie nie vernachlässigt. Klaus ist es immer gut gegangen, auch nach der Wende."

„Aua, da gehört er ja, weiß Gott, zu einer aussterbenden Spezies." Philipp hat beschlossen, sich seine heitere Stimmung nicht so bald wieder nehmen zu lassen.

„Bald dreißig Jahre waren sie zusammen, davon vierundzwanzig Jahre verheiratet. Da hätten sie schon noch weiter aushalten können. Es gab nicht mal andere Partner oder gar Liebesgeschichten von außerhalb."

„So viel du weißt, Mama. Wissen kannst du das nicht."
Die Wärme, das Licht der Kerze, die Kekse, die ihm zu schmecken beginnen, sein Sessel, in dem er sich bequem eingerichtet hat, alles zusammen verschafft ihm das wunderbare Gefühl von Behaglichkeit, das Philipp nur mit einem Zuhause zu verbinden weiß.
„Nun, irgendwas wird's schon gewesen sein, dass sie die Silberhochzeit nicht feiern wollten."
„Sie wollte nicht, nur sie ganz allein, Frauke wollte nicht. Sie hat sich scheiden lassen."
„Es gehören zwar immer zwei dazu, aber manchmal reicht eben eine auch schon aus."
„Sei nicht albern, Philipp. Du hast Klaus doch auch gemocht."
„Natürlich, ein glänzender Unterhalter. Ich habe kaum mit einem anderen so lachen können. Schade, dass er jetzt nicht hier ist."
„Ja, ich habe ihn auch vom ersten Tag an zu meinem ‚Lieblingsschwiegersohn' erklärt. Er hat Frauke gut getan, sie waren ein besonderes Paar, hatten die gleichen Interessen, den gleichen Humor, ja, was haben die miteinander lachen können, überhaupt, eine Art, miteinander umzugehen, dass man neidisch werden konnte."
„Mama!"
„Ja, einige von Fraukes Freundinnen oder ehemaligen Klassenkameradinnen waren es."
„Na und?"
„Na und. Wenn's dem Esel zu wohl ist, geht er aufs Eis tanzen, sag' ich da nur. Ihr geht's doch jetzt nicht besser."
„Mama! Steckst du drin? Irgendwas wird's schon gewesen sein. Vielleicht hat es sich ganz einfach mal ausgelacht zwischen den beiden. So, wie Liebe nicht nur durch den Magen geht, wird wohl auch nicht das Zwerchfell allein der ausschlaggebende Muskel sein, Ehen am Laufen zu halten. Weißt du's?" Da Philipp das Thema für entschieden zu lang erörtert hält, hat er seine letzten Wor-

te direkt und nicht ohne eine gewisse Schärfe seiner Mutter ins Gesicht gesagt.
Eigentlich sollte es Angelika Seefelder recht sein. Indem kein weiteres Wort über ihre Tochter fällt, muss auch Weihnachten nicht besprochen werden. Doch die letzten beiden Worte ihres Sohnes haben sie provoziert. Nichts von ihrer Tochter zu wissen, kann sie unmöglich auf sich sitzen lassen. Genauso, wie sie nicht das Klischee einer schlechten Mutter-Tochter-Beziehung bedienen will.
„Ich weiß, natürlich weiß ich den Grund, den hat mir Frauke schließlich erzählt, ich bezweifle ihn nur als ausreichend. Ich meine, sich deshalb freiwillig in die Einsamkeit zu begeben? Das wiegt mir zu schwer. Ich halte es nach wie vor für überflüssig, mit fast fünfzig eine gut funktionierende Ehe in den Wind zu schreiben und sich von einem Mann zu trennen, nur weil er … weil er … sexuell uninteressiert ist. Hinzu kommt, dass sie das ja schon seit über fünfundzwanzig Jahren wusste. Er hat nur die ersten ein oder zwei Jahre mit ihr geschlafen, sagt sie. Damals war das schon vorbei, also so lange hat ihr das nichts ausgemacht; dann plötzlich, nach einem Vierteljahrhundert, stört sie sich dran. Wo es für ein Kind eh schon zu spät ist."
Noch während der letzten Sätze seiner Mutter ist wieder dieser zirpende Ton, der Philipp schon seit seiner Herfahrt begleitet, überdeutlich in ihm wahrnehmbar. Gleichzeitig hat sich etwas in seinem Magen zu einem Klumpen zusammengezogen, sodass er nur mit nachdrücklicher Mühe sprechen kann: „Vielleicht will man irgendwann einmal nicht mehr das Bild leben, das die anderen von einem haben."
Soll das so weitergehen, fragt er sich, dass er ständig mit Parallelen zu Steffis Brief konfrontiert wird. Es reißt ihn aus seinem Sessel. In völliger Absichtslosigkeit steht er aufrecht im Raum und beginnt plötzlich ebenso ziellos hin- und herzugehen. Dabei entfährt ihm ab und zu ein unkontrolliertes Stöhnen, was ihn nicht weiter überrascht, bei der Fülle von sich überschneidenden

Augenblicksaufnahmen, die plötzlich vor ihm aufgetaucht sind. Er wirft seinen Kopf zur Seite und schüttelt sich.
Angelika Seefelder sieht ihm entgeistert zu. Der abrupte Stimmungsumschlag ihres Sohnes verwirrt sie. Sein Gebaren erinnert sie an einen Gorilla, den sie bei ihrem letzten Zoobesuch mit Julika beobachtet hatte. Er war separat gehalten worden, lief ständig in seinem Käfig auf und ab und gab dabei immer wieder verzweifelte Schreie von sich.
„Philipp, Philipp, um Gottes Willen, geht es dir nicht gut?", fragt sie schließlich verängstigt.
„Nein, Mutter, es geht mir nicht so ganz gut", sagt er gequetscht, „aber warte einen kleinen Moment, dann stimmt schon alles wieder." Philipp bleibt stehen, beugt sich über die Sessellehne, zwingt sich, ruhig und gleichmäßig zu atmen, lächelt dann erleichtert, und da er sich währenddessen mit kreisenden Bewegungen über Magen und Rücken streicht, glaubt Angelika Seefelder an eine vorübergehende Unpässlichkeit ihres Sohnes und fühlt sich ermutigt, dieser die Beschreibung ihres eigenen Seelenzustands entgegensetzen.
„Ich stehe auf am Morgen, aber ich sehe den Sinn nicht ein. Für wen? Und wenn ich dann in mein Schlafzimmer zurückkehre, das Bett sehe, die Decke zurückschlage, mir die Wärme der Nacht entgegenströmt ... so schlimm sie auch gewesen sein mag, die Nacht, so sehr ich mich auch hin- und hergewälzt habe, diese Wärme ist mir vertraut ... vertraut, ja. Und dann denke ich, was bleibt mir denn noch ... sonst ... und überhaupt?"
Er sollte seine Mutter mitnehmen, denkt Philipp, einpacken, hier rausholen, mit ihr nach Berlin oder nach Stuttgart fahren – einfach vor Bettines und Julikas Tür stehen. Da er glaubt, damit wenigstens die Probleme seiner Mutter lösen zu können, beginnt sich seine Stimmung wieder aufzuhellen. Dabei wird das heraufbeschworene Bild Steffis von dem Bettines, der Mutter seiner Nichte Julika, verdrängt.
Bettine war Philipp nur selten begegnet, die wenigen Male hat-

ten gereicht, sie nicht zu mögen. Seinem Gefühl nach beruhte das auf Gegenseitigkeit und war ihm völlig gleichgültig. Einmal hatte ihn Bettine ziemlich offen, noch bevor sie mit Julika schwanger war, zu verführen versucht. Für ihn war das damals ein leicht zu durchschauendes Spiel, in dem Bettine nur darauf bedacht war, Sascha eifersüchtig zu machen, was ihr auch umgehend gelang. Philipp begriff, dass sie die Minderwertigkeitsgefühle seines Bruders geschickt auszunutzen und ihn zu manipulieren verstand. Ihre offen zur Schau getragene Freizügigkeit, die Art, sich zu kleiden und zu reden, hatten Philipp eher abgestoßen als ihn für sie interessiert.

Für ihn war sie eine Frau ohne Geheimnis – da sie als Schauspielerin zum Ensemble des Theaters gehörte, konnte er sich nur schwer vorstellen, wie sie dort überzeugte. Sie war als Debütantin in die Stadt gekommen und hatte Sascha bei einer Vernissage seiner Galerie kennengelernt. Damals gehörte Sascha noch zu den angesagten Adressen hier, wurde auch als der Bruder des bekannten Architekten Philipp Seefelder gehandelt. Gleich während der ersten Begegnung hatte sie sich in ihn verliebt und es, da Sascha noch verheiratet war, mit all ihrer kämpferischen Dominanz verstanden, die Ehe auseinanderzubringen. Sascha fühlte sich vom Eroberungsdrang der zwölf Jahre jüngeren Schauspielerin geschmeichelt und, wie er seiner Mutter und seiner Ehefrau entgegenschleuderte, zum ersten Mal ‚gemeint', was er nicht zuletzt daran festmachte, dass ihr seine Bilder gefielen und dass sie ihm seinen Rhythmus ließ. Sie respektierte, wenn er Zeit für sich in seinem Atelier brauchte, auch wenn er dort oft nur mit einem Glas Rotwein vor einer leeren Leinwand saß oder, zur Entspannung, aus Gründen der Inspiration, im Internet surfte.

Er musste sich nie von ihr unter Druck gesetzt fühlen, auch wenn ihn wieder mal seine Schläfrigkeit übermannte. Sie verstand es, ihn mit genügend Vorschlägen für Unternehmungen zu reizen, durch die er sich in seine Jugendjahre zurückversetzt fühlte, nur dass er erst jetzt, mit Mitte dreißig, den Mut hatte, sich auszuleben. Sascha bewunderte Bettines Spontanität, ließ sich gern von ihr mitreißen, wohl auch deshalb, weil ihm selbst des Öfteren die Phantasie fehlte, seine Tage zu gestalten, ihn nur eine unbestimmte Sehnsucht auf der Stelle treten ließ. Bettine kochte für ihn, verwöhnte ihn mit ausgezeichneten Tiroler Gerichten, beharrte dennoch nicht auf feste Essenszeiten, die einzuhalten Sascha sich schon als Kind fürchtete. Das Zusammensein mit Bettine erschien ihm wohltuend unorganisiert. Er fühlte sich frei und als Künstler bestätigt – es entging ihm dabei, dass Bettine in ihrem Herzen eine Bindung anstrebte, die allem ungeachtet auf festen und eher konservativen Beinen stehen sollte. Sie wollte mindestens ein Kind und einen gemeinsamen Familiennamen. „Sie hat sogar gesagt, sie will meine Gene, stell dir vor, Mama, sie will, dass wir ein Kind bekommen, sie hat keine Scheiß-Zukunftsangst wie Franzi." Erheblich euphorisiert erzählte Sascha seiner Mutter von der jungen Frau, die er zum Anlass nahm, das Scheitern seiner Ehe zu begründen. Noch nie hatte er erleben können, dass zwei Frauen um ihn kämpften. Er genoss die Zeit, die durch Bettines Schwangerschaft gekrönt wurde, durch sie aber auch ihr klärendes Ende fand. Die beiden zogen zusammen ins Haus seiner Mutter. So konnte Bettine ihrem Beruf trotz Kinds weiter ungehindert nachgehn. Frau Seefelder bot sich als Hilfe rund um die Uhr an, und die beiden Eltern lebten ihre beruflichen und gesellschaftlichen Verpflichtungen bis spät in die Nacht aus, ohne in den Morgenstunden ein kleines Kind beschäftigen zu müssen.

Allerdings erwies sich Saschas Talent als ungeeignet für das erfolgreiche Führen einer Galerie. Er hatte auf die falschen Künstler gesetzt, weder Mut noch genug Neugier, sich mit den ständigen Veränderungen am Kunstmarkt auseinanderzusetzen. Sascha schrieb es seiner besonderen Sensibilität und seinem ausgesuchten Kunstverstand zu, sich nicht jeder Art von Kommerz anpassen zu können. So war es folgerichtig und keine Niederlage, als die Galerie wieder schließen musste.

Er setzte die Arbeit an seinen eigenen großformatigen Bildern, für die er sein Atelier weiter unterhielt, fort. Verkaufen ließen sie sich allerdings immer noch nicht. Ausstellungen konnte er sich schon bald nicht mehr leisten. Er war auf die Hilfe seiner Mutter und Bettines Verständnis angewiesen, wobei dieses Verständnis, mit dem sich enger und ärmlicher gestaltenden Leben, mehr und mehr zu schwinden begann. Bettines Gage reichte gerade zum Nötigsten und das auch nur, weil die junge Familie mietfrei wohnen durfte. Dieses Leben in Abhängigkeit von der Mutter des Mannes, den sie sich ausgewählt hatte, begann Bettines Liebe und Achtung für Sascha auf eine harte Probe zu stellen.

Als sie um ihn gekämpft hatte, war er ein nicht nur von ihr begehrter Mann in exponierter Stellung gewesen, gutaussehend, großzügig, mit vermeintlichen Verbindungen in die Metropolen dieser Welt. Er sah noch immer gut aus, seine Verbindungen begrenzten sich aber ausschließlich auf Kontakte, die er seinem berühmten Bruder verdankte. Seine Großzügigkeit gründete sich auf geliehenes Geld, sein Ansehen in der Stadt war durch den Verlust der Galerie auf ein unverbindliches Maß an Mitleid geschwunden. Das war für Bettine das größte Problem. Zu sehr hatte sie es genossen, als die Frau an der Seite von Alexander Seefelder aufzutreten. Sie wusste diese Rolle perfekter zu spielen als jede andere, mit der man sie in ihrem Theater besetzt hatte. In den oftmals harten Theaterproben fühlte sie sich, als Anfängerin, gedemütigt und unverstanden. Sie hatte sich den Beruf glamouröser vorgestellt. Ihre Ausbildung auf einer Privatschule hatte sie auf die Härte des Theateralltags nicht vorbereitet. Sie war bereit, alles zu geben, arbeitete ehrgeizig an sich, verzichtete auf die Zeiten mit ihrem Kind, stand dem Spielplan schon kurz nach der Entbindung wieder voll zur Verfügung, aber der entsprechende Lohn, in Form von Anerkennung, Erfolg, Sich-abheben-Können von der Masse stellte sich nicht zu ihrer Zufriedenheit ein. Sie vermutete, nicht zu Unrecht, dass ihr Wunsch, die Provinz irgendwann wieder verlassen zu können, sich nicht so leicht durch die Möglichkeit eines besseren Theater-Engagements verwirklichen würde. So setzte sie auf Alexander. Durch die Ehe mit ihm erhoffte sie sich bald ein Leben in einer der führenden Kunststädte Deutschlands, wobei ihr Berlin, durch ihren Schwager Philipp, als die beste aller Aussichten vorschwebte.

Gekonnt setzte sie ihre Reize und ihr Geschick zu kommunizieren ein, um den Vater ihrer Tochter und sich würdig zu präsentieren. Doch Saschas Scheidung zog sich hin. Zunächst kämpfte seine Frau noch um ihn, dann schob er selbst immer wieder das Einreichen der Formalitäten vor sich her, fürchtete die entstehenden Kosten und den damit verbundenen Aufwand. Schließlich brauchten die Behörden zum Errechnen der gegenseitigen Rentenanteile so lange, dass Julika schon drei Jahre alt wurde, als ihr Vater endlich für ihre Mutter frei war, um sie heiraten zu können. Da hatte sich die Gesamtlage der kleinen Familie jedoch schon dramatisch verändert. Sascha war arbeitslos, Bettine verlor die Lust, ihn pekuniär auszuhalten. Der Reiz einer Ehe mit ihm war für sie geschwunden. Die Verführung eines Gast-Regisseurs aus Stuttgart, der sie künstlerisch zu wecken verstand, wurde für Bettine zum Bedürfnis, und sie kämpfte nun darum, dass daraus eine Beziehung für sie werden konnte …

„Du hast niemanden, lebst allein und bist es auch." Es ist zu spüren, dass es Angelika Seefelder schwergefallen ist, diese Vermutung zu äußern. Sie hat es vermieden, ihren Sohn dabei anzusehen und beschäftigt sich weiter, scheinbar konzentriert, mit den wollenen Fransen ihres Plaids.

„Wieso?"

„Dein Bart."

„Hab' ich vergessen, war schon fast dabei und da …"

Die Kette von Assoziationen, die Philipp durch den Kopf geht, ist für ihn nicht nacherzählbar, aber dass er plötzlich an Steffis Beschreibung der weinenden Geigen von Gustav Mahler hängenbleibt, weckt in ihm erneut das Interesse, diese Musik hören zu wollen, und so fragt er seine Mutter: „Hast du Mahlers Neunte?" Natürlich glaubt Angelika, dass ihr Sohn vom Thema abzulenken versucht. Sie lächelt ihm liebevoll zu. In ihrem Blick spürt Philipp eine kleine schmunzelnde List, die ihr wieder etwas kindlich Neugieriges gibt und ihn veranlasst, seinen Arm um die zerbrechliche Gestalt zu legen, ihre Schläfe zu küssen und dabei sanft auf ihre Schulter zu klopfen.

„Sicher hast du die, aber kann ich da mal reinhören? Ins Adagio, meine ich."

„Ziemlich dramatisch um diese Stunde, aber wenn du meinst."

Der Plattensammlung ist noch immer ein pedantisch gewahrter Ordnungssinn seiner Besitzerin anzusehen. Es genügen zwei Griffe, und Angelika Seefelder lässt die gewünschte Aufnahme der neunten Sinfonie von Gustav Mahler aus der Hülle auf drei ihrer gespreizten Finger gleiten, um mit der anderen Hand in geübter Akribie das Antistatiktuch über die Rillen zu führen. Dann legt sie sacht die Platte auf den schweren Teller des Plattenspielers. Sie befreit den Saphir von seiner Schutzkappe, entstaubt ihn mit einem dafür vorgesehenem Pinsel und lässt ihn sanft, genau auf die Stelle der Rillen sinken, wo sie das Adagio weiß.

Tatsächlich bewirkt die laute Musik auch noch nach ihrem Verstummen eine aufgewühlte Stille zwischen Mutter und Sohn. Eine ganze Weile sitzen sie in ernsten Gedanken beieinander. Angelika ist es, die als erste ihren Sohn wieder zu erreichen versucht. Sie war die ganze Zeit in ihrem Denken bei ihm gewesen, während ihr klar ist, dass ihr Sohn abgereist war, in Räume, die ihr verschlossen bleiben würden.

„Das war immer meine Sorge, Philipp. Ich bin nicht prüde oder spießig, das solltest du wissen. Außerdem habe ich in meinem früheren Beruf ausreichend Kontakt gehabt mit … Homosexuellen", sie räuspert sich, obwohl sie bemüht ist, möglichst leicht und unbefangen zu wirken.

„Auch Freunde hatte ich. Ihr kanntet ja Onkel Andreas, zum Beispiel – ich hab' ihn immer sehr gemocht und ihr ihn doch auch, du besonders, glaube ich – er ist jetzt schon bald fünfzehn Jahre tot. Wusstest du, dass er sein Leben selbst beendet hat, auf eigenen Wunsch? Er ist in die Schweiz gefahren und hat sich dort dabei helfen lassen. Es ging ihm sehr schlecht. Die letzte Zeit ließ er niemanden mehr an sich ran. Er muss schrecklich einsam gewesen sein. Ein schöner Mensch war er … Aber das wollte ich jetzt gar nicht sagen, ich meinte nur …" Angelika Seefelder unterbricht sich, einesteils, weil sie nicht weiß, mit welchen Worten sie ausdrücken soll, was anzusprechen ihr offensichtlich Mühe bereitet, und andererseits, weil sie sich nicht wirklich sicher sein kann, dass Philipp ihr auch zuhört. „Ihr seid einfach immer allein, verstehst du?"

Jetzt erst spürt sie, dass ihr Sohn beginnt, seine Aufmerksamkeit wieder ihr zuzuwenden. Er scheint aus einer Ferne gekommen zu sein, die zu durchleben ihn gequält hat, denn nun sieht er sie wie flehend an und scheint sogar etwas verwirrt.

„Keine Mutter wünscht ihrem Kind Einsamkeit", sagt Angelika Seefelder, weich und mit all der Liebe, die sie für ihren Sohn empfindet. Zu berühren wagt sie ihn nicht, aber plötzlich reihen sich ihre Worte ungebremst aneinander: „Es gibt bei euch selten Paare, ich habe jedenfalls kaum welche erlebt, nur viel Kummer, Liebeskummer und dauerndes Suchen und Gekränktsein. Dauerbeziehungen waren da immer nur die Ausnahme, also ich weiß von keiner, die funktioniert hat. Na ja, und dann eben – niemals Kinder. Dabei habe ich damals noch gar nicht an mich gedacht, an meinen Wunsch nach Enkelkindern, und das ist doch ein ganz natürliches Bedürfnis, ich meine, schon allein das Bedürfnis nach Kindern überhaupt, und nach Enkeln eben. Na ja, aber das Allerschlimmste ist wohl diese Krankheit. Es gibt inzwischen so viele, die gestorben sind an ihr, die ich kannte … auch aus meiner Generation. Auch wenn wir damals noch gar nichts von ihr wussten, vor dreißig, fünfunddreißig Jahren. Da wurde nur gemunkelt; es war die Krankheit aus dem Westen, die uns nicht treffen musste,

dafür oder dagegen hatten wir ja die Mauer … Aber dann, später, und als ich das mit dir ahnte, da habe ich mich doch mehr damit beschäftigt, mit dieser Krankheit … Und ich habe mich erkundigt, ich meine, die Ursachen, dass man überhaupt … dass du so bist, so empfindest, meine ich. Das ist ja keine Krankheit, und wenn auch manchmal behauptet wird, es sei unnormal oder unnatürlich … also für deine Großeltern war es das noch gewesen … aber auch zur Genüge in meiner Generation … ja, da kann ich nur sagen, solange es Menschen und sogar Tiere gibt, die so, so gestrickt sind, kommt es doch in der Natur vor und ist also natürlich … Also, ich habe mich erkundigt, ob es vielleicht an mir gelegen hat. Ich meine, wir waren sehr eng miteinander, und die Mutterbindung soll ja auch ein Kriterium sein – du warst jedenfalls immer mein Schmusekind. Und vielleicht hat er dir doch gefehlt, dein Vater."
‚Dein Vater' – Philipp horcht auf. Soweit er zurückdenken kann, wurde sein Vater von seiner Mutter nach Möglichkeit nicht erwähnt. Es stand, wie ein ungeschriebenes Familiengesetz, für die Kinder fest, dass jedes Fragen nach ihm nicht nur sinnlos gewesen wäre, sondern auch zu Ärger und eisiger Stimmung geführt hätte, die besser zu umgehen war. Nur Frauke hielt sich nicht immer an den Bann, der über dem Thema lag, was die Probleme besonders während Fraukes Pubertät zwischen Mutter und Tochter zusätzlich anheizte. Philipp hat keine konkrete Vorstellung mehr von diesem Vater, kann sich sogar nicht einmal erinnern, je nach einer gesucht zu haben. Er existierte für ihn einfach nicht, wurde nicht wahrgenommen, nicht einmal als fehlend registriert. Er nahm es als gegeben hin, ohne Vater zu leben, so wie man seinen Namen als gegeben hinnimmt.
Diesem Kind, dem Kind, das Katharina irgendwo in oder bei Stuttgart geboren hatte, würde es wahrscheinlich einmal ähnlich gehen. Sicher würde es auch keinen Stief- oder Ziehvater haben, nach allem, was er von der Mutter seines Kindes erfahren musste. ‚Mein Kind, es gibt ein Kind von mir!' Wieder spürt Philipp diese

leichte Übelkeit, die sowohl aus den Bildfetzen, die sich durch das Lesen jenes Briefes in ihm eingenistet haben, als auch aus der Leere seines Magens herrührt. Nie hatte Philipp die Möglichkeit bedacht, dass seine Geschwister und er vielleicht seinem Vater gefehlt haben könnten. Sollten seine Kinder sich für ihn wirklich nur auf eine Kontonummer reduziert haben? Frauke war ein strahlendes, blondgelocktes Vorzeigemädchen gewesen. Er hatte sie bis zu ihrem achten Lebensjahr aufwachsen sehen, und dann gab es den Schnitt. Diese Gedanken waren Philipp nie in den Sinn gekommen. Wie auch, meint er sich selbst entschuldigen zu müssen. Sich in die Gefühle eines Vaters hineinzuversetzen, war schließlich im Lauf seines bisherigen Lebens nie angesagt gewesen.
Philipp spürt, wie da etwas in ihm aufgeschreckt worden ist, was ihn zu beherrschen beginnt. Da ihm kein vernünftiger Gedanke gelingt, zu seiner gewohnten Souveränität zurückzufinden, lässt er sich widerstandslos, der bleiernen Schwere seiner müden Glieder folgend, noch tiefer in seinen Sessel sinken. Er schließt die Augen, und eine weitere stille Minute des Schweigens nistet zwischen Mutter und Sohn. Philipp gibt zu, dass er seine Mutter in der letzten Stunde nicht wirklich wahrnehmen konnte. So sehr war er mit sich und seinen kreisenden Gedanken beschäftigt. Dennoch hofft er plötzlich, vielleicht bei ihr so etwas wie einen Schlüssel zu finden, diesem Chaos in ihm zu begegnen. Er empfindet es als Anstrengung, seine schweren Lider zu öffnen, hält es aber für nötig, seine Mutter fordernd von der Seite anzusehen, ohne dabei gezielt ihren Blick zu suchen. So kann Angelika Seefelder nach einer Weile erneut an ihren unterbrochenen Redefluss anknüpfen und ihn in gleicher Intensität fortsetzen. Zwar spricht sie zu ihrem Sohn, meint ihn mit jedem Wort, das sie sagt, starrt aber dennoch dabei wie abwesend aus dem Fenster. Draußen hat es inzwischen sacht zu schneien begonnen. Noch etwas unentschieden fallen die Flocken tanzend herab und fangen sich sanft in den Ästen der entlaubten Bäume vor der Terrasse.

„Du warst mein zärtlichstes Kind, Philipp, hast am längsten geschmust, bist noch in mein Bett gekrochen, da war es Sascha schon zuviel, und ich habe es nicht unterbunden. Hab' dir vielleicht auch zu viel zugemutet. Du warst mein kleiner Kumpel, mein Freund, mein Beschützer. Mein Ratgeber sogar. Ja, ich habe manchmal mehr auf dich gehört als auf meine eigenen Instinkte. Und in Geschmackssachen warst du mir eben von Anfang an überlegen. Du hattest schon als kleiner Junge Stil. Die was davon verstanden, haben mir das immer bestätigt. Onkel Andreas zum Beispiel. Der hat schon früh deine Talente erkannt. Du warst drei, als du auf eigenen Wunsch angefangen hast, mit Messer und Gabel zu essen und dir deine Garderobe zusammenzustellen. Darin warst du sehr eigen. Sogar deine Schwester kam da nie an dich ran, und Frauke war schließlich ein richtiges Mädchen mit allem Drum und Dran. Ihren Kleider- und Schuhfimmel hat sie bis heute nicht abgelegt. Egal, was war, dafür hatte sie immer Geld übrig. Als ihr Kinder wart, hat sie sich von dir beraten lassen, ihrem jüngeren Bruder, ja, und mir hast du manchmal regelrecht vorgeschrieben, was ich anzuziehen hätte und vor allem, was nicht. Oh Gott, oh Gott. Da gab's manchmal sogar Tränen."
Angelika lacht kurz auf, nutzt die Pause, um tief Luft zu holen, doch löst sie ihren Blick noch immer nicht vom Fenster, wobei ihr der in diesem Dezember so lange ausgebliebene Schnee gar nicht aufzufallen scheint.
„Weißt du noch? Erinnerst du dich?", fragt sie weiter ihren Sohn. Doch da ihr Tonfall wieder eher dem eines Selbstgesprächs gleicht, fühlt sich Philipp nicht wirklich angesprochen. Er betrachtet sie weiter vorsichtig von der Seite, bemüht, ihre Rede nicht zu stören. „Du hast über meinen Kleiderschrank bestimmt und über Fraukes. Aber wir haben dir vertraut, wenn's auch manchmal wehtat. Und mit den Möbeln, mit dem Geschirr war's doch nicht anders. Wehe, da passte mal was nicht zusammen, eine falsche Zuckerdose oder so, das Milchkännchen von einem anderen Service, oder jemand trank seinen Kaffee aus Teetassen. Du

hattest Stil, mein Junge, schon als Kind, und das sagt man euch ja auch nach, dass das so zusammenpasst."

‚Wovon redest du eigentlich?', will Philipp seiner Mutter entgegenflüstern, da er aber bemerkt, dass sich in ihrem rechten Auge, dem etwas kleineren der beiden tiefbraunen, weit geöffneten Augen, eine Träne gebildet hat, verlangt es ihn, selbst herauszufinden, was sie ihm da gerade gesagt haben will. Ihre Worte verbinden sich mit Bildern der Vergangenheit. Aber nicht mit denen, die sie eben heraufbeschworen hat. Erinnerungen an seine Schwester, an die Szenen vor dem Spiegel und dem Kleiderschrank, ans Möbelrücken oder Tischdecken. Er sieht sich und Christoph vor sich auftauchen. Das innige, für alle erkennbare Freundschaftspaar. Ihre Nähe, die sie sich, auch vor aller Welt, zu zeigen nicht geschämt hatten.

Er denkt an Claudia, seine erste Freundin. Ihr tränenüberströmtes Gesicht, als er ihr klarzumachen versucht hatte, dass er sie nicht lieben kann, nicht mehr und nie wieder. Er hatte das noch nie erlebt, aber er konnte sich auch nicht vorstellen, dass sich seine Gefühle jemals wieder zurückverwandeln würden. Das hatte er ihr ehrlich gesagt. Sie war verzweifelt, suchte nach einer Erklärung für seine für sie so plötzliche Gefühlskälte. Hatte er nicht monatelang um sie geworben? Hatte er ihr nicht gesagt, dass er schon viel länger, als er überhaupt zugegeben hatte, in sie verliebt gewesen sei? Sie fühlte sich zunächst noch zu jung für eine Beziehung. Aber da er dann so beharrlich um sie zu werben verstand, so intensiv, so romantisch, so einfallsreich, hatte sie sich erobern lassen, wie sie ihm unter Tränen entgegenschrie. Ja, sie war außer sich, völlig außer Kontrolle geraten, und er, mit seinen sechzehn oder siebzehn Jahren, völlig hilflos. Die erste Frau die er so erleben sollte. Er hatte mit ihr seine ersten sexuellen Erfahrungen gemacht, anfangs war er durchaus glücklich. Doch dann plötzlich schwanden seine Gefühle ihr gegenüber, verflüchtigten sich wie der Duft einer welkenden Blume, hilflos stand er daneben. Leere breitete sich in ihm aus, der die Gewissheit folgte, versagt zu haben. Nicht einmal, dass er es mit der Sehnsucht nach einem anderen Mädchen hätte erklären können – er wusste nicht, was da mit ihm geschehen war. Mit Christophs Hilfe versuchte er, die Situation und seinen Zustand zu analysieren. Er habe Claudia auf ein Podest gestellt und ihr dabei Eigenschaften angedichtet, die er einzig aus ihrer äußeren Erscheinung geschlossen hätte, meinte Christoph, während sie wieder einmal auf dem Heuboden der Scheune lagen.

Christoph war ein guter Beobachter, und er war auch in der Zeit, in der Philipp nur heimlich für Claudia schwärmen konnte, ein geduldiger Zuhörer. Er war der Katalysator für Philipps überbordenden Gefühle, vor denen Claudia noch geschützt werden musste. Doch Christoph hatte ihn auch gewarnt, obwohl er sein Wissen, wie es für sie damals üblich war, ausschließlich aus der Literatur speiste. ‚Du sollst dir kein Bildnis machen!', hatte er zitiert und vom Tod der Liebe gesprochen, von ihren Qualen, von ihren Leiden und vom Genuss, der sich im Kopf, im Herzen und in der Seele immer größer darstellen würde, dem letztlich keine Realität standhalten könne. Dabei hatte Christoph selbst, wie Philipp wusste, bis zu dem Zeitpunkt noch keine Liebe zu einem Mädchen gefühlt. Dennoch schien ihm mehr klar zu sein, als für Philipp überschaubar war.

„Man sollte nicht das, was man ohnehin schon weiß, zum Gegenstand seiner Überlegungen machen, sondern das, was man zu wissen wünscht", hatte Christoph einmal zu ihm gesagt, und immer hatte er Beispiele parat, von den großen Meistern erschaffen oder von ihnen selbst durchlebt. Und er konnte Gedichte schreiben, so, als würde er genau das empfinden, was ihm sein Freund beschrieb. An eines erinnert er sich noch heute:

Greifbar machen
was als Illusionen gebündelt
vergangener Traumwelten eigen
Leben geben

durch den Kuss um Mitternacht
der loslöst
alle nichtgeborenen Töne
alle Farbenspiele
nicht ermessener Schwingungen
Leben geben
erfassen die hohe Stunde
festhalten in dem Wissen
um das noch Ungeborene

Philipp hatte dieses Gedicht in einem Brief an Claudia verwenden dürfen. Er hatte es ihr, mit dem Hinweis, dass Christoph dessen Dichter war, auf Seidenpapier in einer Schrift geschrieben, die er heute als kaum verzeihliche Geschmacksverirrung bewerten würde. Wie sehr hatte ihn Christoph in seinen Gefühlen doch verstanden, dachte er damals, so sehr, dass es ihm möglich war, dieses Gedicht zu schreiben. Erst später wunderte er sich darüber. Christoph selbst war es, der ihn darauf aufmerksam gemacht hatte. Es war in jener Stunde auf dem Heuboden, als die beiden Freunde durch Saschas Ball so genervt waren.
Wieder ist Philipp bei Christoph und wieder bei diesen Momenten, an die er schon vergangene Nacht denken musste. Doch jetzt sind es wieder nur Bildfetzen, die ungeordnet auf ihn einstürmen. Am nachhaltigsten wirkt Claudias aufgelöstes Gesicht auf ihn. Sie sah so hässlich aus in ihrem Zorn. Diesem Zorn, der die Trauer abgelöst hatte. Für sie hatte sich der Verlust ihrer ersten Liebe in Hass gewandelt. Da sie auch mit Vorwürfen und Beschimpfungen nicht geizte, fühlte sich Philipp recht bald freigesprochen. Er hatte weitaus mehr Mitleid für sie in der Zeit empfunden, als er die Trennung in seinen Gedanken vorbereitete. Das war, als sie noch in seinen Armen lag oder sich gerade aus ihnen löste, nachdem sie miteinander geschlafen hatten, er zwar befriedigt war, aber gleichzeitig eine quälende Verlorenheit empfand. Eine Verlorenheit, die er nur in diesen Augenblicken in sich spürte und

die ihm ein zu hoher Preis schien für das, was er gerade erlebt hatte. Claudia dagegen war in ihrer Liebe zu Philipp mehr und mehr aufgegangen. Sie hatte sich mit all ihrem Mut in diese ihre erste Liebe hineingestürzt, sich ganz gegeben. Für Philipp ging das weit über das hinaus, was er sich die Monate zuvor erträumt hatte. Dass ihr Mut sie maßlos werden ließ, sie Grenzen sprengte, die ihm bis dahin unbekannt waren, damit hatte er nicht gerechnet. Claudia verschwendete, verausgabte sich geradezu, gab sich ihm und, wie er glaubte, mehr noch der Sache hin. Schon nach kurzer Zeit übernahm sie die Führung, wurde süchtig nach seinen Berührungen und war das nicht zu verbergen, schon gar nicht zu unterdrücken gewillt. Konnte sie sich in der Schule gerade noch so zügeln, brach es, sobald sie nur ein wenig außer Sichtweite waren, aus ihr heraus. Dabei war sie so einfallsreich, als hätte sie aus einer reichen Erfahrung oder einem angelesenen Wissen pornografischer Lektüre schöpfen können. Beides konnte aber bei Claudia nicht zutreffen. Sie war bis kurz zuvor noch Jungfrau, und ihr Land, die DDR, bewahrte ihre Bürger davor, an sogenanntes sittenwidriges Material zu gelangen. Claudia war, was Philipp heute als ein Naturtalent bezeichnen würde. Damals aber konnte er nur schwer damit umgehen. Er empfand sie sogar in manchen Momenten plötzlich zu einem von Sex besessenen Monster mutiert, vulgär und schamlos. Kein Vierteljahr hielt er die Verbindung aus, wobei er schon über Wochen seinen Rückzug geplant und auch den mit Christoph besprochen hatte. Strategien waren ihm noch nicht geläufig, noch hielt er sich für schuldig, empfand Mitleid für sie.
„Du bist ja schwul!“, hatte sie ihm tief verletzt entgegengebrüllt. „Alle wissen längst, dass du schwul bist. Wie konnte ich das nur vergessen. Du und Christoph, da hat keine Frau eine Chance, du wolltest es wohl nur mal ausprobieren mit mir. Aber Pech gehabt. Schwule kann man eben nicht bekehren. Geh doch zu deinem Christoph! Lebt's doch offen aus, ihr schwulen Schweine, aber lasst uns dabei in Ruhe!“

Er hatte ihr nichts erwidert, sie nur betrachtet und war dabei ganz ruhig geblieben, was sie sich nur noch mehr in ihre Tiraden steigern ließ. So stellte er sich die Frauenrechtlerinnen vor, von denen er gelesen hatte, die in der von Männern dominierten kapitalistischen Gesellschaft für ihn nur knapp davon entfernt waren, sich terroristischen Vereinigungen anzuschließen. „Man muss die Mädchen vor euch warnen, erst zuckersüße Mamakinder und dann knallharte Verführer und Frauenwegwerfer, weil ihr euch nur selbst genügt, ihr Arschficker!"

Das waren Claudias Worte. Sie war nicht nur die erste Frau, die er verlassen und vor den Kopf gestoßen hatte. Sie war auch die erste und wie er bis eben dachte, einzige Frau, die ihn für schwul gehalten hatte. Er weiß nicht, ob es angebracht wäre, jetzt einfach laut loszulachen, oder ob die Tatsache, dass seine eigene Mutter schon seit Jahrzehnten von ihm denkt, dass er homosexuell sei, ihm doch eher Anlass zum Weinen geben müsse. Doch, wie gewöhnlich in für ihn angespannten, emotional aufgeladenen Situationen, steht Philipp in einer Distanz neben sich, dass er diesen Moment kühl registrieren und für sich zu analysieren imstande ist.

Nach Claudia hatte er sich in Franziska verliebt. Ein Jahr älter und um seine erste Erfahrung reicher, waren sie sehr schnell zueinandergekommen, hatten aber ihre Beziehung weitgehend geheim gehalten. Das hatte mehrere Gründe. Trotz Claudias verbaler Angriffe, die dazu geführt hatten, sein schlechtes Gewissen ihr gegenüber in Grenzen zu halten, mochte er ihr das Bild ersparen, ihn in einer neuen Partnerschaft zu erleben.

Claudia war bei ihm zuhause ein- und ausgegangen. Sie verstand sich mit seiner Mutter und seinen Geschwistern so gut, dass sie wie ein weiteres Familienmitglied aufgenommen worden war. Es hatte für ihn schon genug angestrengtes Überlegen und lästiges Argumentieren gegeben, ihnen Claudias Ausbleiben plausibel zu machen. Da er sich Vorwürfen ausgesetzt sah, die er sich schon selbst zur Genüge gemacht hatte, schien es ihm ratsam, eine ähnliche

Situation nicht wieder herbeizuführen. So hielt er seine Familie aus dieser neuen Verbindung heraus und, wie ihm gerade bewusst wird, auch in den folgenden Jahren aus allem, was er erlebte.
Doch auch jenes Gespräch mit Christoph auf dem Heuboden der Scheune, bevor sie Saschas Ball aufspießten, war für ihn Anlass, seine neue Freundin weitgehend geheimzuhalten. Da er sie selbst Christoph gegenüber kaum erwähnte, übte er sich schon in diesen jungen Jahren, mit seinen Gefühlen in Parallelwelten zu leben. Eine Kunst, die sonst nur Familienvätern abverlangt wird, wenn sie sich einer Geliebten gebunden und verpflichtet fühlen. Obwohl Philipp Franziska nicht nur zu betrachten gedachte, bestand für ihn sein größtes Vergnügen in der Sehnsucht nach ihr. Wieder reizte ihn diese reine, mädchenhafte Ausstrahlung, über die, ähnlich wie Claudia, auch Franziska verfügte. Diese scheinbare Unberührtheit und Naivität war es, von der er sich in seinen Träumen inspirieren ließ und die seine Vorfreude auf ihre Begegnungen steigerte. Schon wieder erlag er seinen Bildern, begann aber inzwischen schon damit, sich dessen auch bewusst zu werden. Durch Claudia hatte er gelernt, keinerlei Hemmungen beim Äußern seiner sexuellen Wünsche zu verspüren, und so schliefen sie bei jedem ihrer nicht eben häufigen Treffen recht schnell miteinander. Das wiederum ließ kaum Raum für romantische Momente. Diese fanden für ihn weiterhin nur im Kopf statt.
Wie Philipp feststellen musste, war er für Franziska nicht ihr erster Sexualpartner. Damals enttäuschte ihn diese Offenbarung, wie er sich eingestand, und veranlasste ihn, nicht in dieser Verbindung aufzugehen. Er verbrachte weiterhin den größten Teil seiner Freizeit mit Christoph, plante mit ihm die Ferien, zwischen ihnen war Franziska kein Thema. Zudem stellte er seine dringend notwendige Arbeit für die Schule ohnehin allem anderen voran. Diese Unverbindlichkeit, die er damals zum ersten Mal in einer Beziehung zu einer Frau heraufbeschwor, ließ Franziska in die Arme eines Berliner Studenten wechseln, dem sie später in die Hauptstadt folgte, mit ihm zusammenzog und eine Familie gründete.

Philipp war ihr nach Jahren in der Kunstszene eine Zeitlang wieder begegnet. Ihre Erscheinung war noch immer auffällig. Der anrührende Charme des weichen, anschmiegsamen, jungen Mädchens, der ihn als Zwölfklässler so beeindruckt hatte, war dem einer aparten selbstbewussten Persönlichkeit gewichen. Alles an ihr war auf eine sympathische Weise einladend, weiblich, weich und warm. Sie war, wie es schon in ihrer Jugend zu erwarten gewesen war, eine füllige Frau geworden, mit einem üppigen Busen, den sie in aufrechtem Stolz vor sich hertrug. Er hatte sich schon bei ihrer ersten Begegnung wieder in sie verliebt, eine Weile schliefen sie auch wieder miteinander, trafen sich in ähnlich gezügelter Unverbindlichkeit. Dabei tat es ihm gut, dass ihr Mann, der damals der Anlass ihrer Abwendung von ihm gewesen war, nun von ihnen beiden betrogen wurde. Allerdings ging es Franziska dabei nicht ähnlich. Wenn sie es anfangs leicht zu nehmen schien, sich über ein paar Wochen hinweg, meist dienstags, mit ihm zu treffen und sogar bereit war, ihn zwei Tage nach Rom zu begleiten, überwog bald ihr schlechtes Gewissen dem ahnungslosen Gatten gegenüber, sodass sie erneut aus Philipps Armen in die seinen wechselte. Da dies für Philipp abzusehen gewesen war, beschäftigte es ihn nicht weiter. Seiner Erinnerung nach hatte er aber auch schon als Achtzehnjähriger nur wenig gelitten, als er von Franziska verabschiedet wurde. Philipp empfand es damals sogar als Chance, ungestört für die Schule arbeiten zu können und seine Gedanken nicht mehr von einer Freundin gefangen zu sehen. Er besuchte schließlich die Erweiterte Oberschule und das, ohne den hilfreichen Freund an seiner Seite zu wissen, und er verfolgte ein Ziel, den dringenden Wunsch nach einem der begehrtesten Studienplätze der DDR, an der Hochschule für Architektur und Bauwesen.

‚Ich bin nicht schwul, Mama!'
Da er diesen Satz soeben beinahe in die Stille gesagt hätte, muss er nun doch lachen, und zwar für seine Mutter vernehmlich laut,

was sie mit den von ihr heraufbeschworenen Kindheitsbildern zu verbinden glaubt. Doch so einfach will es ihr Philipp nicht machen. Er denkt darüber nach, ihr erstmalig eine Frage zu stellen, die sie unvermutet treffen wird, die sie zwingt, etwas von sich preiszugeben, wovor er sie, so lang er sich erinnern kann, immer geschont hatte, nämlich die nach seinem Vater. Indem er sich vorbeugt, um seiner Mutter die Worte, langsam und doch leicht, direkt ins Gesicht zu sagen, bemerkt er, dass sein Atem stockt und er vermutlich mit belegter Stimme sprechen wird. „Mein Vater …" Philipp räuspert sich. „Warum hast du nie von ihm gesprochen? Irgendwann musste es doch überwunden sein, dass er uns verlassen hat?"

„Er hat uns nicht verlassen, ich habe ihn gehen lassen. Ich wollte es so."

Angelika Seefelders Antwort kommt so schnell und direkt, dass es Philipp verblüfft. Er sieht sie ungläubig an. Hat sich über die Jahrzehnte die Draufsicht auf ihr Leben verändert oder sollte diese Behauptung der Wahrheit entsprechen? ‚Offensichtlich glaubt sie selber daran, was sie eben gesagt hat. Aber im Allgemeinen haben das Lebenslügen so an sich', denkt Philipp und lehnt sich abwartend in seinen Sessel zurück. Er spürt, dass seine Mutter auch ohne sein Nachfragen weiß, dass sie ihm eine Erklärung schuldig ist.

„Ich habe ihn geliebt, Euern Vater. Wie ich mir einmal sagte, mehr als alles auf der Welt. Aber das stimmt nicht. Da wusste ich noch nicht, was ihr mir bedeuten würdet."

Philipp lässt nicht nach, seine Mutter fragend anzusehen. Da sie im Begriff ist, etwas auszusprechen, was sie nie für möglich gehalten hatte, dass sie es laut formuliert, ja, noch nicht einmal für sich selbst in ganze Sätze gefasst hat, holt sie tief Luft, hält den Atem an, lässt ihn sehr langsam entweichen und beginnt klar und gefasst zu erzählen: „Ich habe ihn weggeschickt, weil ich es nicht mehr ertragen habe. Ich habe meine Liebe zu ihm nicht mehr ertragen, und ich habe nicht mehr mit ansehen können, wie er sich zu mir hinzwang. Er hat mich nicht geliebt. Vielleicht mal kurz, sicher auch begehrt, wie man so schön sagt, aber er hat mich nicht geliebt. Er war bei mir, weil es euch gab, weil er besonders an Frauke hing, weil ihr ihm passiert seid, aber nicht, weil er euch und mich gewollt hat. Er fühlte sich nicht wohl mit uns. Er hasste das Familienleben, unsere Wohnung damals, im Neubaugebiet, mit zwei kleinen Kindern … in der Wohnung, die praktisch war und für die wir hätten eigentlich dankbar sein müssen. Was ich auch war – wir brauchten nicht zu heizen, es gab ein Bad, warmes Wasser, alles keine Selbstverständlichkeiten. Und ihr hattet ein Extrazimmer. Wie viele Familien mussten mit nur einem Raum vorlieb nehmen! Aber euer Vater fühlte sich beengt. Dabei konnte er bis nachts im Wohnzimmer arbeiten und seine Freunde empfangen. Ach Gott, was war da manchmal los, was wurde da bis in den Morgen hinein getrunken, geraucht, diskutiert. Ich habe nie etwas gesagt, und ich bin doch immer früh raus, hatte dann alles wegzuräumen, habe euch in die Krippe, den Kindergarten gebracht, bevor ich zum Training musste. Aber das hat er alles nicht gesehen, und wenn, hat es keinen Eindruck auf ihn gemacht. Vielleicht, dass es sein Mitleid verstärkte. Ja, das war das Schlimmste, dieses Mitleid, ich habe es ihm angesehen, immer wieder, und am Anfang mit Liebe verwechselt, aber das ist keine Liebe, kein Beweis für die Liebe. Das zu begreifen, brauchte ich eine Weile, und das war es auch, was ich dann nicht mehr ausgehalten habe, ganz plötzlich und auf einmal. Ich war mit Sascha hochschwanger und wusste, dass ich nach seiner Geburt abtrainieren musste, weil ich nie mehr tanzen würde. Meine Zeit war eigentlich längst vorbei, aber sie hatten mich eben noch so durchgeschleppt. Ich überlegte, was ich danach machen sollte, für welche Berufsausbildung ich mich entscheiden sollte. Vielleicht etwas mit Kindern, dachte ich. Vieles konnte ich mir vorstellen, nur eins nicht, und das schwor ich mir auch, ich wollte nicht mehr am Theater arbeiten. Für Choreographie eignete ich mich sowieso nicht, Trainingsmeisterin oder irgendwelche Bewegungskurse für Schauspieler geben, wäre nicht in Frage gekommen für mich; und was dann noch blieb, Inspizientin oder Souffleuse, wäre alles nicht meins gewesen. Ich wollte ganz weg vom Theater, ich wollte auch keine jungen Kolleginnen mehr in der Kantine sehen müssen, die gerade vom Training kamen. Für eine Arbeit mit Kindern gab es nur ein Problem, ich hatte Knötchen auf den Stimmlippen, war also ungeeignet für die Volksbildung. Da hörte ich von der Möglichkeit, im Plattengeschäft als Verkäuferin zu arbeiten. Die Ausbildung sollte parallel dazu laufen. Ich fand das ideal, auch weil ich Musik und Platten liebte. Ich habe euerm Vater davon erzählt, aber da hat er so freudlos reagiert. Ich glaube, einfach auch geringschätzig, und da war mir zum ersten Mal ganz klar, dass er nichts als Mitleid für mich empfand. Mitleid, dass ich mich mit den Gegebenheiten abfand, der Plattenbauwohnung, mit der wir als ‚endversorgt' galten, der Beendung meiner Arbeit als Tänzerin, der Aussicht, für den Rest meines Lebens eine Verkäuferin zu sein."

„Was hatte er sich denn gedacht für dich?"

„Ich weiß es nicht. Er wollte immer weg von hier, das hier war nicht seine Stadt, er empfand alles zu kleinstädtisch … miefig, wie er sagte. Er wollte immer nach Berlin, da wollten ja alle hin, in die Hauptstadt. Seine Kindheit hatte er in Königsberg verbracht, stammte aus dem Großbürgertum dort, aber seine Familie war auseinandergerissen, der Vater, der Philipp hieß wie du, war noch im Krieg gefallen, die Mutter und seine einzige Schwester Frauke – auf eure Namen hat er bestanden, was mich anfangs sehr stolz gemacht hat – waren bei der Zerstörung Königsbergs durch die eigenen Leute umgekommen. Er flüchtete mit einem Onkel und dessen Familie, den mochte er aber nicht sonderlich. Er war herrschsüchtig und egozentrisch, ein typischer Großgrundbesitzer wohl, der noch auf der Flucht seine Macht und Stellung behaupten wollte. Ach, Nazi war er selbstverständlich auch, ja ein hohes Tier, der es völlig in Ordnung fand, den Fein-

den, der sowjetischen Armee, verbrannte Erde zu hinterlassen. Vielleicht war er sogar beteiligt dran. Beteiligt, die eigene Stadt in Flammen aufgehen zu lassen und seine Schwester … also Conrads Mutter, seine Schwester … Zudem hatte er eine Tochter, die Cousine deines Vaters, in die …"
Angelika unterbricht sich. Sie ist von der Fülle der Geschichten über den Vater ihrer Kinder überrascht und blickt Philipp ratlos an.
„Ich habe mir nie Gedanken gemacht, woher mein Vater stammt. Komisch, oder?"
Angelika Seefelder glaubt einen an sie gerichteten Vorwurf aus dieser Bemerkung ihres Sohnes herauszuhören. „Ach Philipp, ich weiß nicht, warum hätte ich euch das alles erzählen sollen, das sind längere Geschichten, seine Geschichten, die von seiner Flucht und …"
„Ja, vielleicht wäre es auch nicht schlecht gewesen, sie von ihm zu hören." Den direkten Angriff gegen seine Mutter vermeidend, hatte Philipp den Satz nur halblaut vor sich hingemurmelt. So bleibt Angelika Seefelder die Möglichkeit, ihn zu überhören und wie selbstverständlich in ihrem Erzählen fortzufahren.
„Jedenfalls hatte er sich mit diesem Onkel so überworfen, dass er sich als damals Fünfzehnjähriger allein durchschlug und irgendwie in Dresden zurückblieb. Die andern sind in die Münchner Gegend gezogen, da konnten solche Nazis ja auch schnell wieder Fuß fassen … Conrad ist hier aufgenommen worden und im Ostteil geblieben, hatte hier auch seine Liebe zum Theater entdeckt. Im zerstörten Dresden. In der sowjetischen Besatzungszone wurden die Theater als Erstes wieder eröffnet, auch in den kleineren Städten. Die Leute waren ausgehungert, kamen im Winter mit Wärmflaschen, spendeten Briketts, um zu ihren Illusionen zurückzufinden. Und so kam es auch, dass große und berühmte Schauspieler anfänglich sogar an Landestheatern wie in Eisenach spielten. Einfach um wieder spielen zu dürfen. Manche der ehemals berühmten Schauspieler mussten auch erstmal in

der Provinz entnazifiziert werden, wenn sie mitgemacht hatten, in der Partei waren. In der sowjetischen Besatzungszone wurden Künstler bevorzugt behandelt, bekamen zum Beispiel Lebensmittelkarten mit Schwerstarbeiterzulagen. Wenn Theaterleute auf ihr Gepäck ‚Artist' schrieben, konnten sie sicher sein, dass es nicht geplündert wurde oder verlorenging.
Conrad wollte Künstler werden. Er empfand das wohl als seine zweite Fluchtmöglichkeit. Die Begeisterung fürs Theater hatte ja auch weniger etwas mit seinem Aufwachsen in einer großbürgerlichen Familie zu tun. Die hätte das sicher sogar zu verhindern gewusst …"
„Vierzig Jahre DDR, ihr ganzes aktives Berufsleben lang, wie sollten die keine Spuren hinterlassen?!", so hatte er heute Nacht gegen seinen Bruder argumentiert, als der sich über die ideologische Verbohrtheit seiner Mutter ausließ. Philipp ist nun überrascht, wie ihre Worte sprudeln und wie jung sie dabei aussieht.
„Nur, dass er sich nach diesen alten Räumen immer sehnte, nach den Möbeln, von denen er erzählte, und nach der Landschaft natürlich. Das ist wohl so, dass man das im Blut haben muss. Inzwischen verstehe ich das auch besser, als ich es damals konnte. Er schleppte ja auch ständig diese alten Möbel an, erbettelte sie sich von den Dachböden alter Leute und restaurierte sie. Ach Gott, was war ihm das wichtig, viel wichtiger als … Na ja, als Frauke geboren wurde, war er zum Beispiel auf Tour durch Thüringen. Hatte in Rudolstadt die Ottomane hier ergattert; und die Vitrine stammt auch von damals, ich glaube, auch die Bauerntruhe, nein die war später … Aber diese Ottomane ganz sicher. Er hatte noch nicht mal angerufen in der Klinik. Erst nachdem ich schon wieder zu Hause war, kam er mit den Möbeln, und die mussten untergebracht werden, das war seine größte Sorge, eine größere zunächst als das Kind. Wir wohnten damals noch nicht zusammen. Ich hatte nur ein großes Zimmer. Er hat mir alles vollgestellt, und für Frauke war kaum …" Angelika Seefelder kommt ins Stocken. „Nein, nein, Frauke hat er geliebt. Nachdem sie einmal geboren

war, hat er sie geliebt. Er hat ihr in die Augen gesehen und war in sie vernarrt, aber vorher empfand er es für sich als persönliche Katastrophe, dass ich schwanger war. Er sah seine Träume gefährdet, seine Freiheit, dabei habe ich die ja gar nicht eingefordert." Angelika Seefelders Stimme klingt jetzt ungerührt, als spräche sie von einem anderen Leben.

„Eine schöne Kommode hat er uns besorgt, eine Wickelkommode, erst eine alte Bauernwiege, aber da für die kein Platz war, hat er sie eingetauscht für die Kommode, da habt ihr dann alle draufgelegen. Jetzt steht sie oben bei Sascha, da stand sie, für Julika. Als Bettine auszog, hat sie die Kommode mitgenommen, ich habe gesehen, wie sie rausgetragen wurde."

Philipp erhebt sich aus seinem Sessel. Es drängt ihn, die Möbel seiner Mutter in den angrenzenden Räumen zu betrachten. Auch sie ist aufgestanden. Sie spürt das Verlangen ihres Sohnes und ist bereit, ihm zu folgen, nicht ohne sich wiederholt für die Unordnung in ihrer Wohnung zu entschuldigen.

Nie hatte sich Philipp nach der Herkunft dieser zum Teil ziemlich wertvollen Möbelstücke erkundigt. Sie gehörten ganz selbstverständlich zu seiner Kindheit; und da auch im Haus seines besten Freundes Mobiliar im ähnlichen Stil zu finden war, empfand er schon früh eine Geisteshaltung mit ihnen verbunden. Die DDR-üblichen Schrankwände begegneten ihm nur bei Klassenkameraden oder wenn er seine Großeltern besuchte.

„Er ist auch erst wegen der Möbel mit mir zusammengezogen. Seine kleine Absteige nutzte er nur noch als Werkstatt, und dann bekam ich die größere Neubauwohnung … und er erhoffte dadurch, seine Kostbarkeiten im Trockenen zu haben. Das war der ganze Grund … na, und Frauke natürlich. Aber mir reichte es aus, verrückt, nicht? Mir reichte es, ihn einfach in der Nähe zu haben, wenn er auch nur sein Kind und seine Möbel damit meinte."

„Immerhin hat er dir noch zwei Kinder gemacht, also muss doch …"

„Ach, Philipp, was weißt du denn von Männern und Frauen?

Ein Mann kann sehr wohl mit einer Frau zusammensein, mit ihr schlafen, ohne sie zu lieben."

„Danke für die Aufklärung!", sagt Philipp schmunzelnd, während er zärtlich über das Furnier einer Biedermeier-Vitrine streicht und seitlich zwei etwa acht und zehn Zentimeter lange Risse im Holz begutachtet. Seine Mutter, die ihn dabei beobachtet, scheint ihm nicht zugehört zu haben. Auch, dass sie ihn jetzt fragen könnte ob es vielleicht angebracht sei, die Vitrine aufarbeiten zu lassen, vergisst sie sofort wieder. So tief ist sie mit ihren Erinnerungen beschäftigt, dass sie keine anderen Themen besprechen will.

„Weißt du, das Schlimme ist", fährt sie fort in der Annahme, dass Philipp den Gesprächsverlauf trotz seiner intensiven Betrachtungen noch nicht vergessen hat, „das Schlimme ist, dass ich das damals auch alles schon irgendwie wusste, ich habe es gewusst, aber die Hoffnung …"

„Stirbt bekanntlich zuletzt." Philipp hat plötzlich keine Lust mehr, seiner Mutter zuzuhören. Er lässt sie stehen und betritt hastig einen weiteren Raum im Erdgeschoss, als gäbe es für ihn nie mehr die Gelegenheit, die dort befindlichen Möbelstücke zu sehen. Dabei nimmt er sie nur flüchtig wahr, denn es sind wieder Zeilen aus Steffis Brief, die sich vor seine Augen gedrängt haben, und er wünscht nichts mehr, als seinen Gedanken um sie entfliehen zu können. Auch wenn Angelika Seefelder nicht so mit ihrer eigenen Geschichte beschäftigt wäre, die Gemütslage ihres Sohnes würde sie kaum erfassen können. Sie bemerkt nur die Unruhe, die von ihm ausgeht, seitdem sie den Wintergarten verlassen haben. Es drängt sie wieder zurück, zurück in ihre Erinnerungen, die, wie sie erleichtert feststellt, so gänzlich ihren Schmerz für sie verloren haben.

Um ihren Sohn wieder in seinen Sessel zurückzulocken, fällt ihr ein, dass sie noch einen Whisky versteckt hält, einen sehr guten, wie sie weiß. Er war ein Geschenk von Philipp, zu ihrem fünfundsechzigsten Geburtstag und damals schon zweiundzwanzig

Jahre alt. Sie hatte ihn sich nie allein gegönnt, sondern versteckt gehalten. Vor ihrem Sohn Sascha versteckt gehalten, obwohl sie ihn, als Julika geboren wurde, geöffnet und auf seine Tochter mit ihm zusammen angestoßen hatte. Sie wollte diesen wertvollen Whisky weiterhin nur für besondere Gelegenheiten aufbewahren, aber die hatte es nicht mehr gegeben, wohl aber ein Problem ihres jüngsten Sohnes mit dem Alkohol. Deshalb hatte sie die Flasche versteckt. Da sie weiß, dass Whisky nur noch wertvoller wird, je länger man ihn aufbewahrt, erfüllt sie Stolz und Vorfreude bei dem Gedanken, Philipp gleich mit dieser Flasche überraschen zu können.
Einen Einbruch erlebt sie dann, als sie das von ihr im Keller angepeilte Versteck leer findet. Sascha hatte die Flasche also aufgespürt, natürlich, er kennt ihre Verstecke, hatte es immer wieder verstanden, sie zu finden und zu plündern. „Er ist krank", sagt sie sich, um die Kämpfe zwischen Enttäuschung und Wut in ihr zu dämmen, „Er ist krank, ich kann es ihm nicht zum Vorwurf machen."
Sie hatte ihre Hoffnung in diese Flasche gelegt, Hoffnung, die Nähe, die sie zu ihrem ältesten Sohn vorhin im Wintergarten gefühlt hatte, noch eine Weile bestehen lassen zu können. Dabei ist sie sich nicht einmal sicher, ob er überhaupt davon mit ihr getrunken hätte. Vielleicht muss er noch mit dem Auto weg? Wieder nach Berlin oder sonst wohin. Sie haben noch gar nicht darüber gesprochen.
„Er darf nicht wieder gehen!", jammert Angelika Seefelder plötzlich und kauert sich zwischen die Kisten auf die kalten Steinplatten des Kellers. „Ich weiß ja noch nicht einmal, warum er überhaupt gekommen ist."

„Es hat geschneit. Der erste richtige Schnee in diesem Winter, der liegen bleibt. Bei Oma und Opa im Vogtland ist es zwar schon länger weiß, aber zum Skifahren soll es noch nicht gereicht haben. Erinnerst du dich an unsere Langläufe dort? Ich habe sie genossen, na ja, aber eigentlich so richtig nur, wenn du dabei warst. Wir sind dann immer zurückgeblieben und haben erzählt, weißt du noch? Mama hat uns manchmal schon drei- oder viermal überholt und sich dann so affig über uns lustig gemacht, dass wir beide wussten, sie wollte es uns nur nicht gönnen, miteinander zu quatschen.
‚Steffi und Penelope quatschen Löcher in den Schnee!' Einmal war es uns dann doch zu blöd, dass wir ausgestiegen sind aus den Loipen. Wir sind einfach querfeldein mit unseren Skiern gelaufen und nach einer Stunde von der Grenzpolizei aufgegriffen worden. Das war ganz schön heikel. Wir wollten schließlich nicht einsehen, einen Fehler begangen zu haben. Wir haben dann allerdings so mit denen diskutiert, dass sie um ein Haar am Ende mit uns Kaffee getrunken hätten. Das hatte uns Urgroßmama gelehrt. Man solle immer dem anderen seine Würde lassen. Diese Grenzbeamten taten ja auch nur ihre Arbeit, aber anschließend … Hey, war das nicht cool? Wir haben uns bald nicht mehr eingekriegt vor Lachen. Sogar gekugelt haben wir uns – richtig im Schnee. Beide! Das war wirklich …Wahnsinn …
Überhaupt, mit dir habe ich immer so viel lachen können. Alles war so leicht mit dir und irgendwie ganz besonders. Du hast mich eben ernst genommen, so wie eine Freundin und nicht wie ein Kind behandelt … deine kleine Nichte. Jetzt werden sie bald alle wieder zusammenkommen und Weihnachten feiern. Aber ich hau ab dieses Jahr. Ich will nicht mit ihnen zusammen sein. Du kannst das sicher verstehen … könntest, würdest es verstehen."

„Deine Haut ist so glatt und weich und schön, fasst sich ganz samtig an. Gestern dachte ich sogar, du wärest rot geworden. Ich bildete mir schon ein, dass es doch etwas mit dem zu tun hatte, was ich dir erzählte. Aber die Ärzte sagten nur, deine Temperatur sei etwas erhöht gewesen, und heute ist alles wieder beim Alten …
Ich würde ja auch bei dir bleiben, aber mein Vater – ich glaube, er braucht mich auch. Er hat mich großgezogen, er war für mich da, hat mich oft in Schutz genommen gegen Mama, obwohl sie ihn ganz schön im Griff hatte. Sie hat ihn eben nie so geliebt wie er sie. Sie war die Stärkere … aber auch die Unglücklichere.
Manchmal fürchte ich, ich bin ihr gar nicht so unähnlich. Vielleicht geht es uns überhaupt ab, das mit der großen Liebe? Ich habe bisher noch nicht einmal diese berühmten Schmetterlinge im Bauch gehabt. Aber ob das wirklich ein großer Verlust ist? Wenn ich denke, wie da manche ausflippen können … Also, mein Neid hält sich da in Grenzen.
Und deine große Liebe? Ist doch der Hammer oder? Voll crazy! Am Ende hat die dich doch hierhergebracht! Oder? ‚Manchmal ist es nur die Art, wie jemand den Lichtschalter berührt oder die Zigarette ausdrückt' – das hast du mal zu mir gesagt, weißt du noch?
Es schneit und schneit und schneit. Und hier ändert sich nichts. Immer die gleichen Geräusche, und nichts bewegt sich, nur die Kurven zittern auf und ab – immer konstant alles, kein Grund zur Sorge … ‚Kein Grund zur Sorge', das sagt tatsächlich immer eine Schwester hier zu mir, wenn sie mich bittet, zu gehen, weil sie dich waschen und neu aufbetten müssen. ‚Kein Grund zur Sorge, alles gleichbleibend stabil …'
Doch, doch es hat sich schon immer mal wieder was verändert hier. Das Bett neben dir. Du hast inzwischen elf Nachbarinnen überlebt. Elf, von denen ich weiß. Gerade ist es mal wieder frisch überzogen und leer, erwartet ein nächstes Schicksal. Soviel ich gehört habe, ist die junge Frau von gestern aber nur in ein anderes Zimmer verlegt worden. Ich glaube, in eines, wo es weniger Abgänge gibt …"

„Ich wollte immer so werden wie du, auf keinen Fall wie Mama. Sogar, dass ich ihr ähnlich sehe, hat mich nicht stolz gemacht, vielleicht auch, weil es ihr wichtig ist. Aber dass ich nicht so bin wie sie, das hat sie schon kapiert. Ich hasse es, wenn ich etwas von ihr an mir entdecke. Sogar meine Stimme macht mich nicht gerade froh. Sie soll schön sein oder besonders, aber wir wurden einfach schon zu oft wegen ihr verwechselt. Wenn die Stimme Ausdruck der Seele ist, dann habe ich eine ähnliche wie sie ... Oh, der Hammer, voll gruselig wäre das ...
Für Mama sind Äußerlichkeiten ungeheuer wichtig. Ihr ganzes Leben hat sie immer jemanden gehabt, der ihr jeden Wunsch von den Augen abgelesen hat. Ich kann das auch haben. Es macht mir bloß keinen Spaß! Verstehst du, es ist ganz schön langweilig auf die Dauer, und ich frage mich schon, ob das etwa alles so, auf diese Weise, endlos weitergehen soll? Wenn man einmal so angelegt ist? Immer nur spielen und schon gleich zu Beginn gewonnen haben? Ist doch voll unspannend, oder? Na ja ... aber ...
Wenn ich Mama ansehe ... sie sieht immer noch gut aus und zieht die Männer an. Jacob hat sie auch wieder voll im Griff. Sie hat es geschafft, bekommt seine ganze Aufmerksamkeit. Er arbeitet längst nicht mehr so viel wie früher. Bis vor ein paar Tagen waren sie vier Wochen auf den Malediven. Vier Wochen hat er sich freigenommen mit ihr, stell dir das mal vor, das ist doch sicher früher nie vorgekommen, oder habt ihr mal vier Wochen hintereinander Urlaub gemacht? Und das war längst nicht der erste in diesem Jahr. Im Sommer musste es ein Segeltörn in der Ägäis sein, und nach Italien hat sie ihn auch schon mehrmals verschleppt, für Kurztrips in die Toskana, nach Sardinien, natürlich Rom, Florenz, Mailand, Venedig ... alles in diesem Jahr. Geheiratet haben die beiden nur noch nicht, weil es ganz groß aufgezogen werden soll, und da plant sie schon eine Weile dran.
Jacob hat sich verändert. War er eigentlich mal hier? Am Anfang einmal, habe ich gehört und dann, na ja, wahrscheinlich hat er dir auch keine Chance gegeben. Er fühlt sich nicht mehr ver-

antwortlich für dich. Und Mama wäre es auch nicht recht. Was meinst du, wie sie es wurmt, dass ich fast jeden Tag hier bin … Ja, sie muss eben unbedingt alle Fäden in der Hand haben, ist sie so gewohnt, und alle haben es ja bisher auch immer mit sich machen lassen. Ja, erstaunlich, dass das immer so klappte und für sie auch weiter klappt. Als ob jeder sofort ihren Beipackzettel auf dem Schirm hat und sich strikt dran hält. Eben auch Jacob! Schon wieder ist sie die Stärkere. Nur scheint es sie diesmal noch nicht zu langweilen. Ob sie ihn liebt? Jedenfalls ist sie eifersüchtig. Aber das ist ja auch so ein Phänomen bei ihr. Selbst wenn sie sich von einem Mann getrennt hat oder gar nicht erst auf sein Werben eingegangen ist, so wollte sie doch immer in seinem Fokus bleiben. Sie gönnte ihn nie einer anderen. Nach dem Motto: ‚Wenn mich keiner liebt und ich keinen unglücklich machen kann, bin ich nicht.‘ Ist doch crazy, was? Als ob sie sich nur *so* spürt, ihre innere Leere damit ausfüllt. Sie blüht auf, wenn sie bei anderen Emotionen wecken kann, die sie selbst nicht hat. Und sie liebt es, andere emotional abhängig zu machen. Mit ihrem Sohn ist ihr das ja auch gelungen; nur dass der öfter zugedröhnt ist als irgendwie in dieser Welt angekommen. Manchmal glaub' ich, sie besorgt ihm das Zeug noch, jedenfalls die Kohle hat er von ihr, für sein trauriges Leben, das er nicht in Griff kriegt. Oh, *fuck,* nee ich will da nichts mit zu tun haben, nicht mit ihm und so wenig wie möglich mit ihr …“

‚Ich vertue meine Zeit hier mit dir‘, hat sie mir doch wirklich so gesagt am Montag, als ich sie und Jacob vom Flughafen abholte. Obwohl du ihr nun wirklich nicht mehr gefährlich werden kannst, ist sie noch immer eifersüchtig auf dich.

Ja – *fuck, fuck, fuck!* Es wäre mir ein Mega-Vorbeimarsch gewesen, wenn ich ihnen zum Empfang hätte sagen können: ‚He Leute, sie ist aufgewacht! Aufgewacht, weil ich sie eben nicht aufgegeben habe. Ihr hattet sie alle abgeschrieben, aber hallo!, ihr habt euch alle geschnitten, sie ist nicht mehr nur ein

geistloser Körper, der von Geräten gespeist wird, die nicht abgeschaltet werden dürfen, weil es von ihr keine Patientenverfügung gibt ...' Aber, wie hast du auch daran jetzt schon denken sollen? Eine Patientenverfügung mit 39 ...! Obwohl, über den Tod haben wir auch miteinander gesprochen. Oft sogar.
Über den Tod, ja, aber nicht über so ein Unglück. Über die Liebe, aber nicht über diesen Philipp Seefelder. Weißt du, was du mir Ostern gesagt hast, als wir uns das letzte Mal vor deinem Unfall gesehen haben? Ich hatte dir von Pascal erzählt, den ich sehr okay finde, aber auch, dass ich mir nicht sicher sei, ob ich mit ihm schlafen soll. Mein erstes Mal. Er wäre es zwar wert gewesen, aber, na ja, du weißt ja, diese Schmetterlinge, auf die habe ich noch gewartet. Manchmal kämen sie auch erst danach, habe ich mal im Umkleideraum zwei Mädchen aus meiner Klasse miteinander reden hören. Ich habe nie mit denen darüber gesprochen. Die dachten ohnehin, ich hätte schon 'ne ganze Liste cooler Jungs abgeschleppt.
Du hast mir gesagt, dass es für dich immer ein Wunder gewesen sei, ein Wunder, bei dem du nie sicher sein konntest, ob es jemals wiederholbar sein würde ... Na ja, ich bin jedenfalls immer noch Jungfrau, weil ich Angst hatte. Angst vor der Enttäuschung, der Enttäuschung, dieses Wunder nicht ebenso fühlen zu können. Dabei glaube ich jetzt, du hattest vielleicht auch nur damit gemeint, dass du nie sicher sein konntest, es wieder haben zu dürfen. So wie deine Situation war, mit diesem ...
Er hat dich hierher gebracht, er und dieses Wunder, von dem du dir eine Wiederholung wünschtest, dem du alles andere untergeordnet und geopfert hast. Dich – und sogar dritte! ... Ist das so erstrebenswert?"

„Du liegst hier, und deine letzten Bilder, die du vor dir gesehen hast, waren sicher die von Philipp Seefelder, Philipp Seefelder, wie er an seinen Schläuchen in der Klinik hing, oder Philipp, wie du ihn in deinem Herzen getragen hast, die Momente, die weni-

gen, kurzen, in denen du mit ihm glücklich warst … oder glaubtest, es zu sein.
Ja, ich habe dir gestern erzählt, dass ich ihn getroffen habe, dass ich bei ihm war, in seiner Wohnung, in seiner Küche mit den Sprüchen an den Wänden. Ich hatte gehofft, dass er dich vielleicht zurückholen könnte … mir waren die Geschichten ausgegangen, weißt du, die Geschichten, die ich dir erzählen konnte. Die Ärzte haben gesagt, ich soll mit dir reden, vielleicht gäbe es eine Chance.
Oma hat deine Wohnung aufgeräumt, deine persönlichen Sachen in einem Schrank und in einem Koffer verwahrt, einen Untermieter gefunden. Sie glaubt nicht mehr daran, dass du zurückkommst. Sie ist eben wirklich sehr pragmatisch. Den Brief an Philipp habe ich aber vor ihr retten können, du musst dir keine Sorgen machen.
Ich habe dir gestern von ihm erzählt, ja, ich habe dir erzählt, dass ich ihn auch für einen tollen Mann halte, dass ich dich verstehe, dass er erfreut war, von dir zu hören und dass er nur eine Menge zu arbeiten hat, aber dann würde er vorbeikommen und nach dir sehen …
Ich habe dir Quatsch erzählt. Ich fand ihn nicht so toll, und er wird auch nicht vorbeikommen. Die Blumen, die ich dir mitbrachte, habe ich selber gekauft, und den Stein auch. Es ist zwar wirklich ein Rhodonit aus Australien, der für Heilung und Verzeihung steht, aber den gibt es in einem Laden im Prenzlauer Berg. Professor Philipp Seefelder, dieser Typ ‚Ich-der-super-Informierte‘, hat sich gar nicht weiter für deinen Brief interessiert, er ist ein Arsch und es nicht wert. Es ist so sinnlos, dass du hier liegst, du hast dein Leben vertan, und ich, ich habe umsonst gewartet, dir umsonst erzählt …
Nein, das will ich nicht, das darf nicht sein. Ich will nicht so sein wie die anderen, ich denke doch dauernd an unsere Uromami Maria. Sie hätte auch hier gesessen und dir Geschichten erzählt, sie hätte nicht aufgegeben, Warten war sowieso nie ein Problem

für sie. Ich erinnere mich, als sie einmal zu mir sagte, dass sie ihr Leben gern dreimal solange leben würde, weil sie so neugierig sei. Neugierig auf das, was da noch so alles passieren wird, was aus mir mal würde und überhaupt, weil sie noch so viele Dinge vorhabe. Ach *fuck* … ja also – da mischte sich Opa ein und sagte, ihm würde schon genügen, wenn er all die Zeit, die er in seinem Leben gewartet habe, also warten musste, jetzt noch dazubekäme. Das wäre eine solche Menge sinnlos verbrachter Zeit, die da zusammenkommt – das Stehen in Schlangen, vor Kassen, bei Ämtern und Behörden, das Warten wegen unpünktlicher Züge und unhöflicher Mitmenschen … Daraufhin sagte Uromami, man dürfe sich dem Warten eben nie hingeben, ihm sich nicht ausliefern. ‚Wie denn das?', fragte Opa, und er, als ihr Schwiegersohn, hatte dabei auch dieses überhebliche Lächeln, was sie alle im Umgang mit Uromami gehabt haben.

Auch Warten ist Lebenszeit, sagte sie, die man nutzen muss. Man kann diese Zeit nutzen, sich in seine eigene Welt zurückzuziehen, das könnte sogar ein Geschenk sein. Ich glaube, sie spürte genau, was Opa dachte, aber sie sprach trotzdem weiter. Für mich sprach sie weiter und ich habe auch nie vergessen, was sie uns erzählt hat. Also Uromami sagte: ‚Wenn du sonst nur funktionieren musst, kannst du in den Zeiten des Wartens in dich selbst zurück, ohne dass du dabei irgendetwas vernachlässigst. Deine Aufgabe ist es ja zu warten. Wenn ich zum Beispiel beim Arzt sitze, in einem Wartezimmer, da gibt es so viele Möglichkeiten. Zum Beispiel sehe ich mir den Raum an und stelle mir vor, ich müsste den jetzt mit all meinen Sachen bewohnen. Also richte ich ihn mir ein. Da gibt es manchmal richtige Probleme zu bewältigen, kluge Lösungen zu finden. Oder ich sehe mir die Leute an, das geht auch gut in der Schlange vor einer Kasse – was haben wir früher in den Geschäften stehen müssen … Ich suchte mir dann immer jemanden heraus, und den setzte ich in Geschichten, die ich mir um ihn ausdachte, gab ihm einen Lebenslauf und Zusammenhänge …'

Ich weiß noch wie Opa reagierte, von ihm kam auch da das bekannte: ‚Du nun wieder!' – ‚Du nun wieder!' oder: ‚Die nun wieder!', das war alles, was sie zu ihr zu sagen hatten. Aber ich fand sie toll, und sie hatte für mich auch stets recht. Es vergeht kein Tag, dass ich nicht an sie denken muss. Sie hat mir geholfen, hier zu sitzen und an dich zu glauben, die ganzen Monate. Aber jetzt, heute, irgendwann, da, da …"

„Die Ärzte sagen, es ist nicht auszuschließen, nichts ist auszuschließen, solange die Geräte ausschlagen … aber sie glauben nicht wirklich daran, dass du die Augen jemals wieder öffnen wirst. Bis gestern habe ich so sehr daran geglaubt, so sehr. Gestern erzählte ich dir von Philipp, aber es hat nichts bewegt, auch er hat dich nicht berührt. So was käme nur in Filmen vor, hat Doktor Steinberg gesagt. Doktor Werner Steinberg, der dich gut kennt und eine Kapazität in Sachen ‚Hirn' ist."

„Ich werde jetzt nach Rom fliegen und wenn ich im nächsten Jahr wieder in Berlin bin, komme ich vorbei und dann werde ich dich entweder noch hier finden, oder … nein, dein Herz ist stark, sagen die Ärzte. Ein starkes Herz. Jetzt schlägt es nur für dich, nur um deinen Körper am Leben zu erhalten. Welches Leben nur? Dein Leben war dieser Mann, du hast nur ihn gesehen, als du in den Bus vorm Krankenhaus gerannt bist.
Du wolltest dich nicht umbringen, warum auch so plötzlich … hattest ihn ja gar nicht mehr sehen können. Du warst eindeutig auf dem Weg zum Klinikgebäude. Also warst du voller Hoffnung, nur eben einen Moment zu unkonzentriert, mit deinen 1,6 Promille. Du dachtest nicht an dich, nur an ihn, an ihn auf der Intensivstation, nicht an dich. – Nicht an dich? Du wusstest doch gar nicht, ob es ihm überhaupt recht gewesen wäre, von dir begutachtet zu werden, so ausgeliefert wie er war im Tiefschlaf, an den Geräten, ganz ähnlich wie du jetzt … Wahrscheinlich haben sich ja auch eure Schutzengel ein Gefecht gegeben? Ein Gefecht, bei

dem der seine gewonnen hat. Gewonnen, für den Winner Philipp Seefelder …
Ach, Steffi, vielleicht ist es ja auch nur gut so, du hast deinen Tiefschlaf und deine Bilder von ihm und deine Vorstellungen und dich in deiner Liebe, dich ganz allein, dich, dich in dir. Heißt es nicht, man stirbt, wie man gelebt hat?“

*

„Der Schnee scheint liegen zu bleiben“, sagt Philipp, indem er sich seiner Mutter zuwendet, die hinter ihm auf der Ottomane halb liegend in die Kissen versunken ist. Sie sind wieder im Wintergarten. Schon eine ganze Weile steht Philipp, die Hände in den Hosentaschen vergraben, vor der Fensterfront und beobachtet das Schneetreiben. Mit in sich gekehrtem Blick hängt Angelika Seefelder ihren Gedanken nach und schweigt. Erst als Philipp wieder vor ihr im Sessel sitzt, versucht sie ihm in die Augen zu sehen und, als müsse sie endlich seiner schon vor einer ganzen Weile an sie gerichteten Aufforderung nachkommen, weiter von seinem Vater zu erzählen, sagt sie: „Du siehst ihm ähnlich, Philipp, hast seine Größe, seine Statur. Selbst Gesten von ihm, die du dir doch gar nicht abgeguckt haben kannst, die Art, wie du deine Lippen, deinen Bart berührst – oder sein Gang, du gehst wie er, wie dein Vater. Das ist schon eigenartig, dass sich so etwas vererbt. Er war sehr begehrt bei den Frauen.“ Den letzten Satz hat sie etwas leiser nachgeschoben, und als würde sie sich plötzlich für ihn schämen, hält sie inne, wendet sich wieder von ihrem Sohn ab, um erst nach einer Weile weiterzusprechen. Dabei sieht sie durch die Scheiben in den Garten hinaus. Doch wieder verrät nichts an ihr, ob sie die inzwischen vom Schnee verzauberte Landschaft überhaupt wahrnimmt. „Allein, um ihn zu kriegen, was musste ich dafür veranstalten. Dass ich ihm aufgefallen war, war nicht zu übersehen. Aber eine junge Tänzerin ist die Blicke von Männern gewohnt, dass einem eigentlich nur die auffallen, die nicht gucken und die sind dann meistens schwul."

Ihr kurzer Blick zu Philipp, der ihr eher passiert ist als dass sie ihn sich vorgenommen hat, gäbe ihm die Gelegenheit, den Irrtum seiner Mutter endlich aufzuklären. Aber er fühlt sich zu schwach und zu lustlos, überhaupt zu reagieren. Vielmehr zwingt er sich, die Augen offenzuhalten, um nicht in seinem Sessel einzuschlafen. Angelika Seefelder erzählt weiter, ungehemmt, leicht, ja beinahe fröhlich, als beschriebe sie ein ihr zwar vertrautes, aber dennoch fremdes Leben.

„Ich saß damals abends bis zum Anschlag in der Kantine, nur um zu warten, bis er so betrunken war, dass er mit mir mitging. Ich habe mich klein gemacht, und nicht nur das. Um in seiner Nähe zu sein, habe ich alles gegeben, alles gemacht. Ja, das habe ich wirklich, und das war nicht üblich in dieser Zeit, dass eine Frau sich so um einen Mann bemüht. Ich habe auch versucht, es geschickt anzustellen. Schritt für Schritt und mit Hilfe … nun, einfach nach dem Sprichwort ‚Gelegenheit macht Liebe' – ja, diese Gelegenheiten müssen eben manchmal dem Schicksal untergeschoben werden."

„Das heißt, du hast ihm auch die Kinder …?"

„Nein, Philipp, aber nein, das nun nicht. Wie denn auch? Die Pille gab es noch nicht damals, also hätte ich ihn gar nicht belügen können. Nein, aber gewollt habe ich euch schon, und es auch ein bisschen darauf angelegt … vielleicht … aber den Weg dahin meine ich … und ihn halten, obwohl er doch immer glaubte, sein Glück läge an anderen Orten. Ich weiß, dass er ernstlich in den Westen wollte. Ein Freund hatte ihm eine Assistentenstelle in Bochum verschafft. Ich weiß davon. Aber erzählt hat er es mir nicht. Na, und dann kam die Mauer und zwei Jahre darauf Frauke. Er war ein Träumer. Sascha hat sein Paket von ihm zu tragen. Dann sollte es unbedingt Berlin sein. Die Hauptstadt. Aber auch das war nicht so einfach. Da wollte jeder hin. Wie sollte er zu einer Wohnung kommen, wie zu einer Arbeit? Wohnung nicht ohne Arbeit, Arbeit nicht ohne Wohnung. Das war so damals. Sonst wäre ja alles nach Berlin gegangen, von der Hauptstadt versprachen sie sich immer die Erfüllung ... Und Arbeit war Pflicht. Ja, du hattest nicht nur ein Recht auf Arbeit, du hattest auch die Pflicht, zu arbeiten. Wer nicht arbeitete, war asozial, und das war auch richtig so."

„Meinst du ...", murmelt Philipp, nicht wirklich bereit, sich mit seiner Mutter in eine Diskussion zu begeben, in der er sich mit seinen Argumenten nur schwer zurückhalten könnte und sie zwangsläufig verletzen müsste.

„Ja, Philipp, nicht wie heute. Diese Perspektivlosigkeit ... damals war die Jugend aufgehoben, und jeder hatte einen Arbeitsplatz, seinen Sinn, sieh dir doch Sascha an ..."

„Mama!", ermahnt Philipp seine Mutter. „Wir wollten doch nicht mehr von Sascha ..."

Er denkt an das Beispiel seines früheren Klassenkameraden Rainer Mauersberger. Ein begabter Mathematiker, mit ausgezeichnetem Hochschulabschluss. Selbstverständlich hatte er nach dem Studium seinen Arbeitsplatz, aber nichts zu tun. Von seinem Schreibtisch und dem Telefon des Büros aus organisierte er sich lediglich seinen Hausbau. Sein Fachwissen verkümmerte dabei. Und Rainer selbst? Seit der Wende hat er nichts mehr von ihm gehört. Seine unliebsame Nicht-Arbeit hatte er jedenfalls zu DDR-Zeiten nicht verlassen können. Aber ob er den Anforderungen danach noch gewachsen war? Philipp wagt es zu bezweifeln.

Angelika Seefelder spürt, dass sie nicht mehr die Aufmerksamkeit ihres Sohns hat. „Arbeit, das ist das, was uns vom Tier unterscheidet, Philipp!", sagt sie betont, etwas lauter, seine Augen suchend.

„Mhm, mhm ... ‚Die Menschwerdung des Affen', das hab' ich auch noch in der Schule gehabt ...", schmunzelt Philipp und gibt ihr damit zu verstehen, dass er ihr sehr wohl zugehört hat. Er möchte nur dieses Thema nicht weiter vertiefen; auch wäre es ihm lieber, jetzt weiter von seinem Vater erzählt zu bekommen.

„Aber, er ist doch dann – unser Vater – nach Berlin gegangen, in den Siebzigern; es hieß doch, dass er dahin gegangen sei?"

„Ja, nachdem ich ihn gebeten hatte zu gehen, hat er wohl … ich weiß es nicht, ich wollte es nicht mehr wissen. Ich wollte den Schnitt, sonst hätte ich es nicht ertragen können."

„Und wir? Ich meine, wie habt ihr das durchgehalten, gab es nicht mal irgendwelche Fragen oder Entscheidungen?"

„Was soll's da gegeben haben? Ihr wart *mir,* ganz allein *mir,* wir waren nicht verheiratet, das Thema gab es für ihn gar nicht, und gezahlt hat er, davor hätte er sich nicht gedrückt; und sonst gab es für ihn nichts zu tun, ich bin gut allein zurechtgekommen. Sehr gut. Oder hat es euch an etwas gefehlt?"

„Einzig vielleicht Frauke, sie hat ihn bewusster erlebt und …"

Wieder diese nebelige Vorstellung eines Kinds von ihm irgendwo in Baden-Württemberg, das ihn nie kennenlernen würde.

„Aber du und Sascha, ihr Jungs, ihr habt euch doch nie beschweren können. In meiner Generation sind so viele ohne Väter groß geworden. Mein Vater war auch im Krieg, dann in der Gefangenschaft. Das war so und basta. Meine Mutter und meine Großmutter führten ein hartes Regiment auch ohne Mann. Alles funktionierte perfekt, und als er wiederkam, konnte er sich nicht beklagen. Im Gegenteil, zurücklehnen konnte er sich. Da er das nicht wollte, ist er zur Polizei gegangen. Meine Mutter gab das Sagen zu Hause nämlich nicht mehr auf, und daran hatte er ganz schön zu knabbern. Bei der Polizei holte er sich sein männliches Selbstbewusstsein zurück. Ich weiß nur, dass es enorm viel Krach zu Hause gab, das war schrecklich. Ich halte es für eine Mär, dass man beide Elternteile braucht, um ein anständiger oder glücklicher Mensch zu werden. Streitende Eltern sind das schlimmste, was man Kindern antun kann. Das gab es für Euch nicht. Euer Vater und ich haben nie gestritten. Vielleicht hat es deshalb auch so lange gedauert. Und ich, ich habe mir nie einen anderen Mann in meinem Leben vorstellen können oder wollen, so war ich eben. Ich hatte zuviel gegeben, alles nur auf ihn bezogen ..."

„Mama hat einen Lover!" Frauke störte ihn eines Nachmittags mit dieser Nachricht auf. Sie hatte ihre Mutter in der Friedrich-Engels-Straße in einem Haus verschwinden sehen. Frauke war ihr gefolgt, schon das dritte Mal. An der Wohnungstür, an der die Mutter geklingelt habe, stand der Name „Göllner". Sie hatte ihn sogar einmal gesehen, aber nicht beide zusammen. Offensichtlich vermieden sie es, gemeinsam gesehen zu werden. Dabei hatte dieser Göllner die Wohnung nur kurz nach Angelika verlassen. Er sähe unscheinbar aus, ein Spießertyp, wahrscheinlich schäme sie sich, ihn der Familie vorzustellen. Sie sollten lieber nichts sagen, wenn sie es denn so wolle.
Diese Information hatte Philipp seltsam bestürzt aufgenommen. Bis zu diesem Tag erschien ihm seine Mutter als reine Frau, die er außer mit den Geschwistern, mit niemandem zu teilen brauchte. Sie mit einem Mann in Verbindung zu bringen, wollte nicht in sein Bild von ihr passen und noch weniger vermochte er sich vorzustellen, dass seine Mutter Sex habe. Sex, für den sie sich extra von zuhause wegstahl, in irgendeine Wohnung in der Friedrich-Engels-Straße. Von diesem Nachmittag an beobachtete er seine Mutter eine ganze Zeit argwöhnisch. Jede Berührung von ihr wurde ihm zuwider. Selbst vor den Brötchen, die sie meist samstags für die Familie auf einer großen Platte fertig gestrichen und belegt hatte, ekelte er sich. Seine Mutter schien ihm beschmutzt und verändert. Da er aber bald einsah, dass sich dieses Problem mehr und mehr belastend in seinem Kopf abspielte und ihm sein Zuhause zu verleiden begann, wobei der Typ, mit dem sie sich traf, niemals dort auftauchte, versuchte er sich die von Frauke beobachtete Tatsache auszureden. Er wertete sie einfach als hysterische Unterstellung der Schwester, die ihre Dissonanzen mit der Mutter hatte, und fortan normalisierte

sich das Verhältnis zu seinem Zuhause wieder. Nie wäre es ihm in den Sinn gekommen, seiner Mutter von diesen ihn unangenehm belastenden Gefühlen zu erzählen oder sie etwa auf die Vermutungen anzusprechen, die den Raum erfüllt hatten. Die beste Lösung blieb für ihn, das Ganze zu verdrängen. Eine Eigenschaft, der er sich auch später immer wieder gern und erfolgreich bedient haben würde, wie Philipp ehrlich zugibt. Dass er jetzt wieder an diese Wochen von damals denken muss, in denen er sich zu Hause und im Umgang mit seiner Mutter wie ein Fremder zu fühlen glaubte, hängt wohl auch mit diesem zerfallenen Puzzle zusammen, das da anscheinend vor ihn hingeworfen wurde, mit dem unbedingten Befehl, ein stimmiges Bild daraus zu basteln.

„Und Göllner?“, fragt er plötzlich.
„Göllner?“
„Ja, dieser Göllner, so hieß er doch wohl, ich habe den Namen nie vergessen.“
„Ich weiß nicht, von wem du sprichst!“ Da Angelika Seefelder ihrem Sohn ungerührt ins Gesicht schaut, erscheinen ihm Fraukes damalige Verdächtigungen, seine daraus resultierenden Qualen einen kurzen Moment aberwitzig. Dennoch fragt er weiter, als müsse er dem Pubertierenden von vor dreißig Jahren die Chance zur Rechtfertigung seiner Leiden geben.
„Der Mann aus der Friedrich-Engels-Straße. Du hast ihn besucht, immer wieder, beinahe regelmäßig, wir haben davon gewusst. Du hast ihn uns aber nie vorgestellt. Frauke ist Euch wohl nachgegangen, im Treppenhaus und auf der Straße … Also?“
An der tiefen Verunsicherung, die in Angelika Seefelder aufsteigt, glaubt Philipp erkennen zu können, dass sich seine Mutter nun doch erinnert hat. „Bist du deshalb gekommen?“, fragt sie plötzlich, nach einer Weile des Schweigens.
Jetzt versteht Philipp nicht, begreift den Sinn der an ihn gerich-

teten Unterstellung nicht, sieht verblüfft auf die alte Frau, die sich sehr langsam, mit weit geöffneten Augen, starrem, undurchdringlichem Blick erhebt und, als zwänge sie sich eine Höchstleistung an Konzentration ab, ihre Bewegungen zielgerichtet zu absolvieren, den Raum verlässt.

Zwei leere Minuten vergehen, dann erst wird Philipp bewusst, dass seine Mutter in ihrem Schlafzimmer verschwunden ist und ihn hier im Wintergarten allein zurückgelassen hat. Er fühlt sich in seine Kindheit versetzt. Wenn Angelika Seefelder von ihren Kindern enttäuscht war, strafte sie sie mit Ignoranz. Niemals wäre auch nur ein lautes Wort über ihre Lippen gekommen oder hätte sie sich gar zu einer Ohrfeige hinreißen lassen. Dafür verwandelte sie sich in einen einzigen stummen Vorwurf und umgab sich mit einer undurchdringlichen Mauer, an der jedes Bitten und Betteln, selbst jede Entschuldigung abprallte. Den Zeitpunkt, diese Mauer wieder einzureißen, bestimmte ganz allein Angelika Seefelder selbst. Für die Kinder gab es keine Chance der Beeinflussung. Sie konnten nur abwarten und die Zeit, in der ihnen die Mutter ihre Aufmerksamkeit entzog, für sich nutzen. Nur waren sie selten fähig, diese Freiheit auch zu genießen. Philipp kann sich an keine einzige Situation erinnern, die er zu seinem Vergnügen genutzt hätte. Außer, dass es ihn vielleicht zu Christoph gezogen hätte … Aber jetzt?

Er könnte nach Berlin fahren. Ja, er sollte aufstehen und nach Berlin fahren. Das hatte er sich doch mehrmals gewünscht in den letzten Stunden. Jetzt, da er den Freifahrschein von der Person bekommen hat, auf die er die ganze Zeit Rücksicht zu nehmen bemüht war, fühlt er sich gelähmt. Philipp verwirrt diese Situation so sehr, dass er mehrmals auf und ab geht, sich schließlich erschöpft auf die Ottomane sinken lässt und nach wenigen Minuten, von seiner andauernden Müdigkeit übermannt, in Schlaf sinkt. Doch schon nach nur wenigen Minuten weckt ihn die Klingel. Da ihm ihr Ton noch aus Kindertagen vertraut ist, spürt er sofort, wie ihn ein angenehmes Gefühl durchströmt, was er sich selbst mit erwartungsvoller Verheißung beschreibt und Christophs Bild vor ihn auftauchen lässt.

„Julikas Mama? Na, so ein Zufall“, sagt Philipp, indem er die junge Frau begrüßt, die vor der Gartentür steht.
„Es ist kein Zufall, Philipp, ich wusste, dass du hier bist, ich bin extra deshalb gekommen.“
„Aus Baden-Württemberg?!“ Die Bezeichnung des Landes, in dem Bettine seit einiger Zeit lebt, so prononciert auszusprechen, erscheint dieser merkwürdig provokant.
„Ja, aus Baden-Württemberg, immerhin fünf Autostunden lang, wenn man so ein Vehikel sein Eigen nennen kann, wie ich eins hab'“, antwortet sie, und Philipp entgeht die schnippische Gereiztheit in ihrem Tonfall nicht. „Da muss einem schon was dran liegen, wenn man das auf sich nimmt“, schiebt sie bemüht freundlich nach.
Der gleiche ungläubig suchende Blick, mit dem Philipp eben auf die Straße gesehen hat, um dort vielleicht noch seine kleine Nichte Julika zu entdecken, trifft jetzt die Augen ihrer Mutter.
„Aber du willst doch nicht zu mir?“
„Doch, das kannst du glauben, das will ich, und nur zu dir. Ich will nicht reinkommen. Können wir uns vielleicht in der Stadt treffen? Es ist wichtig.“
„Es ist wichtig, na sag mal, aber reinkommen willst du nicht – nun gut, akzeptiere ich, aber kannst du mir nicht hier gleich sagen, was du willst?“
„Nicht gut.“
Philipp lächelt in sich hinein. ‚Jetzt macht sie ein Geheimnis, was sie doch eigentlich gar nicht hat und was mich auch so überhaupt nicht interessiert.‘ Er sieht auf die Hausfront hinter sich zu den Fenstern seines Bruders in der ersten Etage.
„Ist denn Sascha nicht da? Ich habe noch gar nicht nach ihm gesehen, ich bin nur bei meiner Mutter …“
„Ich weiß, und Sascha ist nicht da.“

„Du, ich bitte dich, es ist kalt.“
Philipps Ungeduld ist nicht zu überhören. Die junge Frau aber schaut ihm weiter fordernd ins Gesicht.
„Ich weiß zwar nicht, was gerade wir miteinander zu bereden hätten, aber …“ Mit einem kurzen Gedanken an seine Nichte und das ungeklärte Verhältnis seiner Mutter zu ihrer Enkelin entscheidet sich Philipp, auf Bettine einzugehen.
„Na schön, dann hole ich meine Jacke, und wir gehen ein Stück, tut auch mir ganz gut – ein paar Schritte zu laufen. Auf Stadt und Kaffee aber hab' ich absolut keinen Bock!“

Als er nach einer knappen Minute an die Gartentür tritt, die Schneeluft in sich einsaugt, wünscht er nichts sehnlicher, als allein zu sein, um die Magie der in Weiß verzauberten Straße seiner Kindheit ungestört auf sich wirken zu lassen
Bettine hat inzwischen, aus dem Schnee auf den beiden Pfeilern neben der Gartentür, vier kleine Schneebälle geformt. Jetzt steht sie breitbeinig, den Kopf ins Genick gebeugt und jongliert gekonnt die Bälle zwischen ihren geröteten Händen in die Höhe. Den Mund hat sie dabei geöffnet, und ihre Zungenspitze tänzelt lauernd über ihre Oberlippe. In rasender Geschwindigkeit wechseln die Bälle ihre Plätze und halten sich wacker auf ihren unsichtbaren Luftbahnen. Philipp liegt es fern, Bettine für diese Leistung bewundern zu wollen. Er sieht nur, dass die weißglitzernden Schneehauben auf den die Gartenpforte begrenzenden Pfeilern von ihren kurzen spitzen Fingern zerstört worden sind.
Er wendet sich ab, die Richtung einzuschlagen, die zu gehen er sich vorgestellt hat. Dabei fragt er sich mürrisch, ob nicht wirklich sein Bruder der geeignetere Partner wäre, jetzt ein Gespräch mit Bettine zu führen. Als hätte sie seine Gedanken erraten, steht sie mit wenigen Sprüngen hinter ihm, reibt kurz ihre Handflächen aneinander, streicht dann über seinen Rücken und tritt schließlich neben ihn, um sich bei ihm unterzuhaken. „Sascha

ist nicht hier“, sagt sie und nimmt dabei den Rhythmus seiner Schritte auf. „Er sitzt … oder er liegt in einer Ausnüchterungszelle in Stuttgart. Ich habe … ich musste, ihn festnehmen lassen, nachdem er heute Morgen Julika entführen wollte.“

„Heute Morgen?“, fragt Philipp ungläubig.

„Ja, heute Morgen. Er ist mit dem Taxi vor unserer Tür gestanden und hat sie abfangen wollen. Und das Geld fürs Taxi hat er auch nicht zahlen können, seine Karte war gesperrt“.

Philipp bleibt stehen. Die paar Schritte, die er mit Bettine schon gegangen ist, scheinen ihm zu genügen.

„Das ist wohl das größte Problem, Philipp. Ich konnt’ ihm da jetzt auch nicht mehr helfen. Er schuldet mir inzwischen vierzehntausend Euro. Vierzehntausend, das ist ein Vermögen für mich, das kannst du dir vielleicht nicht vorstellen.“

Ihr darauf etwas entgegnen zu wollen, ist Philipp zu dumm. Er entzieht ihr sanft, aber bestimmt seinen Arm und geht weiter, ohne darauf zu achten, ob Bettine seiner gewählten Schrittlänge mithalten kann.

„Entschuldige, Philipp“, trippelt sie ihm nach, „ich will ja nur, dass du mich verstehst. Ich pfeif’ sozusagen auf dem letzten Loch. Von deinem Bruder ist nichts zu erwarten. Und meine Familie – du, da bin ich eine von sehr vielen … und trotzdem haben mir meine Halbschwester und eine Freundin erstmal geholfen … aber das muss ich ihnen alles zurückzahlen. Ich habe mir für mein Leben jetzt, nur für mein Leben“ – Bettine greift sich die herabhängende Gürtelschnalle an Philipps Jacke und zieht daran, dass er stehen bleibt und ihr ins Gesicht sehen muss. Ihr laufen Tränen die sommersprossigen Wangen herunter. „Siebentausend Euro habe ich mir leihen müssen.“

Bettines Ton steht im seltsamen Widerspruch zu ihren weinenden Augen, sodass Philipp sich fragen muss, ob sie vielleicht nur durch die Kälte gereizt sind. Sie spricht klar und beinahe sachlich bemüht, nicht um sein Mitleid zu ringen, was Philipp verwundert. Würde sie das jetzt auch so spielen, wenn sie diese Szene auf der Bühne oder in einem Film darzustellen hätte? Er war nie mit einer Schauspielerin zusammen und würde es wohl auch nie sein wollen. Philipp streicht ratlos mit zwei Fingern über seine Lippen und zieht dabei hörbar etwas Schneeluft durch die Zähne. Wieder ins Haus zurückzugehen wäre allerdings auch nicht die Alternative, überlegt er. Es ist nicht damit zu rechnen, dort seine Mutter schon wieder für ihn ansprechbar zu finden.

„Siebentausend Euro, und es wird ständig mehr, was ich brauch', deshalb muss ich jetzt auch eine Arbeit annehmen, eine Tournee ... ich hab' ein Angebot, auf Tournee zu gehen, und was das heißt, kannst du dir ja denken, mit Julika."

‚Kann ich nicht, will ich nicht, oder was geht mich das hier alles überhaupt an', würde er jetzt am liebsten Bettine in ihr von Wimperntusche verschmiertes Gesicht sagen. Da ihm das aber die Höflichkeit verbietet, blickt er stumpf auf ihre immer noch geröteten Finger, mit denen sie jetzt ihre Probleme der Reihe nach aufzuzählen sich anschickt. Er hört sie von einer Kinderfrau reden, von tausenden Kilometern, die sie hin- und herfahren müsse innerhalb von sechs Wochen, dass das aber ihre Chance sei, da sie anschließend am Ort spielen würde, noch einmal vier Wochen, also Arbeit habe und die Bezahlung, durch die Vielzahl der Vorstellungen, für sie sehr gut sei und dass sie nicht mehr länger mit ihrer Zusage warten dürfe.

„Können wir das Ganze nicht abkürzen?", unterbricht Philipp ihren Redeschwall, „Du brauchst Geld, und ich soll dir helfen. Sag es klipp und klar und verschone mich bitte mit diesen Drumherumgeschichten!"

„Drumherumgeschichten?!" Jetzt weint Bettine wirklich und bekennt sich wütend, aber stolz zu ihren Tränen. Obwohl sie wie verneinend den Kopf hin- und herbewegt und sich mit ihrer flachen Hand mehrere Male auf ihre trotzig aufeinandergepressten Lippen geschlagen hat, platzt es plötzlich doch aus ihr heraus: „Du, du, du bist so ein, so ein ... arrogantes ... ach, ein Piefke bist du, ja, ein echter Piefke – wirklich, igittigitt! Pfui ...!"

Und als hätte sie ihm ein Geheimnis anzuvertrauen, fährt sie in einer tieferen Tonlage fast flüsternd fort: „Ihr seid euch gar nicht so sehr unähnlich, du und dein Bruder, feiner Stall; nur, dass dein Bruder neben der großen Klappe nicht die Mittel hat. Die hast du, und das macht dich nicht eben sympathischer. Ich bin gekommen, weil ich wirklich Hilfe brauche und weil Sascha Hilfe braucht. Sascha hat mir erzählt, dass du bei deiner Mutter bist. Ich will dein Geld nicht, ich dachte nur, dir liegt was an Julika, sie ist deine einzige Nichte, und wahrscheinlich bleibt sie auch die einzige in dieser Generation, dann wird Julika ja vielleicht sowieso alles erben."

So viel unbekümmert ehrliche Direktheit beginnt Philipp zu amüsieren. Er hat Bettine schon beinahe gebannt zugesehen und zugehört. Nein, so bittet man tatsächlich nicht um Geld. Eigentlich nicht. Aber wie überhaupt? Er hat noch nie für sich um Geld bitten müssen. Wie man sich allerdings Sponsoren gegenüber zu verhalten hat, von denen man sich Unterstützung für kostspielige Projekte erhofft, weiß er sehr wohl. Ganz gewiss nicht, wie gerade jetzt hier, vor ihm, auf der Straße, Bettine. Eine Rolle in einem Theaterstück mit ähnlicher Aufgabe dürfte sie so sicher nicht gespielt haben. Oder sollte ein besonderer Plan hinter ihrem Auftritt liegen? Vielleicht will sie nur erreichen, dass er ihr seine Hilfe bietend zu Füßen legt, dass er sie quasi zu überreden hat, sein Geld von ihm anzunehmen. Gespannt, wie sie die Szene weiter zu inszenieren gedenkt, beobachtet Philipp Bettine und ist ihr beinahe dankbar für die Abwechslung, die ihn seine eigenen Probleme verdrängen lässt.

„Sascha braucht eine Entziehungskur. So lass ich ihn nicht mit Julika allein, das kann ich ihr nicht zumuten, da muss ich sie schützen, so sehr sie auch an ihm hängt, oder bitte – gerade, weil sie so an ihm hängt. Das ist doch grausam für sie, ihn so zu erleben, heute Morgen bettelnd und weinend, das war würdelos. So kann er nicht um seine Tochter ringen. Ich musste die Polizei rufen, ich hatte gar keine andere Wahl, und ich glaub', für ihn ist

es so auch das Beste. Er kommt vielleicht jetzt endlich mal zum Nachdenken."
„Und Julika, wo hast du sie jetzt?"
„Sie ist bei einer Nachbarin, einer jungen Frau, die am Staatstheater arbeitet und auch alleinstehend mit ihrem Bub ist. Er ist noch ein Baby, in das Julika ganz vernarrt ist. Wir helfen uns manchmal gegenseitig und haben uns etwas angefreundet. Julika ist gern da, und ich wollt' ihr die lange Autofahrt nicht zumuten, auch nicht, was ich mit dir besprechen muss – und überhaupt alles hier."
„Wie meinst du das – ‚alles hier'?", fragt Philipp.
„Na ja, du weißt schon."
Was soll er wissen? Was möchte er überhaupt wissen? Seine Mutter hat sich verändert. Könnte es möglich sein, dass diese Veränderung schon vor dem Verlust ihrer Enkelin begonnen hat? War es vielleicht auch Bettines Anliegen, ihr Kind vor seiner Großmutter zu schützen? Philipp weiß nicht wirklich, ob er diese Fragen auch beantwortet haben möchte. Sicher spürt er nur, dass es ihm sehr missfiele, gerade von Bettine den Zustand seiner Mutter beschrieben und erklärt zu bekommen.
„Dann hat Julika so was wie ein soziales Umfeld … da, wo du jetzt wohnst, geht's ihr also gut", sagt Philipp ablenkend, und mit einer gezielten Kopfbewegung fordert er Bettine auf, mit ihm weiterzugehen.
„Naja, sie hat sich schnell eingelebt, kann man sagen, aber – ich habe einfach niemanden für sie, wenn ich arbeiten muss, und ich muss arbeiten. Meine Nachbarin hat selbst massive Probleme, ihr Kind und ihre unregelmäßigen Jobzeiten unter einen Hut zu bringen. Stuttgart ist eine verdammt teure Stadt."
Philipp fällt auf, dass die meisten Bürgersteige der Straße schon vom Schnee beräumt worden sind. Zum Haus seiner Kindheit muss er nicht zurückblicken, um zu wissen, dass dort nichts dergleichen passiert ist. Übernimmt das Schneeschippen Sascha, oder überlässt er diese Tätigkeit noch immer der Mutter? Eine

Firma damit zu beauftragen, wird sie bisher wohl kaum in Erwägung gezogen haben. Philipp will es nicht gelingen, die Gedanken an seine Mutter zu verdrängen. Wäre es nicht doch gut, ihr am Ende dieses Tages ein Geschenk machen zu können? Vielleicht gelingt ihm ja, eine Annäherung oder gar Versöhnung zwischen ihr und Julikas Mutter zu erreichen? Dann würde seine spontane Reise hierher wenigstens so etwas wie einen Sinn bekommen. Da er sich verbietet, Bettine gegenüber diplomatisch vorzugehen, stößt er übergangslos seinen Vorschlag heraus: „Du könntest doch Julika hier lassen, bei meiner Mutter. Sie ist schließlich ihre Großmutter …"
„Das ist das Allerletzte, was ich machen würde." Bettine hat ihn so brüsk unterbrochen, dass Philipp nun doch einen kleinen Moment überlegt, ob er sich dieser Angelegenheit weiter annehmen sollte. Der kurze Blick Bettines, der ihn so unvermutet getroffen hatte, hätte den Schnee am Rand der Straße zu Polareis gefrieren lassen können. Es macht ihn wütend, dass so etwas wie eine Bewunderung in ihm aufgestiegen war. Gleichzeitig taucht nun wieder das Bild seiner Mutter vor ihm auf. Es scheint ihm nur gerecht, sich für sie einsetzen zu müssen, und so bleibt er stehen und zwingt damit auch Bettine zum Anhalten.
„Aber ich bitte dich, sie war die ganzen ersten Jahre gut genug, und jetzt plötzlich, weil du Sascha nicht mehr … also nicht mehr mit ihm zusammen bist –"
„Das hat nichts damit zu tun. Ich lasse mein Kind nicht von einem ehemaligen Stasispitzel erziehen." Bettine geht weiter. Jetzt ist es an ihr, den Rhythmus des Spaziergangs zu bestimmen.
„Hast du einen Knall? Sag mal, bei dir scheint wirklich einiges nicht ganz richtig zu laufen, meine Liebe, du bist dir hoffentlich im Klaren, dass du dich mit solchen Äußerungen strafbar machst."
Gerade in diesem Augenblick sind Philipp und Bettine vor dem Grundstück seines Freundes Christoph angekommen. Doch im Gegensatz zur vergangenen Nacht fehlt Philipp jetzt jegliches

Bedürfnis, sich in Betrachtungen zu verlieren. Mit unsanftem Griff hält er Bettine fest, zieht sie an sich, um sie dann an den Zaun zu drängen und ihr fest ins Gesicht sehen zu können. Bettine scheint unerschrocken. Mit herausforderndem Augenaufschlag, dem sie ein ironisches Blinzeln folgen lässt, wirft sie ihren Kopf halb schräg nach hinten, sodass sich die Linie ihres schmalen, unbedeckten Halses Philipp entgegenstreckt. Dabei haucht sie ein sanftes Stöhnen aus, so dass sich Philipp nicht sicher ist, was ihn aggressiver macht, diese Bewusstheit im Einsetzen ihrer vermeintlichen Reize oder der Inhalt ihrer Worte.
„Kann das möglich sein?“, fragt sie gedehnt, und bedient sich dabei in lustvoll gespielter Naivität ihres Heimatakzents.
„Aber natürlich kann das möglich sein und zwar fixer, als es dir lieb ist“, antwortet Philipp betont hart und schnell.
„Na geh, ich mein’, kann das möglich sein, dass du wirklich nix weißt, nix davon g’wusst hast? Das ist wohl alles nie nach Australien gedrungen? Aber ganz sicher doch nach Berlin, oder?“
Mit einem Grinsen, wie es Philipp kaum verächtlicher erscheinen könnte, löst sich Bettine aus seinem Blick und der von ihm erzwungenen Stellung am Gartenzaun, um weiterzugehen. Doch Philipp bleibt stehen. Bettines Akzent hat er nie gemocht, aber, dass sie ihn jetzt so betont einsetzt, lässt seine Wut auf ein Maß anwachsen, durch das er seine Kontrolle verliert. Wieder packt er Bettine an ihrem Handgelenk, reißt sie mit hartem Griff herum und stößt sie sofort ebenso unsanft zurück gegen den Zaun. „Jetzt hältst du mal augenblicklich die Luft an“, sagt er langsam und gepresst, aber mit nachlassender Intensität. Denn während er die Mutter seiner Nichte an die morschen Holzlatten gestoßen hatte, war deutlich zu vernehmen gewesen, dass dabei mindestens eine von ihnen zu Bruch gekommen sein musste.
Aber nicht nur damit hat er seine Aufmerksamkeit zu teilen. Sein Blick streift das Grundstück und die Villa seines Freundes und was sich ihm da nun am hellen Tag offenbart, hat nichts mehr

mit dem zu tun, was er heute Nacht zu vermuten glaubte. Da es ihm schwerfällt, sich auf mehrere Dinge gleichzeitig zu konzentrieren, lässt er augenblicklich von Bettine ab, was diese als Eingeständnis seines Versehens deutet. Obwohl selbst noch etwas erschrocken von dem plötzlichen Angriff, wiederholt sie großzügig ein „Schon gut, schon gut!“ in der festen Absicht, ihm diesen emotionalen Ausrutscher zu vergeben.

Gebannt blickt Philipp auf die ruhende Baustelle mit der entkernten Villa seines Freundes.

„Das war dein zweites Zuhause, nicht?“, sagt Bettine plötzlich so sanft, dass er sie erschrocken ansieht – beinahe so erschrocken, wie er eben auf das in eine leichte Schneedecke gehüllte Bild dieser Baustelle geblickt hatte. „Durch die Villa bist du zu deinem Berufswunsch gekommen.“

„Woher weißt du …?“ Philipp tastet nach seinen Zigaretten, und während er sich eine anzündet, lässt er Bettine nicht aus den Augen. Selbst auf ihren Heimatdialekt hat sie verzichtet.

„Dein Bruder mag dich mehr als du denkst. Er hat mir alles erzählt. Von den Bornemanns und dass sich ihr Sohn Christian …“

„Christoph“, verbessert Philipp.

„… Christoph umgebracht hat, in Stasihaft erhängt hat. Er war dein engster Freund, nicht wahr? Die Alten habe ich noch kennengelernt. Sie haben da noch gewohnt, als ich hierher zog und mit Julika im Kinderwagen spazieren ging. Frau Bornemann hat manchmal reingeguckt in den Wagen. Er ist jetzt in einem Pflegeheim, soviel ich weiß, und sie, nein, umgekehrt, sie ist in einem Pflegeheim, Alzheimer, und er … Er war einmal da, bei deiner Mutter, als seine Schwester gestorben ist. Da ist alles aufgeflogen.“

„Wie, alles aufgeflogen?“

„Na, das Doppelleben deiner Frau Mama.“

Philipp beobachtet konzentriert die glimmende Glut seiner Zigarette, als könnte er so erfahren, warum ihm diese bisher nicht schmecken wollte. Dann spreizt er langsam die beiden Finger, mit denen er sie gehalten hat und lässt sie vor seine Füße fallen.

„Ich möchte jetzt doch irgendwo einen Kaffee trinken“, sagt er kühl und tritt mit mehreren unangemessen kräftigen Stößen seiner Stiefelspitze den glimmenden Stängel aus. „Nehmen wir deinen Wagen … dein Vehikel?“
Mit etwas Hochprozentigem könnte er vielleicht den bitteren Geschmack in seinem Mund wegspülen, denkt er, während er seine Zunge gegen den Oberkiefer presst und schnalzen lässt. Dann strebt er entschieden, mit großen, schnellen Schritten, auf die Autos vorm Haus seiner Mutter zu, in der sicheren Annahme, dass Bettine ihm folgt.

„Es hat nicht so geklappt mit dem, was ich wollte, und das spürt Julika natürlich. Der Typ, wegen dem ich hin bin, war – naja, ein Reinfall, kann man so sagen. Also die beiden haben keinen Nerv füreinander bekommen, und dann diese ständige Eifersucht und das Hin und Her mit meinem Beruf, ich stand eigentlich nur zwischen den Stühlen, konnt' die Arbeiten nicht machen, die ich wollt'; ich habe halt nur eine ehemalige Kollegin dort, auf die ich zwar gebaut hab', aber die hat auch ihr eigenes Leben, das geht sehr schnell am Theater, was da heute gilt, ist morgen schon vergessen, da ist man über eine Zeit so eng miteinander, erzählt sich alles, hält zusammen und dann, kaum ist wieder so eine neue Familie entstanden, ich meine damit eine Produktion, in der man eng zusammenarbeitet, sich als Familie empfindet, weißt', da werden halt die Sorgen, die Nöte und die Freuden gemeinsam getragen, man macht sich nackt füreinander, zieht sich aus – seelisch, mein' ich … wenn's gut läuft, legt die Seele blank, verstehst', ist ja auch toll, wenn's so funktioniert – und dann, kaum war die letzte gemeinsame Vorstellung oder hat für den einen oder anderen schon wieder was Neues begonnen – ist alles vorbei, gelten plötzlich nur noch die neuen Verbandelungen, das hab' ich halt auch erst begreifen müssen …“
Bettine zupft schon eine ganze Weile an dem papierenen Spitzendeckchen herum, das auf dem Teller unter ihrer Kaffeetasse liegt.

Endlich hat sie ein Stück davon abgerissen. Gedankenversunken rollt sie es zwischen ihren Fingern zu einem festen kleinen Kügelchen. Ihre Hände sind ungepflegt, bemerkt Philipp, was ihm in ihrem Beruf merkwürdig erscheint. Die kleingeformten Nägel sind nicht lackiert und unterschiedlich lang. Zum Teil sind sie bis ins Nagelbett angeknabbert und rissig. Philipp glaubt, an einer erwachsenen Frau solche Hände noch nie gesehen zu haben. Die kurzen Finger, die Sommersprossen, selbst jetzt im Winter, auf der hellen, mit kleinen, rosig schimmernden, wunden Stellen durchsetzten Haut, geben ihnen etwas Verletzlich-Kindliches. Bettine hat sich nicht geschminkt, nur etwas die Wimpern nachgezogen, wobei inzwischen die Tusche unter ihren Augen verlaufen ist.
Hat sie so unvorbereitet die mehrstündige Fahrt auf sich genommen, nur um ihn zu sprechen? Philipp fühlt sich seltsam berührt, beim Betrachten der jungen Frau, die da vor ihm im Kaffee sitzt und wie abwesend den kleinen Papierfetzen in ihren kurzen Fingern zu einem Kügelchen rollt.
„Das kannst du dir sicher nicht vorstellen, mit deinen Projekten, die für die halbe Ewigkeit bestimmt sind", sagt sie und begegnet dabei seinem Blick.
„Oh doch, das kann ich schon. Auch ich kenne zeitlich begrenzte enge und sehr intensive Arbeitsverhältnisse, bei denen man sich durch die abverlangte Kreativität vielleicht nicht gerade nackt macht, wie du sagst, aber sich doch auch ungewöhnlich nahe kommt. Steht das Projekt, ist es vielleicht sogar prämiert, dann ist es auch vorbei, das Kind in der Welt sozusagen und neue winken, wollen ins Leben geholfen kriegen – ist ja auch gut so."
Philipp lässt Bettine nicht aus den Augen. Sie hat inzwischen den Blick gesenkt und betrachtet die Fingernägel ihrer rechten Hand. Nach einer Weile beginnt sie erneut in Gedanken versunken am Nagelbett ihres Daumens zu knabbern. Auf dem Tisch vor ihnen steht ein kleines Adventsgesteck. Als die Bestellungen aufgenommen wurden, hatte die Kellnerin mit einem Feuerzeug die Kerze angezündet. Seitdem brennt ihr Docht still vor sich

hin. Anders als jene Kerze im Wintergarten seiner Mutter, die sich erst durch Staub und Insektenreste hatte brennen müssen, denkt Philipp. Er hat es noch nicht fertiggebracht, auf die Äußerung Bettines über seine Mutter einzugehen, die ihn veranlasste, die junge Frau an den Gartenzaun des ehemaligen Grundstücks seines Freundes Christoph zu schleudern, so dass zwei der morschen Latten zu Bruch gingen.
Seit sie dieses kleine Eck-Café in der Altstadt betreten haben und sich nun so seltsam gegenwärtig gegenübersitzen, verlangt es Philipp nach einer möglichst von jeder Vergangenheit unbelasteten Ruhe.
„Weißt du", taucht Bettine aus ihren Gedanken auf, „da, wo ich herkomme, spielt die Familie noch eine große Rolle." Sie sagt es, ohne dabei Philipp anzusehen. Ihr Blick verfängt sich im milden Schein der Kerze, in den Tannenzweigen und den kleinen goldenen Sternen des Gestecks.
„Man hilft sich, ist füreinander da, es gibt viele Kinder – ich habe fünf Geschwister, die müssen alle sehen, wo sie bleiben, aber der Zusammenhalt ist eben ganz selbstverständlich. Trotzdem, ich kann da nicht mehr hin, als Gescheiterte sozusagen – obendrein noch mit 'nem unehelichen Kind, von dem der Vater säuft und nicht zahlen kann. Wir sind's da alle katholisch, verstehst', und wenn der verlorene Sohn auch aufgenommen werden muss … ich könnt's halt auch nicht. Für mich selbst nicht, weißt, ich, ich könnt's nicht ertragen. So sehr mir die Berge fehlen, und die Wiesen und alles … aber daheim bin ich halt schon immer ziemlich ausgeschert, das schwarze Schaf sozusagen. Ich hab' mein ganzes Erbe in meine Ausbildung gesteckt, die Privatschule in Wien, für Schauspiel – na sakra, das war schon so verrückt für die meisten, man kann doch auch so schauspielern, so in der Freizeit zum Spaß, als Hobby sozusagen, das tun eh so viele in den Dörfern, da gibt's allenthalben Laienspielgruppen, gar nicht mal so übel, das kann man doch aus dem Bauch heraus … Ich bin da schon früh als Kind dabeigewesen, erst beim Krippenspiel und dann

weiter … und aufgefallen bin ich gleich, na ja, und da wollt' ich halt weiter machen, und jetzt musste es auch klappen – hat aber nicht so – na … nei, da kann i nimmer hie …" Auch wenn Bettine mit kurzen Gedankenpausen gesprochen hat, so war sie doch in einem Fluss geblieben, bei dem sie beinahe ihr Gegenüber zu vergessen schien. Erst jetzt, da ihnen zwei weitere Cappuccini gebracht werden, schaut Bettine auf, und für einen kurzen Moment treffen sich ihre Blicke. Dabei spürt sie, dass ihr Philipp aufmerksam zugehört hat und sie mit einer entspannten Offenheit ansieht, die ihr den Mut gibt, weiterzuerzählen.

„Ich hab's ja versucht, an den staatlichen Schulen – fast überall in Deutschland, ja, sogar in Berlin, das wäre ja der Traum schlechthin gewesen – und stell dir vor, meine Eignung habe ich dort auch bekommen, aber aufgenommen haben's mich dann doch nicht. Es braucht immer mindestens zwei Prüfungen, die Eignung und die Aufnahmeprüfung. Ich hab' ein ganzes halbes Jahr in Berlin gejobbt, viel gesehen und gelernt, aber es hat nicht sein sollen. – Dann hab' ich mir mein Geld auszahlen lassen, mein Erbe aus dem Hof und bin auf die Privatschule nach Wien gegangen."

Jetzt geht ein Leuchten über Bettines Gesicht, ein anderes, als er es aus seinen früheren Begegnungen an ihr kennt. In der Stunde, die seit Bettines Klingeln vergangen ist, hat er das ihm an ihr bekannte, dominierende und strahlende Grinsen noch nicht erleben müssen. Aufgesetzt und künstlich hatte er es in Erinnerung, perfekt für jede Zahnpasta-Werbung, aber denkbar ungeeignet, seine Sympathie zugewinnen.

‚Zwar hatte sie vorhin ihre momentanen Probleme angesprochen, aber die scheinen ihrer Persönlichkeit nicht geschadet zu haben', denkt Philipp.

„Wie lange warst du denn nicht mehr in Österreich?"

„In Österreich? Na, seit dem Studium in Wien nur einmal, mir was ansehen halt und nach Arbeit schauen."

„Und da bist du nicht zu Hause gewesen?"

„Zu Hause? Na mei, ich war da jetzt ganze zwölf Jahr' nicht mehr, wäre ja auch von Wien kein Katzensprung gewesen. Hätt' ich mir gar nicht leisten können, und solange ich für die nicht im Fernsehen komm', brauch' ich mich da nicht blicken lassen und; weißt', wie schlimm das italienische Fernsehen ist, das sie da gucken ...
Warum war ihm nie aufgefallen, dass sie so ein natürliches Lachen haben kann, wodurch er sich sogar gern anstecken lässt?
„Wie weit von Wien entfernt bist du denn aufgewachsen?"
„Na, gut neun, zehn Stunden brauchst schon."
„Zehn Stunden? Mit dem Fahrrad oder der Pferdekutsche?"
An diesem Tage geradezu unbekümmert loslachen zu können, hätte Philipp vor einer Stunde noch nicht glauben können.
„Aus welchem Bergdorf stammst du denn?"
Er ist sich sicher, dass seiner Frage kein abfälliger Ton beigemischt war. Wie könnte Bettine auch sonst wieder mit diesem dezenten Leuchten in ihren Augen antworten.
„Ich komm aus Stern, das liegt im Gadertal."
‚Ein Sternchen also', denkt Philipp, ist dabei aber sehr zufrieden mit sich, diese Bemerkung nicht für sie laut und vernehmlich geäußert zu haben.
„Mit der Bahn brauchst schon so lang, das geht erst mal nach Sterzing und Bruneck, mit den großen Zügen geht's sogar erst nach Bozen und dann nach Bruneck, dann mit dem Bus weiter – eine Bahnstation hat's da gar nicht ..."
„Bozen? Ja, das ist doch gar nicht Österreich."
„Nein, das ist Südtirol. Ich bin Tirolerin, hab' einen italienischen Pass und bin sozusagen eine Fremde hier bei euch in Deutschland."
Darauf zündet sich Philipp eine Zigarette an. Einerseits, weil er sich erinnert, dass das Rauchen in italienischen Cafés und Restaurants schon länger untersagt ist als in Deutschland, dort aber zu keinen Verstößen geführt haben soll, während man sich hier immer wieder über das Verbot hinweggesetzt hatte, andererseits, weil er noch einen Grund mehr hat, Bettine mit anderen Augen zu betrachten.

„Sascha hat schon recht“, blinzelt sie ihn an, „du bist ein Ignorant.“ Dass sie damit nicht seine brennende Zigarette meint, ist ihm klar. Aber was soll er darauf erwidern? Ihm war bis heute nicht einmal klar, dass sein Bruder und Bettine nie geheiratet hatten. Sicher ein Fakt, der in einer katholisch sozialisierten Südtiroler Familie nicht zu ignorieren gewesen wäre.
„Ich muss gestehen, ich war noch nie in Südtirol. Nur mit dem Finger auf der Landkarte, als Junge. Christoph und ich haben mal eine Zeitlang Routen nachgezeichnet von denen wir wussten, dass sie auf das Werk von Schriftstellern oder Philosophen Einfluss hatten, für die wir uns interessierten. Dazu gehörte natürlich Goethes ‚Italienische Reise‘, in der er auch Bozen beschrieb, eine Kutschfahrt durch das Etschtal, glaube ich … bei der er, als überzeugter Pantheist, sich so von der Natur begeistern ließ, dass er wieder einmal an einen Gott zu glauben geneigt war.“
Philipp überlegt, noch weitere Verbindungen herzustellen. Hatte sich nicht auch Karl May von der Südtiroler Landschaft inspirieren lassen? Und in Heinrich Heines Reisebericht von München nach Genua wird es bestimmt auch Beschreibungen geben, die ihm längst entfallen sind, die Christoph aber, so ist er sich sicher, jetzt selbstverständlich parat haben würde. ‚Wenn es ihn doch noch gäbe‘, seufzt es kurz in Philipp. So vieles, das der Freund einfach mitgenommen hat ins Nichts, denkt er und bedauert zugleich, dass er nicht mit einem ähnlichen Gedächtnis ausgestattet ist, was ihn jetzt mit Zitaten berühmter Denker brillieren ließe.
„Aber ganz so schmeichelhaft kann das doch nicht immer gewesen sein?“, fragt ihn plötzlich Bettine, kokett provozierend, „Euer Heine zum Beispiel hat sich nicht so nett geäußert. Ich glaub’, er fand es beklemmend heilig und bigott bei uns.“
Philipp bringt nur ein kleines, verwundertes „Ja“ heraus. Seine Gedanken kann sie doch unmöglich erraten haben. Fasziniert hört er ihr zu, wie sie von Heines Berichten über die Tiroler erzählt. Der Dichter hielt sie für zu dumm, um krank sein zu können, für Menschen, ja, von geradezu unergründlicher Geistesbe-

schränktheit. Sie seien zwar heiter, schön, ehrlich und brav, aber es fehle ihnen völlig das Gefühl von Würde und Persönlichkeit.
Bettine lacht, doch unter diesem Lachen spürt Philipp ein Erzittern, was sie, einem tanzenden Jongleur auf dem Drahtseil gleich, gefährlich dem Abgrund aussetzt. Insgeheim hatte er sie ‚Sternchen' getauft und war nicht einmal geneigt, sich dies als sentimental einzugestehen und verbieten zu wollen. ‚Schneesternchen', verlangt es ihn jetzt, sogar zu präzisieren. Schnee, für den es nur eines Hauchs bedarf, dass er schmilzt.
Noch immer möchte Philipp nicht über seine Mutter reden. Auch er spürt, dass seine Stimmung zu kippen bereit ist. Um das zu verhindern, schließt er für zwei Sekunden die Augen und spürt seinem Atem nach. Doch, was sich dann plötzlich für eine Frage in ihm formuliert, erscheint ihm noch wahnwitziger als das Thema um eine vermeintliche IM-Tätigkeit seiner Mutter.
„Das Baby deiner Nachbarin – der alleinstehenden, das Julika so mag, wie alt ist es denn?"
„Bald ein Jahr wird der Kleine, krabbelt aber nur, macht noch keinerlei Anstalten …"
„Und der Vater?"
„Den hat's nie wirklich gegeben."
„Und sie, die Mutter, deine Freundin, mein' ich, was hat die am Theater gemacht, ist sie auch Schauspielerin?"
„Nein."
„Was dann?"
„Sie arbeitete in der Ausstattung."
„In der Ausstattung?"
„Ja, in der Ausstattung. Wieso?"
Philipp ist klar, dass Bettine sein Interesse absurd erscheinen muss. Er glaubt sich ja selbst kaum wiederzuerkennen. Aber warum muss auch alles bisher so genau passen?
„Ach, das ist nur ein Gefühl, ich …"
Philipp massiert mit Daumen und Mittelfinger seine Brauen. So gelingt es ihm, vor Bettine zu verdecken, dass er die Augen

schließt, um einen Moment mit sich allein zu sein. ‚Was soll das jetzt?', fragt er sich. Will er wirklich zu erzählen beginnen? Hier und jetzt, in diesem Café, gerade Bettine gegenüber, die er noch vor einer Stunde am liebsten an die Wand geklatscht hätte, um sie dann schließlich wirklich an den Zaun krachen zu lassen?
Er öffnet die Augen, starrt einen kurzen Moment ins Leere, als müsse er sich sammeln, und sagt: „Heute kommt so vieles zusammen für mich, dass ich ganz einfach meine Grenzen fürchte. Eigentlich wollte ich eine Auszeit nehmen, dabei ... war ich es schon lange und bin es immer noch ... im Aus! – in meinem privaten, in meinem ganzen persönlichen Terrain bin ich es ... *out of live ... out of it* und *completely* ... ich merke es, habe es nur nicht gewusst, vielleicht nie wissen wollen. Nur, Dummheit oder Unwissenheit schützen bekanntlich vor Strafe nicht."
Wenn sich Philipp auch nicht erinnern kann, jemals über sich selbst erschrocken gewesen zu sein, er weiß genau, dass er es jetzt in diesem Augenblick ist und zwar für sein Gegenüber sichtbar. So viel von sich und über sich preisgegeben zu haben, zudem noch in der unpersönlichen Atmosphäre eines spießigen Eck-Cafés, ganz und gar ungefragt und unaufgefordert, scheint ihm so grotesk wie das weitere Fragen nach Bettines Freundin samt ihres Kleinkinds in Stuttgart. Um dem Ganzen die Krone aufzusetzen, sagt er: „Da du kein Geld von mir nehmen willst, dachte ich mir, so etwas wie eine Stiftung für alleinerziehende Mütter zu gründen und könnte doch mit deiner Freundin anfangen, also, wie heißt denn ... wie würde denn die Begünstigte heißen?"
„Das ist jetzt nicht wahr? Ich hoffe nur, das ist kein geschmackloser Witz. Auch nach fast acht Jahren habe ich mit euerm deutschen Humor nämlich noch so meine Probleme."
„Haben wir denn überhaupt einen für euch Südtiroler?"
„Eigentlich kaum, und wenn, nur so einen schadenfrohen, auf den kann ich wirklich verzichten."
„Bettine ..."

„Du sprichst mich zum ersten Mal mit meinem Namen an, ist dir das klar?“
„Nein, Bettine. Ich sage ja, mir ist anscheinend einiges nicht klar. Ich würde jetzt auch ganz gern lachen können – kann es aber nicht. Zähl' mich heute getrost zu den humorlosesten Deutschen, die es unter den zweiundachtzigeinhalb Millionen gibt, und ich sage dir, mir ist es herzlich egal, Bettine, auch wenn du es bist, tut mir leid, da bleib' ich ein Ignorant … Aber den Namen dieser Frau will ich ernsthaft wissen.“
„Almut Jürgens.“
„Almut Jürgens – okay! Nun gut, oder … auch gut, was soll's.“
Philipp streckt sich, soweit ihm das im Sitzen möglich ist, verschränkt die Hände hinter seinem Kopf und sagt, nachdem er lang und von einem gequetschten Ton begleitet aus- und schnell wieder eingeatmet hat: „Über die Stiftung oder wie auch immer wir es nennen wollen, sprechen wir trotzdem noch … sie ist gebongt – für euch beide.“
Dass Bettine ein kaum hörbares „Piefke!“ über ihre Lippen kommt, liegt wohl an Philipps Körperhaltung, die er während seiner Ansage unverändert beigehalten hat und die ihm etwas Gönnerhaftes gibt. Doch fast zeitgleich mit seiner nächsten Bemerkung, steigt Bettine schlagartig die Röte ins Gesicht: „Es sei denn, du fürchtest um Julikas Erbmasse.“

Philipp hatte nicht bezweckt, sie in Verlegenheit zu bringen. Es liegt ihm auch fern, sich über sie amüsieren zu wollen. So entschuldigt er sich für seinen Scherz, obwohl diese kleine, aufgewühlte Röte in Bettines Gesicht für ihn etwas Erotisches hat. Eine Verunsicherung, die er unter anderen Umständen durchaus zu würdigen sich herausnehmen würde.
„Nein, nein das war blöd von mir vorhin“, sagt Bettine hastig bemüht, „ich war wütend, das passiert mir manchmal.“ Schelmisch fügt sie hinzu: „Aber was dran ist da schon, oder?“, und während sie erklärend fortfährt, fürchtet Philipp für einen Au-

genblick wieder die Schauspielerin in ihr. „Sascha will nie mehr ein Kind, er meint, über Julika ginge sowieso nichts, die sei nicht zu toppen. Eure Schwester Frauke ist zu alt und du, naja, wenn du dich nicht noch umorientierst …"

„Umorientierst? Ich verstehe nicht?"

Doch versteht Philipp! Da Bettine ihr Lachen abrupt abgebrochen hat und erneut rot geworden ist, versteht er. Dies Mal jedoch verspürt er keine Lust, Bettine aus ihrer Verlegenheit zu helfen. Ein schwuler Ignorant ist er also für sie. Gut zu wissen; aber eine Weile lässt er sich doch Zeit, diese Information zu verdauen.

„Wir haben in Berlin einen Hausverwalter, Herr Schüttholz, der hat sich selbst auch zum Hauswart erklärt. Also, er ist eine Institution für sich. Ich glaube, der würde für euch das Bild eines echten Deutschen erfüllen. Absolut humorlos, prinzipienfest und äußerst genau. Er macht seinen Job sehr zuverlässig, alles funktioniert reibungslos, und wenn man wie ich zu denen gehört, die ihn mit engagiert haben, kann man zufrieden sein. Die Ordnung im Haus, mit immerhin siebzehn Parteien, lässt nie zu wünschen übrig – da gibt's überhaupt keine Beschwerden. Und er ist penibel hinterher, dass auch das Kleingedruckte berücksichtigt wird. Aber – kaum jemand begegnet ihm gern. Ich auch nicht. Er tötet jede Phantasie. Obwohl ich mich auf ihn verlassen kann, muss ich mich jedes Mal überwinden, ihm Anweisungen zu geben oder um etwas zu bitten. Ich meine, er wird von mir bezahlt für das, was er tut, aber ich lass' es ihn nicht gern tun, weil ihm seine übertragene Kompetenz eine derart sture Überheblichkeit gibt, dass es mich abstößt. Ich weiß, dass die ausbleibende Sympathie auf Gegenseitigkeit beruht. Aber soll ich dir was sagen, Betty? Das ist mir nicht egal! Er ist mir nicht egal. Ich ahne, dass er mich im Tiefsten seines Inneren verachtet. Mich! Ja, und ich habe nicht herausgefunden, warum das so ist. Neid wird es nicht sein, kann es nicht sein. Ich glaube nicht, dass er überhaupt neidisch ist. Er ist viel zu sehr mit sich im Reinen. Er erfüllt seinen eigenen Maßstab, den ich nicht kenne und sicher auch nie erfüllen könnte, wie er weiß. Und so ist es wohl eher Unverständnis meinen Rhythmen gegenüber, meinem Lebensstil, den er doch leider bedingt mitbekommt und dem er sich überlegen fühlt, weil er, der Herr Schüttholz, befindet sich in der Ordnung und ich außerhalb."

Philipp sucht Bettines Augen. Er möchte wissen, ob sie ihm zu folgen bereit ist. „Außerhalb der Ordnung heißt auch außerhalb von Recht, was diese Typen wie Herr Schüttholz für sich gepachtet sehen. Aber für schwul kann er mich nicht halten, das wäre zwar der Oberwitz, der ist aber leider, oder Gott sei Dank, völlig ausgeschlossen."

Da Bettine ausdruckslos vor sich hinstarrt, kann er sich die Frage nach ihrem Beteiligtsein an dem, was er ihr die ganze Zeit zu sagen versucht hat, nicht beantworten. So beschließt er, sich Bettine über den kleinen Tisch hinweg entgegen zu beugen und mit einer Spur mehr Weichheit in seiner Stimme zu nähern.

„Ich erzähle dir das alles als meinen Beitrag zum Thema ‚Ignoranz'. Manchmal wünschte ich sie mir mehr, viel mehr, ihm, diesem Mann, dem Herrn Schüttholz gegenüber zum Beispiel; da wünschte ich sie mir, da fehlt sie mir nämlich komplett. Wenn ich mit ihm zu tun habe, meine ich sogar, mir könne die Luft abgedrückt werden."

„Warum trennst du dich dann nicht von ihm?"

Bettines Frage kam schnell, trocken und direkt. ‚Etwas Praktisches hat sie', sagt sich Philipp, weiß aber noch nicht, ob ihm das auch gefallen will.

„Ich sag' ja, weil ich nicht ignorant genug bin, Bettine. Und außerdem – ich bitte dich, dem Mann ist nichts vorzuwerfen. Ich bin hier der Versager. Man kann nicht alle unangenehmen Zeitgenossen über Bord werfen, ihnen nicht einmal aus dem Weg gehen."

Bettine wird unruhig. Bald zwei Stunden sitzen sie beieinander und haben noch immer nicht über Sascha gesprochen und die Vorgehensweise, wie ihm und damit auch ihr und Julika zu helfen sei.

„Er hat gewiss auch sein Schicksal, sein Päckchen zu tragen, die-

ser Herr Schüttholz …“, sagt sie schnell, um endlich auf den Sinn ihres Hierseins zu kommen. „Wie wir alle.“
Philipp bemerkt sehr wohl, dass sich Bettines Aufmerksamkeit geteilt hat, doch etwas in ihm will dagegen ankämpfen. „Wie wir alle … wir haben alle unser Päckchen zu tragen“, sagt er gedehnt, „nur in seinem Fall kommt wohl noch dazu, dass er Schicksale mitzuverantworten hat, Päckchen gepackt und bestimmt nicht leichter gemacht hat.“
Bettine schaut auf die Uhr und dann durch die mit Abziehbildern von Schneeflocken, Sternen und schlittenziehenden Weihnachtsmännern dekorierten Scheiben des Cafés. Sie hatte sich vorgenommen, noch vor der Dämmerung wieder auf der Autobahn zu sein.
„Vielleicht ist er mir jetzt auch deshalb eingefallen. Neben meiner Unfähigkeit, die ich dir gern bekannt habe.“
Philipp lächelt Bettine an. Ihre Unruhe sehr wohl spürend, beharrt jenes Etwas in ihm, sein Thema weiter mit stoischer Gelassenheit, zu verfolgen. „Er hat zehn Jahre hauptamtlich im MfS, im Ministerium für Staatssicherheit gearbeitet. Ich habe es von ihm selbst. Aber glaube nur nicht, dass das sein Problem ist. Er steht dazu, hielt es und hält es für notwendig. Er hat die Verfassung geschützt und sein Vaterland. Er meint noch heute, dieser Zeit, der Arbeit und Ausbildung dort, seine Autorität, sein angebliches psychologisches Wissen und Gespür zu verdanken. ‚Heißes Herz, kühler Kopf, saubere Hände‘ erzählte er mir die Devise seines Vereins und von der bedingungslosen Begeisterung für die Arbeit, das Gesetz, die Ordnung …“
„Philipp, das mit deiner Mutter solltest du mit ihr klären und dir auch von ihr erzählen lassen. Ich bin wegen Sascha hier, da muss was passieren. Ich bin ja auch im Kontakt mit deiner Schwester, aber die hat genug mit euerm Vater zu tun.“
Das „Wie bitte?!“, das Philipp auf der Zunge liegt, braucht er nicht auszusprechen. Da ihm seine Gesichtszüge völlig entglitten sind, versteht ihn Bettine auch so.

„Ach, auch das wusstest du nicht! Na schön. Ja, dein Vater wohnt jetzt bei deiner Schwester in Dresden. Sie kümmert sich um ihn. Er hat Parkinson, noch die niedrigste Pflegestufe. Pflegestufe I. Aber er ist auf sie angewiesen, und deshalb hat sie auch gewünscht, dass wir dies Jahr alle bei ihr Weihnachten feiern …“

„I'm out of it … I'm out of it …“

„Nun jammer nicht, ich erzähle es dir ja noch früh genug. Ich mag deine Schwester, und wenn es dabei bleibt, dass deine Mutter nicht hinfährt, dann komme ich mit Julika zu Frauke an Heiligabend. Sonst würden wir bei Almut feiern, deiner Begünstigten.“

Bettine lacht, hat aber eben mit einem solchen Tempo gesprochen, dass für Philipp beinahe schmerzlich spürbar ist, wie sehr sie sich von der vergehenden Zeit bedrängt fühlt. Er betrachtet sie still, mit unverhohlener Wehmut. Da sie jetzt wieder von Sascha zu erzählen beginnt, forsch und mit Vehemenz, missdeutet Bettine seinen Blick als Anteilnahme für den Bruder.

„Mitleid ist da fehl am Platz, wirklich Philipp, da hat eure Mutter schon genug verkackt. Es muss ein anderer, ein konkreter Weg gefunden werden. Der Entzug ist das Erste, und den muss er wollen, wirklich wollen. Und danach braucht er eine Perspektive, er muss weg von hier, aus dem Haus Eurer Mutter, er braucht ein neues soziales Umfeld, einen Job, der ihm Spaß macht, ihn fordert, nach Möglichkeit vielleicht sogar seine Talente berücksichtigt und den er kann …“

„Liebst du ihn noch?“, unterbricht Philipp ihren resoluten Vortrag, dessen hehre Pläne selbst ihm unrealistisch hochgesteckt scheinen.

„Er ist der Vater meiner Tochter, ganz einfach und ich will nicht, dass Julika ihn hassen muss.“

Jetzt vermag Bettine ihre Unruhe nicht mehr zu zügeln. Sie steht auf, will auf die Toilette und danach los, um nicht die gesamte Strecke in der Dunkelheit fahren zu müssen.

„Wir hoffen, immer und in allen Dingen ist besser Hoffen als

Verzweifeln“, sagt Philipp in Bettines Rücken, nachdem sie ihre Tasche gegriffen hat und auf dem Weg zur Toilette ist. In tiefem Unverständnis blickt sie, ohne dabei stehen zu bleiben, über ihre linke Schulter zu ihm zurück.

„Das ist von dem, der deine Heimat so gemocht hat. Johann Wolfgang von –“ Philipp unterbricht sich und winkt ab, als Bettine außer Sichtweite ist.

Was ist nur los mit ihm? Ging es ihm nicht gestern so ähnlich, als dieses junge Mädchen mit dem seltenen Namen Penelope wieder aus seinem Leben verschwand und ihm nichts als Rätsel und die von ihrem kirschroten Lippenstift verfärbten Stummel mehrerer ausgedrückter Zigaretten zurückgelassen hatte?

‚Es kann doch nicht sein, dass ich in meinem Alter plötzlich damit anfangen sollte, mich einsam zu fühlen‘, sagt er sich und bestätigt gleichzeitig, dass dies wahrhaftig nichts mit Langeweile zu tun haben könne, schließlich warte genug Arbeit auf ihn, die nicht wegzudelegieren sei. Er zahlt, holt seine Jacke und Bettines Mantel vom Garderobenständer. Als sie lächelnd, mit gesäubertem Gesicht und frisch getuschten Wimpern von der Toilette zurück auf ihn zukommt, hält er ihr den Mantel auf. Ähnlich wie Penelope gestern, wenn auch nicht mit einer so modelgleichen Figur, schlängelt sich Bettine in ihn hinein.

Wieder einmal fühlt sich Philipp von einem abrupten Abschied überrumpelt. Ihn ängstigt das von Bettine aufgerissene Loch, in das er unweigerlich fallen wird, ist die Tür einmal hinter ihr zugefallen. Schon jetzt ahnt er, dass all die neuen Informationen, auf die er in unterschiedlicher Weise zu reagieren hat, auch nicht die Kraft haben werden, ihn aus dieser zu befürchtenden Ödnis zu befreien. Und zum zweiten Mal in dieser Stunde erschrickt er über sich selbst, als er beobachtet, dass sich seine Hand Bettines kurze Finger greift und er sich „Bleib, bitte, bleib!“ sagen hört.

*

„Ich wollte nie mehr sein als Gruppentänzerin, dazugehören und nicht aus der Reihe tanzen, das fand ich schon wichtig genug … und schwer … und schön. Ich war es gewohnt, gebraucht zu werden, ohne dafür extra beklatscht zu werden, und … und … von ihnen habe ich mich auch gebraucht gefühlt, auch später noch. Gebraucht, nicht nur von euch. Ich war wichtig, ist das so schlimm? Und ersetzen konnten sie mich auch nicht so leicht, das Älterwerden spielte bei ihnen keine Rolle. Ist das ein so schlimmes Motiv?"
Philipp sieht sehr wohl, dass Tränen beginnen, die braunen Augen seiner Mutter anzufüllen, aber er versucht, es sich nicht anmerken zu lassen. „Und du hattest die Fäden in der Hand, nicht wahr? Meintest es zumindest, ist es nicht so?"
„Ach was, was weißt du, Junge. Ich wollte nur einmal alles, habe einmal, ein einziges Mal alles auf eine Karte gesetzt, das war, als ich euern Vater wollte. Das war es mir wert. Aber wie solltest du das verstehen können?"
„Mama, nun mach mich nicht dümmer, als ich bin! Sag es mir einfach, sag es und sprich nicht in Rätseln. Für die habe ich heute einfach keinen Nerv mehr übrig!"
Philipp denkt an Bettine. Er hatte ihr den Wagen vollgetankt und sie ziehen lassen, zu ihrem Kind, zu Julika, zu ihrer Freundin Almut und ihren Sorgen in Stuttgart als alleinerziehende Mutter und Schauspielerin ohne Engagement. Zwar hatte er sein „Bitte bleib!" ernst gemeint, war aber vernünftig genug, es sehr schnell in einen Scherz aufzulösen. Schließlich glaubte auch sie, dass er schwul sei, da passieren schon mal so ein paar gefühlige Ausbrüche, die mit Humor weggelacht werden können. Wenigstens etwas, was ihn in dieser Minute zufrieden macht. Vor Bettine hatte er sich noch zusammennehmen können. Was ihm allerdings anschließend passierte, als er nicht gleich wieder hierher zurückgegangen war, als es ihn noch einmal auf den alten Weg zu seinem Freund Christoph gezogen hatte, kann er sich auch jetzt, eine gute Stunde später, nicht erklären. So sitzt er, nur halb an-

wesend, bei seiner Mutter im Wintergarten und ist eher geneigt, über sich selbst den Kopf zu schütteln, als sich von dem, was er von ihr zu hören bekommt, wirklich erschüttern zu lassen.
Er registriert sehr wohl die Behaglichkeit, die inzwischen von dem Raum ausgeht, weiß aber auch, dass nichts dafür spricht, sich dieser hinzugeben, genauso wenig, wie weiter in der Dunkelheit den verschneiten Wegen seiner Kindheit nachzurennen. Dort – wie jetzt hier – ist er nicht mehr zu Hause und wird es für ihn kein Ankommen mehr geben.
Das Polizeirevier in Stuttgart hatte Philipp noch im Beisein Bettines telefonisch erreichen können, auch einen auskunftswilligen Beamten. Alexander Seefelder sei schon wieder auf dem Weg nach Hause, im Zug, den Zahlschein in der Tasche. Philipp würde mit seinem Bruder reden müssen, und er wollte darauf bestehen, dass Sascha sich mit seiner Mutter versöhnt. Aber wie, denkt Philipp, wenn er selber nicht weiß, wie schwer die Gründe wiegen, die die beiden auseinandergebracht haben.
Um vor ihrem Sohn die Tränen zu verbergen, hatte Angelika Seefelder die Stehlampe ausgeschaltet und zu erzählen begonnen.
„Es war Liebe, nur Liebe. Ich war verrückt, besessen von ihm, und er hatte kein Auge für mich, eine lange, fürchterlich lange Zeit nicht … und ich vermochte es einfach nicht, ihn mir wieder aus dem Kopf zu schlagen. Es war eine Qual, eine unbegreifliche Qual, zumal ich wirklich nichts in der Hand hatte, keine Veranlassung etwa, die von ihm ausgegangen wäre. Er war ganz allein mein Traum, und dann, dann sollte es plötzlich kein Traum mehr sein, es wurde ganz leicht und selbstverständlich …"
Philipp ist ratlos. Er will nicht schon wieder den ausschweifenden Erinnerungen seiner Mutter über seinen Vater zuhören müssen. Gerade hat sie ihm ihre Tätigkeit als Informelle Mitarbeiterin der Staatssicherheit in der DDR bekannt. Um mit dieser Tatsache umgehen zu können, wünscht er sich, etwas von ihren Beweggründen zu erfahren. Gleichzeitig ängstigt es

ihn aber, weiter nachzufragen. Angelika Seefelder kauert in sich gekehrt und von ihrem Sohn abgewandt in der Ecke der Ottomane. Philipp blickt auf die linke Hand seiner Mutter. Wie losgelöst von ihr spielen abwechselnd alle fünf Finger auf einer imaginären Tastatur oder krallen sich in der Handfläche zu einer Faust, auf der die Adern, dunklen Würmern gleich, über spitzen Knochen hervorquellen. Als spüre Angelika Seefelder Philipps Blick, zieht sie schnell die andere Hand, die sie in der vergangenen halben Stunde unter ihrem Oberschenkel gepresst gehalten hatte, hervor und umschließt mit festem Griff ihre unruhige linke Faust.

„Es haben alle gewusst, dass ich von ihm besessen war. Nur er nicht. Wir sind uns im Treppenhaus oder in der Kantine begegnet, manchmal machte er so eine Bemerkung zu mir, ganz nebenbei, so eine Floskel, und da war ich glücklich für den ganzen Tag. Aber ich wusste, dass es nicht mehr war bei ihm und … ach, am Anfang habe ich sogar die Kantine verlassen, wenn er drin war oder gerade reinkam, konnte es nicht aushalten, mit ihm in einem Raum zu sein. Und dann habe ich einfach seinen Weg gekreuzt, bin immer wieder zufällig in der Nähe des Hauses, in dem er ein Zimmer hatte, aufgetaucht, na ja, alles so Sachen."

„Und da bist du auf den Geschmack gekommen? Hast ihm hinterhergeschnüffelt und …"

„Ich hab' ihm nicht hinterhergeschnüffelt. Ich wollte in seiner Nähe sein, und da hat mir dann ein … eine Freundin geholfen. Sie wussten, wie man an ihn rankommen könne, sie konnten es arrangieren – und dann habe ich die Erklärung unterschrieben. Es war mir nicht einmal dumm dabei. Es war für mich so was wie die Startlinie auf dem Weg zu ihm, zu meiner Liebe und …"

Angelika Seefelder sucht nach Worten, unverfänglichen Worten, Worten, die ihrem Sohn die Veranlassung nehmen, weiter zu bohren, sie zu richten und zu verurteilen.

„Es hat ja auch sollen sein!", sagt sie betont, „Ich habe ihn bekommen und euch dazu."

Als wäre gerade ein altes gläsernes Fieberthermometer auf dem Tisch zwischen ihnen zerbrochen und Mutter und Sohn ignorierten die Gefahr, die von den kleinen, schwer zu fassenden Quecksilberkügelchen ausgehen kann, verharren sie beide im Schweigen. Sekunden wachsen sich zu Minuten aus. Ohne sich zu erheben, mit der Kraft beider Beine, rückt Philipp seinen Sessel einen Meter aus dem Schein der Kerze, die nun schon seit sieben Stunden ununterbrochen brennt und in den letzten zwanzig Minuten den Rand des gläsernen Gefäßes erreicht hat, in dem sie steht.
‚Konturenlos im Schatten verschwinden, gleich all der anderen seelenlosen Gegenstände um ihn herum, das wäre wie in ein Abtauchen in die Ewigkeit', denkt Philipp. ‚Die Ewigkeit, die vor jedem Menschenleben liegt.' Das jedenfalls war die Philosophie seines Freunds Christoph. So wollte er die Welt gesehen wissen, als siebzehnjähriger Schüler mit mäßigem Notendurchschnitt. ‚Wir kommen aus der Ewigkeit und beenden sie mit unserem Leben. Das Sahnetörtchen ... oder der Scheißhaufen ... wie das Tüpfelchen auf dem i, aber auf keinen Fall ein Komma, wenn es hochkommt, ein Ausrufezeichen. Ganz sicher aber ein Punkt! Nein, nicht ein – *der* Punkt, der Schlusspunkt. Danach kommt nichts mehr. Mach was draus oder lass es sein. Die Ewigkeit jedenfalls liegt hinter uns.'
So gingen Christophs Beschreibungen. Das kleine kurze Menschenleben also, dieser ohnmächtige Hauch, Aushauch, sollte der Abschluss, das individuelle Ende einer jedem Ewigkeit sein. Schon wieder drängen sich Christophs Worte von vor dreißig Jahren in Philipps Gegenwart und lassen das Bild seines Freundes entstehen, als gehöre er noch immer zu seinen täglichen Begegnungen. Vor einer Stunde hatte ihn diese wiederentdeckte Nähe derart aufgewühlt, dass er sich zu einem Monolog hinreißen ließ, in dessen Folge er außer sich geraten war. Er hatte einem fremden Mann etwa Mitte fünfzig, zwei Hände voll Schnee ins Gesicht geschmissen und war losgerannt. Wobei es ihm auch jetzt, im Nachhinein, nicht klar ist, ob es sich dabei um ein Weg-

oder nicht doch mehr um ein Hinrennen gehandelt hatte. War es das Ziel, was ihn zog oder die von ihm so irrwitzig provozierte Situation, aus der er hatte flüchten müssen? Jedenfalls war er gerannt. Er rannte wie ein Gejagter, als gälte es, sein Leben zu retten, in Richtung der ehemaligen LPG, mit geöffnetem Mund, hochgezogenen Schultern, nach vorn gebeugtem Oberkörper, den Kopf ins Genick gekrampft, ungeübt seit Jahren. Dabei war er sich seiner mangelhaften Kondition sehr wohl bewusst, schlug aber trotzdem, in unvermindertem Tempo, den Weg zur Scheune ein. Hustend und keuchend erreichte er die einstige Stelle. Seine zitternden Knie vermochten ihn nur schwer zu halten, und so sank er schließlich, nach Luft ringend, nieder. Damit nicht genug, begann er sich schluchzend, wie ein Kleinkind, im Schnee hin- und herzuwälzen …

„Und jetzt verurteilt ihr mich. Meine eigenen Kinder. Genau wie die Neunmalklugen, die gar nicht hier gelebt oder alles sehr schnell vergessen haben. Ich gehe nach Möglichkeit nicht mehr auf die Straße. Will niemandem mehr begegnen. So müssen sich die Juden in der Nazizeit vorgekommen sein. Ja, da brauchst du gar nicht so zu stöhnen. Was weißt du schon, was wisst ihr überhaupt? Und gerade du. Du hast immer deins gemacht, hast nie Rücksicht genommen, wenn es um deinen Weg ging. Du hast nie geliebt, du hast dich lieben lassen, wie dein Vater. Du kannst nicht über mich urteilen, mein Sohn, so wie überhaupt keiner, denn keiner kann da reinsehen, und keiner kann sich in meine Lage versetzen. Heute nicht und damals nicht. Aus dem Westen sind sie gekommen und haben gerichtet. Ich habe nichts verbrochen. Ist es ein Verbrechen, wenn man aus Liebe handelt? Ich habe es auch für euch getan."
„Das ist schon eine bittere Last, die du uns da zurückgibst." Philipp hat zwar leise, aber dennoch sehr deutlich und, indem er sich erhoben und zu seiner Mutter vorgebeugt hat, ihr direkt ins Gesicht gesprochen. Doch Angelika Seefelder tut, als hätte sie ihn nicht verstanden.

„Die Wohnung in dem Haus hier, meinst du, das war selbstverständlich, so aufzuwachsen? Und glaubt doch nicht, dass ich es für mich getan habe, hierherzuziehen. Die Neubauwohnung hat mir gereicht und erst recht, als euer Vater ausgezogen war. Sie war viel praktischer, leichter sauber zu halten und zentral beheizt, mit ‚fließend warm Wasser' aus der Wand. Das gab es hier doch alles damals nicht. Auch kein eigenes Bad. Da war nur eins oben, ein kleines, und das mussten wir mit der Familie über uns teilen, den alten Grimmers und ihrer behinderten Tochter. Das Haus war nur für eine Familie gedacht, aber durch die Wohnungsknappheit musste eben zusammengerückt werden."
„Das heißt, wir sind hier den Grimmers reingesetzt worden? Denen gehörte doch das Haus."
„Wir nicht! Vor uns hat hier unten schon eine Familie gewohnt. Die waren gleich nach dem Krieg eingewiesen worden. Aber nachdem die Kinder raus und sie alt waren, wurde ihnen das Heizen zu beschwerlich. Hier gab es doch nur Öfen. Na ja, und über einen sogenannten Ringtausch, für den ich unsere Neubauwohnung einbringen konnte, sind wir dann hierhergekommen."
Philipp kann sich nicht mehr erinnern, als Kind jemals woanders gewohnt zu haben; genauso wenig, wie er sich nicht vorstellen kann, Christoph in seinen ersten Lebensjahren nicht an seiner Seite gewusst zu haben und dass es irgendwann einmal ihre erste Begegnung gegeben haben muss.
„Schon damals war das hier eine sehr begehrte Gegend, und ganz so einfach, wie sich das jetzt anhört, war es auch nicht, hierherzuziehen. Es ging nicht ohne Hilfe. Aber es lag ihnen wohl auch was dran, dass ich in diese Gegend zog."
Von der anfänglichen Mühe, die es Angelika Seefelder bereitet hatte, über ihre Zugehörigkeit zum MfS, dem Ministerium für Staatssicherheit in der DDR zu sprechen, ist kaum noch etwas spürbar. Philipp glaubt sogar, eine Art unbekümmerte Selbstverständlichkeit aus dem Erzählen seiner Mutter herauszuhören. So, als spräche sie ausschließlich von den allgemeinen Ge-

gebenheiten vergangener Zeiten, die für niemanden zu umgehen gewesen seien. Dabei weiß er, dass weniger als zwei Prozent der Bevölkerung als Zuträger der Staatssicherheit gearbeitet haben. Die DDR war *kein* Volk der Spitzel und Verräter. Zwar war man nie an ihn herangetreten, aber er wusste auch damals schon von Kommilitonen, die sich in ihren Begegnungen mit der Staatssicherheit durchaus auch hatten verweigern können. Sie mussten negative Folgen für sich fürchten, aber abgesehen von den Ängsten, die jede geheime Organisation auslöst, trafen sie in der Regel nicht ein. Auch die Staatssicherheit der DDR, die sich als ‚Schild und Schwert' der Partei begriff, war nur so stark wie jedes einzelne ihrer Mitglieder, und wem daran gelegen war, denkt Philipp, sich weiter im Spiegel betrachten zu können, der machte keine gemeinsame Sache mit ihr.

„Na ja, und dann hab' ich eben wieder heizen müssen", redet Angelika Seefelder scheinbar unbekümmert weiter. „Kohlen holen, Asche raustragen und der ganze Dreck. Aber ich hab' es gern getan, weil es hier den Garten für euch gab und die anderen Kinder in euerm Alter auf der Straße, dann die Felder der LPG in der Nähe. Das war doch wie auf dem Land. Ihr hattet es gut und habt euch sofort wohlgefühlt. Aber denk nicht, dass ich die einzige Anwärterin auf die Wohnung in diesem Haus hier war. Hast du mal gesehen, wie andere gelebt haben? Nebenan, der Opa Köhler hat nur in einem Zimmer gewohnt, natürlich ohne eigene Toilette, erinnerst du dich? Er hat sich nicht auf die Gemeinschaftstoilette getraut, als er sich verschanzt hat und allen weismachen wollte, er sei verreist?"

„Was suchen Sie hier?" Mit dieser Frage hatte ihn vorhin der bebrillte Mann aufgeschreckt. Die ‚fressende Bewegung', wie Philipp solche kleinen Hunde zu nennen pflegt, der zu dem Mann gehörte, tanzte dabei schwanzwedelnd auf den schneebedeckten Stufen zur entkernten ehemaligen Bornemann'schen Villa herum. „Aus, Ratte!", hatte der Mann gezischt, als das Tier plötzlich aufgeregt hechelnd, mit kurzem, spitzem Bellen versuchte, an

Philipps Hosenbeinen emporzuspringen, eine Begrüßung durch dieses immerhin mit treffsicherem Humor getauften hundeähnlichen Wesens, von der er sich auch bei edleren Rassen unangenehm bedrängt fühlt. Diesen Hund und ihn verbanden keinerlei gemeinsam verbrachte Lebenszeit. Er hatte ihm nie etwas Gutes getan und würde es auch in Zukunft nicht ansatzweise vorhaben. Was hatte das Tier von ihm zu erwarten außer, wie in seinem Fall, eine von Herzen kommende Ablehnung? Worin also begründete sich diese offensichtlich überschwänglich liebevolle Begrüßung? Der Hundebesitzer, vom Fehlverhalten seines Hundes sichtlich verärgert, brüllte ein weiteres, scharfes „Aus!" in sein Freudengebell. Dann wiederholte der Mann seine Frage an Philipp, und blickte ihm dabei mit provozierender Strenge ins Gesicht. Philipp war unfähig, zu antworten. Auf der Kippe zwischen Lachen und Weinen bemühte er sich erst einmal, die Situation zu erfassen. „Was suchen Sie hier?", hatte dieser ihm unbekannte Mann im Tonfall von: ‚Was haben Sie hier zu suchen?' gefragt, und das implizierte geradezu die Anweisung „Verschwinden Sie, Sie haben hier nichts zu suchen ..."

Professor Philipp Seefelder auf einer Baustelle, die ihn nichts anzugehen hatte, auf der man ihn nicht nur nicht willkommen hieß, sondern ihn sogar als Niemand und als unberechtigten Eindringling des Platzes verwies. Warum er dennoch beinahe hätte lachen müssen, beruhte wohl allein auf der Tatsache, dass er sich plötzlich erfrischend jung vorkam. Gleich einem ertappten Schuljungen fühlte Philipp den autoritären Blick des Mannes auf sich gerichtet und sich dadurch schlagartig in seine Kindheit zurückversetzt. Wie Bauschutt waren dabei seine bleiernen Gedanken von ihm abgefallen. Sie hatten ihn, bis er von diesem Mann mit der ‚fressenden Bewegung' aufgestört wurde, dermaßen niedergedrückt, dass er sich in die Mauerreste des ehemaligen Turmanbaus der Villa gekrallt hatte und sich zu einem sentimentalen Selbstgespräch, irrwitzig phantastischer Sinnsuche hinreißen ließ. Nur Staub hatte er dabei aufgewirbelt.

Auch jetzt, da er wieder im Wintergarten sitzt und den Bemühungen seiner Mutter um sein Verständnis nur halb zuhören kann, werden ihm die Momente, bevor er zurückkam, noch einmal in ihrer ganzen absurden Verzweiflung bewusst. Das Bild des von ihm abfallenden Bauschutts und des für nichts aufgewirbelten Staubs fühlt er dabei bestätigt, und es zwingt ihm ein Lächeln ab. Als wäre dieser ganze Schutt für ihn sichtbar gewesen, hatte Philipp an sich heruntergeschaut und mehrmals geschluckt, weil sich sein Mund so entsetzlich trocken anfühlte. Staubtrocken, nach all den Sätzen, die, für seinen toten Freund bestimmt, an den Mauerresten des Turmanbaus verhallt waren. Seine Körperhaltung und die Unfähigkeit, sofort zu antworten, musste von dem Mann als Verlegenheit, ja, als Eingeständnis eines schuldhaften Vergehens gedeutet werden. Jedenfalls blieben die durch die Brillengläser stark vergrößerten Augen des Mannes, unerbittlich auf ihn gerichtet.

Philipp klatscht unvermittelt in die Hände und lacht dabei kurz auf. Natürlich bezieht Angelika Seefelder diese Äußerung ihres Sohnes auf das von ihr eben Gesagte: „… und das Geschäft, die Leitung, die wechselnden Angestellten, die Probleme mit den Lieferungen und dann drei Kinder allein zu Hause, heute sind sie schon mit einem überlastet. Ich hab' es erlebt, hab' es gesehen, Bettine mit Julika, völlig überfordert, aber über mich richten …“ Auch wenn sich Angelika Seefelder noch so viel Mühe gibt, ihr bleibt unbegreiflich, was Philipp an ihren Worten zu belachen hat. So zieht sie es erneut vor, zu schweigen. Ihre linke Hand hat sie längst aus der Umklammerung der rechten freigegeben. Jetzt betrachtet sie konzentriert das Spiel ihrer Finger und beschließt, erst auf eine ausdrückliche Frage ihres Sohnes wieder zu antworten. Doch Philipp ist noch immer mit dem Geschehen auf der Baustelle befasst.

Alles ist wie nie gewesen, hatte er laut gesagt und damit seinen toten Freund Christoph gemeint. Verschwinden würde Christoph, mit all denen, die jemals zu diesem Haus gehört hatten. Und er würde nicht einmal mehr zu einer Legende taugen, weil es diesen Ort und die mit ihm verbundenen Menschen, schon bald nicht mehr geben würde. Das war der Sinn der letzten Worte, die Philipp gesagt hatte, bevor der Mann und sein Hund ihn aufstörten. Erst als er bemerkte, wie dem Hundebesitzer die Gesichtszüge zu entgleiten drohten, wurden Philipp zwei für die nächsten Minuten ausschlaggebende Dinge bewusst. Erstens, dass ihm eben, statt einer Antwort, der Satz „Auch Sie werden sterben!" in Richtung des Unbekannten herausgerutscht war, und zweitens, dass plötzlich vor ihm das humorlose Grinsen Herrn Schüttholz' auftauchte, seines Berliner Hausverwalters. Letzteres veranlasste Philipp, fatale Parallelen zu seinem Gegenüber zu ziehen. Waren nicht beide darauf bedacht, mit ihrem überzeugt autoritären Eigenverständnis für Regeln, Grenzen, Ge- und Verbote einzustehen? Und hatte er nicht bei beiden das gleiche kindliche Gefühl, auf kein Verständnis hoffen zu dürfen? So hatte Philipp auch nicht für eine Sekunde erwogen, sich dem Mann vorzustellen und ihm seine Verbundenheit dem Ort gegenüber zu erklären.

„Was suchen Sie hier?", hatte der ihn gefragt, und eigentlich hätte Philipp mit einer Gegenfrage antworten wollen: „Was mischen Sie sich in mein Leben?"

Aber ihn interessierten der Mann und sein Hund nicht. Sie gehörten zu der Kategorie, die sich ihre Berechtigung im Beobachten und Reglementieren anderer suchen und dabei die Endlichkeit des eigenen Daseins verdrängen. Genau das wollte Philipp diesem Mann gesagt haben mit dem Satz „Auch Sie werden sterben!" Und: er hatte Wirkung gezeigt, dieser Satz. Sichtbare Wirkung, dass sich Philipp sogar vornahm, diese Bemerkung auch an Herrn Schüttholz in Berlin einmal auszuprobieren. Es war eine Art Patt-Situation entstanden. Warum nur hatte es Philipp nicht bei ihr belassen? Was veranlasste ihn plötzlich, den Schnee von den Mauerresten auf Augenhöhe neben ihnen zusammenzuraffen und die volle Ladung diesem, sicher etwa zehn Jahre älteren, sich durchaus rechtschaffend gebärdenden Mann ins Gesicht zu schmeißen und danach wie ein Verbrecher von der Baustelle zu rennen?

Philipp lehnt sich zurück, schließt die Augen und gähnt laut, ohne seine Hand vorzuhalten. „Mama, würdest du mir bitte etwas zu trinken bringen, einfach nur Leitungswasser, mir ist schlecht."

Dass die Ursache seiner Übelkeit Angelika Seefelder unweigerlich auf sich bezieht, ist Philipp klar und nicht im Geringsten unangenehm. Er verspürt keinerlei Mitleid oder Aufklärungspflicht seiner Mutter gegenüber.

Während sie in ihre Küche geht, die zu betreten Philipp bis auf weiteres zu verweigern gedenkt, vergräbt er seinen Kopf in zwei der umherliegenden Kissen. Es gelingt ihm, dabei ein Stöhnen zu ersticken, das mit Gewalt aus seiner Brust drängt, Doch bemerkt er auch das permanente Zirpen, das inzwischen zum Dauerbegleiter avanciert ist.

„*Die Welt im Kopf* – D…W…I…K – ‚daditdit-ditdada-ditdit-daditda' – das war unser Code; er stimmt noch, ich habe ihn nie wieder geklopft, aber ich bin sicher, das war jetzt richtig. Seit 2001 gibt's das Morsen nicht mehr, ist zu einer überflüssigen Fremdsprache geworden, was wir uns da beigebracht haben. Müll im Kopf! Aber, es ist wie mit dem Schalten im Auto, das verlernt man nicht, auch wenn man jahrelang … Automatik …

Oh Gott … Mann, Christoph, wo fang' ich an? Soll ich dir meine fünfundzwanzig Jahre seit – seit ‚uns' erzählen?

Darauf kannst du lange warten, Alter. Das wär mir ganz einfach zu fett, jetzt, hier. Hättest dich eben nicht verpissen sollen, Alter. Und wenn schon, dann hättest du dir 'ne andre Philosophie ausdenken sollen. Wenigstens für uns. Von wegen Schluss und Ende, die Ewigkeit liegt hinter uns. Mit dem Tod kommt nichts als Vergessenheit. Vergessen … Damit hast du dir selbst den Schuss gegeben. Nicht meine Schuld, dass du weg warst, die ganzen Jahre, dass ich … vergessen – oh, so ein verdammter Scheiß, vergessen –

und man existiert nur in seinem Gegenüber, im Verständnis des anderen, im Freund! Im Freund, der unsere Existenz bestätigt … ja … ja – aber ich hab' nun mal 'ne Menge zu tun gehabt, Alter. Vor lauter Sahneschlagen bin ich nicht dazu gekommen. Du hast es selbst so gewollt. Du hast gesagt, es ist Schluss, mit dem letzten Atemzug. Aus und vorbei. Da gibt's nichts mehr, nur noch Vergangenheit. Scheißhaufen oder Sahnehäubchen, beides Kompost. Ich hoffe es sogar, hast du gesagt, es wäre geradezu eine Katastrophe, wenn es weiterginge. Schon allein deshalb, weil es nahezu ausgeschlossen sei, sich dann auch noch wieder zu finden. Und was nützt die schönste Ewigkeit, wenn wir sie ohneeinander …
Alter, he, aber dir ist schon klar, dass ich hier jetzt, diese ganzen Jahre, ein Vierteljahrhundert lang, ohne dich war? Wie hätte das die reine Sahne sein können, Alter?
Ob dir meine Profanbauten gefallen würden? Anfangs habe ich mir die Frage noch gestellt. Wirklich! Wie du überhaupt noch da warst, eine ganze Weile und dann … na ja, es ging auch alles so rasant schnell, manchmal war ich wie im Rausch.
Aber es stimmt schon, du hast mir damals den Floh ins Ohr gesetzt, du warst es und das, was hier mal stand, dieses wunderbare verrückt-verbaute Haus … Als wir unsere Berufswünsche für die Schule formulieren mussten, hast du das sogar beim ersten Mal für mich übernommen. Du warst so begeistert dabei, als würde es sich um deine eigene Zukunft handeln, die du dir herbeischreibst. Und zu meiner Immatrikulation hast du mir Ansichten einiger Gebäude aus Rio de Janeiro und Brasilia geschenkt. Dazu schriebst du mir so in etwa: *Auf geht's Alter, auch Neubauten können sinnlich sein, ich wünsche Dir, dass Du Gefühle in Deine Häuser bauen kannst …* Oder so ähnlich – jedenfalls war das Wort ‚Gefühl' dabei. Den Namen des Architekten, der für die Gebäude zeichnete, kannten wir damals noch nicht. Erst im Studium habe ich von ihm gehört und später ihn auch selbst erleben können. Oscar Niemeyer. Seine Bauten haben genau das bei dir – und durch dich dann auch bei mir – bewirkt, was er sich zum Ziel

gesetzt hatte, nämlich zu überraschen und Gefühle freizusetzen. Auch da warst du wieder fixer als ich, warst noch vor mir auf ihn gestoßen.
Ach, Christoph, ich würde dir schon gern mal was von mir gezeigt haben, irgendwie hast du doch auch noch mit drin gesteckt – in meinen ersten Entwürfen ganz sicher.
Australien ist mein Land geworden, nicht Italien. Australien hatten wir nie auf der Liste, was?! Das wär dir viel zu modern gewesen. Du als ‚Vergangenheitsmensch', Alter. Wahrscheinlich hättest du dich dem allem heute und jetzt verweigert. Computer, Handy. Wie üblich hättest du alles schnell durchschaut und, als langweilig befunden, entsorgt. Ach was, Alter. Eine Ausnahme gab es für dich. Uns – unsere Freundschaft. Wenn wir über diese Medien in Kontakt geblieben wären, und das wären wir, ganz sicher – ich hätte dich leicht dazu gekriegt, Alter. Manchmal habe ich noch dran gedacht, als ich meine ersten Mails verschickte. An unser Buch habe ich gedacht, an die Riten, die wir selbst ersponnen und an die wir uns auch wirklich immer treu gehalten haben …
‚Jeden Tag ein Satz oder ein Gedanke, der noch in fünfzig Jahren so stehen könnte.' Nur an sehr wenige kann ich mich noch erinnern, das Buch ist verschollen. Leider. Es wäre schon schön, noch was in der Hand zu haben von uns damals, wo sonst alles weggebrochen ist und auch hier nun das alles, dieses Haus wegbricht. Vielleicht hast du das Buch aber auch wohlweislich …?
Nur nicht belanglos werden, hast du da mal reingeschrieben und, dass das Leben nicht zum reinen Überdauern da sei, das wäre ein Fauxpas an der Schöpfung. Was immer Du damit gemeint haben mochtest. Denn – einen Gott sparten wir aus. Das Leben als Vollendung der Schöpfung, ja, dennoch, so stelltest du es hin, mir hin, und ich habe Dir zugehört, es gelten lassen, gläubig wie ich war; und nun steh' ich hier, alleingelassen, Christoph, in diesen Mauern, diesen halb abgetragenen Mauern, und suche dich.
Gar nicht so übel, wenn man jetzt einen Gott hätte, an dem man sich festhalten könnte. Dabei habe ich bei euch zum ersten Mal

überhaupt etwas von Gott gehört. Von deiner Tante. Erinnerst du dich an unsere Ausflüge in die Kirche, als Kinder? Es war nur die falsche, nicht die deiner Tante, für die ihr Kirchensteuer zahltet. Aber dir gefiel es eben besser in der katholischen und mir dann auch. Klar, bei unserer Vorliebe für Riten und Zeremonien. Wir bekamen beide Ärger zu Hause, wenn auch aus unterschiedlichen Gründen. Meine Mutter hatte Angst, dass es mir schaden könnte, plötzlich eine Vorliebe für den lieben Gott zu entdecken, und deine Tante war beleidigt, weil du dich nicht für deine Gemeinde interessieren wolltest.

Später dauerte es ja auch nicht lange, dass du den Konfirmandenunterricht besuchen solltest. Hast ihn einfach geschwänzt und mit mir die Zeit verbracht. Deiner Tante war das so peinlich, sie hat richtig gelitten, aber du hast ihr auf deine Art ganz offen ins Gesicht gesagt, dass es deine Lebenszeit sei und du nicht wissen würdest, wie viel dir davon zur Verfügung steht und du deshalb gedenkst, sie selbstbestimmt zu verbringen. Du hattest eben immer deine eigene Sicht auf die Dinge und hattest Angst vor jeder Art von Vereinnahmung. Für deine Tante war das ein harter Schlag. Du glaubtest, die Insel nicht zu brauchen, die die Kirche in der DDR bot. Die Leute, die du da kennengelernt hast, auch später bei deinen Kurzbesuchen in der jungen Gemeinde, waren nicht deine Alternative. Du nanntest sie ‚rebellische Spießer, die zu feige sind, den Hosenstall zu öffnen, wenn sie im Dunkeln an die Mauer pissen wollen'. Du sahst dich eben immer als Einzelkämpfer. Den Beweis, dass du damit die Welt hättest auch erobern können, hast du leider nicht angetreten.

Aber, Alter, wen hast du überhaupt an deiner Seite geduldet? Es gab doch außer mir keinen … Und für mich gab's auch keinen anderen Freund, nur dann, die Mädchen halt … Ach Gott, ach Gott!

Deine Tante ist nicht mehr. Ich habe es erst heute erfahren. Die alte Otti, hab' sie gemocht. *Einst werde ich heil und ganz sein, wie die Farbe des Meeres, wenn sie sich über die Leinwand er-*

gießt … Ja, Alter, jetzt hat sie es geschafft. Immerhin, aber gut ein Vierteljahrhundert hat sie dich noch überlebt; und insgesamt hatte sie weit über ein halbes Jahrhundert mehr Lebenszeit zur Verfügung als du. Zur Verfügung … zur freien Verfügung … ach ja, Alter …

Und ich? … Ich bin jetzt mehr als doppelt so alt wie du, und trotzdem, du bleibst der ewig Ältere von uns beiden, der Weise. ‚Jeden Tag ein Satz, der auch in fünfzig Jahren noch …' – es ist ja schon kaum beschreibbar, was bis jetzt … aber in weiteren fünfundzwanzig Jahren? Wahrscheinlich wird man dann gänzlich auf unser Geschlecht verzichten können. Kinder werden heute schon ohne unser unmittelbares Zutun gezeugt, und in absehbarer Zeit wollen sie sogar auf unser Sperma ganz verzichten können. Dann werden sämtliche ungevögelten Frauen, wie meine Schwester Frauke, zu ihren Kindern kommen, ohne überhaupt 'ne Samenbank zu bemühen …

Ich habe vielleicht nicht mehr an dich gedacht, und doch hast du mir gefehlt, gefehlt, Mann. Entsetzlich gefehlt. Ich habe nie dein Grab besucht, weiß nicht einmal, wo es überhaupt sein soll, hier auf dem Friedhof. Vielleicht existiert es ja auch schon gar nicht mehr. Nach zwanzig Jahren werden Grabstätten in Deutschland eingeebnet, wenn … – ach, nein, nein – noch leben deine Eltern, erst nach ihnen wird es keinen Ort mehr geben, der …

Die Magie der Orte, es gibt sie wirklich, ich habe nie ein Projekt begonnen, ohne zuerst den Ort auf mich wirken zulassen. Und dieser Platz hier – plötzlich bist du wieder da. Ich spüre dich und nicht nur die Erinnerungen. Schon, als ich heute Nacht hier draußen stand, als ich glaubte, es gäbe euer Haus noch, warst du so gegenwärtig, als hätte ich dich ansprechen können. Wieso ich nur glauben konnte, keinen Ort nötig zu haben, um dir nahe zu sein? Auch dieser Irrtum trug wohl dazu bei, dass ich dich verloren habe.

Es gibt ein paar Leute, die wollen in der Pampa von Sachsen-Anhalt eine riesige Pyramide errichten. An die fünfhundert Meter wünschen sie sich deren Höhe, das wäre mehr als dreihundertfünfzig Meter höher als die Cheops-Pyramide es ist. Damit soll sie die größte Grabstätte der Welt werden und offen für die Asche jedes Menschen auf der Welt sein. Bis gestern habe ich das Projekt für schwachsinnig gehalten. Zumindest die Sehnsucht beginne ich zu verstehen, die mit einem so riesigen, unzerstörbaren Ort für die Toten verbunden ist.

Christoph, Alter, jetzt bin ich also da! Hier, an der Stelle, die ich gebraucht habe, dir wieder nahe zu sein. Dir erzählen zu können, abzuladen.

Mein Chaos, mein Chaos mit dem, was du dir wohlweislich im Kopf bewahrt hast. Vielleicht hat's dich ja auch wirklich nie getrieben, nie so erwischt wie mich. Weißt du noch, als ich mich zum ersten Mal verliebt hatte? Da müssen wir elf gewesen sein. Katja aus der Klasse über uns hatte es mir plötzlich angetan. Sie hatte zu einem Appell in der Aula ein Gedicht aufgesagt und mir ziemlich imponiert dabei. Es war, glaube ich, ‚Der an den Schlaf der Welt rührt – Lenin' ... ja, ja das war's. Sie hat dann öfter zu Feierstunden rezitiert, alles Mögliche – Preißler ... Kuba ... natürlich auch Brecht und Majakowski, was damals so üblich war. Aber ausschlaggebend ist für mich dieses erste Mal gewesen. Sie ging mir nicht mehr aus dem Kopf, gleichzeitig war es mir aber auch peinlich, für ein älteres Mädchen zu schwärmen. Einesteils hätte ich mich ihr gegenüber gern entdeckt, andererseits fürchtete ich mich davor. Du kamst dann auf die Idee mit dem Morsealphabet. ‚Ich habe dich irgendwie gern', hast du mir in Punkten und Strichen für sie aufgeschrieben. Du hattest die Zeichen im Lexikon deines Vaters gefunden. Es war eine ganze Menge, was da Katja zu entziffern hatte, und es dauerte auch unerträglich lang, bis sie endlich antwortete. Sie hatte sich die Zeichen tatsächlich übersetzt und sie für ihre Antwort ebenfalls benutzt. ‚Ich habe dich auch irgendwie gern', schrieb sie. Du fandest das einfallslos und redetest mir schließlich Katja aus, mit Erfolg. Wahrscheinlich war ganz einfach auch die Luft raus, nach so viel Mühsal mit der Kommunikation. Aber für uns beide ist doch etwas dabei herausgesprungen. Das Morsen, wir brachten es uns bei, nur für uns allein und *Die Welt im Kopf* wurde unser Geheimcode. Den haben wir sogar in der Schule geklopft. Ach, Christoph, Alter! … mir geht's ganz schön beschissen, du, das kannst du wissen, Alter, ganz schön beschissen …

Ich weiß, was du jetzt sagen würdest, höre es ja beinahe schon. ‚Mensch, Alter, du bist jetzt sechsundvierzig!', würdest du sagen, ‚das klassische Alter, in dem die Männer in der Literatur gern ihre Sinnkrisen haben, hast du zwar schon überschritten, aber heute ticken die Uhren anders. Du bist da jetzt mittendrin, und das ist dann eben so! Entweder gibst du dir den Schuss, nimmst den Strick oder verliebst dich einfach neu … ins Leben.'

Ins Leben! Das hast du nicht getan, deine Sinnkrise, wenn's die gegeben hat, fand wie gewöhnlich mal wieder lange vor der meinen statt. Und mit dem Verlieben? Ja, da hast du dich schwer getan. Oder?

Was war das damals in der Scheune, als uns Sascha mit seinem Ball traktierte? Du hast mich gefragt, ob ich mir vorstellen könnte, auch jemanden nur seiner Gedanken wegen zu lieben, egal, ob mit großen, kleinen oder überhaupt keinen Brüsten?

Das war schon eine eigenartige Frage, und die Stimmung dazu …? Ich weiß nicht mehr, was ich dir geantwortet habe, ich weiß nur noch deine Reaktion auf Sascha, sehe dich mit der Mistgabel vor ihm stehen …

Wir haben immer nur über mich gesprochen. Erst Katja, als wir noch Kinder waren, und später dann meine Leiden um Claudia – immer waren es meine Schwärmereien und Verliebtheiten, meine Sehnsüchte. Und du? Ich habe nie danach gefragt, wieso es dir reichte, mit mir mitzudenken, mitzufühlen, mir beizustehen, mir zu raten. Ich habe es als selbstverständlich hingenommen, dich zu brauchen und dich zu haben. Du hast alles für ein Leben gewusst, das du nie selber gelebt hast, das du nie leben wolltest.

Wo waren deine Zukunftswünsche? Als es mit dem Abitur nicht

klappte, wolltest du eine Lehre als Technischer Zeichner machen. ‚Dann zeichne ich dir deine Entwürfe', sagtest du. Aber auch da hattest du Pech und bekamst die Lehrstelle nicht. Ich habe dich trotzdem nie verzweifelt erlebt. ‚Lebe im Verborgenen', hast du gern Epikur zitiert, wie überhaupt sein Lustprinzip dir sehr nahe kam. Ruhm und Macht seien keine erstrebenswerten Glücksbringer, sagtest du, nur die innere Freiheit, unsere Freundschaft und die Refugien für dein Besinnen. Unsere Scheune hast du zum Epikur'schen Garten erklärt, zu dem es allerdings keinen Zutritt für andere geben sollte. *Die Welt im Kopf* war es, die dir geholfen hat. Und dann – deine Vergleiche. Immer kamst du mit Beispielen aus der Geschichte. Große Köpfe, die sich unter widrigsten Umständen schwer durchbeißen mussten, um sich zu verwirklichen … da waren doch die Steine, die dir in den Weg gelegt wurden, nur zu belächeln. Die Buchdruckerlehre hast du noch beendet, dann wolltest du auf der Abendschule dein Abitur nachmachen. Auf ein Philosophiestudium machtest du dir trotzdem wenig Hoffnung. Für dich war es ganz selbstverständlich, dass ich für die Architektur zugelassen wurde, dass bei mir alles glatt lief. Nicht mit einem Gedanken war mir damals diese Ungerechtigkeit bewusst, vielleicht gerade darum, weil ich deinen Neid nicht fürchten musste. ‚Meine Zeit kommt später', hast du gesagt. Und sie wäre gekommen, Alter. Du hättest es allen noch zeigen können."

Philipp quält sich aus den Sofakissen und wirft sie achtlos auf die Ottomane. Dann nimmt er ein paar Schluck von dem Wasser, das ihm seine Mutter auf den Tisch gestellt hat.
Christoph, das war schon jetzt kaum noch eine Erinnerung für die Menschen, die einmal seine Lebenszeit mit ihm geteilt hatten. Es würde keine Nachkommenden geben, die sich ihm verbunden fühlten. Kein Werk, kein Mensch. Was war aber dann sein Sinn, fragt sich Philipp und beobachtet, wie der Rest des Wassers in seinem Glas hin- und herschwappt, während es von seiner un-

ruhigen rechten Hand gehalten wird. Christophs Sinn in dieser Welt? War es etwa nur der, ihn, Philipp, den weniger Begabten, auf den Weg geschickt zu haben? Und er, was hatte er daraus gemacht? Gut, es würden ihn irgendwann ein paar Bauten überleben. Ihn oder vielmehr seinen Namen. Aber was soll ihm das jetzt in diesem Augenblick bedeuten?

„Es bedeutet nichts, nichts“, haucht er plötzlich durch die Lippen. Kann man seine Erfolge nicht mit jemandem teilen, den sie glücklich machen, sind sie wertlos. Immer mehr verdunkeln sich Philipps Gedanken, immer härter werden die Fragen, die er an sich selbst richtet. Wen hatte er bisher glücklich machen können? Mit seinem Geld hatte er Löcher gestopft, seiner Mutter das Haus geschenkt, das ihr nun offensichtlich zum Gefängnis geworden ist. Wieso kann er von sich nicht behaupten, glücklich zu sein? Woran liegt das? Immerhin – er wird wahrgenommen. Er existiert, und mehr noch, man rechnet mit ihm, wirbt um ihn und bietet sich ihm an. Er braucht nur zuzugreifen. Nach der Definition von Glück, die Christoph vorschwebte, hat er zwei der drei Kategorien erreicht – die Freiheit, über seine Zeit und seine Arbeit bestimmen zu können, und die Möglichkeit nach Rückzug und Besinnung – bliebe noch die der Freundschaft und … Liebe.

Ohne ihren Sohn zu fragen, füllt Angelika Seefelder aus einem Krug Wasser in sein Glas. Dabei hält Philipp das Glas mit beiden Händen fest umklammert und beobachtet konzentriert, wie es sich bis zum Rand füllt. „Jeden Tag nenne ich Deinen Namen, manchmal nur, wenn ich das Wasser in ein Gefäß laufen lasse“, so oder ähnlich hatte es Steffi in ihrem Brief formuliert, denkt er. Seine Mutter hatte ihm vorhin vorgeworfen, dass er nie geliebt habe, dass er sich immer nur habe lieben lassen. *Du hast vergessen, du hast verziehen … nein, du hast nur aufgehört zu lieben.* So in etwa, erinnert er sich weiter, lautet das Zitat auf einer Postkarte mit dem Porträt von Arthur Schnitzler, die er einmal bekam und die in seiner Küche hängt.

Wenn der, der mehr liebt, der Schwächere ist, der Schwächere, der zu leiden hat, so ist er dennoch der Glücklichere …

Plötzlich steht Philipp auf. Er geht in den Flur, an die Garderobe und nimmt aus seiner Jacke das iPhone. Er schaltet es ein. Auf siebzehn Anrufe und dreizehn Nachrichten wird er auf dem Display hingewiesen. Eine ist von seiner Sekretärin Frau Finkelstein, zwei weitere von seinen Mitarbeitern. Sie haben ihm Nachrichten auf die Mailbox gesprochen, doch Philipp ruft seine Adressenliste auf, sucht unter S und dann unter W. Wagner, Doktor Jacob liest er, und einen Eintrag darunter Wagner, Stefanie. Obwohl Philipp inzwischen das dritte iPhone besitzt seit der Zeit, da er Steffi öfter angerufen hat, ist ihre Nummer gespeichert.

Sie sei umgezogen, hatte sie ihm geschrieben. Tatsächlich war ihm das, wie von ihr ganz richtig vermutet, entgangen. Er hatte nie so genau auf die Umschläge ihrer Briefe gesehen, dass ihm eine Adressenänderung aufgefallen wäre. So wie er auch nie genau das geografische Terrain ihres Aufwachsens beachtet hatte und dabei beinahe einem ähnlichem Irrtum aufgelaufen war, wie den vorhin von Bettine und deren wirklicher Herkunft. Philipp betrachtet das beleuchtete Display mit Steffis Nummer, jedoch ohne die Zahlen zu lesen. Auch, als sie sich verdunkeln und für ihn nicht mehr zu entziffern sind, bleiben seine Augen auf sie gerichtet. Während er eine weitere Sekunde vergehen lässt, streicht er mehrmals zart mit dem Daumen über die Tasten. Dann schaltet er das iPhone mit einem entschiedenen und unnötig starken Druck wieder vollständig aus. Die Mailbox hat er nicht aufgerufen.

„Du hast mir gar nicht erzählt, dass Bornemanns hier nicht mehr wohnen“, sagt er zu seiner Mutter, als er wieder in den Wintergarten tritt, „dass dort jetzt eine Baustelle ist.“

Angelika Seefelder zuckt mit den Achseln. „Ich habe dir doch gesagt, ich gehe kaum noch raus.“

„Du hast immer was gegen sie gehabt, Mama. Inzwischen sollte sich deine Eifersucht erübrigt haben“

„Eifersucht?!“ Angelika Seefelder schüttelt den Kopf. „Ich hatte Angst um dich, und die war berechtigt, das kannst du mir glauben.“
Philipp beobachtet, wie seine Mutter gebannt ins Licht der Kerze schaut.
„Damals dachte ich, sie wollten nur immer was Besseres sein, dabei haben sie sich nur ganz einfach selbst genügt. Sie brauchten niemanden. Damit fahren sie auch weiter gut. So kann man überleben, egal, was passiert um einen herum. Sie haben ja auch nie mitgekriegt, was in ihrer eigenen Familie los war, sie haben nebeneinander hergelebt. Die alte Frau Bornemann hat jahrelang gelitten. Haben sie sich drum geschert? Dabei hat sie alles für ihren jüngeren Bruder getan, wirklich alles. Sie haben sie ausgenutzt wie ein Dienstmädchen, mehr nicht. Dabei hatten sie keine Ahnung, was in ihr vorging. Doktor Bornemann hatte seine Archäologie, und seine Frau ihre Bücher, leblose Dinge. Klar, dass da der Sohn nicht gerade die Erziehung hatte, die ihn kollektivfähig gemacht hätte.“
„Kollektivfähig“, wiederholt Philipp bei sich, ohne seiner Mutter widersprechen zu wollen. Er braucht Zeit, den Sinn des Gesagten zu begreifen; es ist ihm wichtiger, zuzuhören, als übereilt zu kommentieren.
„Bornemanns haben immer auf mich herabgesehen. Glaubst du, das habe ich nicht gespürt? Sie wollten nichts mit mir zu tun haben. Ich war ihnen zu dumm, nicht belesen genug, dazu eine ehemalige Tänzerin mit drei unehelichen Kindern. Ein Wunder, dass diese Frau, so haben sie doch gedacht, ein Kind wie dich haben konnte. Für dich haben sie sich interessiert, dich wollten sie fördern, aber auf mich haben sie immer herabgesehen, glaub es mir, Philipp.“
„Das bildest du dir ein, das ist völliger Unsinn. Bornemanns haben, wie du selbst sagst, immer zurückgezogen gelebt.“
„Haben sie das? Immer? Na ja, das glaubst du. Die alte Frau Bornemann war in ihrer Kirche aktiv, das weißt du selber; und

Christophs Eltern hatten sehr wohl Freunde, ihre ausgewählten Kreise, die befanden sich nur vornehmlich im Westen."

„Woher willst du das wissen?" Noch während Philipp die Frage stellt, fällt ihm die einzig mögliche Antwort ein. Wie ein Faustschlag in die Magengrube trifft sie ihn.

„Bornemanns, du hast Bornemanns ausspioniert?" Fassungslos starrt er auf das entspannte Gesicht seiner Mutter. Tatsächlich, sie ist ganz ruhig geworden. Die Tränen, die vorhin in ihren Augen standen, hat sie längst weggewischt. „Ich habe dir geholfen Philipp, du hättest mit deiner Freundschaft zu Christoph niemals deinen Weg gehen können. Bornemanns haben dich beeinflusst, wo sie nur konnten. Du warst ihnen hörig, und Christoph hätte nie ..."

„Hör auf, Mutter, hör bitte auf, ich will das jetzt nicht hören, ich kann es nicht glauben, dann warst du es also auch die ..."

Angelika Seefelder unterbricht ihren Sohn mit deutlich angehobener Stimme. „Was hätte ich machen sollen, ich musste dich schützen, Philipp, du weißt, was das für Zeiten waren. Doktor Bornemann war zweimal im Gefängnis, ihr dachtet alle, er sei auf Reisen, wegen seiner Arbeit, aber das war er nur einmal, im westlichen Ausland, und da hatte er alles vorbereitet, wollte mit der Familie weg, dann wärst du auch die längste Zeit mit deinem Freund zusammen gewesen."

„Wie willst du das nur gewusst haben, du hattest doch gar keinen Kontakt zu ihnen?" Die Lautstärke, mit der seine Mutter gesprochen hat, ist für ihn so befremdlich wie der Inhalt ihrer Worte.

„Das wusste ich eben. Die Information hat mir Göllner gegeben."

„Göllner, dieser Göllner, dein Liebhaber?"

„Er war nicht mein Liebhaber."

„Dein Führungsoffizier also?"

Angelika Seefelder zieht sich ein Kissen auf ihren Schoß, beginnt daran zu nesteln, ihre Lippen hat sie fest aufeinandergepresst.

„Ja, natürlich, verzeih, ich vergaß – du hast ja nur aus Liebe zu unserem Vater keinen mehr an dich rangelassen, nachdem du ihn weggeschickt hast … Nur aus Liebe zu ihm hast du dann auch Bornemanns ausspioniert, Bornemanns, die du allerdings erst kennengelernt hast, nachdem unser Vater verschwunden war, er nicht mehr für dich existierte. Du musst mir schon zugestehen, dass es schwer für mich ist, da irgendeinen Sinn zu begreifen."

Dass sein Ton nicht gerade zuträglich ist, seine Mutter weiter gesprächig zu halten, ist Philipp bewusst. Er möchte verletzen, gesteht er sich ein. Diese Art der Befriedigung schützt ihn vielleicht sogar davor, zu erfahren, was er sich im Moment gar nicht zu verkraften im Stande fühlt.

„Bornemanns waren mein geistiges Zuhause, das, was ich hier nicht hatte. Und Christoph stand mir näher als jeder in unserer Familie."

„Er war gefährlich, Philipp, er war für dich gefährlich. Er hatte Ansichten, die waren gefährlich. Kannst du dich erinnern, wie er einmal vor mir stand, da war er sechzehn, glaube ich, da sagte er, er hätte lieber unter Hitler gelebt als unter Stalin." Philipp lacht laut auf.

„Mama, Mama, um Gottes Willen, natürlich kann ich mich daran erinnern, sehr genau sogar. Wie kannst du nur auf so eine schwachsinnige Schlussfolgerung kommen, das ist doch völlig aus dem Zusammenhang gerissen."

„Er hat es so gesagt, dafür verbürge ich mich."

„Mama, er hat gesagt, die Kommunisten und Juden wussten wenigstens bei Hitler, was sie erwartete, unter Stalin war das so nicht der Fall. Er hat seine eigenen Leute willkürlich abschlachten lassen. Christoph meinte ganz einfach, für dich jetzt, Mutter, zum Mitschreiben: Ein Kommunist im ‚Dritten Reich' kannte seinen Feind und konnte sich entsprechend verhalten. Wohingegen der Kommunist in Stalins Sowjetunion mitunter nicht einmal mehr die Chance hatte, durch opportunes Verhalten der Willkür einer Bestrafung oder Auslöschung zu entgehen. Kapierst du das?"

„Nein!“, sagt Angelika Seefelder kurz und wendet sich ab. Trotzig wie ein kleines Kind beobachtet sie Philipp und ist dabei keineswegs belustigt.
„Es wäre vielleicht besser gewesen, sie hätten auf Köpfe wie Christoph gebaut und nicht …“
„Auf solche Schwachköpfe, wie ich einer bin. Ja, ich sage es lieber selber, dann brauchst du den Schimpf nicht auf dich zu laden, ich nehm' es dir gerne ab, mein Junge. Und im Übrigen, dann war ich ja doch zu was nütze, wenn ich dazu beigetragen habe, dass alles den Bach runtergegangen ist, dass ihr jetzt euer Schlaraffenland habt, jedem das Seine, dem Starken gehört die Welt …“
„Weißt du, zu meiner Kindheit, gab es immer noch Leute, für die war der 8. Mai der Tag des Zusammenbruchs und nicht der, wie wir ihn begingen, Gedenktag der Befreiung vom Hitlerfaschismus. Damals habe ich das mit Verwunderung registriert. Heute scheint mir, dass sich die Leute wieder ähnlich spalten, in ihrer Beschreibung der Wende. Verlierer, Gewinner, Täter, Opfer? …“
„Du warst jedenfalls ein Gewinner, schon in deiner Schulzeit, durch mich und nicht durch Bornemanns.“
„Hör auf, Mama, hör auf. Ich will das gar nicht wissen.“
Philipp steht auf. Um sich Bewegung zu verschaffen, geht er wieder im Wintergarten auf und ab. Er sucht nach einem Ansatz, der seine Mutter ablenken und ihr gleichzeitig diese selbstzufriedene Überheblichkeit nehmen könnte.
„Ich verstehe nur eins nicht, Mama“, sagt er und gibt dabei nicht auf, weiter hin- und herzugehen. „Es ist doch so, dass du dich offensichtlich verfolgt fühlst, unverstanden, bestraft, wie du sagst. Es gibt etwas, was dir vergeben werden sollte … Warum ist es eigentlich für dich selbst so unmöglich, zu vergeben? Glaubst du, das Leben sei unendlich?! Und glaubst du, dass das Recht immer auf Seiten dessen ist, der liebt oder vorgibt zu lieben?! Du hast heute zum ersten Mal von unserem Vater gesprochen, das erste Mal nach Jahrzehnten! Du hast ihn uns unsere ganze Kindheit über verschwiegen. Vielleicht habe ich das ja noch am besten verkraftet,

vielleicht – ich kannte es ja nicht anders … aber was war mit ihm? Dem Mann, für den du angeblich alles gemacht hättest oder auch gemacht hast? Hatte der nicht auch ein Recht auf seine Kinder?!"
Philipp bleibt stehen und schaut auf das zusammengekauerte Bündel, das seine Mutter sein soll. Er denkt an Doktor Bornemann damals in der Bodenkammer und wie er vor ihm auf dem Campingstuhl gehockt hatte. Er spürt plötzlich, wie armselig sein Ansinnen ist, die alte Frau in Bedrängnis zu bringen. So sucht er nach Worten, die sich für sie warm anfühlen und ihr Vertrauen wecken. „Weißt du, dass Liebe auch Vergeben heißt? Wäre es nicht an der Zeit, dass ihr miteinander ins Reine kommt? Du weißt, dass er bei Frauke lebt. Euch verbinden drei Kinder …"
Da sich Angelika Seefelder plötzlich schroff von ihm abwendet, das Kissen, mit dessen Zipfel sie die ganze Zeit nervös gespielt hatte, auf den Boden schmeißt und aus dem Wintergarten rennt, hält er ratlos inne. Hat es wirklich am Inhalt dessen gelegen, was er zu formulieren begann? Zum Wesentlichen glaubt er noch gar nicht vorgedrungen zu sein. Als könne er aus dem Raum hinter sich eine Antwort erfahren, lässt er seinen Blick langsam durch den Wintergarten schweifen, bis der auf der leeren Ottomane vor ihm verharrt. Er hebt das am Boden liegende Seidenkissen auf, betrachtet den Zipfel, an dem die Finger seiner Mutter in der letzten halben Stunde unaufhörlich gespielt hatten und zieht eine kleine weiße Feder aus dem entstandenen Loch. Dann bläst er sie gedankenlos in die Luft und lässt sich schlaff in seinen Sessel fallen. Wieder diese Müdigkeit und das Gefühl, all dem nicht gewachsen zu sein.
Draußen fällt die Haustür ins Schloss. Von seinem Platz aus war das Geräusch für Philipp nur vage zu ahnen. Er steht auf und horcht angespannt in Richtung des Flurs. Um sich zu vergewissern, ob seine Mutter wirklich das Haus verlassen hat, müsste er in die Küche oder ins Badezimmer, aus einem der dortigen Fenster zu sehen. Doch nach einer halben Drehung schüttelt er den Kopf und sinkt erneut auf seinen Sessel zurück.

„Ich will das alles nicht, ich brauch' es nicht“, flüstert er vor sich hin und spreizt trotzig beide Beine von sich. Seine Selbstgespräche belustigen ihn schon seit geraumer Zeit. Im Sommer, kurz vor seiner Operation, waren sie ihm erstmals aufgefallen. Philipp blickt zur Decke. Über ihm hört er Schritte. Sascha scheint wieder da zu sein. Also rafft Philipp sich auf. Er muss das anstehende Gespräch mit seinem Bruder führen und das so rasch wie möglich, sagt er sich, umso schneller wird er es hinter sich gebracht haben.

„Kannst du nicht später wiederkommen? Ich muss da zuhören … oder hock dich hin … aber quatsch nicht rein, bitte jetzt, das ist meine heilige Zeit!“
‚Heilige Zeit!' Sascha macht es Philipp nicht eben leicht, die Aufgabe, seinen Bruder für eine Entziehungskur zu gewinnen, in Angriff zu nehmen. Philipp steht im Türrahmen und blickt ratlos auf den Fernseher, über den gerade Ausschnitte eines Fußballspiels gelaufen sind und sich jetzt zwei Männer über das eben Gesehene unterhalten.
„Interessiert mich wie 'ne Wasserstandsmeldung, ich habe mit dir zu reden, und du hörst mir jetzt zu.“
Philipp klickt den Fernseher aus. Ihm muss klar sein, dass er nicht gerade die beste Methode für den Beginn eines überzeugenden Grundsatzgesprächs gewählt hat, aber seine Nerven liegen blank.
„He, spinnst du oder was?“ Sascha schaltet übergangslos den Apparat wieder ein. „Das darf doch nicht wahr sein“, brummt er in sich hinein und stellt das Gerät extra laut. Philipp tritt an eines der zur Straße liegenden Fenster. Der Winterabendhimmel drückt schwer und bedingungslos auf die umliegenden Häuser. Er denkt an Bettine, die noch immer auf dem Weg zu ihrer Tochter ist und sich mit ihrem Auto durch das Dunkel quälen muss. Auch er wird, wenn er das hier hinter sich gebracht hat, noch fahren. So hat er es für sich beschlossen; plötzlich kommt Erleichterung in ihm auf, und er nimmt die vom Schnee bedeckten Baumspitzen wahr, wie sie im Licht der Straßenlaternen glitzern.

Auf dem Bürgersteig vorm Haus sieht er seine Mutter. Sie schippt Schnee. Über die Hälfte des Weges hat sie schon geschafft. Da taucht Sascha neben ihm am Fenster auf.
„Na, hat se dir wohl verboten, zu helfen? Das braucht sie. Die Opferrolle darf ihr keiner nehmen.“ Sascha erwartet keine Antwort von seinem Bruder. Er hat ihn kaum angesehen. Seine Aufmerksamkeit gilt weiter der SPORTSCHAU im Fernsehen.
Philipp streift durch den Raum, der aus ursprünglich drei kleinen Zimmern, und einem Durchbruch zur Mansarde entstanden ist, verwinkelt, dennoch großzügig, mit mehreren Ebenen. Auf einem kleinen Tisch zwischen zwei freigelegten Balkenschrägen stapeln sich Bücher, die Philipp eindeutig der Literatur aus dem esoterischen Bereich zuordnen kann. Die Titel muss er nicht einmal gelesen haben. Allein aus der grafischen Gestaltung der Bücher zieht er seine Gewissheit. Dennoch hebt er eines an und blättert in einem anderen herum. Da fällt ihm ein Foto entgegen. Es zeigt Bettine und Julika Grimassen vorm Spiegel schneiden. Im Hintergrund erkennt er das verschwommene Gesicht seiner Mutter.
„Du, das mit Mama bring' ich schon in Ordnung! War vielleicht dumm von mir, hast ja recht“, ruft sein Bruder ihm in den Rücken. Sascha hockt noch immer in der Sofaecke vorm Fernseher. Anscheinend hat aber sein Interesse an der Sendung nachgelassen, oder er fürchtet doch, Philipp verärgert zu haben.
Um Vorwürfen zu entgehen, begegnet Sascha schon von klein auf mit der bewährten Taktik, sich selbst Asche aufs Haupt zu streuen und dabei dermaßen zu übertreiben, dass man geradezu herausgefordert wird, ihn vor sich selbst in Schutz zu nehmen. So werden seine Verfehlungen nicht selten gerade von dem verharmlost, der sie ihm eben noch vorzuwerfen gedachte. Philipp erinnert sich an diese Eigenschaft seines Bruders, indem er bemerkt, dass dieser wieder eine devote Haltung ihm gegenüber einnimmt und bereit ist, sich selbst anzuklagen. Leider weiß Philipp, dass diese Art von Gesprächen zwar einer unangeneh-

men Auseinandersetzung aus dem Wege geht, am Ende aber zu nichts führt.

Wie zum Beweis dafür fährt Sascha mit seiner Strategie fort. „Ich hab' sogar schon was zu Weihnachten für sie. Bin ich ihr schuldig, dachte ich mir. Ich war heut bei einem Freund, der hat mir eine Geschirrspülmaschine verkauft. Ihre ist nämlich seit Monaten kaputt."

„Aha, du warst bei einem Freund", wiederholt Philipp und ist dabei nicht bedacht, seine Ironie dem Bruder gegenüber zu verbergen.

„Ja, meinst du, ich hock' den ganzen Tag hier oben rum, besauf' mich und schau' Fernsehen? Ich war nicht da."

„Ja, du warst wirklich nicht da. Und wo warst du?"

„Das glaub' ich jetzt nicht. Was willst du mir eigentlich unterstellen?"

„Ich würde nur gern von dir erfahren, wo du warst."

„Ja, Scheiße, Mann, dein Bruder hat in der Gosse gelegen, was? Besoffen noch dazu. Was glaubst du denn? Ich war bei einem Freund, wie ich gesagt hab'. Der hat so eine Maschine – übrig, kann man so sagen. Also, der hatte alles neu gekauft, 'ne Küche und so, und nun haben sie aber eine Wohnung gekriegt, wo perfekterweise schon alles drin ist, nun will er das Ding loswerden, nagelneu, ein Markenprodukt! BOSCH oder SIEMENS oder so. Na ja, da hab' ich heute nicht so drauf gesehen, wir waren in so 'nem Lager. Also ich könnt' sie sofort haben. Müsstest mir nur das Geld vorstrecken bis Weihnachten."

„Bis Weihnachten?! Und da liegt dann wieder was unterm Baum von Mama, was?"

„He, was is'n los? Eingeschnappt? Mensch, SPORTSCHAU ist einfach mal total wichtig für mich. Ich bin eben ein Proll, SPORTSCHAU und ein Bier, wie unser Opa, erinnerste dich? Bei dem ging da auch nichts drüber."

„Mhm, auch nicht, auch nicht seine Tochter …"

„Was ist denn nur los? Überhaupt kein Humor heute, was?"

„Nein!“
„Hätt'st vielleicht mal lieber mitkommen sollen zu meinem Kumpel, als den ganzen Tag bei Mama rumzuhängen und ihr Gejammer anzuhören. Hat sie doch, was? Gejammert, über ihren Alki-Sohn, den Versager?“
„Ach, da sind wir gar nicht zu gekommen. Hier war nämlich Besuch. Frauenbesuch, und mit dem bin ich unterwegs gewesen, ganz allein.“
Philipps Unterton beunruhigt Sascha.
„Wie viel kostet denn die Spülmaschine? Ist sie etwa so teuer wie eine Taxifahrt nach Stuttgart und ein Zugbillet wieder zurück?“

Nichts hat das Gespräch mit seinem Bruder gebracht, gar nichts – und mit seiner Mutter ist er auch noch nicht fertig. Philipp steht auf der Treppe zwischen den beiden Stockwerken und überlegt ernstlich, ob er nicht doch gleich und ohne Abschied das Haus verlassen soll. Die Trümmer hinter sich wieder zusammenzubauen, fühlt er sich überfordert.
Da kommt seine Mutter die Haustür herein. Ein Hauch kalter Winterluft erfüllt den Flur. „Ich hasse dieses Haus, ich hasse es!“, stößt sie hervor.
Sie hat ihren Sohn auf der Treppe gesehen und ist sich bewusst, dass er ihre Äußerung vernommen hat. Die Lippen aufeinandergepresst, strebt sie ins Wohnzimmer und schließt die Tür hinter sich. Sie möchte Philipp glauben machen, ihn nicht wahrgenommen zu haben. So kann er nicht gehen, sagt er sich, und noch einmal drückt er die Klinke herunter und zwingt sich in die Nähe seiner Mutter. Angelika Seefelder steht aufrecht in der Mitte des Raumes und hat ihn erwartet.
„Du wirfst mir vor, dass ich aus Liebe gehandelt habe. Die alte Frau Bornemann hat nichts anderes getan. Sie hat für ihren Bruder unterschrieben. Sie wollte ihm damit helfen, ihn schützen, ihm seine Gefängniszeit verkürzen, oder was weiß ich. Aber sie hat das alles nicht mehr auf die Reihe gekriegt, ihre Kirchenar-

beit und dann über die Stimmung und die einzelnen Kollegen zu berichten. Ich war beauftragt, ihre Zuverlässigkeit zu erkunden, nichts weiter. Ich habe ihr nicht geschadet. Ich war für sie da, bei mir hat sie sogar ihr Herz ausgeschüttet, das konnte sie bei den Bornemanns nicht. Die hatten gar keine Ahnung von dem, was sie durchmachte. Genauso, wie sie auch nichts von ihrem Sohn wussten."

„Aber du, du hast alles immer richtig eingeschätzt und weitergegeben ..." Schon wieder hat Philipp seine Mutter angeschrien. Es ärgert ihn, sich nicht unter Kontrolle zu kriegen. Nach einer Weile aufgewühlten Schweigens sagt er schließlich: „Eigentlich wissen wir gar nichts voneinander."

Zu einem anderen Zeitpunkt hätte er diese Tatsache als einen beklagenswerten Gedanken für sich behalten. Jetzt wünscht er sich sogar, dass sie unveränderlich so stehen bleiben möge, da sagt seine Mutter plötzlich: „Manchmal gehe ich nachts aus dem Haus, im Park oder im Stadtwald spazieren. Stundenlang treibe ich mich auf den dunklen Wegen herum. Ich weiß, das ist gefährlich. Ich weiß es die ganze Zeit, und ich wünsche es mir. Ich wünsche mir, dass einer kommt und mich erschlägt. Für ein paar Cent, die ich in der Tasche habe, ausholt und mich niederschlägt, und dann ist alles vorbei."

„Damit am nächsten Tag in großen Lettern in der Zeitung steht: ‚Rentnerin wegen ein paar Cent im Stadtpark überfallen', und deine alten Seilschaften ein paar Liter mehr Wasser auf ihre Mühlen bekommen." Für Philipp hatte es sich nicht so angehört, dass seine Mutter auf das Mitleid ihres Sohnes spekuliert hätte. Dennoch ängstigt ihn nichts so sehr wie eine mögliche Annäherung. Dieser zu entgehen, ist er bereit, seine Mutter weiter zu verletzen. „Hab' ich's nicht gesagt? Wir wissen nichts voneinander, gar nichts! Ich nichts von dir, du nichts von mir."

Philipps Tonfall bleibt zynisch, dabei tropfen seine Worte langsam aus ihm heraus. In den Pausen spürt er nur sich und seine dumpfe Wut. „Nur aus Liebe ... nur aus Liebe ... das ist Miss-

brauch! Missbrauch! Anmaßung und unendliche Dummheit! Du wusstest nichts, gar nichts …"
„Ich hatte euer Buch", sagt Angelika Seefelder plötzlich kalt und beinahe tonlos, in der Absicht, ihr Sohn möge endlich aufhören, weiter so zu ihr zu reden. Tatsächlich verstummt Philipp augenblicklich. Fassungslos, wie durch einen Schleier sieht er seine Mutter an. In Angelika Seefelder kommt Angst auf. Die Angst, dieser Schleier könne fallen, und dahinter träfe sie die geballte Kraft seiner angestauten Wut. Sie ist am Zug, weiß sie, sie muss erklären, was sie nie hätte ansprechen sollen. Dem zu entfliehen, wäre jetzt unmöglich, so, wie es unmöglich ist, die Zeit zurückzudrehen.
„Die Aufzeichnungen, die Landkarten von Italien, ganze Wegstrecken, markiert. Ihr hattet alles aufgeschrieben. Sicher auch wirres Zeug, das ich gar nicht allein verstehen konnte. Dann Fotos von Südamerika. Also deutlicher ging's wohl kaum. Da standen offene und ganz eindeutige Hinweise. Das waren direkte Einladungen oder Aufforderungen. Christoph wollte weg und hat dich mitziehen wollen, du hast ja alles gemacht, was er wollte. Du hast schon wie er gedacht. Er war der schlimmste Einfluss für dich. Man musste euch trennen."
Philipp lacht auf. Laut und schneidend ist es aus ihm herausgebrochen. Erschrocken hält er den Atem an. Dann zwingt ihn eine verzweifelte, Sekunden währende Stille, sich zu sammeln, um sich sogleich wieder in einem bellenden, fürchterlichen Lachen zu verlieren.
Angelika Seefelder erstarrt. Keine Spur einer Träne, nur weit geöffnete Augen, die hilflos auf ihren Sohn gerichtet sind. Eine grauenhafte Weile lang.
Und als läge am Ende einer jeden Erschöpfung ganz selbstverständlich der Entschluss für einen Neuanfang, wird Philipp ruhig und spricht, als wäre dem nichts vorangegangen, in weichem Ton, ungerührt, ja, geradezu sachlich: „Mama, du hast dich geirrt! Es ist ein himmelweiter Unterschied zwischen dem, was

man im anderen vermutet und dem, was er wirklich ist! Und die Liebe, mein Gott, ich kann es schon gar nicht mehr hören, für was dieses Phänomen immer wieder herhalten muss … Es ist ein Irrtum, ein Irrtum mit verheerenden Folgen, zu meinen, dass in der Liebe wie im Krieg alles erlaubt sei … Nun gut … du liebst deine Kinder, du sagst es … und keiner wird das bestreiten wollen … und doch kennst du nicht einen von uns wirklich. Ich will aber nicht für meine Geschwister reden, das sollen sie mit dir ausmachen oder du weiter mit ihnen, wenn sie dir die Gelegenheit dazu geben. Da ich nun mal hier bin, sollte ich auch damit beginnen, dir was von mir zu erzählen, was dein Bild ein wenig verändern könnte. Ich bin nicht schwul, Mama, habe es nicht mal ausprobiert, und über die Gabe oder Gnade der Bisexualität verfüge ich auch nicht. Christoph und ich, wir haben uns sehr gemocht … vielleicht war das sogar Liebe … aber nicht eine solche, die du dir vorstellen wolltest, die du uns unterstellt hast und vor der du mich bewahren wolltest, indem du meinen besten Freund ans Messer geliefert hast. Einen einundzwanzigjährigen Mann im Alter deines Sohnes, der nichts anderes hatte als ein paar naive Vorstellungen von der Welt, in die er noch nicht einmal den kleinen Zeh gesetzt hatte. Und ich, Mama, ich habe, jedenfalls solange Christoph lebte, nicht einen Gedanken daran verschwendet, die DDR zu verlassen. Mir war mein Studium wichtig, und glaube mir, es waren durchaus auch ein paar Mädchen dabei, die mir wichtig waren. Ja, und endlich … ein Kind, Mama, habe ich auch, aber das werden du und ich wahrscheinlich nie sehen …“
Jetzt ist es an Philipp, den Raum zu verlassen. Er muss allein sein. Er will sich die Reaktion seiner Mutter ersparen. Zehn Minuten verbringt er auf der Toilette. Zehn Minuten, in denen er regungslos auf dem Toilettendeckel sitzt und auf das glänzende Weiß der Wandkacheln starrt. ‚Wenn ich nun meine Augen über Stunden dazu zwinge, ohne Unterbrechung auf diesen Fleck zu sehen, müsste ich dann nicht schneeblind werden?‘, fragt er sich.

„Schau mal, wie Federn der Schnee“, hatte seine Nichte vor zwei Jahren zu ihm gesagt –, wie Federn, also ist Frau Holle wahr!‘ Frau Holle, und Gott und der Teufel!

Philipp lässt noch weitere zehn Minuten vergehen, dann aktiviert er sein iPhone.

Als er über das Display streicht, seine Mailbox abzuhören, spürt er, wie seine Finger zittern. Die Nachrichten aus seinem Büro muss er zwei Mal abhören und braucht auch dann noch mehrere Sekunden, um reagieren zu können. Es sind Entscheidungen zu treffen, die nicht an seine Mitarbeiter zu delegieren sind und von Frau Finkelstein nicht länger hinausgezögert werden können.

Er öffnet seine Hose, lässt sie auf seine Schuhe gleiten, schlägt den Toilettendeckel zurück und setzt sich auf den Brillenrand. Wieder vergehen Minuten, ehe er wie nebenbei und mechanisch die Privatnummer seiner Sekretärin drückt.

„Ja“, sagt er, während er weiter auf dem Toilettenrand sitzen bleibt „buchen Sie den frühesten Flug, Termin mit Palm und Heinemann bestätigen, für Dierichs brauch' ich noch ein bisschen.“

„Glauben Sie mir, ich habe die ganze Zeit an nichts anderes gedacht.“

„Mein Entschluss?“

„Naja, halten Sie sich fest, Finkelsteinchen, es wird sich nichts ändern, das kommt für uns nicht in Frage, ich bleibe dabei, China ist nicht mein Ding, da sollen die anderen bauen.“

„Reiflich, Frau Finkelstein, für und wider, rauf und runter habe ich das bedacht. Hab' ich mich nicht zurückgezogen zur Ideenfindung?“

„Sehen Sie, und das ist rausgekommen. Wir wollen doch weiter unser eigener Herr bleiben, oder – und dann sind da noch die Studenten, da liegt mir was dran, ich will nicht den Kontakt zur übernächsten Generation verlieren, die hängen uns noch früh genug ab …“

„Da müssen die Mitarbeiter durch, Finkelsteinchen, die kennen mich doch –“

„Rücksicht? Auf wen? Auf wen sollte ich Rücksicht nehmen, ich habe keine Familie, keine Kinder …

„Ach ja, *by the way,* Finkelsteinchen, wir haben uns doch auch gegen diesen Unsinn ‚Stuttgart 21' geäußert, ich glaube, da müsste einiges gespeichert sein. Schauen Sie doch mal unter dem Stichwort ‚Graue Energie' nach, und bitte lassen Sie da was zusammenstellen, ich denke, mich damit noch einmal zu befassen, vielleicht können wir uns da noch einmal ganz anders einbringen, noch sind nicht alle Messen gesungen …"

„Die Entwürfe werde ich Montag endgültig bestätigen …"

„… nein, vorerst keine Korrekturen mehr nötig …"

„… nein …"

„… nein …"

„… ach ja, und das mit den Weihnachtsgrüßen werden wir nächstes Jahr endgültig *outsourcen…"*

„… ach, wieso? Nein, nein das wirkt nur so, mir geht's gut."

„Ich bin was? Wieder aufgetaucht?"

„Ja, das könnte man so sagen."

„Ja, es hat mir gut getan, wie immer, Frau Finkelstein."

„Na, das ist jetzt ihre Interpretation, die will ich nicht bestätigen."

„Ach Frau Finkelstein, wie sollte ich Ihnen böse sein, Sie haben Ihr Recht auf Interpretationen. Interpretieren Sie so viel Sie wollen, wenn Sie dabei weiter so gut ihre Arbeit machen."

„Nein."

„Nein, ich habe nein gesagt!"

„Weihnachtsfeier?"

„Ach, Frau Finkelstein, selbstverständlich werde ich erscheinen. Wird mir ein Vergnügen sein. Sie machen das schon und denken gewiss auch wieder an die Kinder der Mitarbeiter?"

„Ich weiß, dass ich Sie auf so was nie extra hinweisen muss."

„Natürlich, wie voriges Jahr."

„Sie sind ein Schatz."

„Sie sind ein Schatz!"

„Nein, viele gibt's tatsächlich nicht, die zu bedenken wären."
„Wie kommen Sie denn darauf? Finkelsteinchen, Sie sind ja eine ganz Ausgebuffte."
„Ach so, gehört auch zum Thema Interpretation. Ja, na dann."
„Hat Zeit bis Montag, da kreuz' ich auf im Büro, ganz sicher."
„Ja, alles gut so."

Philipp klappt die Schutzhülle auf sein iPhone, schaltet es aber nicht wieder ganz aus. Dabei fasst er den Entschluss, nach Verlassen der Toilette sich sofort auf den Weg nach Berlin zu begeben. Eine Abschiedsszene wird wohl kaum zu befürchten sein, denkt er, während sich das Wasser in dem kleinen Handwaschbecken der Toilette sammelt und er mit seinen Fingern darin herum plätschert.
Als Philipp an der Garderobe steht, seine Jacke vom Haken zu nehmen, taucht das fahle Gesicht seiner Mutter aus dem Halbdunkel des Flurs neben ihm auf. Er erschrickt. ‚Es riecht nach Alter', durchfährt es ihn. Unwillkürlich hält er seine flache Hand vors Gesicht und drückt die Spitze seiner Nase zwischen Zeige- und Mittelfinger. Dabei spürt er den eigenen fauligen Atem durch seine Barthaare strömen. Kein Wunder, da er den ganzen Tag noch nichts gegessen hat. Ein leichter Schwindel treibt ihm den kalten Schweiß auf die Stirn, ihm wird übel. Ob die Ursache dafür im Gestank oder in der plötzlich gefühlten Leere seines Magens liegt, weiß er nicht zu sagen, aber dass ihn eine unbändige Überlebensgier von hier wegtreibt, dessen ist er sich gewiss. Hartnäckig versucht er sich nur noch einen flachen Atemzug innerhalb des Hauses zu gestatten, um das Gemisch aus Moder, Schimmel und Pisse, das ihn an unsanierte Kellergewölbe erinnert, nicht in seine Lunge dringen zu lassen.
Da hält ihm Frau Seefelder zwei vergilbte Briefe entgegen. „Hier", sagt sie dumpf. „Den einen hat Christoph in der Nacht, bevor er verhaftet wurde, bei uns in den Briefkasten gesteckt. Er enthielt einen Zettel für die Gepäckaufbewahrung. Ich habe die

Tasche abgeholt und den Inhalt weitergeleitet, bis auf den zweiten Brief, der auch an Dich gerichtet war. Beide Briefe habe ich zurückgehalten, um Dich zu schützen. Warum ich sie nicht vernichtet habe, liegt wohl daran, dass ich geahnt haben muss, dass es irgendwann zu so … zu so was wie heute kommen würde. Verzeih mir, mein Junge, erst wenn Du selber ein Kind haben wirst, ich meine, auch bei dir haben wirst …“
„Sei still, sei um Gottes Willen still!“, sagt Philipp kalt und reißt seiner Mutter die Briefe aus der Hand. Dabei spürt er noch in derselben Sekunde, dass er den Blick, mit dem diese alte Frau zu ihm aufschaut, für den Rest seines Lebens nicht mehr vergessen wird. Während er nach seiner Jacke greift, geht ein Zucken durch seinen Körper. Grußlos und ohne sich noch einmal zu seiner Mutter umzusehen, rennt er aus dem Haus.

Alter, ein paar Sachen, die mir wichtig sind, habe ich in einer Tasche bei der Gepäckaufbewahrung am Bahnhof abgegeben, auch unser altes Buch ist darin. Du musst sie auslösen!!! Bei uns kann es zu einer Hausdurchsuchung kommen.

Nacht vom 17. zum 18. Januar 86

Es ist so weit, Alter, unerlaubtes Entfernen, das ist die Krönung! Die Angst hat zwei Begleiter: den Mut und die Feigheit. Seit Jahren befinde ich mich in einem Prozess des todesmutigen Scheiterns, doch jetzt scheint der Endspurt erreicht. Mir fehlt die Raffinesse, mich weiter selbst auszutricksen.
Ich habe die Hosen voll, in mir singt der alte Renft: „Irgendwann werd' ich mal …“ Irgendwann ist nicht, jetzt oder nie habe ich gewählt, die Freiheit der Wahl. Es gibt ein passives und notwendiges Geschehenlassen, das ich bislang als Teil meiner Vernunft gelebt habe. Ich gaukelte mir vor, damit meine Freiheit wahren zu können. Irrtum,

Alter, ich war nur dabei, mich abzufinden, und das ist das Verwerflichste, was man mit diesem Leben veranstalten kann. Das heißt, es in die Belanglosigkeit zu degradieren.
Die Liste der Schrecknisse, Demütigungen und Absurditäten, da wo die Anwesenheit meines Körpers in den letzten Monaten Befehl war, scheint abgeschrieben von Uralt-Pergamenten. Alles nur Wiederholungen! Auch die kleinen Geister, die das System am Laufen halten, es hat sie immer gegeben, und es wird sie weiter geben, solange diese Welt existiert. Denkbar wäre nur, dass sie in geraumer Zeit durch Roboterwesen ersetzt werden. Wenigstens würden ihnen dann die Häme fehlen.
Diese Häme, die den meisten der beförderten Vollzieher anhaftet wie dem Furz der Gestank! Ich behaupte sogar, nicht Ignoranz, sondern Häme ist die vornehmliche Regung, aus der sie ihre machtbeflissenen Impulse ziehen. Dabei schwebt über ihnen ständig ein Damoklesschwert. Das Damoklesschwert der Phantasie. Sie können es nur nicht benennen. Es ist ihnen so fremd wie der Palimpsest einer Hieroglyphe. Phantasie würde mit einem Schlag die bröckelnden Gebäude in sich zusammenstürzen lassen. Phantasie und Humor! Es bleibt ihnen zwar nichts anderes übrig als immer wieder mit der kleinen praktischen Schwester der Phantasie zu kooperieren, der Improvisation … aber das hält sie nicht davon ab, jede andere Form von Phantasie zu boykottieren.
Wie sie das tun, wenn sie doch gar nicht um sie wissen, wirst Du fragen. Das ist ja gerade das Perfide. Die Ahnung allein, dass es etwas gibt, was Denken in Bewegung setzen könnte, lässt sie nicht ruhen. Dass Gedanken nicht kontrollierbar sind, ist ihnen bewusst. Aber dem Denken den Raum versagen, das können sie. Sie können Willen brechen und beherrschen und damit der Phantasie den Boden, den Sauerstoff entziehen. Glaub mir, der Stumpf-

sinn kriecht in einem fort durch den Filz der Uniform, und wenn man Dir vierundzwanzig Stunden jeden Ort der Besinnung verweigert, so ist das doch nichts weiter als ein Direktangriff auf die Phantasie, für mich die schlimmste Folter. Ich sehne mich geradezu nach einer Einzelzelle, verstehst Du das? Ich muss auch wieder in unser Italien. Es ist höchste Zeit.
Dass diese Armeezeit kein Ferienaufenthalt sein würde, war mir durchaus helle. Ich habe auch ganz bestimmt nicht auf Glücksgewinne spekuliert. Stell Dir vor, mir wurde sogar dieser marode Haufen manches Mal so rührend sympathisch – dann nämlich, wenn es nur mit Improvisieren weiterging. Ich war sogar geneigt, sie in meinen Gedanken zur kleinen ‚Blechbüchsenarmee' zu verharmlosen. Dabei weiß ich, dass es mit dieser Armee nur einen letzten Krieg geben kann, und den möchte ich nicht erleben müssen.

Ich bin nicht verzweifelt, glaube das nur nicht, Alter, auch wenn ich diesen irrwitzigen Schritt gewählt habe. Gottlob war es mir immer noch möglich zu lachen und die Draufsicht zu bewahren. Sie haben mich nicht kleingekriegt! Jetzt nur, gerade in diesem Augenblick, ist mir mulmig. Hin- und hergerissen von dem Vergnügen, Dir zu schreiben und der bangen Angst, doch noch aufgespürt zu werden, bevor der Umschlag in Deinem sicheren Briefkasten gelandet ist.
Mein Ausgang ist bis morgen früh um sechs, aber natürlich durfte ich den Ort nicht verlassen. Obwohl in Uniform, bin ich unbehelligt bis hierher gekommen. Aber was weiß ich, ob nicht schon hinter mir die Mühlen mahlen. Eigentlich habe ich mich bisher unauffällig verhalten können. Habe mich eingereiht, bin untergetaucht in dieser gesichtslosen Masse.

Glaub auch nicht, dass ich etwa meine Waffen an so unwürdiger Stelle gezogen hätte. Geputzt habe ich sie erst heute und ein bisschen mit ihnen gespielt. Ein wenig Übermut hab' ich mir gegönnt. Gerade dort, wo er absolut nicht hingehört, ich weiß. Testen, was aushaltbar ist, und den großen Bahnhof erzwingen, nur für mich, mit Fahrer und Begleitung, das wollte ich und muss ich nun weiter wollen. Denn für mich gilt jetzt: Wer A sagt, muss auch B sagen, auch wenn A falsch gewesen sein sollte.
Ja, den großen Bahnhof, den wird es geben, ich werde ihn kriegen – morgen, ab sechs, kann ich mit ihm rechnen ... oder sie verstünden ihr Handwerk nicht. Schade, dass Du es nicht sehen wirst. Aber vertrau mir, ich werde alles bewahren und in unseren alten Tagen auf der Terrasse eines Deiner Hotels – ich will, dass Du mindestens für eine Hotelanlage zeichnen musst – bei einem guten Glas Wein erzählen. Übrigens, in der Tasche, die ich bei der Gepäckaufbewahrung abgegeben habe, ist auch eine Flasche „Rosenthaler Kadarka". Trink ihn aus auf uns! Wenn ich wieder rauskomme, erwarte ich, dass Du inzwischen an einen guten, ausgereiften, italienischen Tropfen rangekommen bist!
Philipp, Alter, es geht auf zwei, auch wenn ich kaum noch schlafen werde die nächsten Stunden, so will ich Dir doch noch den Zettel rüberbringen. Mir sitzt der hirnlose Drill der letzten Monate so in den Knochen, ich wünschte, Dir bliebe das alles erspart. Wie Du weißt, gibt es Wege, die Dich bewahren können ... und nicht unbedingt dieser eine, den ich gerade jetzt, in meinem plötzlich erwachten Abenteuerdrang, gewählt habe.
Ich war eben noch einmal an unserer Scheune. Den Weg zu ihr habe ich mal den ‚Schmetterlingsweg' genannt, erinnerst Du Dich? „Weil es so viel um Liebe geht in unseren Gesprächen?", hast Du mich gefragt, als ich Dir davon

erzählte. Manchmal hast Du gar nichts verstanden, Alter, oder nicht verstehen wollen.
Soll ich Dir sagen, was unaushaltbar bleibt? Alter, dass wir uns nicht sehen, nicht sprechen, dass Deine stark versimpelten Briefe mich schon dünngelesen aus dritter Hand erreichten, oder dass sie ganz ausblieben. Vermisse Dich, Alter! Provoziere zwar nun, dass wir jetzt wirklich eine Weile nichts voneinander hören werden, aber so ist die Situation eine geklärte, verstehst Du mich?
Verstehst Du mich? Das war nie eine Floskel. Wenn ich Dich das gefragt habe, habe ich Dich immer dabei angesehen, und Du hast meinen Blick erwidert und mit einem Kopfnicken oder Schulterzucken beantwortet. Ich würde Dich jetzt gern noch einmal fragen: „Verstehst Du mich, Philipp?“ Ich vermute, Du würdest diesmal ein entschiedenes „Nein“ verlauten lassen. Nun, die Zeit wird Dir gegeben sein, drüber nachzudenken.
Das Briefeschreiben kannst Du allerdings erst mal vergessen, ausgenommen, Du wolltest mir mitteilen, wie Dein Speiseplan sich zusammensetzt und die Wetterlage sich entwickelt.
Auweia, nur das nicht!!! Von Dir einen trivialen Brief zu bekommen, würde mich unendlich mehr schmerzen als gar keinen zu erhalten. Ich habe versucht, Dich noch zu erreichen, war sogar in Deinem Studentenwohnheim. Sicher wird man es Dir inzwischen ausgerichtet haben. Es war mir aber zu heikel, Dir ein Zeichen zu hinterlassen, obwohl Deine Kommilitonen einen ganz angenehmen Eindruck auf mich machten. Habe ein Bier gekriegt und so erfahren, was Du mir selber nicht für nötig hieltest mitzuteilen. Mensch! Beststudent!!! Du! Alter! Gratuliere! Du zeigst es ihnen, bin nicht bang um Dich und dass Du sogar delegiert bist, mal rauszukommen ... na hallo!

Im Übrigen, es hat nur wenig geschmerzt, diese Neuigkeiten aus zweiter Hand, so ganz nebenbei und selbstverständlich zu erfahren. Einmal Schlucken, zweimal … und vorbei. Dann bin ich hierhergefahren. Erst zur Scheune, dann zu mir, die Sachen packen. Meine Tante war nicht wenig erschrocken. Meine Mutter hat das Ausmaß meines plötzlichen Auftauchens gar nicht begriffen; und mein Vater lag besoffen in seinem Arbeitszimmer – habe ihn gar nicht gesprochen.
Ein paar Zeilen konnte ich mir nicht verkneifen, nach so langer Zeit der Knebelung. Sie stecken in der Tasche, mit der ich zur Gepäckaufbewahrung bin. Als ich Dir eben den Abholschein in den Umschlag stecken wollte, ist aus dem Hinweis zur Tasche nun doch noch ein Brief geworden. Auf ungewiss lange Zeit mein letzter immerhin, bei dem ich sicher sein kann, dass er nur Dich erreicht und nicht von irgendwelchen Ärschen vorzensiert wird. Schon allein der Gedanke daran ist mir so entsetzlich widerwärtig und wird mir das Briefeschreiben in der nächsten Zeit vergällen. Aber ich habe ja: D…W…I…K!!!

Alter, und ich bin überzeugt, dass wir uns nie verlieren. Selbst wenn Du inzwischen den schiefen Turm von Pisa aufrichten und Venedig vorm Versinken gerettet haben solltest. Irgendwann sitzen wir auch noch in einem Olivenhain zusammen! Könntest ja schon mal die Plätze markieren für uns. Aber, Alter, vorerst ist es ratsam, wenn wir keinen Kontakt haben. Im Moment kann ich Dir nur schaden, und ich will nicht verantwortlich dafür sein, dass Deine Pläne platzen. Halt Dich weiter wacker, ich glaub' an Dich! Christoph

Philipp lässt die großzügig beschriebenen Briefbögen vom Lenkrad seines Autos, das ihm beim Lesen als Stütze gedient hatte, auf seinen Schoß gleiten. Er wirft den Kopf nach hinten und schließt die Augen. Unter seinen nassen Wimpern laufen Tränen hervor, über Wangen, Ohren und Hals. So maßlos, so still und ungehindert, als hätten sie die Aufgabe, ihn von innen aufzuweichen und in einen anderen Aggregatzustand zu versetzen.

Erst als die Kälte der Dezembernacht den Aufenthalt in seinem ungeheizten Wagen unerträglich werden lässt, rafft sich Philipp auf. Er will sich in der nahe gelegenen Raststätte des Parkplatzes, wo sein Auto zum Stehen gekommen ist, zu seinem ersten warmen Essen seit Tagen zwingen. Vorsichtig faltet er die Seiten von Christophs letztem Brief zusammen und verstaut sie in dem zugehörigen Kuvert. Seine Mutter hatte sich nicht einmal die Mühe gemacht, es so zu öffnen, dass es später wieder verschließbar gewesen wäre. Sie hätte ihm damit wenigstens die widerliche Gewissheit ersparen können, die Zeilen seien bereits vor ihm gelesen worden. Der zweite Umschlag mit dem Brief, der von Christoph in die am Bahnhof deponierte Tasche gesteckt worden war, liegt noch auf dem Beifahrersitz seines Autos. Ihn hatte seine Mutter nicht aufreißen müssen. *Für Dich ein Gruß vom Schmetterlingsweg,* steht darauf. Das Blatt war von Christoph offensichtlich in den Umschlag hineingeschoben worden, ohne dass er ihn anschließend zugeklebt hatte. Philipps Mutter musste sich die Sachen in der Tasche sehr genau durchgesehen haben, um gerade diesen Brief ihren Genossen von der Staatssicherheit vorzuenthalten.

Philipp bemerkt, wie seine Hand erneut zu zittern beginnt, indem er den von ihm noch ungelesenen Brief an sich nimmt. Auch das Klopfen seines Herzens verstärkt sich wieder beim Anblick der vertrauten Schriftzüge. Die Tatsache, gleich noch weitere ihm bisher unbekannte Worte seines toten Freundes zu lesen, Worte, die schon vor über einem Vierteljahrhundert für ihn und nur für ihn bestimmt waren, lähmt ihn. Er lässt seinen Kopf auf das Lenkrad sinken. Eine Position, die ihn an sein Ankommen in der vorigen Nacht vor dem Haus seiner Mutter erinnert. Da wollte er die weinenden Geigen aus der neunten Sinfonie von Gustav Mahler hören, ohne sie zuvor gekannt zu haben. Steffi hatte sie in ihrem Brief erwähnt. Sie hatte sich von dieser Musik in ihrem Wagen beschallen lassen, während sie sich in einer verzweifelten Situation befand. Dabei hatte sie, ähnlich wie er jetzt, die Wange auf das Lenkrad gedrückt.

Inzwischen hatte er sich das Adagio von seiner Mutter vorspielen lassen und danach von ihr erfahren, dass sie ihn seit seiner Jugend für homosexuell hielt. Wie konnte er nur denken, dass Steffis Enthüllungen für ihn sein einziges Problem darstellen sollten? Bei allem, was in den vergangenen Stunden auf ihn eingestürmt ist, waren sie in den Hintergrund gerückt, so wie die Briefschreiberin selbst. Nie hatte sie einen bedeutenden Platz in seinem Leben eingenommen. Vielleicht sollte er ihr das jetzt so sagen. Vielleicht wäre das ja wichtig für sie. Vielleicht würde es sie heilen, von ihm heilen, wenn er ihr sagte: „Pass auf, Steffi, du bist krank und anmaßend, ich kann dir nicht helfen, jedenfalls nicht mit mir, ich – ich brauche selbst Hilfe!"

Wieder hat er diese Worte laut gesagt. Philipp greift nach seinem iPhone. Er ruft Steffis Nummer an, doch die Verbindung stellt er nicht her.

> 17. Januar – und ich bin den Schmetterlingsweg gegangen! Über die vereisten Pfützen hüpfte ein Herz. Als es hoch im Hals zu pochen begann, geradewegs aus der Hose geschnellt, erkannte ich es. Noch mal die Nadel auf null zwingen, dachte ich mir und die Skala der Negativzahlen ignorieren. Der Tanz meiner Erinnerungsmuskeln hielt trotzig den Atem auf Habacht. Da war ich wieder. Es gab mich noch und sollte mich auch weiter geben. Verweb mich also wie gewohnt in Deine Netze. Wirf sie aus, beschwere sie mit all den Fragen, für die ich Dir die Antwort suche. Zwischen Wolken, die so aufgeregt sich sputen wie meine Seele, wenn sie mit Rückenwind auf Deine traf, mischt

sich mein reich vorhandenes Hoffnungsgewürz, gleichsam mild und durstig stimmt mich die nasse Luft. Warmer Regen taut den Schneeweißhauch, und der pünktlich gefettete Stiefel versinkt im Matsch. Schlag aus, Nadel, die Natur fordert ihre Kältezeiten. Ich pack' mich ein, schnür' mein Bündel, trag' es fort, das Scheunendach im Rücken.

‚Noch einmal die Nadel auf null zwingen und die Skala der Negativzahlen ignorieren, ja Christoph, das wäre die beste aller Lösungen.' Philipp ist auf dem Weg zu seinem Auto. Christophs Brief hatte er in der Wärme des Restaurants gelesen. Er hatte den Bogen auf das weiße Tischtuch gelegt und die Zeilen wie ein Gedicht empfunden. Ein Gedicht, dachte Philipp, hält zwischen den Zeilen noch einmal so viel Ungesagtes wie schon Gesagtes bereit. Wieder und wieder strich er über das Papier, während er wieder und wieder die Worte gelesen und vor sich hingesagt hatte.
Jetzt, da er in sein Auto steigt, fühlt er sich merkwürdig aufgeräumt. Er hat sich aufwärmen, sogar essen können. Philipp nimmt sein iPhone, das auf dem Beifahrersitz liegengeblieben war, auf. Steffis Nummer ist noch immer auf dem Display zu sehen. Seine Finger tippen: „Liebe Steffi! Melde Dich bitte, wenn Du Zeit für mich hast. LG: Philipp." Dann sendet er die Nachricht. Als er sieht, dass sie gesendet wurde, sagt er „Okay!" und „Gut so!"
Zwar weiß er, dass das kurze Aufleuchten in seinem Wagen vom iPhone kommt, was sich automatisch in die Tastatursperre schaltet, aber Philipp will es dennoch als Zeichen nehmen. „Zwischen die Wolken mischt sich mein reich vorhandenes Hoffnungsgewürz", sagt er so laut, als gäbe es einen Beifahrer neben ihm; in einem riskanten Manöver lenkt er, von Lichthupen verfolgt, seinen Wagen auf die äußerste Überholspur der Autobahn.

Nach Berlin zurückgekehrt, sitzt Philipp auf dem Barhocker seiner Küche und raucht in langsamen Zügen eine Zigarette. Sein

Atem, das gelegentliche Abklopfen der Zigarettenasche, sind die einzigen Geräusche, die die Nacht dominieren. Wieder stören Philipp seine Barthaare. Er drückt die Zigarette aus. Einen kleinen Moment lang verharren seine Finger auf der Untertasse mit den Kippen. Er fixiert die drei von kirschroten Lippenstiftresten verschmierten Filter, dann steht er auf. Er geht ins Bad, um endlich seinen Bart zu schneiden. Auf dem Wannenrand liegen noch immer Umschlag und Zettel, die ihm gestern aus den Händen geglitten waren.

> Dieser Brief wurde von meiner Tante, Steffi Wagner, an Sie geschrieben. Am 29. Juni, auf ihrem Weg zur Charité, verunglückte sie. Ich kann sie nicht fragen, ob es ihr auch recht wäre, Ihnen diesen Brief zu schicken. Meine Großmutter ist dagegen, dass Sie ihn erhalten. Aber die Gespenster sind nun mal da, ob man sie weckt oder schlafen lässt, sie sind da! Wie man hört, geht es Ihnen wieder gut, es soll so bleiben! Mit freundlichen Grüßen, Penelope Creutzberg, Dez …

Philipp öffnet das Badezimmerfenster, dabei fliegen ihm Schneeflocken ins Gesicht. Einige verfangen sich in seinem Bart, und als er ihn zu zwirbeln beginnt, fallen sie zu Boden. Tatsächlich, wie kleine Sterne, bemerkt er, als sähe er sie zum ersten Mal. Aber bevor er einen zu berühren vermag, sind sie geschmolzen.

*

„Na, dann vielleicht bis Heiligabend!“, hatte Bettine ihm zum Abschied zugerufen. Sie saß angeschnallt im Auto, der Motor lief, der erste Gang war schon eingelegt, nur das Fenster auf der Fahrerseite hielt sie noch geöffnet. Philipp beugte sich zu ihr. „Ich glaube kaum, dass ich da sein werde“, sagte er. „Ich habe keine

Lust, mich meinem kranken Vater als Geschenk unter den Weihnachtsbaum zu legen." Bettine lachte ihn an. Es war das Lachen, das er an ihr nicht mochte. „Wem dann?", fragte sie; und während sich das Fenster schloss, hatte sich ihr Wagen schon in Bewegung gesetzt.

Inhalt

Die Publikation wurde durch das Kultusministerium des Landes Sachsen-Anhalt, Landesverwaltungsamt Sachsen-Anhalt gefördert.

Bibliografische Information der Deutschen Nationalbibliothek
Die Deutsche Nationalbibliothek registriert diese Publikation in der Deutschen Nationalbibliografie; detaillierte bibliografische Daten im Internet unter http://d-nb.de.

www.mitteldeutscherverlag.de

Gesamtherstellung: Mitteldeutscher Verlag, Halle (Saale)
Umschlaggestaltung: Jana Steffen

ISBN 978-3-95462-122-4

Printed in the EU